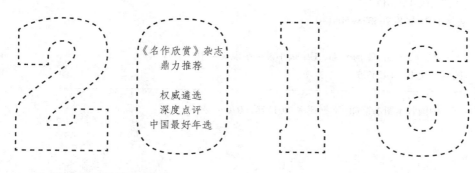

2016

《名作欣赏》杂志
鼎力推荐

权威遴选
深度点评
中国最好年选

+ 北岳中国文学年选 +

中篇小说选粹

杨庆祥 /主编

山西出版传媒集团 北岳文艺出版社
BEIYUE LITERATURE & ART PUBLISHING HOUSE

图书在版编目(CIP)数据

2016年中篇小说选粹 / 杨庆祥主编. —太原：北岳
文艺出版社，2017.1
ISBN 978-7-5378-5081-0

Ⅰ.①2… Ⅱ.①杨… Ⅲ.①中篇小说—小说集—中
国—当代 Ⅳ.①I247.5

中国版本图书馆CIP数据核字(2017)第007050号

书　　名	2016年中篇小说选粹
主　　编	杨庆祥
责任编辑	王朝军
装帧设计	张永文

出版发行	山西出版传媒集团·北岳文艺出版社
地　　址	山西省太原市并州南路57号
邮　　编	030012
电　　话	0351-5628696(发行部)
	0351-5628688(总编办)
传　　真	0351-5628680
网　　址	http://www.bywy.com
E-mail	bywycbs@163.com
经 销 商	新华书店
印刷装订	山西人民印刷有限责任公司

开　　本	710mm×1000mm　1/16
字　　数	353千字
印　　张	23
版　　次	2017年1月第1版
印　　次	2017年1月山西第1次印刷
书　　号	ISBN 978-7-5378-5081-0
定　　价	48.00元

序—重新回到"人物"的写作

/ 杨庆祥

我曾经在当代文学史课堂上做过一次随机调查，让学生们说出当代文学中令其记忆深刻的人物形象，学生们大概能说出的几个人物形象是林道静、梁三老汉、高加林和许三观。据我进一步的了解，林道静和梁三老汉、高加林之所以被记得，大概是因为中文系的文学史教育，这几个人物都是文学史教材中的重点。而对于非中文系的学生来说，知道的大概也就是一个许三观了。这是一个让我担忧的现象。从文学史的发展来看，文学尤其是叙事文学的魅力所在，很大程度上在于能够提供一个典型的人物形象。对于西方人来说，《荷马史诗》中的英雄们、莎士比亚戏剧中的贵族和平民，一直到19世纪浪漫主义文学和现实主义文学中的"典型环境中的典型人物"，这个人物的谱系可以源远流长：哈姆雷特、罗密欧与朱丽叶、少年维特、约翰·克里斯朵夫、高老头、于连等等。中国文学同样如此，即使没有读过《红楼梦》的人，大概也会知道贾宝玉和林黛玉是什么人物，并能轻易将其比照我们当下的日常生活。但是正如我的随机调查所折射的，20世纪90年代以来，中国当下写作在塑造人物方面变得越来越弱，能满足大众想象的典型人物庶几为无。这个中的原因很复杂，我想大概有以下几点：第一是对社会主义文学"高大全""假大空"式的人物塑造的一种反驳。出于对这种人物形象的排斥，当代写作在有意规避那种虚伪的现实主义。第二，在80年代现代主义写作思潮的影响下，当代写作开始强调某种情绪化、符号化的写作倾向，人物形象的塑造在这一写作思潮中被放置在非

1

中心的地位。第三，虽然当代写作依然有人坚持以"人物塑造"为中心的写作方向，但是因为对于当下社会把握的能力有限，这些人物形象并没有塑造成功。这种种原因导致的最直接后果是，最近二十多年的严肃文学写作几乎没有提供具有公共影响力的人物形象，文学由此变得越来越圈子化，没有能力与社会互动。与此同时，社会又非常渴求这种文学性人物的参与，于是，通俗文学（好莱坞式的电影和中国式的网络文化）占据了社会讨论的空间。在这个意义上，严肃文学写作是否该反躬自问呢？

2016年的中篇写作给了我一个小小的惊喜。虽然那种习惯性的、陈规式的写作依然占据了各大期刊的大部分版面，但是仍有一些优秀的作品倔强地露出头来。这些作品一个总体的倾向是，都试图在复杂的社会生活中塑造出饱满、有个性、富有张力的人物形象。蔡骏的《白茅岭之狼一夜》是首先值得注意的作品。蔡骏以传奇小说的方式处理历史题材，以悬疑、侦探的手法增强了小说的可读性和趣味性，但最后的目的，指向的却是一个类似于"英雄人物"的塑造。在老狱警这个人物身上，我们能看到杰克·伦敦和海明威笔下人物的影子，只不过稍微复杂的是，蔡骏将这个人物安置在1930年代到1980年代漫长的历史中进行叙述。虽然小说的重点只是"一夜"，但这"一夜"却是漫长的一生，背后的命运浮沉和人世变迁，使得这部中篇有一种历史的厚重感。需要特别提醒的是，以通俗的方式来处理历史和现实的题材，一直是中国当代文学重要的传统，这一传统这些年正得到复苏。南飞雁的《天蝎》当然可以放在所谓的"官场小说"这个概念下去进行讨论，但是我觉得这反而遮蔽了南飞雁小说的复杂性。与其说南飞雁是在写官场，不如说南飞雁不过是想通过"官场"这一典型的中国环境来塑造独具特色的中国式人物，这些人物如此之独特，其心理逻辑和行为逻辑几乎离开了这一语境就完全不成立。在这个意义上，南飞雁的人物是不可通约的，这与那些"现代派"人物完全不同。因此，南飞雁的故事和人物是真正的中国故事和中国人物，在竺方平和丁婧蓉这类人物身上，深刻地烙印着一种中国的当下性。《天蝎》用两套语言来描述这种当下性人物，一套语言是叙事者的语言，典雅而又戏谑；一套是人物的对白，完全口语化，近乎透明。这两套语言形成一种张力，它使得南飞雁既深入其中又出乎其外，这正是南飞雁的小说不同于一般的"官场小说"的原因。他并没有陶醉在那一套"厚黑"的规则中，也没有站在道德的高地予以简单地批判和谴责，而是写出那个唯一的、具有内部精神维度的人物。杨小凡最近几年的创作有长足的进步，《大学》虽然是一个中篇，但从内容的丰富性而言，实际上已接近一部小长篇。杨小凡善于在复杂的社会关系中展示人物的性格。赵大嘴这一类人物形象，是当下中国社会急剧变化的产物，他们身上所呈现的道德价值观念，也是一个混乱的"利益"时代的聚焦点。杨小凡正是在赵大嘴身上，呈现了我们这个时代的病症。

相对而言，孙频笔下的人物更加分裂、勇力，更加具有歇斯底里的气质和破坏性，这是其一贯的风格。在这个谱系上，孙频已经塑造了很多人物形象。《万兽之夜》中的李成静是这一方面的典型，那种对情感的强烈渴望使得李成静变成了一个"半人半兽"的怪物，她敏感、多疑、胆怯而又疯狂。孙频的决绝之处在于，她永远不让这些人物完成其自我，而是一直以一种撕裂的方式存在于世——这也是孙频小说能够带来强烈冲击力量的秘密之所在。盛可以的《福地》有一种明显的变化，她似乎对那种决绝和冷酷有了厌倦，所以在《福地》这部小说里，竟然有了很多的平静和温暖。同时她也试图与"现实"拉开距离，所以虽然从题材上看这部小说有其现实的起源，但是在处理方式上，使用的却是带有寓言意味的"象征手法"。文珍这些年致力于一种现实意义上的"北京书写"，她的《张南山》可以放在这一谱系中予以确认。对于城市小人物的"看见"，是文珍情怀之所寄，也正是通过类似于张南山这样人物的观看、书写和形塑，北京城以及北京所代表的现代生活才落实了其具体的物质性和精神性。

总体来说，这个选本让我们看到了一种新的可能，即使在如此表面化的当代生活和当代写作中，对于典型人物的书写和塑造依然有其不可替代的美学和历史功能。能否塑造出这样的人物，不仅关系到某个具体作家的成败，也关系到整个当代写作的成败。

2016年10月26日

目 录

1

白茅岭之狼一夜

/蔡骏

那座监狱，远在安徽、江苏、浙江三省交界的深山，有个恐怖片式的名字——白茅岭。

白茅岭是上海管理的农场，有许多说沪语的干警，教化劳改犯重新做人。上海人管被释放的劳改犯叫"山上下来的"，说的就是这座山。从前我一直以为那叫"白毛岭"，听起来更阴森更有想象力，仿佛跟白毛女存在某种联系。

那年冬天，每逢日落，就是白茅岭最漫长的一夜。东边和北边，连绵不绝的白茅岭，早已降下白霜。西边和南边，是宽阔的无量河。四面无处可逃，天然的大监狱。刚过十二月，无量河蜿蜒的水面，结了一层薄冰，多年未见此景。监房、宿舍、兵营还有农舍，均无暖气，只能依靠烧山上的干柴。囚犯们盖着薄薄的被子，互相搂抱取暖。值班的干警最难熬过长夜，唯有痛饮劣质白酒。清晨，隔着铁窗向外望去，是屋檐底下长长的冰，开春的油菜花地和茶园，盛夏的稻田和果树，秋天郁郁葱葱的山岭，远看都像涂抹过一层白石灰，仿佛整个白茅岭被移植到了西伯利亚。屋里屋外，每寸空气，潮湿刺骨，钻进毛细血管，潜入七情六欲。

比冬天更可怕的是狼。七十年代的白茅岭，同时出现在所有人噩梦中的，便是这种动物。狼会吃人。除了农家牛羊，狼最爱吃小孩。白茅岭有所学校，家长多是干警与农场职工。枫林染红的时节，有个一年级的小学生，在放学路上被狼吃了，只剩残缺的骸骨。传说中的大灰狼，并不只是大人们用来吓唬小孩的。农场职工决意复仇，向部队借了自动步枪，在深山掏到狼窝，掳获七只小狼崽。刚出生的小狼，满嘴奶味，像一窝毛茸茸的小狗。它们被剥皮处死，血淋淋地吊在农场门口。当晚，整个白茅岭的囚犯、干警、职工还有士兵，都听到荒野里的狼嚎，从午夜持续到天亮，让人心里潮湿得发霉，生出密集的狼毛来。

次日早上，挂在农场门口被剥了皮的七只狼崽，消失不见了。

不久，一个职工晚上出门解手，迟迟未归。老婆拖着众人去找，发现在茅坑边的尸体——喉咙被咬断，差不多放光了血。大家都闻出了狼的气味。隔了一日，午后的太阳下，有个职工独自在茶园干活，突发惨叫。等别人赶到，他已被咬得面目全非，鲜血染红了茶树枝干。整条大腿都不见了，连着命根子咬断，被狼拖到林子里做了午餐。自此以后，大白天没人敢落单。下地干活必须三人一组，随身携带猎枪，最起码得有镰刀之类的防身。猎狼队使用部队的五六式自动步枪，在方圆几里内严密搜捕。

白茅岭有对夫妇，夏天有了第一个孩子。怀孕时就被看准是男孩，生下来足有八斤四两。十月初一，寒衣节深夜，夫妻俩被某种声音惊醒，发现襁褓里的孩子没了。窗户被顶开一道缝隙，残留几绺灰色狼毛。女人疯狂尖叫，左邻右舍提着猎枪赶来，搜索到鸡叫天明，有人在山林边缘，找到两块染血的襁褓碎片。年轻的妈妈哭晕过去，大伙却不敢进山捕狼。最近一个月，有十个男人命丧狼腹。几具残缺的尸体旁边，自动步枪未曾放过一弹。白茅岭的狼动作极其迅速，目标还没反应过来，已被咬断了脖子。

一九七六年末，白茅岭农场发回上海的报告，将之形容为"狼灾"。

冬至，纷纷扬扬的大雪降下。每逢这种年景，狼群出没最为频繁，人与家畜也更易成为狼的猎物。狼嚎经常光临白茅岭。监狱岗亭打开探照灯，瞄准风中声音的方向，小土丘上，发现那头狼的影子。狼毛蓬松垂落，像个披头散发的女人，斜眼放着绿光。

清晨，大墙内的某间牢房，十几个犯人陆续醒来，发现他们中的一个，平日里健壮的大块头，已成血肉模糊的一团。喉咙被咬断了。监房里弥漫着血腥味，还有狼身上特有的臊气。铁栏杆上粘着几撮灰色狼毛。这意味着昨晚，那头狼秘密潜入监狱，成功躲过各种防范，没发出任何声音，杀死了熟睡中的囚犯。它不是来吃人的，死者虽然肥壮，但没缺多少肉，只有浑身狼爪的伤痕。

白头发的老狱警，接连抽掉半包大前门。案发现场烟雾腾腾。幸存的犯人们挤在角落，贪婪地吸鼻子，吞下充满烟味的空气。躺在中间铺位上的死人，是白茅岭唯一的胖子，却像具被吸干了的僵尸。老狱警操着一口黄酒瓮味的南汇话，令人颇感费解。相比警察后生们，他就是个乡下土鳖。他的真本事，只有两个最老的犯人知道，只有蹲了大半辈子监狱的人，才能从他后半夜巡逻慢悠悠的脚步声中，听出那个名侦探的节奏……

三十多年前，提篮桥监狱幽长的甬道两边的铁栏杆里，人满为患，喧嚣骚动，散发出死尸与粪便的恶臭。彼时，他还不是狱警，更不老。他专办各种杀人大案，登上过《申报》，被百乐门的小姐们献过花。他常到监狱提审犯人，穿着灰色风衣，笔挺的皮裤，锃亮的靴子，偶尔戴上呢质礼帽，嘴里叼根烟斗。他很容易被认出来，有人向他吐口水，笑声邪恶。他穿过甬道，仿佛经过动物园，他把杀人犯看作野狗，把绑票团伙当成黑鱼，扒手大王被视为猴子，但他没看到过狼，也没有看到过狮子样的罪犯。一九四九年，许多警官去了台湾，唯独他留在上海市警察局，完成与解放军的交接。他为什么不走？因为那是福州路啊，有他喜欢的书店和姑娘。几年后，这条路上的商务印书馆和中华书局，都搬去了北京。而作为前名侦探，他走出福州路185号，踏上去白茅岭的卡车，带领五百名少年犯，从此再没回家。

老狱警又踩灭一个烟头，看着监房床铺上的死尸。为子复仇的母狼，或许只是示威——它能轻易杀死任何人，在任何地点、任何时间。

但他仍有疑惑，在狼杀人的同时，这间牢房里还有十二个人，难道都没有任何察觉？

一个年轻囚犯说："我看到了。"这小子戴着眼镜，不像其他凶恶的惯犯。他的铺位就在死者旁边。后半夜，他被身边某种动静惊醒，闻到一股刺鼻气味，恐惧充盈了心底。睁开眼睛，月光穿过铁窗照亮监房。有团巨大的黑影，趴在旁边的大块头身上——难道有人半夜来鸡奸？为何没有反抗？不对啊，旁边那家伙可是个狠角色，平常在监狱里横行霸道，都是他干别人的，怎么可能被别人干？不，那个……好像……不是人类。不错，它刚咬断了大块头的咽喉，满嘴都是人血。它也看到了他。

狼的目光。他说这辈子都不会忘记，在凌晨时分的白茅岭，监狱的床上看到一头刚杀过人的狼。狼的鼻子距离他的鼻子，不会超过半尺。狼嘴里喷出的热气，带着死人的血腥气，灌进他的嘴巴。狼狠狠地瞪着他，几乎透过他恐惧的眼球，看穿他悲催的前半生。他不敢叫喊，没有发出声音。狼在警告他，要是把其他人吵醒，立刻咬断他的脖子。他直视狼眼几秒钟。幽暗的、绿色的却又像宝石般的狼的目光。德国纳粹的、意大利法西斯的、日本鬼子的、美帝国主义的，地球上一切的邪恶与残忍的目光，都不如昨晚那双目光。

在脖子被咬断之前，他闭起眼睛，强迫自己趴下装睡。他能感到那头狼从床上起身，脚步像猫似的，静悄悄地离开监房，从铁栏杆间钻出去。他躺在尸体旁边，自己也像尸体一动不动。直到天亮，囚犯们陆续醒来，才响起男人们的尖叫。

狱友们都不责怪他，毕竟当他发现时，旁边的人已经死了。假如他发出叫喊，非但自己白白送命，周围那些囚犯惊醒，恐怕也会被这头野兽咬死。所以，他的沉默，反而救了一屋子人的性命。

老狱警记住了这张年轻的面孔，也记住了他的囚犯编号：19077。

大雪一连下了十天。从白茅岭农场建立的那天起，就未曾下过这么大的雪。自狼在监狱里吃人那晚以后，白茅岭人人自危，为了避免在睡梦中葬身狼口，他们轮流说鬼故事吓唬自己。狼的体形虽大，骨头却很纤细，传说有缩骨之术，能钻进很小的洞或缝隙。毫无疑问，又是那头复仇的母狼。

唯独老狱警，照旧抽着大前门，蜷缩在宿舍火炉边，迎来一九七六年的最后一天。默算日子，等到过完年，还有四十九天，就能熬到退休回上海了。

这天黄昏，劳改犯点名时，发现少了一个人。

干警们搜索了整个监狱，包括白天活动过的荒野。

冬天出来劳作的犯人不多，岗亭外放哨的士兵，偶尔也会走神，尤其当风雪弥漫，模糊了视线之时。那年头的白茅岭，越狱并非难事。别说是人，连狼也能翻墙。某年夏天发洪水，砖砌的监狱全被冲垮，有几个囚犯和干警一起被淹死。水田和茶园紧挨着山林，夏天下地劳动的时候，趁着别人稍不注意，囚犯就能轻易逃跑。

越狱者的结局，无外乎几种——被执勤的哨兵开枪击毙；被军警搜捕抓回来枪毙；逃到山上被狼吃了。还有更惨的，九死一生逃回上海，家里人却不敢收留，身无分文还没有粮票，露宿街头，饥寒交迫，为了能吃上口饭，索性再奔回白茅岭报到。

若在平时，早就全员出动搜捕了。不过，今晚零下十五度，在这样的雪夜上山，等于自杀。越狱的犯人也是昏了头，就算侥幸没被冻死，也会成为饥饿狼群的晚餐。监狱决定，等到明天清晨再行动。但到那时候，要搜捕的就不是逃犯，而是逃犯的尸体了。

白头发的老狱警，蹲在监狱门口，给自己点上最后一支烟，努力回忆逃犯的脸，想着想着，却串到了别的什么面孔上。不同的脸像烙蛋饼似的，金黄的压着土黄的，从焦香四溢到冰冷僵硬。

雪，下得稀稀拉拉。月亮快从浓云间露出头了。白茫茫的山上点缀着黑色的毛竹与枯树。站在监狱前向东望去，山头轮廓分明，右边露出一道陡峭悬崖，突出的侧面很像狮脸。那片山崖，又名狮子口，相传曾是宋朝岳家军抗金的古战场。

平常这个时候，老狱警就要回去值班了。那几个来自提篮桥、在白茅岭监狱相伴了三十年的老囚犯，只有听到他夜巡的脚步声，才能睡得安稳。他清点兜里的烟，剩下一包半，刚够应付七八个钟头。而这一夜，还漫长着呢。

明天早上，太阳照常升起，但不是每个人都能看到。

莫名其妙地，老狱警想到这句话，很想找个人说说，回头只见雪夜里自己的影子。

他摸了摸腰间的枪套——五四式手枪，上个月才配发给每个狱警。这种枪威力巨大，可以近距离击穿薄钢板和砖墙，通常供军队使用。所以，这不是用来看管犯人的，而是为了防范狼的偷袭。弹匣容量八发子弹，但他只上了七发，因为最后一发容易卡壳。

枪套里是空的，枪已不翼而飞。

几个钟头前，他在负责看管放风的犯人。那时候，风雪正好停了，太阳难得从乌云里露头。虽是零下十五度的凌寒，他坐在阳光下的雪地里，仿佛做梦回到了三月的春天。但人到底是老了，他坐在一块榆木桩子上，背靠着光秃秃的篱笆墙，慢悠悠地点了一根大前门。午饭刚吃完食堂的红烧肉，饭后一根烟，赛过活神仙。几个囚犯都是些后生，最小的十七岁，嘴上的毛还没长齐，年长的也不过三十，他们正在堆一个硕大的雪人，不断用雪块垒上去，几乎有两米多高。还有个下流坯子，用根粗木头插在雪人的胯下，一副要对着白茅岭所有女人耍流氓的屌样。

老狱警并没有阻止这些家伙，而是继续享用他的大前门。冬天的太阳下，风懒惰得静止不动，烟烧得尤其缓慢，在食指与中指之间忽明忽暗。

他做了一个梦，又一次梦见提篮桥监狱，梦见福州路上的小书店和姑娘们，最后居然梦见了动物园，铁笼子里趴着一头睡觉的狮子。

十分钟后，他被一阵风吹醒。烟头早把手指烧起泡，他却没任何感觉，坐在榆木桩子上，双眼瞪巴瞪巴，扫过几个囚犯年轻的面孔，他们却诧异惊恐地甚至带有某种怜悯地看着他。

就刚才坐着抽烟的工夫，竟然不知不觉睡着了，他怀疑自己是不是活着，还是被这些囚犯用绳子勒死，用石头砸死，或者用狱警的配枪毙了。

枪。

下意识摸了摸枪套，空的。

来不及吼叫，就发觉囚犯少了一个——他记得那张年轻的脸，戴着眼镜的斯文样，在令人眩晕的冬至后的清晨，狼吃人的监牢里头。

编号：19077。

这挨千刀的小子，趁着老子睡着的空隙，偷走枪套里的手枪，逃跑了！

几个正在玩雪人的囚犯，都被19077号的举动吓坏了。大家来不及警告19077偷枪会被枪毙，他就已带着手枪消失在白茅岭上。

老狱警手里没枪，何况山上有狼，必须先把剩余的囚犯押解回监狱。

他没再点烟，不明白自己怎么会睡着。一辈子从未犯过这样的错误。虽然已五十九岁了，但除了头发已白，他并不像同龄人那样衰老，反而发根茂盛，身体还强壮着呢。盛夏农忙，他也和囚犯们一起，光着膀子在烈日下收割水稻，身手敏捷不亚于小伙子。

监狱门口，懒洋洋的老狗在喘气。原子弹试验那年，他看着这条狗出生，活蹦乱跳了十几年。秋天，它还让农场里的两条母狗同时生了两窝小崽子。可就在几天前，这条狗没来由地颓了，先掉两颗牙，后来是一瘸一拐，再后来尾巴都竖不起来，撒尿没法跷起腿，就等着进棺材了。这是命。

晚上八点，部队发现失踪了一支五六式自动步枪，弹匣里有三十发实弹，还有把五六式三棱刺刀也不见了。

偷走枪和刺刀的人，正在上山途中。

白茅草占满整片山坡，据说这正是"白茅岭"的来历。锯齿状的草叶，山羊都不吃，割在脸上辣辣地刺痛。自动步枪挂在胸口，刺刀别在腰间。雪停了，月光皎洁。老狱警决定亲手把活人抓回来，而不是带回一具冻僵的尸体，或是被狼吃剩下的几分之一。就在今晚。

环顾四周，只有光秃秃的树干，看不到监狱和农场。军用手电筒光束耀眼。头顶划过一片凄厉，像铍声击穿耳膜。很高的树枝间，悬着被吊死的猫，惶恐哀鸣的，想必是猫头鹰。黑夜里遇到这家伙，必非吉兆，恐怕有人要殒命。他套着厚厚的军棉袄，帽子挡不住寒风，头皮一阵阵发冷。脚下的解放鞋，在雪地里遭殃。他像条狼狗弓腰观察地面。雪如起伏的棉花糖，点缀着枯草与树干。山上积雪尤甚，几乎没过脚踝，雪地上留下深深脚印。前头还有脚印，幸好雪停了，否则很快便被淹没。四周落得孤寂，呵出白气，热腾腾一瞬即逝。

但他嗅出人的气味——逃犯还活着。

另一行脚印，浅浅打在雪上，一个个小圆点，彼此间距很近，像两个小孩子追逐奔跑，说明是四条腿。空气中有野兽的气味，淡淡燥热，恶心的腥臭。他取下五六式自动步枪，打开机匣右后方的保险，进入连发模式。单发虽精准，但万一没射中，或击中了没打死，恐怕在射出第二发前，自己的喉咙已被咬断。枪口对准雪夜下的阴影，任何动静都要扣下扳机，管他是狼是人！往往这种时刻，枪在新兵手中很危险，哪个环节稍微出错，就会误伤战友，甚至可能打爆自己的脑袋。

每逢新兵入伍，白茅岭的老兵们都会反复告诫——晚上小心狼！一个人站岗时，绝不能思想开小差。有个东北来的新兵，十八岁，个头一米九几，体重一百八十斤，可谓白茅岭的巨人。他家在长白山下，半汉半鲜的村子，祖传的猎户，年年要打死上百头狼。他想，过了长江还会有狼？一定是老兵用来吓唬人的。第二天早上，战友们发现此人不见了，岗哨上有团血肉模糊的骨头，残破的军装，散落一地的灰色狼毛。掉在地上的自动步枪，尚未打开过保险呢。在白茅岭，老狱警亲眼看见过被狼吃掉的新兵蛋子至少有四个。

胸口有些冒汗，他解开风纪扣，一股寒风卷入领口。为了抵挡南方冬天的湿冷，他习惯于穿着厚厚的军棉袄，并牢牢系紧领口。他突然听到某种声音。隔着一片树丛，在手电筒的光束最末端，有黑影晃动。老狱警关掉手电筒，借助月光往前摸去。那影子行动缓慢，估计已耗尽体力。只差数步之遥，影子越发清晰，破烂的囚服在雪地中分外醒目。白天越狱的逃犯，能活到现在，也算走运了。必须要抓活的，不能开枪，要无声无息，像从背后偷袭的狼。老头趴在荒草丛里，半个身子没在雪中。

19077号囚犯，刚满二十八虚岁。青皮光头上发根茂盛，已近板寸长度。不像其他劳改犯，他的皮肤白净，嘴上有圈胡茬。最与众不同的是，鼻子上架着一副眼镜。大冬天口中呵出的白气，反复模糊镜片，目光也像盖着一副帘子，朦朦胧胧。乍看略像《南海风云》里的年轻舰长。去年夏天，南京军区的电影放映队，来到白茅岭放过一场露天电影。所有的囚犯、干警、职工，包括军人，一起坐在星空下，盘着腿，喂蚊子。

把这小白脸扑倒，干翻，捆住，不是轻而易举吗？

雪地里飞起团灰色，巨大的尾巴，月下龇牙咧嘴，牙齿白骨般反光。

"狼！"

该死的，那本该是他的猎物。但老狱警的一声"狼"，意外救了逃犯的命。狼的第一击，擦着逃犯的咽喉而过。狼爪将他扑倒在雪地。逃犯发出含混不清的吼叫，垂死挣扎，四肢乱蹬，抵挡狼的攻击，像被壮汉强奸的弱少女。

狼不明白为何没有一击命中，自觉奇耻大辱，启动第二击。

四颗尖利的恶齿，再度逼近逃犯的脖子，眼看要噬血夺命。

枪声响起。五六式自动步枪，三颗子弹，冒着火星，冲出枪管，响彻了整个白茅岭。逃犯本能地在雪地里打了两个滚。从狼爪底下脱身，摸了摸脖子，确信还跟脑袋连在一起。

他活着，狼也活着，均毫发无损。子弹射向黑漆漆的夜空，击向挂在中天的月亮。并非老狱警射术不精，而是狼与逃犯生死搏斗的瞬间，纠缠翻滚在一起，根本无法瞄准。五六式自动步枪的杀伤力超强，就算打准了狼，子弹也很可能穿透狼的身体，击中下面的逃犯。还有一点，连发会产生强大的后坐力，导致第二发与第三发子弹往往不准。

对于在白茅岭"关"了二十年的老狱警来说，狼不是陌生的动物。他能辨认出每头狼不同的细节，无论公母。这头成年母狼，体形比同类大些——白茅岭上的这群狼，大多魁梧雄壮。为消灭这头凶残的母狼，农场上下折腾了两个月，不仅一无所获，反而丢掉不少人命。刚才那几秒钟，是千载难逢的杀狼机会，也是将越狱者当场击毙的好时机。但他的目的不是杀人，而是把活人带回监狱。

狼这种畜生挺小心的，知道自动步枪不是木棍，转身蹿到雪地深处，消失了。

逃犯看到了老狱警，也看到了自动步枪。他知道是来抓自己的，要么被当场击毙，要么被抓回去枪毙，对于一个倒霉的越狱者来说，不可能有第三种结局。无论结局如何，总比被狼吃掉好些吧。逃犯选择了向政府投降。

囚服早被抓烂，苍白的脸上多了道血痕。眼镜顽强地挂在鼻梁上，只是有一块镜片已破碎，宛如布满裂缝的玻璃窗，将左眼的目光隐藏得更深。老狱警啐了口唾沫，用枪口用力捅他后背，"跪下！双手抱后脑勺！"

越狱犯闭上眼睛，老狱警从他的囚服里，搜出一把五四式手枪，弹匣里七发子弹，一发不少。他将手枪塞回枪套。再不能被偷走了，他想。

"同志，我听说，对准心脏开枪，是最没有痛苦的死法，对吗？"

"完全说错了！打中心脏是最疼的！白痴！"

老狱警掏出麻绳，将逃犯双手别到后腰，打了个死结捆住。逃犯站起来，比他高了半头。劳改犯要从事强体力劳动，但他的胳膊并未锻炼出肌肉，体形依然像黄豆芽。脸颊的血滴滴答答。老狱警抓了把雪，擦了擦逃犯的脸，以免血腥气引来更多的狼。他系紧风纪扣，用枪顶着逃犯后背，押解他往回走。白雪和月光彼此交映，四周全是黑压压的森林，监狱和农场还很遥远。

余光瞟到逃犯的眼镜快滑下鼻梁了，老狱警为他扶正眼镜，准确说出他的编号——"19077，干吗要逃跑？"

"因为你睡了。"

老狱警很想现在就毙了他，"逃就逃了，竟敢偷枪！"

"山上有狼，要是有一把枪在身上，还可以防个身什么的。"

"你会用吗？"

"不知道。但只要我手里有枪，就算你醒了，也不一定敢追上来。"

"要是今天我没睡着，你也想逃跑吗？"

年轻的逃犯点了点头，说："我怕狼。"

老狱警眯起双眼，布满皱纹的眼皮底下，两道目光如炬。他直勾勾地盯着逃犯，像回到冬至第二天早上的命案现场。

"那天晚上，在监牢里，大家都睡着的时候，亲眼看到狼吃人的，就是我。"

眼前年轻的逃犯，编号19077的越狱者，是那桩案子唯一的目击证人。他害怕晚上睡在监狱里，会不知不觉被狼吃了。

"逃到山上就不会被狼吃掉吗？"

"我宁愿醒着的时候死，也不愿睡着以后，死得不明不白。"

"这里没有死得不明不白的人！"老狱警用枪口顶了顶他后脑勺。

两人一前一后走了好久，迟迟不见监狱与农场的灯火。老狱警计算路程和时间，从潜出营房到上山再到逮住逃犯，花了不到一个钟头。下山又耗去差不多一样长的时间，但眼前景物却截然不同，干枯的树丛越发密集。他们本能地顺着山坡往下走，到底了却又得上坡，周而复始，永无止境。

"同志，我们是不是迷路了？"

老狱警环视一圈，将手电筒照得更远些，那是另一片无比陌生的山岭。没错，他们迷路了。唯一能确定的是仍在白茅岭。

耳膜突然被什么震了一下，死寂的雪地深处，狼嚎四起。三个月来，每晚都会响起的狼嚎，仿佛来自另一个世界的幽灵在彼此述说震耳欲聋的悄悄话。这声音的刺耳程度，完全超出人类听觉所能承受的极限，只有身临其境，才能理解何谓"鬼哭狼嚎"。

他命令逃犯原地别动，再将麻绳放长绑在自己腰上，两人拴在一起。手电扫过四周每一寸空间，跳出一对幽幽的绿灯——母狼的眼睛。灰色身体，渐从雪地露出。它从未走远，跟在身后，无声无息，耐心等候咬断两个男人喉咙的机会。

虽然穿着厚棉袄，臃肿得像团绿色毛球，但老狱警还是眨眼间打开自动步枪保险，对准暗绿色目光，扣下扳机，三颗子弹连发。枪声压倒了狼嚎。

狼消失了。前头还是雪地。黑夜里，白茫茫，远方山峦剪影模糊不清，荡起三段枪声的回音……间隔愈来愈长，更像打了三次单发。子弹继续飞。

手电所到之处，没有血迹，连根狼毛都没落下。难道是幻觉？

他问逃犯："喂，你看到狼了吗？"

"看到了，但你没打中。"

在雪夜丛林，面对狼这种幽灵般的动物，失手也并非绝无可能。看不到那双绿色的眼睛，但能感觉到它，也许已绕到背后？老狱警不敢多想，喘着粗气，转了几个圈，绑在腰间的麻绳，缠绕好几圈，像流出来的肚肠。逃犯跟着他转圈，雪里连跌两个跟头，差点也把老头带倒。

"王八蛋，坐稳了！"

逃犯应声坐在雪地上。这也是喊给母狼听的，让它一样乖乖坐下，不要轻举妄动。但他看不到狼，狼看得到他。毕竟，人的视力有限，尤其在黑夜，怎比得过野兽的眼睛？

两个人行走，一个人被反手捆着，另一个身上系着绳子，还得防范对方随时会逃跑，甚至反过来攻击他。在这种情况下，要预防狼的突袭，简直太困难了。何况又迷路了，可能离山下监狱越走越远。假如朝天鸣枪，山下能否听到？无法判断，算了吧，还是节省点子弹要紧。老狱警暗自思忖。

这么坐在雪地里，恐怕到不了后半夜，就得活活冻死。还好四周有枯枝和干草，兜里还有盒火柴。他清理积雪，点燃几绺白茅草。火种，像难产的婴儿，总算亮起来了。太冷了，又潮湿，眼看火苗又要熄灭。他命令囚犯用身体挡风，同时往柴堆里吹气。火苗点着枯枝。星星之火，可以燎原，但为了活命，哪怕烧掉整座白茅岭也在所不惜。逃犯跪着凑近取暖，死人般的脸，稍微有了血色。在火光映衬下，脸颊的伤痕更为鲜艳，竟生出一种俊俏来。

篝火让野兽不敢靠近，人类才有幸在远古生存下来。地下的雪水渐渐融化，后背都被烤热了。老狱警又起身去收集树枝，以免燃料用尽，但跟逃犯一块儿绑着麻绳，活动范围仅是个半径两米的圆圈。

"犯了什么进来的？"

"我没犯罪。"

老狱警一脚踢开他，却因麻绳连着他俩，自己也被顺势带倒，趔趄几下，仍端起枪。

逃犯把头埋入膝盖，反捆在背后的双手，如临刑前的死囚。火堆噼啪作响，不断有枯枝烧裂。

"他们说我是强奸犯，但我不是。"年轻的脸庞在火光中抬起。

"19077，我在医务室见过你，你以前做过大夫吧？给人看病，还是给牲口看病？"

"给人看病——女人。"

"妇科？你就每天坐在医院的小房间里看女人的下面？"

老头用衣角擦拭对方满脸的鼻涕。逃犯猛烈甩头，避开他的手。

"判了多少年？"

"十年。"

"来几年了？"

"四年一个月零九天。"

老狱警是明知故问，关于19077的一切，他清清楚楚——包括为什么会来到白茅岭。干了一辈子的警察，从旧社会到新中国，哪样奇怪的故事没见过？各种各样的冤枉官司多了去了，而妇产科医生的职业无端引来强奸的罪名，也不是第一次听说。

作为强奸犯来到监狱，地位还不如贼骨头和杀人犯。倒粪便洗厕所这类脏活，通常是留给他的。何况，他长得文弱秀气，洗干净了像个小白脸……

一九七六年过去了，白茅岭上升起一九七七年的月亮。白雪映着熊熊

12

火堆。逃犯的脸颊越发绯红，那道渗血的伤痕更加刺目，干枯的嘴唇也湿润起来。

火苗眼看要熄灭。老头命令逃犯在原地不动，他去再捡些干枯的树枝。逃犯说："要是你去捡树枝，那头狼下来了怎么办？还是我去捡吧，能不能帮我把绳子解开？反正你手里有枪，不管是我还是狼，一旦轻举妄动，你都可以开枪。"这是合理的建议。否则，两人势必一块儿被狼吃了。老狱警为他松开双手，但没有解开腰上的绳子。逃犯活动手腕，猫下腰去捡树枝。

来不及了。

月光透过张牙舞爪的枝丫，照亮一头硕大的动物，居高临下站在大石头上。狼眼斜斜地上翘，仿佛从蒙古归来。冬天的灰毛尤其厚长，从胸口拖到四条腿肚子上，而在宽阔的胸膛之下，还荡着一堆臃肿的奶头。它像发作时的哮喘病人，或像多年的痨病鬼，喉咙里发出低沉的咕噜声，带着血腥味和热烘烘的狼臊气。虽说狗也是这样吓唬人，但狼那尖细开裂的嘴巴，一对三角形的耳朵，垂于地面的扫帚尾，提醒生人勿近。

白茅岭的雪，还没融化。狱警与逃犯生的火，刚好熄灭。最后一粒火星，似夏日的萤火虫，冻死在突如其来的寒流中。

狼，暴露獠牙，呼之欲出。

哒……哒……哒……没听到子弹的穿透声或狼的哀嚎声，却有一阵腥风扑面而来。老狱警顺势往后跌倒，第二次扣下扳机。子弹射出瞬间，有双爪子不可抗拒地扑到肩上。超过十个成年男人的力量，将他踩倒在熄灭的火堆里，几乎要压碎他的骨骼和内脏。眼前一团黑灰，自动步枪飞了出去。浓浓的腥臭味再次袭来，冰冷的狼牙刚好擦过脖子。哪怕多停顿一刹那，就会被咬断喉咙。老头转过身，把狼压在身下，狂吼着，同样龇牙咧嘴，像要去咬狼的脖子。人的力气到底不比野兽。母狼瞪出凶狠的绿光，又挣脱转身，踩上他的后背。冰凉的异物，侵入他左后肩膀，深深嵌进肌肉。他被狼咬了。第二口，即将咬断他的后脖子。某个冰凉的金属，突然插进母狼的右前腿与胸口的连接处。

那把五六式三棱刺刀。他脸朝下俯卧在地，被狼咬到肩膀的同时，反手抽出左腰间下的刺刀，举至头顶，手心向内侧一转，擦着自己脖子右侧

13

边缘猛向上戳。母狼的血，似滚烫的开水，溅满半边脸。刺刀还在左手。这是真正的杀人利器，可毫不费力地刺透两个男人的胸膛。即便不能当场致命，三棱形的军刺也能通过血槽将空气引入，在血管内形成泡沫。只要刺入八厘米，就可让人痛苦而缓慢地死去。刀身加热时掺入过砷元素，仅仅擦伤皮肤也能导致砷中毒。

老头晃晃悠悠站起，缓缓贴近地上的母狼，决定送出最后一刀，仁慈地解决它的痛苦。

狼却一个急挺身，亡命地钻入边上的树丛，被绵延如大肠般的黑夜消化。好厉害的对手，虽然是母的！他找回手电筒，庆幸没被摔坏，这才想起逃犯。

又不见了。

老狱警的腰间还捆着绳子，却在数米开外中断——五六式自动步枪也失踪了。

19077号犯人第二次偷走了老狱警的枪，也是老头这辈子第二次被人偷枪。

不远处的雪地上，有行深深浅浅的脚印。他走不远的。老狱警忍住肩膀和背后的剧痛，抓紧手电和刺刀，跌跌撞撞往前冲去。枪套里的五四式手枪还在。但真正厉害的武器，既可以杀人也足够杀狼的，在逃犯手里。

一九七七年一月一日，凌晨一两点，老狱警一路往山上走。山上的雪越发坚硬。好像有白色雪花飞过，随手一抓，非但不融化，反而有些暖和，原来是身上的棉絮。这同样拜母狼所赐，只是可惜了这身好棉袄。尚未凝固的血，从十多处不同的伤口渗透。

一缕清亮的白光，从斜上方投射下来。一只老鼠，窸窸窣窣钻出雪堆，宛如一条毛笔的墨迹，从白色信纸上画过，转眼被水稀释。这家伙那么小，却非等闲之辈，窝里藏着不少过冬的口粮。猫头鹰从天而降，把老鼠逮到了树上。它自老鼠窝里生出来，到被这只猫头鹰吃掉，也许只有几个月。而与之同窝的兄弟姐妹们，恐怕寿命更短暂。想想自己能活到这把年纪，老头就感觉走了狗屎运。大约四十年前，跟他一同考进旧上海警察局的同龄人们，要么死于凶恶罪犯之手，要么作为阶级敌人被镇压枪毙，要么早早病亡在床上，而今健在于世的寥寥无几。

循着逃犯的脚印，雪地里有坨黑色的东西，冒着热气。他认得是狼粪。新鲜出炉的，小笼包般的狼粪。要是晒干了，用火柴点燃，会冒出浓烈而腥臭的黑烟。古人就是这样用狼烟传递军情的。只不过要葬送很多收集狼粪的士兵性命吧。狼不像老虎或豹子在领地范围潜伏袭击。它们的狩猎方式是长途奔袭，因此具有超乎其他猛兽的耐力。但奇怪的是，为何只有这一头母狼？狼群去哪里了？

他在此地二十年，从未深入过这些角落。严寒时节，狼群会席卷整个农场，把大家准备过年的牛羊拖走，或就地啃得只剩骨架。监狱还没养狼狗，顶多是有农家院里的草狗，学名中华田园犬，冬天还会吊死做狗肉煲。

雪中脚印，越发凌乱，也越发新鲜。手电射向正前方，依稀可辨一个人影。

"站住！"任何人只要回头，看见这么一个浑身鲜血，半人半兽的怪物，都会不由自主停下。虚弱的逃犯正在喘气，瞪大眼睛足足十秒，才确认来者是何人。

老狱警连手枪都没掏，握着带有狼血的刺刀靠近，逃犯本能地举起五六式自动步枪，"不要啊！你再走一步，我就开枪了！"

"白痴，保险都没打开呢！"

逃犯忙乱地检查自动步枪，扳弄各个部位。当他把枪口对准自己，老头及时提醒了一句："喂，危险！小心走火，把自家脑袋给崩了！""哦？"

枪口放平，他继续扳弄保险，整张脸由苍白憋到通红，额头流下豆大的汗珠。

老狱警根本不相信他会开枪，大摇大摆走到逃犯面前。

枪响了。

连续三发子弹，从五六式自动步枪的枪口射出，擦着耳边飞过。距离太近，根本无从躲闪，他本能地向后摔倒。在他倒地的同时，身后闪过一个黑色的影子。

后面有狼的绿光，逃犯只能抓紧时间开枪。还是那头母狼？胸口中了一刺刀，居然还没流血而死？趁着逃犯分心，老头翻身抓住枪口。刺刀本可轻松地出手，瞬间捅进逃犯心窝，就算仅刺中肚子，也会令其在数分钟后丧命。终究，他不想只带回一具尸体，于是冒着逃犯开枪或走火的危险，将逃犯死死压在雪里。他右手像个铁扳手，禁锢住逃犯抖动的手指，阻止他扣下扳机。

与其作为越狱犯耻辱地受死，不如在这狼嚎的雪夜里，被一颗子弹或一把刺刀送命更痛快些。逃犯比老狱警高了大半个头，垂死挣扎，并不比母狼更容易对付。额头被逃犯的指甲抓破，老头热热的人血混着狼血，溅到逃犯碎了一块的镜片上。老头关上枪的保险，重重一拳砸中对方鼻梁。逃犯再无力反抗，像妇产科的女病人，绵软地躺在雪地上，双腿分开。满脸流血的老头，骑在他身上，劈头盖脸，一顿胖揍。

残留着火药味的枪口，顶住逃犯脑门，冰凉的皮肤立刻灼热起来。调整到单发模式，不要浪费子弹，一颗就足够了。从额头进去，后脑勺飞出来，干净利落，不会有太多痛苦。无非是死相难看点，自动步枪的威力巨大，那么近距离开枪，很可能掀掉大半个天灵盖。

"干吗要逃跑？"

"同志，我不是故意的，我以为你被那头狼吃掉了！如果，我不快点弄断绳子逃跑，也会被狼咬死的。我必须拿走你的枪，万一那头狼追上来，还可以靠这支枪自卫。你也不想看到，今晚我们两个都被狼吃掉吧？"

这番话貌似有些道理，但也可以往更险恶的方向揣测，老狱警犹豫着把枪收回。

逃犯说："你还在流血呢！"

"你以为你是医生？"老头忘了，他真是医生。

"伤口很深，没做任何包扎处理，还能一路追到这里……"逃犯摇头说，"快把衣服脱下来。"

"冷。"

"快点脱，听医生话！"

他这么说的时候，就像在关照女病人：快脱裤子，在医生面前别不好意思。老头脱掉衣服，血肉和棉毛衫连在一块儿，冻得硬邦邦的，几乎撕下几块皮。但他咬着牙，死都不肯叫一声。

手电照出后背数条伤痕，全是狼爪留下的，最深有一二厘米。左后肩膀，两个深深的洞眼，狼牙的标记。还好右肩膀没受伤，否则连枪的扳机都扣不动。老狱警个头不高，体重不超过一百二十斤，但有精壮紧密的肌肉。前妇产科医生的逃犯，撕碎老家伙的衬衣，反复缠绕包扎背后被狼咬伤的部分，一包上去就渗出鲜血。不一会儿，赤裸的后背，已包成了木乃伊。逃犯帮他穿好衣服，但后背的无数破口处，不断钻入寒风。

没有止痛药，但低温令人头脑清醒，不断刺激分泌肾上腺素，获取并透支能量。包扎穿衣的整个过程，他始终牢牢握着枪，不肯腾出双手，以至于系纽扣这种事，也得逃犯一粒粒帮他系上，从最底下到脖子上的风纪扣。逃犯抓起几把雪，擦拭老头黑糊糊的脸。冰凉刺骨的雪团，好似冬天没拧干的毛巾，擦掉厚厚的泥土与污垢，在皮肤上融化，变成水，带走人与狼的血。

老头的脸露出原色，不深不浅的肤色，眉毛与眼睛还算端正，如果戴上眼镜，穿上中山装，很像处级干部或小学教员，也像被打倒的知识分子。但他只看到月下自己的影子，模糊得像一团动物内脏。

"谢谢。"他第一次向劳改犯道谢。

整夜没有喝过水的喉咙，像燃烧的煤球炉，简直可以喷火取暖。上山之前，他本想带上行军水壶，但怕累赘，加上水壶的铝质外壳很容易跟自动步枪碰撞，怕半夜里动静太大，惊动了逃犯或狼。他半蹲下来，清理出一团干净的雪，捧在手心，眼睛一闭，吞入嘴中。

前医生的逃犯提醒，冰冷雪水不能直接到肠胃，不然可能一边在雪里拉稀，一边被母狼咬掉屁股。

老狱警不蠢。他没有马上咽下去，而是先含在口腔，两边腮帮鼓着，等冰水变成温水，才缓缓吞下。这口水经过咽喉、食道、胃……虽然牙齿连同舌头冻得麻木，身体却像一盆快要枯死的花，哪怕撒泡尿浇了都能活命。

他又抓了一大把雪，塞到逃犯手里。逃犯往后缩了几下，硬着头皮吞下一口雪。

"小子，别说你想要逃走，刚来白茅岭那几年，我有好几个同事，解放前就在一块儿的老警察兄弟，都被冬天的狼吃了，连我想要逃走都不敢，何况你？"

逃犯斜眼看他，不回答，怕被这老家伙套话。

一九五三年，前名侦探来到白茅岭，自此遥望整片荒芜的山头，听黑夜此起彼伏的狼嚎。他住在漏风的茅草房子里，腰眼里别着手枪，监督犯人们修造监狱和农场。有时候，他想，自己还不如那些只判了几年劳教结束就能回城的犯人。从上海被放逐来的干警们，白茅岭就是终老与葬身之地，包括安置来的无业游民，大家都要为农场生儿育女，以便一代代人就地扎根，永远繁衍生息。像他这种一辈子没结婚，被批准退休后还能回上海养老的，真是凤毛麟角。

"但是，狼窜到监狱里来吃人的事情，我却是一辈子都没遇见过。"老头说。

白茅岭，下半夜。冷月下的雪地，两个男人踩出四行近乎笔直的脚印。逃犯的眼泪，扑簌扑簌，滚烫的，顺着眼角，砸入雪地，像烧开的水，融化微小的一片白。

"同志，你说，我们要是回到监狱，我还有可能活吗？"逃犯无力地倒在雪中。

老狱警无法说出真相——越狱犯通常会被加判为死刑，除非是自首回来的，才可能捡回一条命。他说："不晓得，得看人民法院怎么判了。"

他用脚尖踢逃犯。睡在雪上多舒服啊，但睡着就死定了。他硬生生拖起逃犯，互相搀扶前行。地图上都找不到的白茅岭，无边无际，一夜间变大了十倍，需要走一辈子，像最漫长的徒刑。

不知不觉到了一个阴气逼人的小山坳。周围是枯死多年的树木，脚下积雪和泥土松软。两个男人，冻出满脸鼻涕，接二连三打喷嚏。走在前面的逃犯，脚底被什么绊倒了，被拽起来前，右手摸到一样奇怪的东西，竟是个乌黑的骷髅头！他这才发现脚下积雪里，散落着无数骨头。有的明显是人的大腿骨，也有牛的肩胛骨。有块山羊的颅骨，两个醒目的圆孔，是狼牙咬穿的。蓝印花土布碎片，像旧时农村老太太的。最后有一根像是清朝人的发辫——男人粗大的辫子，干枯褪色，散落在破碎的头盖骨旁边。

狼群的墓地。不，是它们猎物的墓地，更准确地说，是狼族厨房的垃圾桶，存放它们吃剩下的骨头。这是许多年代不断积累下来的，到底存在了一百年？八百年？还没有人类的史前时代就有了吗？狼是比人更古老的动物，那时候，它们才是整个地球的主人。现在，它们只能在白茅岭做主人。而人类是客人。

18

哭声。两人彼此对视，都没有掉眼泪。

逃犯趴在雪里，耳朵贴着地面，寻找哭声来源。地下的哭声。仿佛许多年前被狼吃掉的婴儿，阴魂不散，在自己的坟墓中哭泣。

婴儿继续哭，富有节奏，中气十足，是那种吵得全家人彻夜难眠的孩子。

老头举着手电筒，一瘸一拐，照见山坡上一个土堆。半人多高的侧面，最不起眼的位置，几株白茅草遮蔽下，有个黑漆漆的洞穴，只能容纳一个人爬进爬出，他钻进去，里面看起来深不可测，四壁凹凸不平，充满腥臭。老狱警有些后怕，自动步枪和刺刀，全都留在洞穴外面，逃犯可以轻而易举地杀了他，就算挖些泥土封住洞口，也足以让他葬身狼穴。

温暖的狼穴，与外面冰天雪地相比，简直像三月的春天。他用两个手肘支撑起身体，几乎倒吊在洞的底部，仅剩下双脚还在狼穴外。他感到有双手抓住自己脚踝，无疑就是逃犯，以免他被卡住出不来，或坠入更深的地狱。

老狱警变成了瞎子，只能依靠听觉，抓住某个挣扎的活物，摸到一只小小的耳朵，不是毛茸茸，而是光滑细嫩的皮肤。有个小鼻子，然后是迷你的嘴，紧紧咬住他的手指，有力地吮吸，传说中吃奶的劲儿。

人类的婴儿。

逃犯像拔萝卜，从狼穴中拖出老头的身体。土块与碎屑，不断从脸颊边擦落。他双手护着婴儿，紧贴自己下巴，不让这孩子受一点点伤。

男孩。哭声狼嚎般刺耳。小小的身躯底下，包着几块碎布，襁褓的残片，印着"白茅岭农场"的字样。逃犯将孩子搂在怀中，像抱着亲生儿子，反复亲那红扑扑的脸蛋，毫不顾忌孩子身上的腥臭之气，沾上满嘴狼毛。

没错，这是一个多月前失踪的男婴。所有人都以为这孩子被狼吃了，他却活在狼穴深处，看起来也没什么营养不良，就跟普通人家的婴儿一样，大腿与胳膊反而更粗壮有力。

这孩子到了逃犯手里，立刻停止了哭泣，睁开眼睛，看着雪夜里逃犯的脸，反而嘻嘻地笑了。

"你认得他？"

"是，我亲手把他接生出来的。"

"说什么呢？你在监狱里给女人接生孩子？"

19077号犯人把头埋到婴儿屁股上，边清理残留的粪便边说："我到这里四年，总共只接生过这一个孩子。"

医生在白茅岭弥足珍贵。许多有一技之长的囚犯，都被委派到重要岗位，他也不例外。除了跟别人一样劳动改造，他还在医务室工作，为老狱医打下手，给犯人配药更是家常便饭。妇科只在县城的医院才有，害了妇科病的农场女职工，懒得大老远跑县城，就会到监狱医务室来找他。女人们争相前来看病，这个上海来的医生，有个外号"小唐国强"。中年的女职工们，大大方方地宽衣解带，让他戴着眼镜仔细检查。有个三十来岁的寡妇，男人几年前被狼吃了，像只饥肠辘辘的母狼，每次到医务室，总要捏"医生"的脸蛋和屁股，像品尝一块新鲜出锅的肉，还整个人贴上来，扯开他的裤腰带。年轻医生想起自己是怎么被抓进来的，吓得灵魂出窍，飞快地逃回监牢里蹲着。但他不敢向干警报告，号子里的狱友们，都说这小子艳福不浅，要是换作他们，早就排着队去干这差事了。可是，在白茅岭的日子里，他最厌恶的，就是看到女人的身体。

五个月前，凌晨，有人把他从睡梦中拎起。这种时候来提人，往往意味着枪毙。被惊醒的犯人们，同情地看着他被带走。他浑身发抖，高声主张权利，说明明判了十年，怎又私下处决，他要再看一眼老娘，又问干警能不能吃顿红烧肉，后者轻蔑地摇头。传说中丰盛的断头宴，原来全是骗人的！押出监狱大墙，是去刑场吧，干吗要深更半夜呢？艳阳高照之下，吃枪子不是更好？他可不想做孤魂野鬼。想起革命电影里的镜头，他像所有地下党员革命烈士，大声唱了一首《国际歌》。荒山野岭的月下，苍凉壮阔，竟引得监狱里一片高歌和鸣。但他发现，前后只有两个干警，看起来疏于防范。他刚想要逃跑，干警却说："喂，你真给女人接生过孩子？"

原来，农场里有个孕妇半夜突然临盆，来不及去县城医院。这孕妇在监狱医务室找他开过药，就急着派人去监狱求助。孕妇的羊水已经破了，非常危险。他没有任何工具，只能简单做了消毒。他不断地跟年轻的孕妇说话，以减轻她的痛苦，生怕万一出什么差错，就会被拉出去枪毙。折腾到鸡叫天亮，孩子才呱呱坠地。是个男孩，分量不轻，哭声响亮，健康极了。这天是八一建军节，一九七六年白茅岭诞生的第一个孩子。他给孩子清洗完毕，关照了产后注意事项，便被干警押解回牢房。囚服上沾满血，变成鲜红的圆圈，像白茅岭上初升的太阳。孩子爸爸曾经也是囚犯，刑满释放回上海，早没了自己的窝，兄弟姐妹又赶他出门，他索性一辈子就留在了白茅岭。他为孩子取名建军，又给农场领导打报告，请求给接生孩子的囚犯减刑，还托人送了一篮子红蛋，却被同间牢房的人分光了。

白茅岭，雪夜。逃犯亲手接生出来的男孩，竟然野蛮生长成这么大了，掂在手里足有十七八斤。一个月前，他正下地劳动，听说这孩子被狼吃了，晴天霹雳，当场趴地上哭了。如今男婴身上多了浓郁的狼味，指甲许久未剪，积满狼穴里的污垢，锋利得能轻易划破逃犯的手背。这孩子睁开眼睛时，射出近乎绿色的光，不太像人类。

背后响起狼嚎。

回窝的母狼。浑身的灰色长毛，如同中年妇女的长发，雪地里一路滴着暗红。斜长的双眼，放射的不再是绿光，而是近于红色的凶光。四条腿蹒跚，尾巴沉重地拖在地上。它看到男婴被抱在逃犯手里，发出这辈子最凄厉的咆哮，看他们不为所动，狼嚎的音调变得细腻，绝不悦耳，反更揪心，像发疯了的女高音，又似敌台的长波频率，简直要让听众七窍流血而亡。最后，母狼发出狗才有的吱吱声。

人有人言，狼有狼语。老狱警和逃犯都明白了，母狼在对他们喊话，甚至哀求——请你们把孩子放下，离开此地吧。

两个人摇头。被抢了孩子的母狼瞬间发起了攻击。

老狱警打开自动步枪保险，扣下扳机，连续发射数颗子弹。狼贴着地面，子弹全从它的头顶划过。他不敢胡乱扫射，担心流弹伤及逃犯和男婴。

母狼的攻击对象并不是他，而是抱着孩子的逃犯。逃犯被一口咬中左大腿，惨叫着倒下，孩子从怀里滚落。老狱警抢在母狼之前，夺过哭泣的男婴。

狼，用尽最后的力气，再次扑到他身上。完蛋了。老狱警双手抱着孩子，完全没有反抗的可能，就连抽出刺刀的时间都没有。狼牙逼近脖子，他只有闭上眼睛等死。

腥臭的味道，却停留在半空，狼骤然衰竭而倒下，像被砍倒的大树。

老狱警睁开眼睛，脸颊依然贴着雪地，视线正好与那头狼平行。它也倒在雪中，同样的姿势，同样的目光，看着他。人的右脸，狼的左脸，贴着同一块地面。

母狼本可咬断他的喉咙，但功亏一篑，几小时前那记三棱刺刀，让它刚好流尽了血液。老狱警爬起来，拔出刺刀，蹲在母狼面前，按住它无力的脑袋。军刺对准喉咙，只需微微一抹，就能了结生命。它将死得毫无痛苦。他觉得自己足够仁慈，若是把它交给山下的人们的话……

垂死的野兽，不甘地看着他，从喉咙最深处，发出微弱而尖厉的哀鸣，宛如女人临死前的抽泣，百转千回，愁肠寸断，留恋人间，抑或狼间？男人的五根手指，连同五六式刺刀，头一回剧烈抖动，像手术失败的实习外科医生，一毫米一毫米地切割自己。

狼的眼角，分泌出某种液体，在雪地里，冒着嗞嗞的热气。老头从未见过，几百年来，也未曾听说过。狼的眼泪。军刺的锋刃，闪着蓝色暗光，在母狼的喉咙口停下。

"等一等！别杀它！"逃犯正从雪地爬过来，左大腿血流如注，两个眼镜片彻底碎了，面色如死人般苍白。

母狼的身躯抽搐，肚子鼓胀，撒出一大摊尿。"它快要生了！"逃犯提醒了一句，他是妇产科医生啊，虽然不是兽医，但类似情况他见多了。

怪不得这头狼几次失手，本该轻松杀死他俩，无疑是怀孕在身的缘故，并且接近分娩，行动迟缓，无法像平时动如雷霆地捕猎。

婴儿四肢矫健，不畏寒冷在雪地中爬行，居然挤到母狼肚子底下，张嘴咬住狼的乳头！

他是在一个多月前被母狼叼走的，如果不是每天吃狼奶的话，早已死了。因此，这孩子才会长得如此壮硕，远比一般的婴儿更为结实，生命力旺盛得令人吃惊。

老狱警抚摸着母狼的肚子，先让男婴好好饱餐一顿狼奶吧，反正是这辈子最后一次了。刚才在狼穴，孩子大概就是饿哭的。

也许，在最近的几个月里疯狂攻击人类的，未必是这头母狼。当它的七个幼崽，被人们剥皮吊在农场大门口，决定复仇的，是另外几头狼。野兽吃人，人也吃野兽，彼此彼此。

很多年前，有人在狼窝找到个七八岁的孩子。带回农场里他不会走路，每天像狼一样爬行，极度凶狠，智力相当于婴儿，不吃熟肉只吃生肉，半夜发出狼嚎。有经验的猎人说，狼崽死后，确有极少数母狼，会收养人类婴儿，喂养狼奶，当作自己的幼崽来抚养。

而这头即将分娩的母狼，之所以要杀死他俩，完全是为了保护狼穴里的孩子——它以为是人类再度来杀害它的孩子。

"喂，同志，怎么办？"逃犯端详着母狼下身，"产道打开啦！"

"你不是妇产科医生吗？愣着干吗？快给它接生！"

第一只小狼崽，带着胎盘和脐带来到世上，浑身血污，湿漉漉的，热气腾腾，捧在他俩的手心。还有第二只、第三只……逃犯连双胞胎都没接生过，这会儿片刻间，接连带出了七只小狼崽！

老头贴着母狼脖子，对着它的耳朵说："喂，你的孩子都出生了，我会保护好它们的，对了，还有这一个。"他抱起吃狼奶的男婴。母狼的胸口和下身都在流血，黏糊糊的胎盘也出来了。没有任何工具，逃犯弄断狼崽们的脐带，把七只小狼崽抱到母狼面前。

母狼伸出血红的舌头，依次舔舐七只小狼崽，既给孩子们消毒，去除娘胎里带出的血污，也在品尝自己羊水和胎胞的滋味。

狼血流尽之前，它最后祈求般地看着老狱警的眼睛，又看看他怀里人类的孩子。

逃犯摇摇头，"别！"

老头一辈子没结过婚也没有过孩子，却一把推开他，将婴儿放到母狼嘴边。狼的舌头，把这人类的孩子舔了个遍。相比刚出生的七只小狼崽，这个男婴，才是它身边还活着的长子。然后，母狼的眼球渐渐浑浊，再也没有了任何光亮。

男婴又哭了。五个月大的孩子，似乎感知到自己失去了妈妈。老狱警脱下满是窟窿的外衣，裹住冰天雪地中的婴儿。

逃犯自行包扎了大腿伤口，却无法阻止流血，整条裤管浸泡成暗红色。他的双手和胸口，沾满母狼子宫流出的血。他紧咬着牙关，依次抱起七只小狼崽。

头一只生出来的小狼崽，体格最为结实，死死咬住母狼乳头。妈妈死了，乳汁还是热的，继续哺育孩子。这只执着的小狼崽，不像兄弟姐妹般一身灰毛，左耳朵上有块雪花状的白斑，煞是醒目。

逃犯抱着其余六只狼崽，哼哼唧唧地说："同志，你把这七个小畜生带回农场吧，也许吃羊奶可以活下来。"

"错，如果它们到了农场，碰上那些与狼有血海深仇的人，肯定会被剥皮抽筋滚油锅的。"

"让狼崽在雪里冻死吗？"逃犯说。

老狱警看了一眼狼穴，"此种野兽与人类相同，都是群居动物。母狼死后，狼群会照顾幸存的小狼。也只有这样，狼群才能在残酷的自然中，不断繁衍了几十万年。"他把男婴交换到逃犯手中，强行抱过狼崽们，拽起叼着母狼乳头的白耳朵小狼——最后一滴母乳被吸干了。

七只丧母的小狼崽都在怀中。他趴到雪地里，重新钻入漆黑的狼窝，把小狼崽放回去——它们就像回归母狼的子宫，安全、温暖、潮湿。运气好的话，它们会被狼群发现并活下来；运气不好的话，狼穴也很像墓穴。但他只跟逃犯说了前半句话。

等到他满脸土灰地爬出来，却发现逃犯手里抓着五六式自动步枪，枪口对准自己的胸膛。而他的五四式手枪，还插在枪套里，能瞬间拔出来反击的只是电影里的情节。

"再过一两个钟头，太阳就会升起。上海在白茅岭正东方向，面朝太阳就能走回去。虽然，我身上没钱，但还有两条腿啊。渴了就喝河塘里的水，饿了从农民家里偷只鸡，再不济也有蛋吧。如果运气好，扒节火车或卡车，哪怕拖拉机。四年前，坐卡车被押解来白茅岭，经过的每个地方，我都在心里默默记住了。往东过广德县城，沿着公路，从安徽走到浙江。长兴到湖州，左手边是太湖。两天能到江苏境内，穿过吴江平望，就是淀山湖。从朱家角老镇到青浦县城，从虹桥机场到中山公园。再往下是曹家渡。如果有下辈子，我还要做个妇产科医生！天照样下雨，女人照样生孩子，草木照样生长，鱼照样在河里游。报纸上不是说，世界上还有三分之二的人民生活在水深火热之中吗？我会帮助那三分之二的妇女接生孩子，你说那有多伟大啊！想想就让人激动！最亲爱的同志，请不要为我担心，我是社会主义明灯！第八个是铜像！（编注：指阿尔巴尼亚的情况。）"

越说越亢奋的19077号犯人，仿佛已踏上恩维尔·霍查同志的地界，老狱警却残忍地打断了这美好的妄想——"你的左腿，还在流血，等到天亮，会失血过多而死。"

自动步枪保险打开，单发模式。老头用左侧胸膛顶着枪口，心脏的位置。颤抖的金属枪口，清晰有力的心跳，丝毫不像快六十的人，更似颗快要破壳的鸡蛋。

"开枪！"

逃犯的眉目与眼睛扭成一团，扣在扳机上的手指，冻僵似的无法启动。

"开枪！"

老头说了第二遍，面无任何表情。

"同志，你自己下山逃命吧，带着地上的孩子，别逼我！"

"开枪！"

第三遍，像军官给士兵下达命令，行刑队面对死囚，验明正身，立即执行。

逃犯无法抗拒，手指直接听命于对方嘴巴，就像老狱警自己在动手。

扣下扳机。寂静，无声，雕塑般站立的男人。他还活着，他也活着，还有地上小小的他。温暖的狼穴里的七个它，包括死掉的雌性动物，都没有听到任何枪响声。突然，逃犯瘫软在雪地上，才明白开枪之前，无论枪膛还是弹匣，已经没有一发子弹了！

老头微笑着蹲下来。他一直在计算弹匣里的子弹，连发的话，每扣一次扳机，射出三颗子弹，加上几次单发，正好用尽了三十颗子弹。

别了，阿尔巴尼亚。别了，全世界三分之二生活在水深火热中的妇女同志们。

夜空上的白月，渐渐暗淡，偏向西天。凌晨，五点。不年轻的狱警，背着年轻的逃犯。前妇产科医生，左腿的裤脚管，像生孩子或得了妇科病的女人，不断被暗红色鲜血浸湿，半条裤子冻得硬邦邦的。老头右肩挂着自动步枪，却没子弹。能用来自卫的，是别在腰上的三棱刺刀，还有枪套里的五四式手枪。右手臂弯，怀抱男婴。孩子正在梦中吃狼奶。军棉袄成了褓裤，老狱警上半身剩一件被血污弄脏的棉毛衫，裸露着数条破口，里面是衬衣撕成的绷带。左手抓着一条毛茸茸的大家伙，死去母狼的尾巴，

25

令人生畏的灰色身体，狼头倒挂在雪地上，碾压出深深的轨迹。他必须把狼的尸体带回去，告诉整个白茅岭农场，这头野兽已被他杀了，噩梦般的狼灾已消除。囚犯、干警、职工和士兵们，大伙都能放心过年了！

二十八岁的垂死男人，五个月的健康男婴，大概是五六岁的母狼的尸体，制造于一九六九年的自动步枪，全被压在快要六十岁的老狱警身上。而这些活人、伤员、死尸，以及钢铁的重量，刚好超过他自身体重的两倍。唯一能照亮前路的，是一支手电。他可没有第三只手。手电筒握在逃犯手中，末端顶着老狱警的脖子。

喉咙被顶得难受，老头却一路唠叨解放前的名侦探生涯。他办过的最古怪的案子，是在提篮桥监狱的一起谋杀案。牢房里关押着十几个重刑犯，其中一个突然被杀了，但没人知道谁是凶手。他也怀疑过，是否大家集体密谋杀人，全部串通好了攻守同盟。隔了好多年后，这批犯人要么被放出去，要么死在了牢里，他才突然悟出了真相。

"小子，你想知道是谁干的吗？"

趴在背上的19077号犯人，却表示毫无兴趣，反问老头一句："你没结过婚，那有喜欢过的女人吗？"

老狱警停顿了一下，想起年轻的时候，曾有仰慕过他的女学生，听说后来去了香港嫁给富豪。还有纠缠过他的小寡妇，一九六六年跳了苏州河。在百乐门，在大世界，在跑马场，还有提篮桥，处处留下他的传说，结局却在白茅岭。

"你有吗？"

"嗯，有。"

明白了。对啊，等到过完年，还有四十九天，就能回家了。老头想想就傻笑起来，冰冷的风钻进喉咙，肺叶被刺激，咳嗽起来。

其实，他只是想不断说话，好让逃犯保持清醒，避免躺在背上睡着。否则在如此冷的雪夜，睡梦意味着死亡——襁褓里充满热量的孩子除外。他把这婴儿当作汤婆子，牢牢揣在怀里取暖呢。而压在他背上的那个男人，却像一床受潮了的棉被。

手电熄灭，像油尽灯枯，人之将亡。

撒手。

手电坠落到雪地。东边的天空已从漆黑变成深紫，很快就会泛出宝蓝色，再是鱼肚皮的白色。老狱警右小腿抽筋了。大半条腿不再属于自己，像被无数条钢丝捆绑，收缩到极点又飞快放开再收紧。周而复始的酷刑，使他不能再往前一步。双腿跪在雪中。一旦坐下，绝无可能背着逃犯抱着婴儿并拖着一头死狼站起来。老头的腿啊，覆盖着厚厚的汗毛，各种伤疤和瘀青，乍看像死去的狼皮。盐分正在离开身体，流失到死神身边。跪着的双腿弯曲，脚弓反方向顶着，靠近小腿胫骨正面。这是缓解抽筋的简单方法，但很疼。老狱警咬破嘴唇，膝盖深陷入积雪，顶到坚硬的石头，仿佛被刀子切割，棉裤磨出两个洞眼。

老狱警命令逃犯的右手下垂。那细长的胳膊与手指，曾用来检查女人和接生孩子，尚保留着力量和灵敏。拇指与食指，在老头的裤兜里摸出一个火柴盒。最后一根火柴，擦过侧面的红磷。火苗，星星一样，燃烧在两个人的鼻子跟前。微小的光和热，熄灭在风雪里。

睁眼，闭眼，再睁眼。抽筋停止了。

深呼吸，再深呼吸，肺叶充满冰冷空气。脸憋成紫红色，全身肌肉战栗，腿随时会再抽筋，而且是两条腿。膝盖离开坚硬的石头。脚踝、小腿、膝盖、大腿，以及腹部，形成一条直线。

老头想要小便了。在山上追捕了一夜，膀胱早已憋坏了，一分钟都等不了，再等就会爆炸，鲜血和尿液四溅到脸上。怀里五个月大的婴儿，说不定已在他的棉袄里拉了坨屎。至于背上的逃犯，早不知道撒过几回尿了。

他甩了一下肩膀，让逃犯左边胳膊再垂下来，手刚好够到他的小肚子。

"我要撒尿。"

年轻的逃犯已丧失思考能力，机械地动着手指，抓住老狱警的裤腰带往下拉。像牛撒尿一样漫长。滚烫的尿液，融化一大片白雪，变成小型山洪暴发，汹涌在绿布胶底的解放鞋四周。

接着走。单薄的棉毛衫，棉袄裹着那孩子，老头不仅冻得哆嗦，鼻涕也已干涸，似乎冬天被最后那根火柴燃烧掉了。左后肩膀，被狼咬伤的两个洞眼，撕裂般疼了整个后半夜，又像突然打了止痛针，舒舒服服地麻醉了。

天，快亮了。向东二百五十公里的上海，应早亮十来分钟。一九七七年的第一轮太阳，刚好穿过黄浦江。海鸥修长的白色翅膀，驾着咸潮的风，飞过铁网般的外白渡桥，落到四川路桥的邮政总局。从不结冰的苏州河，在晨曦中波光粼粼。一长串早起的拖船，挂桨发动机的轰鸣，像桥下菜市场的喧闹，打破五百五十万人的好梦。

老狱警穿过毛竹林，磨掉大半的胶鞋底，已踩着白茅岭下的荒野。白雪皑皑间，坟冢星星点点，像一座座孤岛。两山之间的平地，头一回感觉无边无际。原本的稻田和茶园，被层层叠叠覆盖，宛如铺上一层厚厚的白棉被，管他睡在被窝里的人是谁。

一眨眼，大片飞雪飘过，像密密麻麻的纸钱，撒满回家的路。背上的逃犯再无声息。右手臂弯里的孩子，红扑扑的小脸蛋，保护得很好，一片雪都落不着。左手倒拖着的母狼，浸没在雪中越发沉重。一夜间，老头的嘴唇边和下巴，又冒出不计其数的胡茬，刀子般坚硬，宛如不死的野草，挂满白白的雪粒和冰。

最后一里地，前方亮起一群绿色的眼睛。幽绿的，略微暗淡，更像早上未灭的路灯，雪雾下忽闪忽现。锐角三角形的耳朵，龇牙咧嘴，凶相毕露，粗壮的脖子与胸膛，灰色皮毛上沾着血迹。大扫帚般的尾巴，拖在雪地上，各自扫起一片白色尘埃。

狼群。

天光朦胧，白与灰，令人眼晕，并非一宿未眠后的幻觉，也不是大雪里的海市蜃楼。一目了然，至少二十头灰狼，缓缓靠近，有的猫腰，有的昂头，有的磨爪子。大部分是公狼，全是成年的，看起来吃得很饱，肚子鼓胀。有的狼嘴里，叼着一只老母鸡，或半条牛腿，或动物内脏。

昨晚，山上实在太冷，狼群都无法忍受，除了怀孕的母狼，全部冲下了白茅岭。正当老狱警独自上山搜捕逃犯，整个最漫长的那一夜，狼群在山下洗劫了农场，大肆屠杀享用棚里的牲口。或许，还有小孩和女人。

狼群包围了他。背上有个重伤的男人，右手怀抱婴儿，左手拖着母狼的尸体，无路可逃。二十多头凶恶的狼，眨眼之间，就能把他们撕成碎片，连粒渣渣都不会剩下！他的膝盖笔直，瞪大了双眼，盯着为首那头公狼。

这头狼体形最为硕大，简直是死去的母狼的两倍——狼王。

每群狼都有一个头领，控制和领导着整个族群。它就是那七只小狼崽的父亲。狼行成双。在食肉界，狼几乎是唯一的例外——狼夫妻长久相伴，双宿双栖，共同抚育儿女。怀孕的母狼难以长途捕猎，必须留守狼穴，依靠公狼外出打猎，将猎物带回窝供它食用。狼王嘴里叼着一只活羊羔，咩咩地叫唤着狼肚子里的妈妈。本该以羊羔作为早餐的母狼，已变成僵硬的尸体，被倒拽着尾巴拖过雪地。

可以想象的狂怒，狼王必会为妻儿们复仇。它会率先咬断老头的喉咙，剖开他的下腹部，用狼爪拉出大肠。他想，自己的肠子会有多长呢？会从白茅岭监狱大门口，一直拖到深山中的狼穴，供那七只小狼崽享用吗？

半梦半醒间的逃犯，在他肩头说："放下我吧，那些狼，会先盯着我吃，说不定为争夺我的肉，互相打架，你还有机会逃生……"

腰间还有把五四式手枪，老狱警放下母狼的尸体，将婴儿换到左手，右手从容地掏出手枪。居然没有一头狼敢袭击他，哪怕是从背后，包括狼王。

子弹已上膛，打开保险，射出第一发。

一头公狼惨叫倒地。五四式强大的后坐力，晃了一下老头的右手，但没妨碍射出第二发，有头母狼的脑袋被打爆了。第三发，打断一头老狼的腿。第四发，擦着狼王的耳朵飞过。第五发和第六发，一发击中雪地，一发意外打伤另一头狼。第七发，彻底打飞，击中路过的一只乌鸦，黑羽鲜血坠落。

十五秒，他打光了所有子弹，杀死了两头狼，另外两头挂彩。但还有一大群灰色的家伙，毫毛未损，包括狼王。

老头把嘴张到最大，咬住五四式手枪，牙齿间充满火药味，烫伤了口腔黏膜。他背上逃犯，搂紧臂弯里的孩子，又拖起狼王之妻的遗体，低头，弓腰，一瘸一拐，步履蹒跚，往监狱的方向走去。

二十多头狼，四面包围，八面埋伏，最后注视着他离开。狼群猛烈呼吸，一对对湿润的鼻孔，向雪空喷着热气，嗅着并记住他的气味。他继续走，它们一动不动，连对峙都算不上。

终于，狼群发出恐惧的嚎叫，真正凄惨的鬼哭狼嚎，仿佛看到一个魔鬼，天生下来屠狼的金刚。

一九七七年，元旦，清晨六点十三分，龙年还没过去。

狼，雪中的狼，围猎返巢的狼群。在背着逃犯抱着婴儿拖着母狼的老头面前，有七头狼趴在地上，八头干脆坐下，还有九头摇尾乞怜，就像看家护院的狗，还有两具狼的尸体，两个哀号的重伤员。

就连狼王，也放下嘴里的活羊羔，微微低垂头颅，一条前腿弯曲跪地，标准的西洋礼仪。

地球上所有的狗，都来自同一祖先——东亚的灰狼，大约一万五千年前，它们走出非洲，经历漫长旅程，抵达这片大陆。但如果，没有比狼更勇敢的男人，也不可能有狗这个物种。世界上第一个将狼驯化为狗的人，据说是第一个定居在东亚荒野上的中国人，也长着老狱警的这张脸，同样的体格和心脏，还有眼神。

此刻，白茅岭的狼，像一支欢送的仪仗队，捧着鲜花，唱起歌，跳起舞，排列成整齐的左右两队，让出一条金光大道。

他从二十多头狼中间穿过。热烘烘的狼味，几头年轻的狼被吓得失禁的尿骚味。背后的逃犯闭着眼睛，臂弯里的男婴还在熟睡，被他倒拖过雪地的母狼一动不动，不远处的狼王眼泪汪汪，与妻惺惺永别。

一粒雪片，落入老头眼底。朔风飒飒，呼啸不止。

狼群，远远留在身后的雪野，集体呜咽号哭。在它们后半生的记忆里，烙印下的将不是这三个活人与一具狼尸，而是整个巨无霸的双头怪物，有着四条腿和四只胳膊，右侧腋下藏着个小脑袋，肩膀上生出一根铁棍，左侧身后拖着狼形的巨尾。那是它们的老祖先才见到过的，在与猛犸象和剑齿虎共存的同一个时代，灭亡在人类与狼群互相猎杀的时代。难道是在地下冰封了十万年，终于在大雪的召唤下出土，满血复活？这种令狼战栗的"史前怪兽"，从漠北草原到黄土高坡再到江南丘陵，通过一代又一代狼王的描述，种植在每一头狼的大脑皮层深处。

清晨，七点。

老狱警带着狼、逃犯、婴儿，走到白茅岭监狱的门口。岗亭站着两个新兵，都没认出来，惊慌失措之中，不晓得是哪一个，拉开自动步枪保险，往天上打了一梭子弹。

五分钟后，凡是活着的人都出动了——下夜班和上白班的干警，早起干活的农场职工，营房里的士兵们，就连上早操的几百号劳改犯，也都涌到监狱大门口往外看。他们的眼睛都布满血丝，因为彻夜难眠，不断被山上的枪声惊醒，还有此起彼伏的狼嗥。没人敢出门，连窗户都不敢开一道缝。昨晚九点起，狼群洗劫了农场，四下都是牛羊的哀嚎与惨叫。包括连长在内的所有人，毫无疑问地确信——老狱警与年轻逃犯，都已消化在狼的肠胃中，天亮就会变成一坨坨狼粪。等到开春，这两个倒霉的男人，会是庄稼地里上等的肥料，能量转化进玉米或稻谷，回归白茅岭的居民们腹中。也算是他俩死得其所，对得起生养他们的人民群众。到时候，不会再有人认得这两张脸。想想就有些可惜，也有些悲壮。

如今，这两个男人还活着，加上臂弯里的小男人。

白发覆头的老狱警，来到白茅岭二十年，经他手送葬的囚犯与警察，亦不少于百人，但他从未像此刻般坚硬如铁。逃犯，似已黏在他身上，尤其脸颊与耳朵部位。冰雪把两个人的皮肤冻在一起，像是打一个娘胎里出来的连体儿。好些人上来帮忙，费劲地把他们分开。

老头依然站立着。

广大人民群众，还有被剥夺了人民群众权利的囚犯们，把老头和母狼的尸体圈在当中，一场喧嚣而热闹的围观。这只庞大的野兽，似乎随时都有可能复活，一跃而起，依次咬断大伙儿的喉咙。老头松开左手，母狼的尾巴垂落。

他已完全证明自己，手心里全是狼毛，还有腻腻的汗和掌心开裂的血。

五个月大的男孩，仍旧在他的臂弯里熟睡着，鼻子里呼出狼奶的气息。

"建军！"

女人尖厉的声音，喊出婴儿的名字。他们夫妻本以为永远失去了孩子，正努力再生个娃娃。她和她男人重重撞到老狱警身上，却像顶到一堵墙。一个多月不见，男孩竟结实壮大了一圈，充满狼穴的气味。但妈妈毕竟认得儿子。

老头并不是不想动，而是半边身体麻木了，仿佛被巨蛇吞噬着胳膊。当孩子从他手里被抱走，从热乎乎变得冰凉的几秒钟，好像躯干的一部分断裂。几个年轻的干警，帮老头卸下五六式自动步枪和三棱刺刀。

逃犯快死了。最后一滴血，像经过输液针头似的，滴落到雪地上。红的血，白的雪，混在一起，变成另一种暧昧的颜色，难以准确地在光谱中描述，就像孕妇分娩后的床单。两片破碎的镜片底下，逃犯瞪大双眼，看着他。

老头弯腰在他耳边说了什么，周围人都没听清，除了将死之人。

他眨了眨眼睛，断气了。

冬至那晚，死在监狱床上的大块头，原本是个抢劫犯。因为欺负其他犯人，加过两年刑期。所谓欺负，就是强奸。当年在提篮桥，有人告诉过名侦探，男人被强奸是怎样的感觉，仿佛变成一块肉，被切碎了，油炸了，红焖了，生煎了……19077号犯人，紧挨大块头的铺位，刚进去不敢反抗，以为这是白茅岭的老规矩。第一年苦熬过去，以为到头了，大块头竟变本加厉，其他人却一个个装睡。他才明白，大块头是看中了自己——上海来的妇产科医生，细皮嫩肉，容易推倒，难以反抗，强奸起来特别舒服。

狼灾肆虐的冬天，白天出去干活时，他在茶园发现一大撮灰色狼毛。地上有堆带血的骨头，像獐子之类的小动物。他藏起狼毛，压在床铺底下。还有，作为前妇产科医生，他有在监狱医务室工作的便利，私藏了一些药物，比如乙醚——无色透明液体，会让人暂时昏迷，只要剂量适当，不致人死命。狼毛与乙醚都准备好，耐心等候时机。那一夜，狼嚎特别清晰，就在监狱院墙下。后半夜，监房里鼾声此起彼伏。他把乙醚洒在手帕上，依次蒙住大家口鼻。没一会儿，全都睡得死沉死沉，怎么折腾都不可能醒来，包括边上的大块头。

19077号囚犯，把自己想象成复仇的母狼，用牙齿一点点咬破大块头脖子上的皮肤、血管和气管。其他人都昏迷了，听不到大块头临死前的蹬腿声，就像每次大家都在装睡。大块头死了。喉管暴露在空气中，鲜血溅满床铺，还有19077号的口腔。他吸了一点血，就一点点。人血的滋味，苦咸苦咸的，不好喝。

伪装现场。他撕裂死尸的伤口，手指插得更深，模拟锋利的狼牙，几乎摸到脊椎骨。他用事先准备好的细树枝，在尸体上划出一道道伤疤，像狼爪挠过的痕迹。他把狼毛弄在床铺上、监狱的地上，特别是铁栏杆上。狼用缩骨术进出时，必定留下这种痕迹。他为自己清理一番，咽下嘴里的血，看起来跟别人没两样。就算身上有血迹，睡在死者身边也属正常。到了早上，所有人按时醒来，受乙醚麻醉的影响头晕恶心，就算嗅到某种特别的气味，但当看到大块头的尸体，再加上满地狼毛，肯定会产生强烈的心理作用——那就是狼的气味。监狱的调查草草了事，哪有什么法医来做尸体解剖。大伙随便看下尸体，伤口像这么回事，自然而然，凶手必是那头母狼。

直到昨晚，老狱警也被他骗过了，相信那套狼闯入监狱吃人的鬼话，若是早点怀疑，绝不可能在放风时睡着，还让杀人嫌疑犯夺枪逃跑。不晓得这算是走运还是不走运，这些秘密，已被19077号带给死神。

他的眼睛睁着，明亮，无瑕，不似死人的浑浊，更像六角形雪花，坠落在扩散的瞳孔底下，融化成一汪清淡的泪水……

逃犯死在老狱警的怀中，享年二十八岁。活到六十岁的前名侦探，将他放在白茫茫的雪地上，反正不会弄脏了死者。再过四个月，等到清明，埋葬年轻逃犯的荒野，就会开满金灿灿的油菜花。

左边是母狼的尸体，右边是死去的逃犯，他在中间，活着。

有人给老狱警点上一支烟，上海卷烟厂的牡丹牌。第一根火柴，晃了半天没点上，被风雪吹灭了。有个高大的干警，用身体和手掌挡着风，又擦了好几根火柴，差点烧着眉毛才点上。老头略微驼背，但纹丝不动。他将烟吞入肺中，又经鼻孔喷出，蓝色氤氲在雪中飘散，仿佛清明、冬至上坟的烟火。

无量河边有人骑自行车而来。车轮碾压过皑皑白雪，骑车人穿着墨绿色制服。囚犯和职工们，给自行车让出一条通道，让它抵达人群的圆心。白茅岭每个人都认识他——邮电所投递员，每隔三天，他会为囚犯和干警们捎来远方的家书。邮递员从包里掏出个牛皮纸信封，是挂号信，上海寄来的公函。在场所有干警中，白头发的老狱警级别最高，他代表领导签收了这封信。

老狱警的手还在抖，一不小心，信封掉到死去的逃犯脸上。从死者睁着的眼睛上，拾起这封突如其来的信，他决定打开看看。再过一个月，就要退休回上海去了，他也不怕犯什么错误，难道还能不准回去吗？当着几个年轻干警的面，拆开牛皮纸信封，果然盖着上级革委会的公章。

公函里头说，党中央拨乱反正，妇产科医生被宣布平反，"恢复名誉，立即无罪释放"。有意无意地，老狱警大声念出每个字。方圆数十米内的所有人，都听得清清楚楚。

头顶青灰色的天空，有一朵下着雪的云。行将告老还乡的狱警，看着躺在雪地里的19077号犯人，啧啧地说："哎，回上海的长途车上，又少了一个搭伴。"看热闹的人群渐渐散去。名叫建军的男婴，早被父母哭喊着抱回家去。那头母狼，眨眼之间，已被庖丁解牛，当场只剩一堆狼毛和碎骨头。人民群众有的是为亲人复仇，有的则是口水滴滴答答，有的是看中了这张上好的狼皮。干警重新收拢囚犯们，清点人数押回监舍。农场职工也打道回府，收拾昨晚被狼群肆虐的牲口棚，看看还能否抢回一只鸭子或半只羊。

　　一九七七年一月一日，上午八点。雪停。太阳升起来了。

　　积雪反射着阳光，刺入老狱警眼里，令他想起昨晚无人可说的那句话。

　　一个多月后，大年初三，老头独自离开白茅岭。回上海的长途车上，乘客稀稀拉拉，多是探监返程的犯人亲属。车窗推开一道缝隙，他吐出大前门燃烧的烟雾。满满一整车人，只有退休的老狱警拥有这种特权。烟头不停晃动，弄得身上全是烟灰，不是车子颠簸，而是他的手在抖，往昔从未有过的毛病。从元旦那天至今，每一时，每一秒，右手都在抖，估计到死都治不好了。

　　七个月后，中元节的那天，退休后的老狱警死了。在上海，这个老烟枪啊，光棍一条，天天跟一群老太太打麻将。他熬了个通宵，倒在麻将桌上不省人事，还叼着根牡丹烟，送到医院说是突发脑溢血。在火葬场，没有亲属来接收骨灰，便被老同事们送回了白茅岭。

　　二〇一五年一月三十一日，周六，我坐上从上海开往白茅岭的长途汽车。经过沪青平高速，大约四个小时，短短二百多公里，却途径江苏、浙江、安徽三省。从吴江到湖州，穿越浙皖交界处低矮的分水岭，进入广德县城。转入颠簸的公路，两边是农舍与茶园。日暮时分，长途车开过一座大桥，停在几间破落的平房前。对面大门上有行字：上海市白茅岭学校。

　　小镇东面是连绵群山，远远望见一道断崖，像头狮子趴着，传说中的狮子山口。今年暖冬，山大半还是绿的。只在白茅岭正南，最高的那座山顶上，残留着几天前的积雪。校园里有座水塔，似是本地最高建筑。小镇上总共只有一条大路，路边有派出所、供应站、招待所，还有麻辣烫、兰州拉面、盗版碟店、美容美发、上海华联超市。街头所见无非几种人：武警官兵、公安干警、说上海话的老头儿们、说安徽话的当地人。警察都是上海来的，每几年轮换一次。冬天早早擦黑。街边响起惊天动地的音乐声——凤凰传奇的《最炫民族风》，大妈们跳着广场舞。

夜宿白茅岭招待所。

次日，上午，我沿监狱外墙走了一圈。天空有白色颗粒飘落。我伸出手，是雪片。走在山脚下的高处，荒芜泥泞的小道上，监狱中不断响起富有节奏的操练声。我能看到围墙里头，有组囚犯在做队列训练。岗楼上的武警带着枪，警戒地看着不速之客。

转角岗亭下，狼犬向我狂吠。有个迷你的亭子山水库，正对狮子山口，不知如何上去。两条农家的黑狗蹿出来，不让我靠近半步。

这座山，曾有过许多狼。而今，别说是白茅岭，就是整个皖南山区，恐怕连一头狼都不见了。这一物种，早已在上海方圆五百公里范围内灭绝。

一头狼死了，一头狼又来了，而狼脚下的大地，会比这个物种更漫长地存在。

一九八八年，白茅岭最后一头狼，在偷袭监狱的冬夜，被四条德国黑背狼狗杀死。那是一头成年而健壮的公狼，体形硕大，左耳朵上有块雪花状的白斑。至今，农场陈列馆里还能看到这张具有纪念意义的狼皮，人们管它叫"白耳"。

我买了中午的长途车票回上海。发车前，我在仅有一间门面的"车站"隔壁吃了碗面。店主是个高大魁梧的男人，看起来比我大几岁，宽阔精壮的骨骼，几乎要爆开冬天的厚外套。他端来一碗牛肉面，与我目光交接的瞬间，感觉很像某种凶猛的动物。小店里兼卖香烟和酒，有个老头进来，用老派的上海话对店主说："基军，帮吾闹包牡丹。"

他叫建军。

离开白茅岭的长途车上，我遥望正前方山头的积雪，车窗外阴郁的天空，稀稀拉拉的雪粒，穿过并不如想象中辽阔的无量河。

明天早上，太阳照常升起，但不是每个人都能看到。

我想。

《人民文学》2016年第7期

风雪夜归人

"悬疑作家"是作者蔡骏最鲜明的标签，而在畅销悬疑作家的光环之下，他早已在追求当代悬疑小说的转型，走在"社会派悬疑"的创作之路上。与日本社会派推理小说相似，蔡骏不满足于构想一个个悬疑故事，而开始思索如何用悬疑的笔法介入时代与现实，"创作反映社会问题的作品"，并试图摆脱类型文学的刻板印象。这篇《白茅岭之狼一夜》，正体现了蔡骏"让悬疑走进文学殿堂"的努力，历史、人性、人与自然……小说俨然在触及所谓"纯文学"常常讨论的问题。

小说灵感源于一段真实的关于白茅岭监狱与狼群的往事，抱着"将真实与虚构这两种力量，合并成一种力量"的观念，作者"虚构了真实"，讲述了一个曲折传奇的监狱故事，并发挥自己的"老本行"，添上了不少悬疑色彩。文革、寒冬、黑夜、监狱、狼群、死亡、尸骨……从宏观背景到细节描写，扑面而来的"黑色"元素，织就了一张密不透风的凌厉巨网。整个故事层层推进、高潮迭起，而最惊心动魄的一幕，当是老狱警从白茅岭回来遭遇狼群的绝境。谁料想，在他打光子弹，一瘸一拐地穿过狼群时，凶狠的狼群纷纷让路、臣服。

这个身背逃犯，左手拖拽母狼尸体，右手怀抱"狼孩"，令狼群震颤的"史前怪兽"，是一个耐人寻味的复杂意象。沉着的老狱警，犹如海明威笔下的"硬汉"，张扬了强悍的生命意志、绝地求生的勇敢气魄、善待生命的信仰以及执拗的责任感。奄奄一息的逃犯，一方面意味着人性中被诱发出来的罪恶，一方面流露出超越物种的对自然生命的珍视与柔情。母狼的尸体，是狱警给葬身狼腹的同伴的献礼，也是他勇敢的明证。而"狼孩"男婴，是人伦的结晶，同时凝结了母狼天然的温情与母性。这个复合而成的"史前怪兽"，是透视小说的中心点，它立体地展示出人的伟大与渺小、明亮与黑暗，以及人与人、人与自然之间丰富复杂、幽微难测的关系。这一吓退狼群的传奇形象多半是虚构的，而其内蕴的意味却异常真实。

老狱警带着"战利品"在风雪夜奇迹般地归来，故事到此即将结束，而叙述者至此方揭开触发故事的"机关"：正是年轻逃犯不堪"大块头"凌辱，遂报复杀人并偷枪逃走。再来细读前文，我们才发现作者早已在不经意间留下数处蛛丝马迹，前后呼应，水到渠成。此时，文弱医生与杀人犯、无端受刑与密谋犯罪、对生命的温情与凶狠毒辣的复仇……强烈的对比赋予文本巨大的张力，正反与明暗汇聚于一人，人性剥开，如此驳杂。至此，小说的调子急转直下，刚刚划破暗夜的人性光亮明灭忽闪，不可捉摸。

小说里历史的笔墨很轻，却是不能忽视的背景，这漫长的一夜恰在1976年与1977年之交，其中的意味不言自明。1977年1月1日清晨，年轻人死去不久，无罪释放的批示姗姗来迟。个体的悲剧，自有人性的复杂和弱点，也折射了一个特殊时代的荒谬，一群该对其冷漠负责的"帮凶"。而老狱警，这个独战狼群、勇猛善良的前名侦探，在时代交替中被放逐在这荒僻之地，遥想福州路的书房和姑娘。纵有强悍的生命意志，他终究没有真正属于自己的人生，落得孑然一身、魂归白茅岭的落寞结局。存在比自然更难以战胜的东西，浩大的历史意志使人无法把握沉浮于时代中的个人命运。那一夜，狱警和医生从雪夜狼群中突围归来，而这一生，他们却无法回归人生的轨道。

这篇小说称得上是一个好故事，也塑造了一个深入人心的形象，悬疑的"定势"与框架并未削减作品的意蕴与温度，反而能够相辅相成。作者向我们表明，"类型文学"与"纯文学"的距离或许没有那么遥远。（章洁）

福　地

/盛可以

1

"新来的？叫什么名字？"穿绿长袍的女孩走过来，双手搭我肩上，像要跟我跳舞。

她有一双羊的眼睛，在动物世界，当狮子打算撕开羊的喉管时，这双眼睛会问："为什么？"

"算了，柠檬，没看出来吗？她是个白痴。"

"竟然还带着狗——是条吉娃娃呢。"

"她也就十五六岁吧？……喂，小姑娘，趁你有胃口，赶紧吃，用不了多久，你就会吃什么吐什么的。"

"168号……"一个女人用指头描了一遍绣在我胸口的数字，顺便在我乳房上划了一圈，"这儿可真是熟透了……"

女人们笑起来。

"瞧吧，她这样剃着光头，穿着带编号的白袍，比谁都像个囚犯。"

穿红长袍的大肚子女人摸着我的脑袋："你先得有一个水果名字——"

她们叫她"苹果"。她身上淡淡的香皂味像妈妈的。她很结实，脸是圆的，眼睛是圆的，鼻子边那颗痣，像墙角的青苔，手指头轻轻一压，就能挤出水来。妈妈在屋里叫喊，好像有人在揍她。鸟在屋顶上的杂草中啄食，被妈妈的号叫声惊起，"唧——"它们像子弹射进灰茫茫的天空。树叶已经落光了，折了的枯枝吊在树上，像断指一样，晃来晃去。地坪上人很多，男人们忙着做轿子，将睡椅绑在两根楠竹上，搁上扁担。麻绳缠来缠去，竹质品发出吱呀吱呀的声音。看热闹的女人抱着孩子，嗑着瓜子，一点也不担心妈妈的叫喊。

"我生我们家老大时，喊得比她还吓人。"

"我们女人家，别的本事有得，就是忍得痛。"

两个男人抬着妈妈走出来，她的头发湿漉漉地糊在脸上，下身全是红的。妈妈被搁在睡椅上，她眼睛闭着，嘴巴抿着，睡得很香。他们到镇里打了一个回转。妈妈被抬回来的时候，以同样的姿势躺着，也是这种表情，只是头发干了，脸色更白。她累了，都懒得睁开眼睛看我一眼，直到她睡进泥巴地里，也没有问我吃饭了没有。

"就叫她哈密瓜吧，反正是哈里哈气的。"

"我看蓝莓挺适合，她脸上有种淡淡的忧伤。"

"不对，她像桃子，桃子，性感又多汁。"

"车厘子吧，小巧玲珑，又新鲜，又精致。"

"哈哈，叫笨西瓜算了，反正是谁都可以劈上一刀的。"

女人们给我取名字，逗我带来的小黑狗。饭吃到一半，我就成了"桃子"，黑狗被叫作"福气"。

2

一个胖男人走进餐厅，灰色西装，猪血领带，板着脸，似乎丢了东西，眼睛滚来滚去，要从我们中间揪出贼来。穿迷彩服的后生跟着他，头发软塌塌的，皮肤很白，脸上黑痣散落。

"064。"胖男人喊了一声。

"到。"苹果用手护着肚子，慢慢站起来，结实的肌肉突然松松垮垮的。

"自己老实交代问题吧。"胖男人仿佛黑暗中的哨塔，翻了翻小眼睛，眼白像探照灯一扫。

"……我未经基地允许，违规写信，按基地规章制度第六条第四款，罚款一千……"

"完了？"胖男人盯着苹果的脸，像一条狗等着主人吐出嘴里的碎骨。

"我错了。"碎骨吐了出来。

"大兵，严惩不贷。"胖男人叼起骨头，斜乜着眼，好像被烟熏得厉害。

"请牛总统放心。"

他们离开餐厅，像一艘船驶离。

女人们水一样重新聚拢。

"牛肉丸是个机器人，太过分了，咱们得想办法治一治他。"柠檬说。

"算了吧，忍一忍就过去了。"刚呕吐完的瘦脸女人说，"一个月批准写一封信，我看也够了，我连这一封都不想写——代孕哩，冇脸谈。"

"雪梨，别自己看不起自己，"说话的女人大眼睛大嘴巴大鼻子大门牙，"替别人生孩子，卖子宫，又不是卖 X。"

"哦哟，榴莲，你是很自豪了？你丁解唔话你亲朋好友知？"雪梨一副又要呕吐的样子。

"你能说普通话吗？舌头都捋不顺还……"

"我说的就系（是）普通话。"

"你俩又卯上了。"柠檬打断她们，"明知道牛肉丸最怕我们齐心。"

"……打电话他们要监听；写信他们要审查……他到底怕什么呢？我们不就是想熬过这十个月，拿了钱走人吗？"

"得了个白癜风，就当自己是白种人，只差在鼻子底下贴一撮毛冒充希特勒了。"

"希特勒是谁？"

"一个变态佬。"

"我们每个人到这儿来，都有自己的原因，但现在我们面对的问题一样，不能任由牛肉丸宰割。我们要搞清楚，他这样的地下公司，实际上是怕我们的。"柠檬的眼睛变得像豹子眼那样明亮。

3

刺耳的铃声响过，胖男人——牛总统又进了餐厅，身后是两个穿迷彩服的，一个刚刚来过，另一个叫小将。小将像一头水牛，两腿笔直，蹄子套着黑靴。

福气摇尾迎过去，挨了一脚，夹着尾巴跑到我身边。

牛总统闭着嘴，像检阅军队，眼睛在餐盘上缓缓移动。

"123，为什么不啃干净骨头？"他在盘子里扒拉两下，扔掉筷子。

"这种骨头，只有狗才啃得干净。"柠檬的脖子很细，挺得很直，"我已经尽力了。"

牛总统从不同角度看着骨头，没吭声。他继续往前走，看到空空的盘子，很满意，抬眼看一看盘子的主人，一副马上要笑的样子。但他始终没有笑出来，就像努力憋住一个屁。

"这又是怎么回事？"牛总统走到榴莲面前，背着手，挺着肚子。

"有股猪屎味。"榴莲回答。

"记下。按照规章制度办。"牛总统吩咐大兵。

"饭菜难吃，是厨房的问题。"榴莲抗议。小将看着她。

"别人都吃了，你为什么不能吃？"牛总统眯着眼，转向另一个，"088，你说说，你为什么能吃那么干净？"

"报告牛总统，我觉得我还吃得下两份。"088脸红扑扑的，受到表扬后就更红了。

"草莓，你可真是谄媚。"柠檬说道。

"定餐、定量、定时、定味，是饮食准则，遵从科学饮食，对母亲和胎儿都很关键。"牛总统踱着八字步，"为什么那么多基地倒闭了，我的基地却越来越兴旺？因为我经营得好，客户信任。我，顾客至上，以人为本。你们要搞清楚，罚款的目的，归根结底，还是为了你们好。这里是你们的福地。"

"你不是以人为本，是以胎儿——钱为本。"

"母体不好，胎儿能好得了？扯淡。我这儿出去的产品，没有一件不合格的。"

"产品？你认为婴儿是产品？"

"对，产品。"牛总统看起来想上厕所，"你们就是产品制造者。"

"难道我们不算母亲？不配得到尊重？"

"母亲？"一个圆滚滚的哈哈从牛总统薄薄的嘴皮里弹出来，"你们不该那么想。你们只是一所房子。打个比方，邻居养了一条哈士奇，因为出差，哈士奇暂时放你屋里寄养，然后付你一些费用。就这么简单。"

"我们是人。"柠檬说道。

"当然，你们是人，是产品制造者。"牛总统又露出那种烟熏眼睛的表情，"明白这个道理，你们会过得更轻松。"

小将突然走到我旁边，"这儿不许养狗！"他揪住福气脖颈上的毛拖拽。我抱紧福气。福气呜哇哭叫。我张开嘴，喊不出声音。那只揪着福气的手，冒起青筋。我一口咬住那只手，一股咸味涌上舌尖。手的主人"啊"了一声，松开了。我退到墙壁。福气舔着我嘴角的血。那不是我的。

雪梨掏出创口贴，给小将封住伤口："放心吧，她打过疫苗的。"

这句话带来了笑声，连牛总统也没忍住。

4

玻璃窗裂缝像闪电。

"问水，我去买吃的，你站这别动。"木脑壳的后脑勺在人群中忽隐忽现。

我沿着商铺一路走，一路数砖块。木脑壳经常捞鱼给我吃，有鲫鱼、草鱼、小虾米。他对我说真话。他说他很孤单，尤其是在刮北风的夜里，门框响得吓人。他脱了裤子，让我看他那根肿胀的东西，那道发红的伤口，他搓摸那儿，疼得嗷嗷叫。

"问水，莫跟木脑壳耍，他会把你卖掉的。"村里人说。

我没找到木脑壳，跌了一跤。妈妈发现我裤子上的血，一路哭着找支书，支书召集村长、队长、组长、出纳、会计、妇女主任一起开会。"木脑壳的情况大家都了解，他是个傻子，还有个瘫子娘……都是乡亲邻舍，事情闹大了，对孩子也影响不好。"

"书记、村长、组长，各级领导都在，你们可是要给出一个公道。"

木脑壳的妈妈趴在木脑壳背上，找村支书，要是不帮她，她就死在他家里。

妈妈拿到了公道，牵走了木脑壳家的大水牛。爸爸的病花光了大水牛。妈妈要佘账。医生说医院不是他开的，是公家的。妈妈不认识公家，她没有他的地址，也没他的电话。公家是个坏男人，我猜他也没有什么朋友，连村里那些没见过他的人，都经常骂他的娘。他的娘要是知道这些，会很伤心。谁敢抓得小鸡吱吱叫，老母鸡会啄人。要是有人喊我白痴，妈妈就会拿扫把扑过去。

镇里很多人不干活，就爱吸白粉，没钱了，就到乡下捞，遇到戴金银首饰的妇女，明抢，谁要是反抗，他们就用刀子。夜里上房揭瓦，撬门进屋，值钱的就拿，连腊鱼腊肉都要。人们把狗拴起来，门上加一把锁，屋里留一盏灯，一有动静，就大喊一声："谁！"语气里好像拿着菜刀。人们管这些人叫毒鬼子。木脑壳后来和他们搞到一起，把各家各户的底细报给他们。木脑壳有了钱，还弄到一只苹果手机。一个人打游戏，跺脚骂娘。他大声讲电话，戴着耳机，从村子这头走到村子那头。

"我想去远方。"木脑壳对我说，"他们都说我坏话，因为我送鱼给你吃，他们嫉妒。"

5

睡在天桥下，总能看见月亮，稀薄的，里面有一棵树，一个人拿着斧子在砍树。他抽出斧子，树就像水一样合拢。我盯着他。他一直砍。老鼠和蟑螂爬到我的腿上。天桥底下长出了水泥钉，他们用棍子挑散我的家，扔到垃圾桶里。我搬到公园后门，厕所边有一块空地，从那里可以看见公园景色。一个老头子拿把剑，这边刺一下，那边刺一下，将剑夹在腋窝里，用一条腿站着，手掌慢慢推开空气。

柔软的床有一条河那么宽，河水在太阳底下闪光。捡块瓦片打漂漂，瓦片在水面突突突突，像只逃跑的老鼠，一头钻进洞中。门忽然开了，"168，起来，准备去检查身体。"

圆圆的牛总统，后面跟着一个圆圆的女人，脸上粉白，眼线很黑，到眼角那儿往上一挑。唱草台子戏的演员，眼睛也画成这样。她的奶子堆得像两座坟，泥土几乎挤到下巴了。清明节，我从别人的坟山里扯来纸灯笼，插进妈妈和爸爸的坟山。清明节的雨水比眼泪多。妈妈说，眼泪解决不了任何问题，但是爸爸死的时候，她偷偷哭了好多次。

牛总统伸手拍拍"坟墓"，手掌和嫩肉撞击出叭叭的脆响声，"坟墓"颤巍巍的。

圆圆的女人挑起眼尾，"别，她看着呢。"

"她懂啥，跟条狗差不多。"牛总统在她两腿间擦掉手上的"坟土"，女人胸一挺，顶开了他。

他们吃吃地笑。她凑近我，眼尾角飞起来："我猜你不是哑巴，你就是不想说话，对不？"

她的鼻子边围着一群小雀斑，嘴唇涂得鲜红，好像刚吃过人血馒头，一股血腥味。木脑壳就有这种味道。湖水是这种味道。村里也是这种味道。每天都有人吃鱼，剖鱼，晒鱼，鱼杂堆在阴沟里。到处有鱼骨头扎脚。

"我叫丁当，就是这种响声，你听……"女人弯起手指头，敲了敲床头柜，"丁、当。"

我听到"咚咚"两响。她说假话。

6

"这真是基地有史以来最健康的数据指标。"牛总统笑得露出了全部牙龈，"168，一路发啊。我就知道，这种到处流浪的野人，饥一餐，饱一餐，还不病不痛，准是一头健壮的小母牛……你瞧她那胳膊腿，那髋骨……眼睛黑白分明，头发墨黑，肾好，气血足，生上十胎八胎都没问题。丁当，你抓紧时间给她建档……很简单，从应聘资料中找模板，做一个完整的档案。大学毕业，身体健康，无遗传病史……智商的问题，还是得看运气的。哈哈。无本生利的好生意。"

"没想到你真的把她带回基地了，万一……"

"我观察了不下三个月，没有人知道她的来历，看样子是个南方人。"

"我总是觉得这事儿有点那个……"

"小丁当，你需要见见大世面。"牛总统揪了她屁股一把，拨通电话："大兵，通知厨房，给168加料，先养上半个月。"

他侧转脸看着我，眼睛像两枚钱币，突然发出金色光芒。

7

远山像茅草房一样矮。阳光从屋顶斜射过来。女人们站好队，面向太阳。小将喊道：

"基地广播体操，现在开始……一、二、三、四，二、二、三、四，三、二、三、四……"

女人们伸手摘星，踢腿抽筋，一会儿抱着肚子摇晃，一会儿扭动脖子转圈。阳光在她们的脸上闪烁。

"168，放下那狗东西，跟上节奏。"被我咬过之后，小将不再靠近我。

白色，绿色，蓝色，红色。色彩翻动。太阳明晃晃的，像手术灯。

"问水，太烧了，让我放进去冰一冰，冰一冰就不疼了。"木脑壳对我说。

河边青草坡，河水波光闪烁。

"躺下，腿张开。"

"绑一下，别让她乱动。"

"你说，她是不是处女？"

"一个睡大街的傻子，肯定早被破了。"

"去年收到一个急性阑尾炎病人，癫老太婆，被很多人胡乱睡过，生了两个儿子，都不知道是谁的。"

"是嘛，刘医生，我是担着风险的……"

"老牛，你说的没错，看这对夫妇的运气了……他们是什么人？"

"不算穷，也不算富，独生子出车祸死了，想再生，可是女的年龄大了，心脏也不好……"

"现在查得很严……你知道，这是违法行医……我老婆都开始反对了……"

"富贵险中求啊，刘医生，每例手术费增加百分之二十，我想，你不会反对吧？"

"老朋友之间，最紧要是合作愉快。"

"来吧，摸摸，它很烫，它发烧了。"阳光从水中反射出来，河面一片金光。木脑壳的裤子掉下去了，没有力气提上来，他哼哼唧唧。他病得很厉害，发烧，脸都是红的。我看了看河水，伸手捧了一捧，洒在他发烧的地方。他叫了一声，好像烫着了。"你躺下，腿张开。"草尖扎得屁股痒痒的。青草的味道钻进鼻孔。蚂蚁正在行军。两只鸟从他背上飞过，有一只朝我眨了眨眼睛，收拢翅膀，说——唧噫。

8

女人们围着我，揉我的头发，摸我的肚子，像下蛋后的母鸡咯咯叫。

"她什么都不懂，他们已经在她身体里种下了苗。"

"才知道，她是牛肉丸捡回来的……冇阴功啊。"

"冇阴功？什么意思？"

"有阴功就是到了阴间也会记功，冇阴功就是造孽。"

"我们能不能想办法帮帮她。"

"她在外面，不见得比在这里更好。"

"我觉得也是，你想想，她要是在外面被别人搞大了肚子……"

"牛肉丸拿她来赚钱，会遭报应的。"

"哪有什么报应？恶人都活得好好的。"

"桃子，听着，如果你的肚子肿起来了，你不要害怕，用不了多久，它就会瘪下去的。"

小将离开天台。榴莲一个人继续做广播体操。

"想要小将单独为你喊……操呀？"

"怀孕身子苦，禁欲心里苦啊。"

"苹果最幸福，再过两三个月，就可以回家让老公操个够了。"

"我只想见儿子。"

"雪梨，小将对你有意思，你那块温柔的创口贴……"

"他腿那么壮，跑十万八千里都不会累。"

"怎么可能？没看他站那儿喊操，有点疲软吗？"

"谁跟他跑过了？"

"每一个女人都是嫌疑犯。"

9

我看着镜子里的人，穿着绿袍子，头发根根竖起，脑袋像个刺球。除了丁当，基地还派了一个女人照顾我，反复跟我讲，走路要慢，不要蹦跳，不要攀高，不要坐在地上，走路时手要护着肚子，小心撞到桌子角。妈妈总跟在我屁股后面喊："问水，慢点呀，别摔着了。"我跑得更欢。看

46

见瓷砖格子，我就跳房子；福气追我，就蹦到椅子上。妈妈撵上我，抱我起来使劲亲。没人的时候，丁当会揍我，她扇我耳光，骂我的娘，"白痴，一辈子没享过这样的福吧，真把自己当公主了是不？"她说用不了多久，我就是一条奶子拖到地上的老母狗，再没卵用。

绿袍像是魔衣，很宽松，却裹得我透不过气。

我想冲出自己的身体。

我从一个房间，走到另一个房间。

"桃子，你要是没种上就好了。"柠檬撇撇嘴，摸我的绿袍，"牛肉丸这只铁公鸡，用衣服颜色来划分我们，没受孕的，穿白色；怀孕头三月，穿绿色；四到六个月，换蓝色；七个月到生产，换红色。你知道，这样的话，他眼睛一扫，就像看到了对账单，所有账目一清二楚。"

我嘎巴一声咬开话梅核。

"基地的丰收季节来了，没听他说吗？再过个把月，基地就会有六件产品面世，而蓝色的这批当中，将有七个产品制造者转入红色，绿色的这批当中，如果不出意外，也会有三个进入蓝色。……关键时候，他亲自过问伙食，检阅餐盘……他现在梦里都在数钱了。"

柠檬的脸上没有一丝皱纹，皮肤像瓷砖一样光洁。

我张开嘴，呕出舌头。

我不吃饭，她们绑住灌我，灌不进就打我，用针尖扎我手指头。只要丁当举起那根针，我就一口气把碗里的东西吃个精光。

我很想吃妈妈做的萝卜丝煮鲫鱼，加两勺剁辣椒，放在小柴炉上，汤水煮得啵啵响，鲫鱼清甜的，萝卜丝也清甜的，再弄点汤泡饭。鱼骨头都给福气。我会喝光剩下的汤。

福气学会了表演。谁的手里拿着骨头，它就朝谁作揖，踮着两条后腿，伸长脖子转圈。要是谁的手指弄成枪的样子对着它"叭"地一声，它就会立刻倒地装死，一动不动。它还会做祷告，前脚放在桌子上，埋下脑袋。如果它刚叼着骨头，那边枪一响，它便倒下，嘴里还咬着骨头。

10

房子睡了，门像眼睛那样闭上了。夜灯昏暗，门牌号闪着微光。走廊里静悄悄的。我的嗓子里有只猫，发出呼噜呼噜的声音。黑影跟着我，走走，停停。我转身找它，它就不见了。我轻手轻脚，上楼梯时摆脱了它，到走廊里，却发现它仍然跟着。它贴着墙壁，像一张薄纸片。我转过身，它又不见了。我背靠墙，缩在地上，在这个位置，不论鬼从哪个方向出来，我都看得见。

昏暗的走廊通到更模糊的地方。妈妈点着蜡烛走过来，"问水，要去屙尿了吗？"厕所在后门口，竹林里墨黑的，里面有几座坟山，坟山里还有黑洞。"问水，别怕，妈妈陪你。"妈妈推开厕所门，吱呀一声，昏暗中走出一个高个男人，脖子被两条手臂缠着。高个男人已经退到门口，返身抱住暗处那人。

"嘘，天已经亮了，可别被人撞见。"

"信很急，记得今天一定寄了。"

我听得出是小将和雪梨。

"睡吧。"妈妈亲了亲我，吹黑了蜡烛。

11

"谁是夜班巡逻的？怎么看不见一个大活人睡在走廊上？地板上那么冷，冻坏了怎么办？流产了怎么办？在我的基地，决不允许发生这种重大事故。"牛总统叉着腰大发脾气，"事实上，自打有基地以来，也从未发生过重大事故，小事故也没有。"牛总统身体转向女人们，继续发火，"我呵护你们，照料你们，就像对待自己的亲人，你们却对我种种不满，背底里骂我，要造反。拜托你们，站我的角度想一想，想一想我的难处，管理这么大一个基地，当好这个家，我丫的容易吗？"

"牛总统，应该是'你丫的'，不能说'我丫的'……"

"怎么不能说？我丫的想怎么说就怎么说。"

"丫的意思是丫头养的，是野种……"

牛总统噎住了，喉结上下一滚，使劲咽下那团东西。

"……国有国法，家有家规，组织有组织的纪律。无规矩不成方圆，如果任你们由着性子来，基地早就垮了，垮了对你们有什么好处？你们上哪儿挣这种舒服钱去。你们是幸运的，基地不但没垮，而且发展蓬勃，这证明什么？用屁股想想也能明白，这证明我的这套制度是合理的、有效的、可持续的。我要你们遵守规章制度，我自己也是全部遵照合同办事。

"我有没有拖欠过你们一分钱？没有。我有没有撒过一次谎？没有。我是不是更多地站在你们的立场，为你们的利益着想？是吧。我照顾你们的物质生活，还照顾你们的精神生活，每周两场电影，文艺片、爱情片、动画片，只要是你们想看的，尽量满足你们。还有拼图、刺绣、音乐、绘画，随你们想，可是你们，成天想的是写信，打电话。这肯定不行。你人在这里，这段时间的心，也要属于这里，只有这样，你才会心安，一心一意，才会快乐，快乐才能出健康的产品。我不想搪塞客户吧？至少，你们也得对生命负责，对不对？他在你们的子宫里时，善待他，这是美德。"

"牛总统，你说话前后矛盾，你叫我们不要感情用事，因为孩子生下来，我们连看一眼的资格都没有。你说我们是房子，就是房子好了，我们都按你说的做？"榴莲咽东西时，眼珠子都快鼓出来了，"你又说善待，怎么个善待法？善多了就变成了爱，你拿把尺子让我们量着做？"

"你这是狡辩，狡辩赢了又有卵用？哈士奇寄养在你这儿，你不用爱它，但你得养好它对吧？如果它在你这儿生了大病，岂不就坏事了？"牛总统说道。

"母性是天性，要克服天性，哪有那么容易？"榴莲站得直直的，一只手在空中划动，"打个比方，人发情是天性，却不得不禁欲，这就难熬了。牛总统，这么说你能理解吧？"

"怎么着这是？我今天跟你们谈纪律，你们倒一个一个开始批评教育我了？这儿不是监狱，不乐意的，现在就可以走人。大兵，把铁门打开。"牛总统没话说时，就来这一套。

大家都不吱声了，待在自己的座位上，望着眼前的小米粥、包子、牛奶、鸡蛋、胡萝卜。

"我不知道你们到底在扯什么，你们要干什么，我只是想告诉你们，让事情变简单些，就像母鸡下蛋，下完就离开了，管它蛋大蛋小，黄壳白壳。"牛总统挥了挥手，"大兵，新添一项规章制度，记住，在基地，永远不准谈感情，谈母性，违者罚款五百。"

女人们抬起头，眼睛突然睁得像碗那么大，这些碗大的灯泡电力十足，照着牛总统白花花的皮肤，汗毛像森林一样，他脸上的坑坑洼洼，像一个个陷阱。

我感到恶心，张开嘴，"嗷——"嗓子里滚出一个哑球，碾出一片寂静。

12

电视机里，一个没头发的男人站在桌子前，手里捏着一支毛笔，眼睛眨巴眨巴，说话很客气。他说一阵，就用毛笔在纸上扫一下，说一阵，在纸上点几点，说一阵，再点几点，纸上画出一个人，胡子比头发长。女人们便哎哟一声。这个男人每天穿着同样的衣服，站在那张桌子前，一边说一边画，有时画一棵树，有时画一座山。画着画着，电视里就有一条卫生巾蹦出来，跳舞，旋转成一个穿白裙子的女孩，女孩跳舞，撒开两腿飞到空中。她跳到床上。她翻来覆去，咯咯笑。女孩又变成卫生巾继续跳舞。一杯水倒向卫生巾，卫生巾一张嘴，全吸进去了。

看到这儿，小将就关掉电视。女人们各自忙碌，铺开白纸，倒出墨水，抓着长长的毛笔，像拿匕首一样。有的站着，有的坐着，捋起袖管，手挥来挥去，好像在后厨准备酒席饭菜，剁的剁肉，切的切菜，洗的洗碗。墨香味散了一屋，有点臭水沟的味道。纸上很快有东西看了，有人做了一只鸡蛋出来，有的画了一朵开了的花，有的弄出一对女人的奶子，有的手抖动着，雕花刻印，努力要写直那一竖。

小将像刚洗过澡，身上飘着香皂味。他表情严肃，慢慢地，稳稳地踱着小步，东看看，西看看，磨磨蹭蹭地，最后走到榴莲后面，贴住榴莲多肉的屁股。肉屁股被压扁了，它像一块大吸铁石，牢牢地吸住了小将的身体。小将停顿片刻，慢慢从肉屁股上搓开，用手扯了扯衣摆。

我看着墙上的斑点。我听见我肚子里的声音。我听见鸟爪子落在瓦片上。我听见妈妈喊我。"问水，回来吃饭啦。""问水，给奶奶端茶。"我一直看着墙上的斑点。那可能是一坨苍蝇屎。风揉揉云，云变成一条狗。风揉揉云，云变成一头牛。风不来揉我，我还是我。妈妈的衣服是棉布的，非常柔软。窗帘也是棉布的。我剪了一截，带在身上。手指头搓着布的纹路，心里很舒服。

"桃子，过来画一画。"雪梨的脸黄黄的，她盯着我，好像要从我的眼里找到昨天晚上的秘密，那个秘密是她的，被我发现了，她想拿回去。"一块破布有什么好玩的，扔了它，我给你个芭比娃娃。"

雪梨身上有小将的味道。我和她拽着那块棉布，都不放手。

柠檬说："雪梨，欺负桃子，你好意思？"

"嗳，谁欺负她呀？我一番好心，怎么都跟个傻子一样，不领情。"

"谁是傻子？"榴莲说，"别以为你比她聪明多少。"

"得了，你和她一样聪明。"

"又吵，你们精力真好。"苹果正在画房子，屋门口一个小男孩在打陀螺，一条欢蹦乱跳的黑狗，"牛肉丸不许我们谈母性，我还是要谈一下，谁要是想告密领赏，尽管去。母性，不仅仅是对自己的孩子，应该是对所有的生命，包括你们说的傻子、残疾、动物……你都爱，都会宽容。"

"我们要在基地修炼成圣母吗？"雪梨说。

"自从我有了儿子之后，就是这么看世界的，我儿子走了之后，我更加这么认为。"

"给新来的讲讲你儿子，讲讲那次灾难吧。"

"我不想变成祥林嫂。"苹果说道，"总之，我喜欢我所做的事情。"

我摸着棉布，看着墙上的斑点。女人们聊着，叹息。妈妈靠着一棵苦枣树，风扫过去，紫色的枣花就飘下来，落在妈妈和女人们的头上。她们都戴着花冠。我闻得到香气。

13

这栋楼有多少房间，我一直没数清楚，每次数到九，自动弹回到一，我只好数得更慢，使劲扳住每一个数字，用脚踩住，不让它们跑动。妈妈就不用这么费劲，如果数字滚了，她就用食指和拇指将它捏回来，因为她把数字变成了黄豆。数字听妈妈的话，乖乖地拢在一起，就像一群毛茸茸的小鸡。妈妈也会把数字变成脚印，印在下过雨的泥路上。我也试过将数字印在走廊上，但还是数到九时，就自动弹回来。我不管它，爬上楼接着数，九、九、九……牛总统办公室的门开着，音箱里传出女人的声音。

"轮到你了，榴莲，你第一次是什么时候？和谁？在什么地方？"

51

"一定要说真话?"

"真话游戏,当然要说真话。"

"好吧。十四岁,读初二,在男同学家里。"

"说细节。"

"算了,那时候不懂事,稀里糊涂的。"

"怎么样稀里糊涂的?"

"……"

牛总统撑着腮帮子听着,脸上的小坑坑都红了。见我进来,他关掉音箱,坐直身体,两只手像吵了架似的,一边一只,搁在椅子边上:"咳……168,挺精神啊。再过一阵,你就吃得下一箩筐东西了。"那只右手不生气了,主动搭在左手上,抚摸它,左手原谅了右手,翻过来,抓住了右手,两只手绞到一起,互相揉搓,拍打。

雪梨和小将嘴巴对嘴巴,发出嗞嗞的声音。雪梨的手臂像青藤绕住小将的脖子,一条腿缠在小将的腰上,小将扭动屁股,好像要挣脱缠住他的东西,但是他挣脱了好久,直到那些东西自己脱落。

"我知道,你喜欢吃番茄蛋汤,粉蒸排骨,辣椒炒肉。到时候会让你吃个够。"他指着音箱,"那些女人,唧唧歪歪的,身在福中不知福。她们就是不想老老实实地过这十个月。这蛋一天不生下来,我这心就悬着,真是操碎了心。唉,即便这样,鸡飞蛋打的事情,也不是没有过,但都过去了。撇开这些不说,万一哪天查了,一锅端了——头上悬着一把剑,多危险呐!这些十足的母白眼狼。"

十足……十、十……我终于数到十了。

"报告总统。"大兵在门口。

牛总统拧开保温杯,说话太多,他得喝点水,"带上门。"

大兵要推我出去。

"说吧,不碍事。"

"小将以前抽中南海,最近竟抽起软中华了……我怀疑他在帮她们寄信,捞油水。"

"怀疑,怀疑有卵用?我跟你说过,凡事要讲证据。我们基地做任何事情,都是有法可依的。没证据,你让我怎么办?"

牛总统摊开双手，紧接着被他自己白花花的双手吸引，露出喜爱的神色：

"我这双手，干过很多杂活，搬运，泥工，厨师，替人收账，拿过刀，砍过人，至今安然无恙。不过，也有些不太明显的伤。瞧，这个疤，十五年前的；这道口子十三年前的；这只手指断过，重新接上去的，看得出来吧，有点歪，但不影响。我想说的是，比起人世间别的许多事情，下蛋是最轻松的活。比如，一个果子熟了，叭地掉到地上，你听过树喊疼吗？你见过哪棵树拒绝结果子吗？没有不是？168，你遇到我，真的是走了狗屎运。现在物价那么高，别人养一个孩子都费劲，谁还愿意领你回家？你现在还睡在厕所边，吃那些发馊的垃圾，也可能被那些畜生似的家伙奸了又奸……啊，真是不堪想像。当然，你还得感谢你的父母，他们总算将你生得漂漂亮亮，小母牛似的健健康康。你家祖上积德了。"

"是啊，要不是牛总统大发善心，这傻子还在大街上抠虱子呢！"大兵说。

牛总统微微一笑，那双白花花的手落在肚子上，随着肚皮起伏。

一、二、三……九、九……十，十只小白猪睡在肚皮上。

14

苹果总在织毛衣，捏几根细竹签，默默地戳来戳去。戳一会，就停下来，东西摊在床上，像瞎子一样，又摸又抠，有时把头埋进去，肩膀一阵抖动，眼泪乱抹。忽然又抽掉竹签，扯起毛线头，毛线老鼠似的突突奔跑，她手里的线球渐渐膨胀。

"生下他第一天，他眼睛还没睁开呢，就紧紧地抓着我的手指头。到两三岁，这也要帮妈妈做，那也要帮妈妈做，还说，'我的妈妈是世界上最好的妈妈。'"

毛线球掉地上，一路滚到门口，福气叼回来，又啃又咬。

"那天夜里，我要是没加班，就跟他们一起去了……"

苹果说着，走到窗前，透过防盗网格看出去，是一堵灰墙。

时间滴答滴答。雨水滴答滴答。摊开手掌，雨击中手心。我的妈妈是世界上最好的妈妈。她肩挑担子，一筐瓜果，一筐我；一筐化肥，一筐我；一筐大米，一筐我。

天台有花有树。摸摸叶子，嗅嗅花朵，听它们唧唧喳喳地闹。花衣虫爬动，壳里的翅膀突然散开，甩出两把刀，飞起来，卷起狂风。树叶嘻嘻笑。田野，树林，水沟边野芹菜，昆虫，小鸟，头顶上白茫茫的天空。知了在树上叫，来呀，来捉我呀。油菜花地里，蜜蜂嗡嗡地，来呀，来捉我呀。天牛吱吱叫嚷，来呀，来捉我呀。

一只蚂蚁爬上树，围着树干转圈，爬到叶尖上，看着远方，不高兴，好像要跳下去。它想了一会儿，慢慢调转头，回到原路，又顺着树干爬下来，钻进泥土里。我闭上眼睛，开始钓鱼。柳树荫下，河水一漾一漾。蜉蝣贴着水面飞，一会儿碰一下自己的影子，一会儿蹿到空中。太阳斜了，我的影子落在河面上，罩着鱼标，一动不动。我等着鱼来吃我的影子。天空中划出很长的一道白雾，那是飞机。木脑壳说，想去看飞机吗？草哼哼唧唧。我等着鱼来吃我的影子。

透过抠成纱网的树叶看着她们，她们肥胖，脸上浮肿。太阳落在她们身上，毛茸茸的。她们在开会，像一群企鹅围拢。风一吹，袍子贴紧她们的肉体，显出身体的形状。屁股和肚子像两个大括弧。脚尖尖地插在地上。她们低头沉默，好像在悼念地上死去的蚂蚁。福气追咬一只苍蝇，嘴巴发出叭叭的声音。苍蝇在空中划了几个大字，落在柠檬袍子上。

我走到她们中间，用树叶挡住柠檬的眼睛。她的眼睫毛扫过树叶，沙沙响。

"桃子，咱们要玩一个游戏，明天早餐铃响过之后，不要去餐厅吃饭，就待在房间里。"柠檬说。她身上有花香。

15

我躺在床上，玩一个游戏。早餐铃一遍遍响，肚子里咕噜冒泡。泡泡飞到耳朵里，啪啪炸开。铃声在脑子里嗡嗡地响。过了一会，我走出房间。大兵和小将正在敲门。"早餐时间到了，马上到餐厅去。""嘭嘭嘭嘭……""马上到餐厅去，牛总统在等你们。"大兵敲完，小将敲，敲完这张敲那张，满走廊"嘭嘭嘭嘭"的声音。

福气嗓子里呜呜的，要吠小将。我抱起它去餐厅。

牛总统背着双手，在屋里转圈。他的脸像吹饱了气，圆圆的，嵌在肉丸子里的眼珠子就要鼓出来了，头发一根根竖着，像扎了满脑壳的鱼刺。他盯着我，好像不认识我。他继续转圈，西装绷得紧紧的，后背勒出肉堆——他又肥了不少。

"她们要干什么？搞得我们都吃不成饭。"菠萝和一个女人交头接耳。

"昨天晚上跑我房间里，要我罢食，简直是胡闹。准时准点吃饭睡觉有什么不好？营养配菜固定菜式有什么不好？你能把基地闹翻天？"

"就是，身体都租给人家了，就得按合同老老实实办。"

"等着看戏吧。看那些蚂蚱能蹦到哪儿去。"

她们也等着看戏。游戏里还有蚂蚱。绿身子黄眼睛的蚂蚱，一蹦就不见了。也许还有知了、天牛、蜜蜂、蝙蝠、蝴蝶。

柠檬她们像一群鱼游了进来。水里一片寂静。

"怎么回事？"牛总统压着怒火，"是铃声哑了，还是你们聋了？"

"报告总统，铃没哑，我们也没聋，"榴莲回答，"你应该知道，孕妇总是欠睡的。"

"欠什么税？我的账目一清二楚。"牛总统说。

"她意思是，怀孕的女人欠睡，不像丁当姑娘，总是被人喂得饱饱的。"柠檬说。

牛总统一愣，脸上的肉红一块白一块，花里胡哨。这张脸埋进丁当小姐那两座"坟墓"里时，也是这种颜色，在沙发上。胖猪崽拱母猪奶子，吧唧吧唧，拱完这只拱那只，嗷嗷叫。柠檬说的不对，应该是丁当把牛总统喂得饱饱的。他吃饱奶，松皮带，和木脑壳一样，把发烫的东西放丁当身体里冰，冰了很久。丁当的腿肥白，断了似的，一甩一甩。

"基地几十号人，每天等着我开饭，发钱。我对你们有责任心。懂不懂？责任心，你们缺的就是这个。"牛总统恢复威严，抬起手，看了一下时间，在那只金光闪闪的手表上找到了答案："早餐时间已经延误三十分钟，一切都乱套了。都坐下，开饭。"

"今天这事……怎么处理？"大兵问。

"照规矩，该怎么罚，就怎么罚。"牛总统巴掌从额头一直捋到后脑勺。

"有六个人违规……"

牛总统瞪着大兵："人多就不罚？人多就证明她们是对的？今天不罚，明天就会有更多的人不准时吃饭、睡觉，一切就乱套了。"

"今天你要是罚了我们，明天就会有更多的人不会下来吃饭。那就真的乱套了。"柠檬说道。

"饿死了。我只想准时吃饭。"菠萝用筷子敲桌子。

"嘿，猪被抬上案板，还会嗷嗷叫，有的人呢，顶配合的，颈窝子对准刀尖撞过去了，省得屠户出力。"榴莲说。

"哟，你有什么资格教训别人，不也就是一座房子吗？有本事别养哈士奇啊！"菠萝翻着白眼。

"都少说两句，要是有别的路走，谁愿意出来干这个。"

"雪梨，你错了，我就愿意干这个。"苹果摸着自己的肚子，"我很享受这种时光，一个生命依赖我，我——是的，也依赖他，尽管他是别人的孩子……你可能不会明白我的感受，我的确感到某种幸福。对我来说，没有比孕育生命更美好的了。"

女人们垂下头，好像在寻找苹果说的那种幸福。

"说白了，这就是积德！"牛总统好像终于找到开锁的钥匙，"让一个家庭延续香火，满足他们为人父母的愿望，可不就是积德嘛！所以，你们遵章守纪，出好产品，就是积德。往小了说，是为家，往大了说，是为国呢。"

没有人反驳。

"买卖自由。大门是敞开的，谁想走，随时可以。"牛总统的语气欢快起来，"在我的基地，只要你做一个遵纪守法的人，你就是百分之百自由的。"他肩膀上的大肉丸子滚了两圈，"顺便说一句，你们这些女人，对自由的理解太狭猛，太肤浅了。"

我张开嘴，唾液顺着嘴角滴下来，拉成一根黏稠的丝线，亮晶晶的。

16

"你以为，我真的那么在乎基地的权利？噗。我只是无聊。太难熬了。反正是行尸走肉，还去要什么自由，要什么权利？挺可笑……我必须分散注意力。我找到事儿了不是？我在这儿当总指挥，为基地女人争取自由与

56

权利，多风光啊，在外面，我就是个女领袖，后面会有很多人追随、崇拜……嘿。你们永远不要相信眼睛看到的，看不见的才是真实的部分。我只是无聊，太无聊了。游戏必须继续玩下去。和牛肉丸斗很有乐趣。他竟然将基地'总部统管'简称总统，他一定做着帝国梦……所有女人都会拎着子宫投奔他……"

柠檬在日记上飞快地写着，但仍然跟不上她的语速。她有时闭上嘴，让笔尖独自在纸上沙沙地跑：

"……我爱他，我再也不会像爱他一样，爱上别的任何人……为了挽救妈妈的生命，我什么都愿意做。"

餐铃响过三遍，柠檬合上日记本。

"桃子，咱们吃饭去。我最喜欢看牛肉丸发飙的样子。知道吗？其实他心里很虚。他是个蹩脚演员。"

餐厅一派喜庆，搭了一个临时舞台，挂了红色横幅标语。气球彩带飘舞，花篮摆了一圈。

"超过十分钟了，为什么还不开饭？"菠萝嚷嚷。

"只要有一个人没来，就不开饭。"大兵一边看表，一边盯着桌边的空位子。

"罚得太少了，必须加倍，狠狠地罚，直到她们老老实实地，准时准点出现在这张桌子边。"菠萝捶着桌子，她的拳头很多肉："操。"

榴莲走近她，"你说什么？"

"你聋的？"菠萝翻白眼。

榴莲手一挥，扇了她一巴掌。菠萝傻了，但很快又聪明了。她站起来，挺着肚子，好像抱着很厉害的武器，要和敌人同归于尽。她一把揪住榴莲的长发。榴莲不得不昂起头，脸对着天花板，两手乱薅，像不会游泳的人，眼看就要沉下水。但是榴莲一反手，也揪住了菠萝的头发，两颗脑袋碰到一起，手和头发难解难分。

"都松手，别打了。"苹果想掰开她们。

菠萝一声狮吼，三个人都倒在地上，像企鹅耷拉着翅膀。其中两只慢慢站起来，捋顺头发，拍去灰尘，喘着粗气。只有苹果躺在地上，捂着肚子，脸慢慢地变白。

"啊呀，她要生了！"有人喊了一声。餐厅一阵骚乱。

苹果的红袍看上去只是湿了一块。人们抬走了她。

菠萝的气焰灭了，她像一堆灰烬，在风中微微颤抖。

饭菜这时上了桌。女人们都坐着不动，没有伸手拿筷子，没有在桌沿敲破鸡蛋壳，没有把油条泡进豆浆里，没有掰开馒头咬一口鲜肉馅，没有吃饺子，没有在酱油碟里加醋。饺子散发热气，葱花浮在汤面上。

草莓攥着拳头，搁在碗边。包子裂了缝，看得见肉沫，汤汁也渗出来了。她的手突然弹起来，抓起了包子。

"对不起，我能听到他在我肚子里饿得哭……我退出。"草莓吃光了盘子。

17

音箱里传出乱糟糟的声音，像一群马奔跑过来。大兵穿着黑西装、蓝衬衣、红领带、黑皮鞋，脸上扑了粉，头发倒向右边，水草似的。他顺着窄窄的红地毯，走到一个小话筒前。马蹄声停了。他对着小话筒吹口气。

"大家上午好！我很荣幸成为今天庆典活动的主持人，作为基地老员工，我心情很激动。"大兵咽了一下口水，"基地是一个温馨大家庭，幸福是基地的灵魂。根据牛总统的指示精神，为繁荣基地文化，增加凝聚力，提高群众幸福指数，我创作了一首基地之歌——《福地》，将于明天正式进入排练。"

女人们的手安静地伏在大腿上。音箱里传出掌声和口哨声。

大兵微笑着，两腿紧并，等掌声停下来，接着说道："大家来自五湖四海，有缘相聚基地。基地创建以来，我们一直广泛征求群众意见，从饮食、起居、娱乐、健康、福利等各个方面，不断做出调整、补充，以满足大家的需求愿望……"

"胡说八道！谁征求过我们的意见？榴莲要吃麻辣酱，申请了不下一百次……"柠檬喊道，但她的声音被麦克风盖过了。

"我相信，每一个离开基地的人，都难以忘记基地的温馨、舒适、快乐……"

"鬼话……这里是监狱……"

"下面，进入庆典活动的重要环节，有请基地总部统管牛玉根先生讲话。"

音箱里掌声如雷。

一粒快乐的肉丸子滚上舞台。他满脸笑容，两条腿轻巧地跨上一个台阶。他一边走，一边伸手摸了摸胸前的新领带，领带结像他的喉结一下长在脖子上。话筒正戳着他的鼻子。他微笑着望着台下。音箱里的掌声一直在响。牛总统转身做了一个手势。现场便安静了。他太胖，两条腿自然撇成八字站立。他伸手抹了一把脸，仿佛揭走了面具，五官顿时各就各位，变得非常严肃。他举起稿子，手伸得远远的，像戴着老花镜看电器说明书。

"尊敬的女士们、积德者们、产品制造者们，大家好。今天，我非常高兴，在这儿，向大家做基地工作报告。毫无疑问，你们，是基地的主要力量，没有你们，就没有基地的今天，更没有基地的未来。作为基地总统，我尤为高兴，和大家一起分享基地创建以来的各项成果。首先，我要感谢时代赋予基地发展兴盛的历史机遇。

"经济发展是个好东西。经济是什么？经济就是钱，钱是个好东西。这绝对不是什么拜金主义、物质主义，更不是庸俗的唯利是图。脑子有病的人，才跟钱有仇。你去买一根牙签都需要钱，这就是现实，现实就是，钱能使你过得更舒服。钱能让你去好的医院治病，钱能让你的孩子受最好的教育，钱能让你的孩子吃上进口奶粉。钱能让你吃上环保有机菜。钱能让你住上宽敞的房子。钱能让你有能力帮助那些需要帮助的人。甚至，钱还能让你获得爱情，使你的晚年焕发青春。括弧，此处有掌声……"

音箱里掌声雷响。欢呼声海浪一般涌动。

"这是大兵写的稿子吧。"女人们捂着嘴笑。

"越来越多的人富起来之后，是钱帮他们解决了很多问题，包括不能生儿育女的痛苦，实现香火延续的梦想。而大量需要钱的人，也因此获得了一份体面积德的工作，在极短的时间里，即可获得百倍于普通人的收入，迅速解决各自生活中的难题。

"基地，就是这样的福地。在荷马史诗中，福地，是大洋河岸上一个美丽的山谷，那里没有暴风雨，没有严寒，没有冬天，常年和风吹拂。在诗歌等文学作品中，福地就是美丽、幸福之国的意思。基地当之无愧。很多人因此走出了困境，很多家庭也因此获得了幸福。"

牛总统停顿片刻。

音箱里又是一阵掌声、欢呼声。

"过去几年，我们坚持基地核心价值观，以科学发展观为指导，凝神聚力，开拓创新，以造福人类为己任，以人为本，法治基地，推出了一套行之有效的管理办法。作为基地总统，我向你们做出庄严承诺，未来，我们将进一步改善基地条件，增加设施，扩大场地，为你们提供更舒适，更理想的生活环境。

"我感谢你们，也尊敬你们。你们孕育的不只是一件产品，一个生命，你们孕育的是一个国家的未来，一个国家的梦想。让我们加倍努力，为建成富强民主文明和谐的社会主义现代化国家，实现中华民族伟大复兴的梦做出应有的贡献！"

掌声如海啸，几乎要炸裂音箱，同时传来齐声口号：

"福地！福地！福地！福地！"

大兵、小将在侧台鼓掌，保安鼓掌，厨师鼓掌，清洁工鼓掌。

牛总统收起稿纸，左手握着右手，垂在两腿中间。

"现在，我要宣布一个好消息，昨天下午三点五十分，四点二十分，基地有两个女人顺利生产，诞生出两件产品，相当完美。一件是雄性，重4公斤；一件是雌性，重3.5公斤。当时交割完毕。客户十分满意，额外奖了她们五万块，基地没有提取分成，并且，同样奖励她们每人五千元。她们永远是基地的一分子。基地的大门永远为她们敞开。"

掌声、欢呼声，汽球被戳爆了，"啪啪……"地炸响。

18

天气变热，蟑螂越来越多，灯一黑就满楼爬动。无数的脚在地板上擦出沙沙沙沙的声音。它们交配，厕屎，产卵，小蟑螂一群一群地在缝隙里爬进爬出。它们小声说话，打架，向妈妈告状。妈妈很快肚皮朝天，挺挺身，弹弹脚就死了。清洁工从角落里扫出它们的尸体，倒进垃圾袋。

"桃子姑娘，你穿蓝色可真漂亮。想想你第一天到这儿，又脏又臭，身上的虱子个个跟偷油婆一样大呢。谁想到，萝卜洗干净泥巴，水嫩水嫩的。转眼就四个月了……我呀，最喜欢看着女人们的肚子一天比一天大起来。小孩在肚子里，就像夜里的植物一样，稀里哗啦地长呢。"

清洁工扫地，洗厕所，抹桌子，清理垃圾桶，嘴里说个不停。

"可惜了你这个漂漂亮亮的姑娘，又哑又傻。你爹妈会不会到处找你呢？唔……说不定，你还是家里的累赘，谁也顾不上你……"

屋子里扬起灰尘。我走出房间。

草莓披头散发，胸脯很白，也堆得鼓鼓的，绿玉石夹在乳沟里，像雪山峡谷间的一片绿洲。她的手指也肉乎乎的，手背很多小酒窝。她给它们涂润肤霜，揉得手掌粉红。草莓的房间里有脂粉香气。

"想吃牛肉干？给，这儿还有半包。"草莓总是往脸上抹东西，又揉又拍，她一笑，光彩照人，"牛肉丸是只铁公鸡，还说什么吃零食是个人消费，不在合同范围内，但一定想办法满足我们吃零食的要求——这不，他把干货店开到基地来了。"

五香味的牛肉干，我一丝一丝地嚼着。

"我很清楚我自己，本质上就是个好逸恶劳的人。我父亲从小就在我耳边嚷，要学习，要努力，不管他怎么打我骂我，我就是抽不掉我的懒筋。我为什么一定要上进呢？我的一生，我自己想怎么过就怎么过。这就是堕落？那就让我堕落好了。"

她往我脸上抹了一点霜，用手指头匀开，手掌拍了拍，"女人最紧要是美，美，首先就得皮肤好……看看你，漂亮多了。"她把桌子上的瓶瓶罐罐，一个一个往抽屉里放。"我父亲临死之前嘱咐我，找份工作好好干。朝九晚五，挤公交地铁，就为了每个月拿那点钱？简直是浪费生命……"

草莓突然僵住，一只手缓缓地抚摸腹部。片刻，另一只手也放了上去。

她双手捧着肚子，呆呆地盯着镜子里的脸，眼睛慢慢地湿润起来。

"生命……"她轻声说了一句，抓起我的手放在她肚子上，"他在动，感觉到了吗？"

她的肚子暖乎乎的。

"问水，你弟弟又在调皮了。"妈妈轻轻拍着她的肚皮，像唱歌一样，"喂，问天，听见吗？姐姐在这儿等你呢。"

我耳朵贴着肚皮，里面响声很大，闹哄哄的。

草莓缓缓站起来，好像地板滑，她小心地从房间这头走到那头，从那头走到这头。

19

"牛总统去马尔代夫了。这几天工作暂时由我代理。"由丁当宣布开饭，她捏出一副甜美的嗓音，"其实，关于吃饭时间，我倒觉得不必强求，各人可以自行调节……但是，牛总统的那一套管理办法，也没有什么不好……这么多年，基地就是按那套制度走的……你们放心，我当值期间的事情，我会处理好，也不会向牛总统汇报。"

"丁当小姐，你真仁慈。恰恰相反，我们不希望你隐瞒什么。午餐我们迟到了，晚餐也难以准时。"柠檬说道。

"为什么要刻意这么做？"丁当鼓大眼睛。

"我们要正常的权利，包括写信、打电话的自由。"

"对，要不，干脆就不吃饭了。"

"报废所有的产品，基地就会垮掉。"

丁当推推胸前两座坟，摆正乳沟："何必弄得两败俱伤。"

"那就拜托你吹吹枕边风？"榴莲说。

福气在耍疯，一甩头将嘴里的骨头抛出老远。

女人们哄地笑起来。

皮肤太白的人，藏不住什么秘密。丁当的脸红了，两座"坟墓"也红了。她跟着笑，笑得脸上歪歪扭扭，下巴压到了"坟墓"。

"任何事情都要讲证据。基地制度不是一天两天形成的，要改，也不是一天两天能改的。我的建议是，1.你们拿到充分的证据，证明准时准点吃饭的危害性；2.证明不能随时写信、打电话，将会对产品造成什么样的负面影响；3.同时反向证明。"

丁当这段话太长，大家不作声。

20

牛总统说，大肚子的女人，吃多了会成负担，而且也装不下，肚子里的那个人占了太多地方，而且吃得再多都会变成屎。多吃音乐没问题。吃音乐喂产品，脑子就会聪明，智商高。古典、民谣、爵士、乡村音乐，吃得最多的是交响乐，尽是些摔盘子、砸玻璃、锯铁、电焊、打雷、劈柴的声音，还有人用村里妇女喊吃饭的大嗓门唱歌，吧啦吧啦，舌头很大。有时候，只剩一根针尖似的细线，扯出尖尖的声音，像巢里的小鸟，张嘴要吃的。一群大鸟，它的爸爸妈妈，七姑六婆，拍打翅膀飞来了，哗啦啦一阵大风大雨。太阳嘭地弹出来，阳光炸开一个洞。黑夜从滑梯里滚出来。月亮气球一样飘在天空。植物在呻吟。白玉兰使劲撑开肥大的花瓣，花粉洒落下来。

女人们坐着，捧着肚子，闭了眼睛，上半身跟着音乐拂动。

天很黑，星星发光。风像松鼠，在树间蹿来蹿去。我站在两棵树之间，闭着眼睛。我就变成了一棵树。蚂蚁在我的树枝上爬。昆虫在叶子上玩耍。树和树聊天。树和我聊天。问水，看到星星了吗？星星是爆米花，炸到天上去了。月亮呢？月亮是妈妈做的化粑粑。我抱着树，风像松鼠一样，在树叶里蹿来蹿去。

小将和榴莲在暗处啃嘴。

"雪梨说你的奶子是假的。她是煎蛋坪，嫉妒你。"

"你怎么知道?"

"谁都看得出来她那儿是个飞机场。"

"你看她的胸干吗?"

"我还听到她说你乱搞，被老公逮着了，所以离婚了。"

"你相信她说的?"

"无所谓。"

"诋毁我，对她有什么好处?"

"所以，离她远点儿。"

21

福气呕吐完，趴在角落不动，连尾巴都懒得摆了。

我抱着福气，从走廊这头走到那头，从楼上走到楼下。妈妈抱着我，拍着我的背，摇啊摇。我拍着福气的背，摇啊摇。房间门都开着，柠檬在写日记。苹果织毛衣。雪梨望着窗外发呆。菠萝撕开一包零食，哗地撒了一地。

草莓的头发绾起来了，在后脑勺卷成一个黑粑粑。她的额头很高，像一座山。

"放下福气，它只是吃太多了。"草莓不断往布包里塞东西。那只绣着花鸟的漂亮袋子撑满了。鸟站在开花的树上，眼睛圆鼓鼓的，马上会飞起来。

"不能再等了。"她坐在床边，胸脯起伏，"必须尽快离开。我不能把孩子交给他们。"

"桃子，你想回家吗？想找妈妈吗？今天是端午节。"草莓轻轻晃了晃我的身体，泪水从我眼里溢了出来。我嗓子里发出打嗝似的声音，很难听。我闭上嘴巴，鼻子里却跑出另一种古怪的声音。妈妈给我洗了艾叶澡，给我穿了花衣裳。河水涨得满满的。放了响铳，擂起大鼓。"哦——嗬——，哦——嗬——"划龙舟的人齐声喊着，划着，龙舟在水面飞行。

楼里已经静下来，笑声和脚步声流到黑暗中。蟑螂出来了，带刺的爪子擦出沙沙的响声，拉屎，交配，产卵。我踩扁一只。它变了形。我走开时，它拖着肠子爬进了墙缝。福气追过去，鼻子蹭到缝边嗅，用爪子挠。

我拿出塑料袋，往里装东西。塑料袋鼓鼓的，我要回家了。我搂着塑料袋。坐了一会儿，我放下塑料袋，抱起福气。我腾出一只手拎塑料袋，福气掉了。我再抱起福气，塑料袋垮了，东西散在地上。我没有办法同时抱着福气和塑料袋。我捡起来重新塞进袋子里。

"快，咱们走。" 草莓突然出现。花袋子上的小鸟就要飞起来。我抱起福气。我没有办法同时抱着福气和塑料袋。"那些破东西不要了。"我紧紧抱着福气。我跟着草莓回家。花袋子上的小鸟就要飞起来。她的头发绾成一个黑粑粑。我们下楼梯，又下一层，再下一层。我有点晕。草莓在喘息。她赤着脚，像船滑在水面上，没有一点声音。她不时扭头看我，眼睛闪着鬼火。两只老鼠咬架，吱吱叫，奔跑。"别怕，跟紧我。"她的声音在哆嗦。她冷。摸过一小截墨黑的走廊，看见了灯光，值班岗亭，铁门，大锁。穿迷彩服的保安，趴在桌上睡着了。草莓身体比猫还轻。她走过去，两只手在保安身上乱翻，好像那是一具尸体。钥匙的碰撞声。她举起一大串钥匙。她的手哆嗦。钥匙插进锁屁股。锁不动，换一片。锁不动。再换一片。锁不动，草莓累得直喘气，深呼吸，再换一片。"咔！"锁弹开了。她打开铁门，一步跨了出去。她回头，见我站着没动，手使劲比划。她身后一片墨黑。我身后也是一片墨黑。我朝铁门走去。福气突然挣扎跌下地，调头消失在黑暗中。

22

天没亮，餐厅是黑的。我很饿。"咔"。锁弹开了。"咔。咔。咔"……锁不断地弹开。福气躺在桌子底下，舔爪子，吐舌头。我们的肚子咕噜直响。我咽了一阵口水。朦胧中，一只蝙蝠飞向我，眼睛闪着鬼火，吱吱磨牙，在我耳边喊，"桃子，喂，桃子……"

我睁开眼睛，看到圆滚滚的菠萝。"这傻子居然睡在餐厅里。"

"屡教不改。你那张臭嘴就没吐出过像样的东西。"榴莲说。

"我说傻子，跟你有什么关系？"

"从现在起，桃子就是我妹妹。欺负她就是欺负我。"

"好仗义呀，装得挺像。谁不知你什么人儿？"

"我什么人？你说？"

"你敢乱搞，难道我还不敢说？"

趁两人还没有扭打起来，柠檬挡在中间："上次，苹果因为你们早产，幸好母子平安。"

"对，有事就说事，莫动手。"雪梨来了兴致。

"幸灾乐祸看热闹，我偏不满足你。"菠萝撑着腰回到座位上。

"你怎么煽风点火？"柠檬说雪梨。

"我哪句话说错了？"

"唯恐天下不乱。"

正吵着，牛总统进来了。后面四个保安，分两列，全副武装，脚步齐刷刷的。

气氛不祥。

牛总统站住，脚撇成八字，领带拖到裤裆。

"简直是无法无天！辜负了基地一片苦心，气死我了……"他一只手按住胸口，仿佛宣誓效忠。

"闹，你们接着闹……一个一个尽管跑掉，但我告诉你们，跑哪儿，我都能把你捉回来。"牛总统将那只按在胸口的手挪开，放到额头上，手掌沿额头捋到后脑勺，最后攥成一把，好像草莓就在拳头里面，只要摊开手掌，吹口气，她就会现出原形。

我紧盯着那只拳头，等着看精彩的一幕。但是，牛总统将拳头送进了裤兜，撑宽了腰胯。另外一只手也伸进了裤兜。他站在那儿，仿佛马上要吹起口哨来。

23

去天台放风。把人放进风里，人就会飞起来，像鸟一样。

我迎着风，张开手臂。我穿过云朵，飞进太阳，飞过黑夜，满天的星星像野菊花一样开放。我飞起来，我看见村庄、屋顶、河流、小山丘。不合群的树，长在塘边，看着水里的影子。荷叶翻起波浪。荷花像鱼标浮在水中。木脑壳扯起钓竿，一条鱼蹦出水面，身体扭来扭去，它嘴里吃着线，好像马上要吞掉钓竿，吞掉拿钓竿的手，吞掉木脑壳，吞掉我。木脑壳举着钓竿，鱼落在草地上。"有本事你飞呀。"木脑壳对鱼说。我等着鱼飞起来。它瞪着我，用身体拍打草地，张着嘴，大口地喘气。我顺着线捉住它，从它嘴里掏出鱼钩。"飞吧。"我把鱼抛到河里。

我飞起来。妈妈的影子在窗口晃。锅里冒着热气，妈妈在煎蒿子粑粑。香气是箭，数不清的箭，嗖嗖地射中我胸口。整个天空都是那种香味。"问水，别飞啦，快下来吃粑粑。"窗户里伸出妈妈的脑袋。她梳着两条短辫子，额头光溜溜的。她缩回头，将粑粑铲进碗里。

"啪！"黑暗中跳出一团火，照亮榴莲的脸。烟火一闪一闪。

"我是什么人？我现在就跟你说说我是什么人。"榴莲吐出一股烟。

"我以前在报社当编辑，每个月两三千块钱。租的是板楼。墙很薄，冬天开着暖气，照样要穿秋裤。也不隔音。楼上有个女人，用同一种声音处理三件事，骂孩子、做爱、吵架。我只好戴着耳机听音乐。现在我的听力很差，就是那时期落下的毛病。后来我搬了。那楼没电梯。我很乐意锻炼身体，尤其是拖着四十公斤的大箱子爬楼梯时，效果更好。

"有一次，我拖着大箱子下楼，里面装满了年货。我穿着高跟鞋。脚一崴，连人带箱子滚了下去。一个男的扶起我说，你还好吧。我心想我他妈的好得不得了。但总不能把火发到帮你的人身上对吧？我至少要对得起我那双高跟鞋。那个男的把我送上的士，说，回来时叫我帮你拎箱子吧。他给我留了电话。

"我回来时，箱子是空的，但还是给他发了信息。他在楼下等。他拎着我的空箱子爬楼梯。我跟在他后面爬楼梯，产生了双双把家还的幻觉。我说出来了。他说他也是。他停在我的家门口。我的大箱子像个孩子，温顺地依着他的腿。那是一条普通的腿，黑色的休闲裤，脚上是棕色翻皮鞋，袜子是黑的。看起来不讨厌。他说幻觉也可能变成现实。事情错就错在这儿，我们太贪婪，有了幻觉，还要现实。结果呢？妈的，我困了。下次再说吧。"

24

　　手指像一群啄食的鸡，咯咯咯咯，啄得键盘啪啪地响。白花花的鸡，啄着地上的谷粒。1、2、3、……10，整整十只鸡。牛总统不时打开铁柜，拿出档案盒子，翻出贴着照片的文件，皱着眉毛，眼睛在电脑屏幕和文件间穿梭，小鸡们好像吃饱了，不再抢食，只是偶尔啄两下。电话铃突然响起，小鸡们扑向电话，将话筒搬到牛总统耳边。

　　"我在办公室查资料。……你胡说八道什么？我哪有那份闲心？最近基地频频出事，我头痛得很，你就不要添乱了好吧？……什么，我这么忙，不是也抽空刚带你们去了马尔代夫吗？这边都快成烂摊子了……不如倒闭了好？倒闭了，谁给你买皮草，买LV？怎么环游世界？……别胡闹了……那女的……她是办公室搞行政的……哈哈，你真是闲得慌，胡思乱想……漂亮的是那些大肚子女人，你吃吃她们的醋，我还觉得有点道理……我不喜欢大奶子，你知道，我就喜欢你的，一只手握着，刚刚好，乳头小小的……我就爱吃'花生米'。你要是大奶子，我还不会娶你呢……真没有，你把你老公想成什么人了？……别人喜欢，我不喜欢，堆在胸口，两座大坟山似的，看着就晦气……

　　"现在情况是这样，088晚上趁保安睡觉，跑了。我再等两天，看她会不会回来……报警？咱是没有营业执照的，换句话说，是非法经营……你没看这几年我脑顶上的头发没几根了？操心，担心，焦心啊……所以，你舒舒服服地过日子就好，别给我添乱……是的，是的，最近不太硬，不是对你没兴趣，不是不爱你了……是我每天筋疲力尽，基地的管理发展伤脑筋……有几个大肚婆最不让我省心，读了点书，就抱怨基地制度，这儿不合理，那儿不合理，不吃饭耍脾气，她们还真以为自己在这儿当太皇太后哩……可我也真拿她们没辙，我整狠了，她们出去一告状，警察们也不是吃干饭的。虽说基地隐秘，但这么大一栋楼，花点时间精力，搜查出来也不是不可能……我冒着风险，因为我喜欢，我喜欢这个行业，太有市场了，身体就是本钱，很多女人愿意这么做……我们现在的基地太小了，还有好多订单没法接受。我打算再过一阵子，在别的城市建立新的基地，将来扩大到每个省会城市。说实话，如果允许基地注册公司，用不了几年，我也能融资上市哩。到时候，你就是董事长夫人了……你不当，你不当谁当？……看看，看看，又来了。我怎么会变心？你呀，把全世界的漂亮姑娘都当成自己的情敌，难道你老公就是一只猴子，尽干捡芝麻丢西瓜掰苞米摘黄瓜的事吗？……等儿子到美国念高中，你就去好好陪读，住好吃好穿好……我不就是为你们打工的吗？我是你们的奴隶，老婆。

"大兵？大兵表现挺不错……我知道，我想着这件事，他现在是保安队长……他做事稳当，但性格偏柔弱……我在考虑，他能不能胜任基地经理？他上的那个不入流的大学，没什么用。基地还是要利落的人。这方面，小将比他强。小将吧，看着憨厚，其实挺有心计的，敢想敢做，但有时鲁莽，可惜他连不入流的大学也没上过。大学这东西，说它有用就有用，说它没用就没用，有的人不需要上大学，上MBA，天生就是管理人才。比如你老公我。有的人上了大学，也还是一颗榆木脑袋。……你说哪儿去了？什么你的亲戚我的亲戚，我一视同仁，但最终是要按能力用人。大兵和小将各有各的优势。……好好好，重点考虑大兵。大兵专一，对基地确实忠心耿耿。小将还有点花花肠子，也好色……哪个男人不好色？我要是不好色，就不会娶你，是不是？关键是，好色而不淫，不荡，稳得住……我知道，我太知道了，现在这么多被查审的官员，哪个不是情妇一堆一堆的？他们就是稳不住嘛。……我，有你这一个纪委领导就足够了，我没那精力，我是要干大事业的人……不是心有余力不足，是彻底没那心思，那根筋娶了你之后就断了……我的天，你是恨不得钻进我脑子里，统治我的思想，连我做什么梦都要审查……对付一个老婆，比管理基地还难呐……这么跟你说吧，老婆，我看女人，完全是从商业角度出发，跟相一头牲口一样，牙口、眼睛、头发、精神、体型，在我眼里，她们就是单纯造人的工具……绝对没有兴趣。再说，你那么如狼似虎……好好好……你说得我都没心思工作了……"

小鸡将话筒搬回原处。

"她怎么会知道丁当？"牛总统摸了一把脸，挑起眉毛，睁大眼睛，见我望着他，吃了一惊，好像我从地下冒出来的。

那群小鸡跑到他的脑袋上，在短草丛中啄食。

"要是知道女人这么难缠，我是不会结这个婚的。贪得无厌，要皮草，要名牌包包，要你的肉体，还要你全部的心。居然还合情理，有道德支撑，受法律保护。女人们张开大腿，就得到了一切……我们这些结了婚的男人，如果不能出来透透气，一定会闷死……"

"如果能够从头再来，我真想一个人去荒岛上过。"

牛总统死了一阵的上半身，从椅子里复活，咕咚咕咚喝掉半杯子水，那群小鸡很快又在键盘上啄起食来。

25

半夜，月光好像一场雪。周围静悄悄的。我的耳朵里有水响。水声晃得厉害。我偏着脑袋，倒出耳朵里的水。过一会，好像又有虫子嗡嗡叫。我摇头晃脑袋在屋子里转圈。

"犯什么病了？"丁当查房。她手里有个小电筒，一道雪白的光射向我。她每天晚上来看我，教我正确的睡觉姿势，用手指压我的肚皮。"千万不要趴着睡觉，会闷死的，你要是死了，我们就把你挂树丫子里，像挂只死猫那样。"每次出房间，她都这么说。我害怕变成挂在树丫子上的死猫，夜里总是醒来，看自己有没有趴着睡。

丁当命令我睡觉。她一离开，我又坐了起来。一群耳屎在耳朵里吵吵嚷嚷。我用手指头捅。我一边捅耳朵，一边走出去。草莓的门半开着，灯光从门缝里透出来。

草莓正在脱衣服，奶子又大又白，抖个不停，屁股和肚子向相反的方向挺出。她赤脚进了洗手间，里面传出哗哗的流水声。

我摸着那个瘪了的绣花包，鸟藏在皱折里，好像断了翅膀。

草莓摆动奶子走出来的时候，大兵已经坐在椅子上。他立刻站起来，手垂在两边，拳头捏紧又松开，不知道是要打她，还是要抱她。

草莓慢慢穿上蓝长袍，梳理湿漉漉的头发。

"为什么骗我？"大兵走近她，"说好天亮前赶回来，可你消失了整整八天。"

"他们发现安眠药了？"草莓说。

"没有，连保安自己都不知道。"

"噢。"

"我天天等你。"大兵摸她的头发，"我以为见不着你了。"他把她的脑袋抱在怀里。"就算他们不找你，我也会去找你的。"

我背起花袋子，满屋子跑，鸟也飞起来了。

"我是真的喜欢你，"大兵望着远处，"等我当上基地经理，我养你，你就负责美丽，想把自己打扮得多漂亮，就多漂亮。"

"牛玉根能拿到经营许可证？"草莓朝我做了一个鬼脸。

"注册经营未必好。现在获得的是暴利。"大兵来了神，"抓紧机会再干几年，有了钱，我们再做别的打算。你说呢？"

"那你还敢为我冒险吗？"

"你还想再出去？"大兵很惊讶。

"妈妈身体不好……"

"这一次按规定你将被关禁闭，直到产品问世……但我会和牛总统沟通。"

大兵磨蹭一阵，离开了房间。

草莓松口气："我是个骗子，我谁也不爱，只想要这孩子，我不会把他交给任何人。"

26

"074，集中精力。"

"088，跟上节奏。"

"026，非常到位。"

"016，注意表情。"

小将喊话像吃牛肉干，撕成一条一条。

"请大家稍息。根据基地指示精神，为了团结一心，凝聚力量，从今天起，所有产品制造者每天早上九点钟准时集合，同唱《福地歌》，迟到者罚款两百，缺席者罚款一千。"小将眯起眼睛。他的眼睫毛又密又长，几乎看不见眼球，只有一丝亮光从缝隙里射出来。

"立正——向前看齐！"小将喊了一声，"《福地歌》，预备唱！"

　　她是美丽的山谷
　　没有风雨
　　没有凄苦
　　啊，基地
　　满满的爱意
　　甜蜜的福地
　　……

"稍息。"小将从屁股后面抽出一份文件，"关于处罚088关禁闭的决定……"文件很长，翻了一页，又一页，喉管里有只老鼠蹿上蹿下。 他的脸上刮得干干净净，两片肉嘴唇舔得湿润发亮。

"……基地纪律检察委员会。2015年6月25日。"

小将卷起文件，塞进屁股袋。

"意淫。什么基地精神、基地思想、基地纪律，纯是意淫。"柠檬说道，"凭什么弄得跟宪法党章似的。"

"卵泡大一个地方，还基地纪律检察委员会呢。"

"牛肉丸他就是纪律检察委员会，他就是基地制度，他是一切。"

"反对关禁闭。"

"请注意你们的言论，"小将说，"不许侮辱基地，不许搞人身攻击。"

"小将，你是不是以为当了基地经理，就一人之下万人之上了？"

"不许草莓出房间，我们也不出房间。"

"我只是负责传达文件，做该做的事，拿该拿的薪水。" 小将眯起眼，"解散。"他转身就走了。

"草莓被关禁闭，"柠檬说道，"我们都是系在一根绳子上的蚂蚱。"

"怎么办？"

"所以不能内讧。榴莲、雪梨，刚来时你们俩不是挺好吗？怎么现在变成冤家了？还有菠萝，尽管你很快就会离开基地，但我们更需要你的协助。"

"我什么时候变得重要起来了？我等着拿钱付首付呢。"菠萝很得意，"我可不想出什么乱子。"

"菠萝这人，刀子嘴豆腐心。"柠檬说道，"榴莲，116是你老乡，你负责做她的思想工作。"

"奶大吃四方。我去。"榴莲笑答。

27

福气躺在柠檬脚边，昂起头听她说话。

"昨晚又梦见了他。夜里很黑，下着大雪，我挽着他的胳膊，在胡同里走着走着，忽然醒了。我的心到现在都是空的。"菊花茶冒着香气，柠檬在日记本上涂画。"那是一条很深的死胡同，好几百年历史了。青砖黑瓦的院子，两溜老槐树，杂物堆积。公共厕所的味道，横七竖八的三轮车、自行车。老头子抽着旱烟大声说话，婆娘打骂孩子……"

这时我耳朵里传出一声闷响，肚子上挨了一下。我惊得站了起来。

"胎动了？"柠檬放下笔，手掌贴着我的肚子，像一只熨斗碾来碾去。

"是的。"她回答了自己。脸只亮了一秒钟，立刻变暗。那双羊的眼睛，充满忧伤。

我回房间躺下，丁当挺着胸脯走进来，俯下身，那两座坟墓压向我。她冰凉的手指在我肚皮上搜索。

那两座"坟墓"不像她的，不过是她想让自己看起来有气势，在胸口塞了两团东西。尤其是发怒前，那两团东西率先发出警告，它们比之前更膨胀，几乎要崩掉扣子，朝我弹射过来。

我盯着那粒扣子。那粒黑色的扣子，磨灰了边，四个孔，扎着十字线。

"不但脑壳没反应，肚子里也没反应。"丁当很生气。

她眼角上飞，眼白像湖泊一样辽阔。黑眼珠是个洞。看她眼白，跌进湖里，看她黑眼珠，就掉进洞里。我从洞里爬出来跌进湖里，从湖里爬起来掉进洞里，从洞里爬出来跌进湖里。我盯着那粒扣子，四个孔，一个叉。白白的肥肉即将从衣缝里鼓出来。妈妈切开肥肉炼油，肥肉像萝卜，水汪汪的；像豆腐，颤巍巍的，放锅里煮，熬出油来，肉成渣。油渣拌糖。油渣炒辣椒。油渣炒油渣。妈妈将油渣做成不同的口味。妈妈的手比机器还灵。青黄不接的时候，村里的懒婆娘到家里来要下饭菜，妈妈总能从坛坛罐罐里抓出点什么。妈妈把东西给别人的时候，我就哭。

"你哭什么……"丁当更生气了，"什么无本生意，比一头猪还能吃。到现在都没有胎动，指不定还要搭进去什么。"

她的手一直在摸索，好像那是她的传家宝。传家宝不值钱，留着占地方，扔了又可惜。她就这么怨个不停。胸部渐渐膨胀，衣服忽然炸开，扣子崩射出去。

柠檬一脚踩中扣子，顺便踢开了。"听说禁闭制度是你的贡献，你真的在监狱工作过？"

丁当脸一暗，胸口瘪下去。"基地制度，不是为了让它派上用场。恰恰相反，谁也不愿意动用禁闭措施。你们不去碰制度，它就闲着，它就跟不存在一样。就像一个老鼠夹子，老鼠不去碰它，不去偷夹板上的肉，就不会被夹住。"

"你的比喻太屎了，跟你本人一样。"榴莲走进来，"你就是一坨屎。"

丁当红着脸，揪着崩掉扣子的地方，衣服勒出几道肉沟。

"我来个比喻吧，"榴莲直盯着她，"知道一头母猪有多少对奶子吗？如果靠奶子吃饭的话，猪比你更有资格。"

丁当的眼白辽阔起来，里头波光闪闪，谁往里一跳，就会扑溅出大股的水花。

母猪奶子数不清，奶头被猪崽吮得粉红。母猪是将军，是坦克。猪崽们是步兵。它们在地坪里演戏，撒下一路蹄花，桃花、梅花、梨花……

东西跳进了湖里，水花溅了出来。丁当捧着脸跑了。

28

蛋糕上长着红草莓。烛火一跳一跳。女人们围着桌子，吃零食，喝果汁、牛奶，扔果壳嬉戏。长袍晃动，好像春天里的一群仙女。太阳滚到山边，满河黄金，闪光。白的蛋糕，红的草莓，黑的巧克力。碰杯。

"今天是草莓的生日。我们要求她参加她自己的生日晚会。"

"反对关禁闭。"

我捏了一粒草莓，舔了一口奶酪，放了回去。草莓还没来。我捏起另一粒草莓，舔掉它身上的奶酪。接着，我吃掉我舔过的所有草莓。蛋糕上留下很多坑。我用手指头填平这些坑，为此吃了不少蛋糕。

我打出奶油味的嗝，很不舒服。我坐在椅子上，一点也动不了。我听见我嗓子里发出奇怪的声音。我的眼里流出了水，顺着脸往下滚。

"天呐，"菠萝叫道，"她吃掉了整个蛋糕！"

我打了一个嗝。我尽量控制，打多了嗝，蛋糕味就没了，遇到还有没吃过蛋糕想知道蛋糕味儿的，我再打。我想朝妈妈打蛋糕味儿的嗝，朝木脑壳打蛋糕味儿的嗝，朝小伙伴们打蛋糕味儿的嗝，我天天在村里打蛋糕味儿的嗝。小伙伴们会追着我，跟我一起跳绳，踢毽子，跳房子。我会教他们做弹弓射果子。

柠檬拿纸巾在我嘴上抹了一圈。"等你过生日的时候，给你做一个更大的。"

"没人知道她哪天过生日。"

"不如就定在美国国庆日。"榴莲说。

"好主意。桃子，用不了几天，你就可以吃到自己的生日蛋糕了。"

吃进去的蛋糕总想从嗓子眼跑出来。我屏住喉咙。

牛总统匆匆走进来，"你们这又是要演哪一出？能不能站我的立场上考虑，哪怕是给我一点点同情和理解？"

"让工人阶级去同情剥削他们的资本家？这不是要骨头同情狗吗？"柠檬说。

"今天是草莓的生日，我们要给她庆生。"榴莲说，"看你讲不讲人性。"

"啧，人性，人性就是人不长记性。"牛总统往左踱两步，往右踱两步，后面保安像牵了线似的，同时左边踱两步，右边踱两步，站回原来的地方。"制度放那儿，不是要你们去触犯的……"

"丁当也是这套屎论。她跟你可真是穿衣共裤呀。"榴莲说。

"……制度放那儿，不是要你们去触犯的……你们要是不碰它，它就闲着，它就跟不存在一样。"牛总统用手掌劈砍空气，"比如一个老鼠夹子，老鼠不去碰它，不去偷夹板上的肉，就不会被夹住……"

"猫扒拉沙子盖住屎尿是为了隐蔽行踪，躲避野兽。你扒拉沙子盖住屎尿，只是为了钱。"榴莲说道。

牛总统脖子缩了一下，"粗俗，太粗俗了。076，你一个受过正规本科教育的大学生，说话竟然这么粗俗？……"

"你一脚踩中狗屎，会大喊'亲爱的'？"

"外国人会说FUCK。"

我打了一个很响的嗝。嗓子里那头动物又跑了出来。

柠檬拍拍我的后颈梗。她大概觉得我是一个装满稻谷的箩筐，摇摇拍拍，就能空出地方来。可是，那些蛋糕没往下面沉，在嗓子里膨胀。我张开嘴，蛋糕和奶酪从我嘴里溢出来。柠檬将蛋糕壳推到我下巴底下。我吐在上面。

"她吃多了。"雪梨说，"吃多了，总是要吐出来的，是不是？"

牛总统就像站在太阳照耀的树底下，脸上有树叶的影子。

柠檬给我擦嘴，抹眼泪。

"我已经没有耐心了。"榴莲说，右手伸进兜里。我盯着她的手，等着她掏出一支枪。

其他女人也将右手伸进兜里。

柠檬按住榴莲的手："牛总统，两件事，必须现在答复。第一，释放草莓；第二，废除禁闭制度。"

牛总统又缩了下脖子，退了两步，站到两个保安中间。

"基地制度，怎么能说改就改？基地是纸糊的？我是纸糊的?"牛总统劈砍空气，"人心不足蛇吞象，你们是得寸进尺。给了你们吃饭时间的自由，现在又要我废除禁闭制度，不按规矩惩罚……基地是你们创建的？不是你们吧？谁建的，就得听谁的。你们这种态度，我接受不了，你们的要求，我更加接受不了。想一想，谁给你们提供了快速赚钱的机会？谁在帮你们解决你们生活中的难题？啊？这是你们的福地，你们要学会感恩。"

"陈词滥调。"榴莲说道，"咱们现在就吃下去！"

榴莲抽出右手，牛总统身体往保安背后一闪。榴莲手里不是枪，是一粒药丸。她举起药丸。每个女人都举起了一粒药丸。

"什么东西？"牛总统站出来。

"打胎丸。"榴莲说道。

"啊……"牛总统双手在空中乱扑，"你们疯了！"

药丸闪闪发光。女人们半昂着头，张开嘴。只要松开手指头，药丸就会掉进喉管。

"你们没有权利破坏我的产品！你们故意破坏……是要负法律责任的。想想后果！"

"我投入了那么多真金白银……欠那么多银行贷款……你们这是要害我家破人亡！"牛总统喊道，"你们……这些恶毒的女人！"

"现在，先将药丸咬着。"柠檬说，"牛总统，这是最后的机会。"

女人们将药丸咬在牙齿间，一动不动。

牛总统脑袋冒热气，额头上滚下水珠子。他死死地看着她们。

大兵在牛总统耳边嘀咕了几句。

牛总统眼皮耷下来："原本也没打算关088多久的禁闭……既然这样，今天放，明天放，也没什么区别。"

"牛总统，不能妥协。"小将说道，"我就不信，为了一个不相干的人，她们会扔掉自己的钱。"

"叫你放，你就放。"牛总统急了。

"关于第二条，废除禁闭……"榴莲逼道。

"基地创建以来，第一次有人触犯这条规矩……你们又不想逃跑，所以，这一条就跟没有一样。对吧。"牛总统温和可亲。

"听着，药丸马上就要融化了。"

牛总统抹一把汗，"大兵，关禁闭这一条，即刻作废。"

"噗。"女人们纷纷吐掉药丸。

等牛总统他们全部离开餐厅，女人们一阵爆笑。

"咱们的胶原蛋白发出了原子弹的威力。"柠檬说道，"大家演得真好，超出想象。"

"牛总统急得冷汗直流。他是影帝。"

我打了一个嗝，我闻到最后那丝淡淡的草莓味。

29

磨墨，裁纸，宣纸哗哗地响。电视里那个穿灰长袍的男人，手拿长笔，说道：

"今天，我们来学习画小鸡……小鸡羽毛绒细，天真活泼，为人们所喜爱。首先，要一笔点出头部……用中等大小的笔，调中等墨色，笔尖上略浓，侧锋点出。"

男人的笔在纸上扭来扭去。

"然后，在脖颈处向后点出双翅，成'八'字形……画臀部时，要由后向前画小'八'字。以上三部墨色要润泽些，背部空白不宜过大……胸部用淡墨，从喉部顺胸往后画……腹部，由臀部向前补一笔……大腿用淡墨，由腹部斜向后画一笔……小腿要用小笔，小白云或叶筋笔，蘸焦墨，向斜前方画小腿，用笔由细到粗。"

他换了一支笔。

"现在画爪子。小鸡有四趾，中趾较长，内处趾较短，后趾最短，以顺手方向为好，爪尖宜平……好，开始点嘴、眼和小飞羽及冠子……要用焦墨画嘴、眼和小飞羽……最后，用浓朱砂点小鸡冠子……看，画完了。"

屏幕里一只灰黑小鸡，歪着头看天。

太阳暖暖的，小鸡跳到我身上。它们啄我手里的青草，尖嘴巴，黄脚丫，眼睛像两颗黑豆。妈（唧噢）——妈（唧噢）——走丢了就大声喊；妈（唧噢）——妈（唧噢）——见到虫子也大声叫。"问水，你去哪里了，搞得一身这么邋遢？"妈妈拈去我头上的草屑，拍掉我衣服上的灰，"等问天出来，就有人和你玩了。"

"草莓，你那只手颤得像打摆子。"

"你像死刑犯画押，稳都稳不住。"

"雪梨，你画的那是一坨长了脚的屎。"

"哎呀，怪不得古人都躲到山里头画画，心里毛躁不行。"

女人们像一群大鸟，七嘴八舌。

我和福气捉迷藏，躲进烂杂物柜里。

30

牛总统脸上阴影晃动，手托腮思考，肉往上涌，一只眼睛挤没了缝。一直往后仰的头发朝前塌下来，搭在额头上。

"要是她知道了，你会怎么办？"丁当没有骑在牛总统身上，很端正地坐在办公桌对面。

"我会跪求她的原谅。"牛总统说。

"你一点也不在乎我。"

"我在乎。我也不想伤害你。我不想伤害你们当中的任何一个。我也不会让任何人伤害你。"

"你总得伤害一个。"

"从一开始我就没有骗你。她是我的妻子，我儿子的妈妈。"

"白痴，别敲了，出去！"丁当朝我喊。她眼里又涨大水了。

牛总统的双手越过办公桌的辽阔，抓住了丁当的手。

"你比她更懂我。如果我的生活不是这么复杂，我一定会好好和你在一起。"

"因为你创业时用了她的钱？"

"家和万事兴。男人要成功，后方不能乱。我要是没家庭责任感，你也不会喜欢我的。"

"那我是什么？"

"我已经很头疼了。她现在提任何要求，我看我都没办法拒绝。"

"你要提大兵当主任？"

"如果她提出来，我没有任何考虑的余地……但是，到底是谁跟踪我们，拍那些照片，并且还传到了她的手里？"

"她可能请了私人侦探。"

"不，她绝对不是那种人。"

"那就是你别的情人干的。为你堕过胎的那个女人呢？她不是恨你吗？"

"给了她十万，我可是仁至义尽。"

"原来那个011呢，她一来你就瞄上了。"

"那是我这辈子犯的最低级的错误。你也知道，我再也没有染指这些产品制造者。"

"你给了她多少？"

"她要我这个人，要了人，钱也就跟着来了。"牛总统说，"丁当，我喜欢和你在一起，非常愉快，非常放松。我要你一辈子做我的红颜知己。"

"一辈子？……"

"嗯。"牛总统收回自己的手，像是在计划做一次新的旅行，"风风雨雨一辈子。"

31

榴莲在剥莲蓬。我拿起一个，对着光线，能看见莲子的影子，像蜜蜂待在窝里，顺着莲蓬边，将蜂窝突起的一面全部揭开，莲子紧挨着，躺在棉被里睡觉，掀开棉被，用食指和拇指抱起它。

"真会弄，你是湖区的吧？"榴莲扔了被她剥得稀烂的壳，从抽屉里拿出两张地图，"来……找找……你的家在哪儿？"

密密麻麻，歪歪扭扭的线，粗的细的，红的绿的。一群群蚂蚁趴在上面。最大的字也不过是只小瓢虫。我家很大，这张纸画不下，妈妈的菜园、小鸡的草地，还有那条大河，河里游泳的鱼，树林，果树，鸟。

"我家在这儿……"榴莲手指头画了一个圈。她的圈画得不圆。

整个地图像一只没毛的大公鸡。我的手指沿着拔了毛的大公鸡画了一圈，还画了两条腿，将那两只脚板连起来。

"这是台湾，没有路的。"榴莲说。

我又画了一遍两条腿。一只大公鸡，没有腿不行。

"你家在哪块？这儿？……这儿？"榴莲手指点来点去。

我给大公鸡画了又尖又长的嘴巴。当别的公鸡压着母鸡的时候，这只尖嘴巴就会去啄那只公鸡。公鸡们打起来，鸡毛飞舞。母鸡咯咯笑。

"还是来看看世界地图吧。"榴莲摊开另一张纸，"这就是整个世界。"

她摊开一只大南瓜。

"这儿……纽约。再过几年，我要送双喜去这里读书。"榴莲的指尖摩挲那个地方。

妈妈卖了半篮子鸡蛋，送我去学校报名。老师不收我。妈妈用学费给我做了一条红裙子。

"我不是想她将来能干一番事业，只想她活得健康自在……上次我说到哪儿了……想起来了，事情错就错在，人总是太贪婪，有了幻觉，还要现实。现在看来，我好像是为了摆脱那个沉重的大箱子而结婚的。谁能想到生活会出现一只更大更重的箱子呢。我结婚是个错误。但是，一个错误的选择，我有了双喜，没什么可后悔的。

"但是，有的错误会阴魂不散……等到双喜出生，我提出离婚。我花了一个月时间给他说清楚，结婚是个错误。我又花了半年时间证明，我要离婚，既不是脑子有病，也不是外面有人，更不是要挟他表现更好一些。我可不玩那种把戏。我搬出来，自己租了屋，我妈帮我带孩子，我仍在报社上班。他到我住处撒泼，抢双喜。我妈拼了老命，气得犯了心脏病。我请了假带双喜，还要照顾我妈。我不想再这样耗下去，我找了律师。有天早上，我刚打开门，发现他睡在外面，身上盖着被子。

"我报了警。警察说，你这是家事，他们管不着。他妈的，这就是婚姻的糟糕之处，一切侮辱、骚扰、恐吓都变成合法的家事。怪不得有人说，要想几个月不安宁，装修；要想几年不安宁，买房，要想一辈子不安宁，结婚。结婚，离婚，就是死一遍。"

"世界上没有比男人癫狂更可怕的物种。魔鬼都有理性，还可以讲道理，谈条件。男人癫狂起来，你根本不知道他要干什么。我想，你不会明白那种感觉。他经常打通我的电话，不吭声。我换了号码。他跟踪我。我随便在什么地方，一转身就能看见他。他只是面无表情地站在那儿。很多时候，我下班，一出单位大门，就看见他站在那儿，望着我。我带双喜在超市买东西，一扭头，就瞥见他站在货架后。我有活见鬼的感觉。我快被逼疯了。

"有天半夜，外面突然雷雨交加。我起床关窗，一道闪电照亮黑夜，我看见他站街对面的公用电话亭边，看着我的窗口，淋得像刚从水里捞起来的。我吓得魂飞魄散。我只好换工作，搬家。但是，两个月后，他找到了我，继续跟踪我，像一个鬼魂出没。我东躲西藏。一两个月后他总能出现……"

一只苍蝇在屋里乱飞，落在莲蓬壳上。

32

"看来今天胃口都不错。"小将巡视餐厅。

"好吃，不知道是什么肉？"雪梨说。

小将看了看被咬过的那只手："狗肉。"

柠檬吃了一惊，"你们不是把它送走了？"

"它吃了这么多骨头，白送了多可惜。"

"你真是个混蛋。"菠萝骂道。

"简直是恩将仇报。" 小将眯缝着眼，"你认为我会去哪儿弄条狗来，满足你们的胃口？"

柠檬好像中了毒，浑身发抖，说不出话。

"恶心。"草莓揽着我，"有些人为了上位，跟踪，拍照，揭发，什么都干得出来……文化没多少，整人还真有一套。"

小将假装没听见："还有，下次别搞什么胶原蛋白了……有本事动真格的。"

雪梨垂了头，看着地上。

33

"你得在这儿住几天。"丁当给我换上竖条纹衣。白床单上印着红字。几个穿白大褂的走进来，戴眼镜的那个问了一些问题，丁当一一回答了。"我是她姨妈。"她说。一个穿白大褂的年轻人拿一根透明的玻璃棒瞄准我的嘴巴，"啊——抬起舌头。"他说。我张开嘴，等他们来抬。玻璃棒已经撬起我的舌头，埋进舌根。年轻人用拳头捶了我下巴一下，我的嘴合上了。我发现我正咬着那根玻璃棒。戴眼镜的白大褂，用一群手指头在我肚皮上乱按。还有一个穿白大褂的，用橡皮条勒得我的手腕青筋突起，针头插进肉里，抽了我一管血。干这些时，他们在聊天，谈论最近的股票。

"今年GDP继续转型降速，杠杆化盛行的泡沫格局下，行情波动震荡会加大。A股市场对中国经济这次释放'制度弹性的反应'，不像2005年的大牛市，也不像2008年之后的'放水式反弹'。"

"前两天看新闻说，上证指数4000点才刚开始，专家说这轮行情会持续十年，要涨到10000点。"

"都是不负责任的大嘴巴。"

"大盘蓝筹股是风口上的猪，要趁势而为。你什么仓位？"

"别人忙着赚钱，我等着解套。"

"我抓了条黑马……"戴眼镜的说，"好了，明天上午给她打针。"

一只手扯下我的衣摆，遮住我的肚子。"主任，下次入什么股，提前透点消息嘛。"

"我要是每次都买中，我就可以靠买股票建一家私立医院了。"

"赚了钱，还想着建医院，真佩服你。"

"大家都是大棋盘中的一粒小棋，左右不了局势……"戴眼镜的转身出去，后面一群人跟着走了。

邻床躺着一个女人。她很瘦，两只黑手放在白床单上，好像死人。一个小女孩坐在床边，扎着两个羊角辫。她折了一只纸飞机。纸飞机在屋里飞。这头飞到那头，撞到天花板，飞机最后划出一道线，从窗口飞了出去。

"34床，今天还没有缴费，是打算出院了吗？"护士拿着本子和笔。

黑瘦女人没有说话，眼神像被东西勾住了。

"我爸爸去借钱了，爸爸借到钱，就会来交医药费的。"小女孩说。

"要是每一个病人都像你们这样，医院不就办成了慈善机构？"护士将纸和笔埋在胸前，"不能再拖了，请办出院手续吧，别的病号等着床位呢。"

"妈妈的病还没好，妈妈不能出院。"小女孩哭了，"爸爸马上就会拿钱来。"

"你爸爸和你妈妈已经离婚了，他要来，早来了。"

"爸爸说了，那没什么不同。"小女孩说，"爸爸还是我的爸爸，妈妈还是我的妈妈。"

护士又说了一句，小女孩哭得更厉害。白床单上那只瘦黑的手移到小女孩头上，就像一只大苍蝇落在那儿。

我也哭了起来。

"想吃点牛肉干吗？"她哗啦啦撕开一个塑料袋，用牛肉干堵住了我的嘴。小女孩扯着护士的裙边，只是哭。护士不耐烦，她使劲掰开小女孩的手。那只手像一只田螺，紧紧地吸附在石块上。

34

我平躺着，肚子圆圆的，像世界地图。医生戴着眼镜、口罩和手套，棉棍蘸了药水往我肚皮上抹。他不急不缓，一圈一圈，像摊薄饼。医生扔掉棉棍，拿起针管，针头像筷子那么长。戴胶手套的手，像只蝴蝶轻轻落在花瓣上，花瓣颤巍巍的。我动了起来。

"稳住她。"医生说。他们像要捉住一只蜜蜂。蜜蜂的翅膀被按住了，腿被压住了，脑袋也被卡住了。发烫的针头钻进肚皮，一路烧下去。泥墙上凿出墨黑的蜜蜂洞。蜜蜂待在窝里。稻草棍戳中它。洞里传出嗡嗡的哭声。蜜蜂颤动，稻草棍也颤动。

"好了，不用多久就会出来的。"医生说。盘子里碰撞出金属声响。

"哼都没哼一下，傻子是不是天生迟钝。"

"哑巴怎么哼得出来。"

"看她脸上全是汗。"

"那是眼泪。"

"谁陪她来的。"

"她姨妈。"

"幸好坏了，生下来多麻烦。"

"带回床位观察。"戴眼镜的脱下胶手套扔进垃圾桶。

丁当坐不住，吃一阵水果，到走廊上跟别人聊天。我开始肚子疼。

下午两点，戴眼镜的医生来看我，后面跟着一群白大褂。他问了丁当几个问题，撩起床单，"裤子脱了。"丁当脱下我的内裤，塞到枕头底下。医生戴上胶手套，"张开腿。"

两根手指并排插进去，搅动。"疼了多久了？"

"四五个小时吧。"丁当回答。

"早着呢！刚刚两指开。"戴眼镜的医生抽出手指。

后面的人排着队，戴好手套，手指捅进同一个地方。一个长得像木脑壳的男人，脸红扑扑的，扭扭捏捏，插入半根手指，很快抽出来。

戴眼镜的拉下床单，盖住他们捅过的地方，他表情严肃，要别人谈谈手指插进去的感想。每个人都说了几句，有的还拿本子记。

我的肚子更疼了。我弯成一只虾米，痛随呼吸起伏，全身汗水湿透，衣服拧得出水。丁当吃爆米花，喝可乐，戴着耳机看电影。

一个女人哭着经过。灯管雪白的。

丁当终于合上电脑，叹口气，揉着胸口，看了我一眼，打开折叠床躺了上去。她开始打鼾。我的痛随着她的鼾声起伏。我盯着她，等着她停止打鼾。窗外很黑。我像浮在河面。鱼从我后背滑过。"唧——"鸟冲下来看我一眼，飞向天空。

仿佛是刀子在割肉，肉片落雪一样。地上白了，房子也白了，草垛子白了，河码头白了，妈妈的竹篱笆白了，妈妈的烂鞋子也白了，屋后面的铁钩子白了，屋门口的井摇手也白了。我在雪地里走来走去。冰块在太阳下燃烧。"问水，快进来烤烤火，手会生冻疮的。"妈妈喊我。

早上睁开眼，一串白大褂已经围在床边。丁当一只手抠眼角的眼屎，一只手梳头发。戴眼镜的医生掀起被单，他的手碰了碰我的腿，腿自动分开。两根手指伸进去，搅动，再搅动。他没说话，抽出手，脱下手套，和丁当说话。那一串白大褂轮流将手指伸进我的身体。

"还是两指宽。"

"好像比昨天松点儿。"

"不知什么时候能开到四五指宽。"

"有的人等两三天，突然就开了。"戴眼镜的医生说，"不用着急。"

"她得喝点水，嘴皮都干了。"

"给她抹抹，换件衣服，会舒服一点。"

"医生，什么时候能出来？"丁当问。

"下午，或明天早上。"戴眼镜的医生回答，"她必须吃东西，太虚弱了。"

痛是一个坏蛋，它欺负我。开水烫我，弹弓枪弹我，菱角尖刺我，碎蚌壳扎我，牙齿咬我，钉子钉我，火烤我，冰烫我。

痛藏得很隐秘，那一群白大褂也找不到它，他们不断伸手进去找，浪费很多手套。

一只手翻看我的眼睛，一只手掐住我的人中。

玻璃瓶子高高挂起，里面冒着水泡。我的手背打了一个白补丁。

"开始滴催产素。"护士对丁当说。

那些白大褂又进来了。和之前一样，轮番将手指插进我的身体，搅动，讨论。

凉水一滴滴流进去，我的身体冰凉。我有点冷。

那些白大褂少了些，只剩三个。我对他们的手指已经熟悉了。我知道哪几根是戴眼镜的，哪几根是那些年轻白大褂的。戴眼镜的手指，像主人回到自己的家。年轻的白大褂的手指进去后，像迷路的狗。

"准备手术。"戴眼镜的医生说。

带轮子的床滚进了手术室。棉棍在我身上到处涂刺鼻的东西。针头扎我的屁股，打进我的手臂。我听见刀子、剪子、钳子碰撞的金属声响。他们在谈论手术，说到"捣碎"和"肢解"。我睡着了，睡得很香，做了一个不好的梦，梦见妈妈在屋子里号哭。两个男人抬着她走出来，她的头发湿漉漉地糊在脸上，下身全是红的。妈妈被搁在睡椅上，她眼睛闭着，嘴巴抿着。我哭醒了。

35

"她恢复得很快，比以前还结实。"丁当捏捏我的胳膊，拍拍我的屁股，"马上可以重新投入生产。"

"我讨厌失败。"牛总统皱着眉头，肉堆中两道目光直射过来，"算了，"他转望丁当，"向前看。进入下一轮。"

我摘下一片叶子，剥得只剩一层薄丝网。我看见牛总统分成很多块块，眼睛分成很多块块，鼻子分成很多块块，嘴巴分成很多块块，脑袋分成很多块块。桌子分成很多块块。电脑分成很多块块。窗户分成很多块块。丁当分成很多块块。坟墓分成很多块块……

"她看起来更傻了。"丁当说。

"要是再失败，就送走。从哪来的，回哪里去。"

"嗯。我们也是仁至义尽了。"

"基地创建这些年，平安无事，也是要归功于我们的保密措施。咱俩的事情，要是有这么严密，就不至于被人拍到照片。这段时间，我可是夹紧卵蛋过的。"

"今天晚上去我那儿？你很久没去我那儿了。"

"改天，宝贝，我答应她今天晚上回去给她做糖醋排骨。"

"我只有醋的分。"

"这基地……你不当家，不为柴米油盐愁……我都焦头烂额了。"

"我可以给你分担很大一部分压力。我想你肯定也知道，有些公司垮掉，就是因为在公司安排了太多亲戚。"

"你说得对。"

36

我抓着铁栏杆，望着远处的荒地。铁的凉腥气钻入鼻孔。福气在草丛中奔跑。野鸡飞起来，鸡毛在空中打转。"汪！汪汪！"福气对着老鼠吠，挖洞，拔得泥土乱溅。"汪！"一阵风吹过，草矮了一片。福气变成一块石头，伏在草丛中。云在动。绵羊回家。福气跳上羊背。

"你进入禁区了。"保安嚷道，"快回去。"

福气向我跑来。我的脑袋卡在铁杆之间。

保安在我额头上推了一把。

"出血了。"他用纸巾抓走我脸上的虫子，"看来，你就是那个有问题的姑娘。"

"我要是说出我的名字，你记得住吧。"他看着我，"万春芽。一万两万的万，春天的春，发芽的芽……想想看，一万棵树在春天发芽。"

"我讨厌守大门，像条狗一样没事干。"他说。

"看，外面什么也没有……听说基地有很多好看的女人，我要是调去巡逻，每天都能看见你们……在这里我只能对蟑螂说话……对我这种话痨来说，每天闭嘴八小时，算得上是一种酷刑……这儿是你们女人的福地，可不是我的福地，你们怀一胎赚得几十万，耍着把钱挣了。做女人真好啊，下辈子我一定要做女人。"

他的嘴巴皮子敲钹，铿铿锵锵。唱花鼓戏的脸上涂得雪白，眼画得墨黑的，男的摇扇子，女的扇手拍，又唱又跳。

"除非我也是哑巴。"一万棵树在春天发芽抽出一根烟。打火机啪地一响。"噗——"喷出一口烟雾，"可我不是。"

"这样吧，我允许你待在这儿，允许你站在铁栏杆那儿望外面。"一万棵树在春天发芽指着铁门，烟灰从手指尖落下来，"但你得小心，别再被夹住脑袋，也不要被大兵、小将发现你来这儿。"

凉腥味的铁栏杆。远处那块石头，还没有变回福气。

"哎，看看。"他慢慢拉开裤子拉链，掏鱼内脏那样，掏出一截东西。

哪儿传来福气的吠声。

"女孩子都喜欢的。"他抓着那东西，像捉住一条鱼，"……我可以借给你玩……就一会儿……"他说，"我当你是好朋友了。"

"我从来没借给别人玩过……你不玩？那我收起来，以后你想玩，我也不拿出来了……我才不随便借人呢。"他两只手捧着那条鱼，像是放鱼入塘的样子。

鱼张嘴呼吸。它在岸上活不了多久。

凉腥味的铁栏杆，鱼鳞一样的铁锈。野草像水波一样，一浪一浪。

37

闪电仿佛抽陀螺，一鞭接一鞭，抽得雷声滚滚。轰隆隆，轰隆隆，成裂碎块，滚向四面八方。风和雨在黑暗中欢呼。"好啊。好啊……"窗玻璃淌水，好像谁一直在哭。

走廊一亮，一暗。雷从远处滚来。

我靠着榴莲的肩膀，温暖柔软。

"有些人应该遭雷劈……竟然拿自己的孩子做人质。"榴莲说道，"那天我妈去幼儿园接双喜，但双喜被他带走了。真的像他说的，躲进地下三尺，也能挖出我们来。他要我一周之内，拿二十万换双喜，不然撕票……"

呼吸像雷声从远处滚来。黑暗。

"我报了警。他说只是带女儿玩几天，说我有臆想症。警察相信他，不相信我……"榴莲坐直，双手撑着身体，"我没有二十万，就算有，我也一分钱不会给……你不晓得一个人的心里，埋了多少垃圾和邪恶。你看不清一张人皮里面裹着什么东西。得多渣的人，才会把自己亲生的孩子放在刀口上威胁别人……所以，有时我也觉得，你在基地，至少是安全的。"

榴莲摸着我的头发，手指头像小鸡钻进草丛中。

"……以前，一打雷，我就这样听着，等雷劈掉他……也许是因为他手里还有一丝人性，刀没有要去双喜的命。双喜在医院住了半个月。她没事，可是她受的惊吓，精神上的创伤，她的自闭症……只要能治她，忘记那次惊吓，换掉我的生活，换掉她所有的文化背景，换掉母语，换掉整个世界，甚至，让她的生活中不再出现任何一张中国男人的面孔……我都会去做。

"……是的，就算雷劈了他，也不能改变事实。我后来想明白了，仇恨只会增加自己的心理负担。宽恕这种精神上无法自理的可怜人，就是解放自己，走出牢笼。"

榴莲鼻孔喷出一声短气。她笑起来。

"桃子，我们坐这儿等着，你会看到有扇门打开一条缝，雪梨探个头，然后是小将，穿得整整齐齐的，昂首挺胸地走出来，你能闻到他身上的体液味……

"雪梨又当婊子又立牌坊，口口声声说爱她那个赌马把家里输得精光的丈夫，为了还债来基地……小将这头牲口，一心往上爬，掌握权力，在几个女人之间搞来搞去，啥子都不耽误……嘘——看，门开了。"

门缝里果然探出一颗脑袋，一个高黑影蹑手蹑脚地走出来。门轻轻合上了。高黑影挺直了身体，刚走几步，角落里突然蹿出一个黑影拦住了他。

"喷喷，在房间里值了一宿班？尽职尽责呀。"

"你不也是为了基地，起得比鸡早吗？"

"将金贵，真死皮赖脸。牛总统要是知道你胡搞产品生产者，蓄意破坏基地财产安全……"

"你以为，凭你胸口那两堆肉，他就会相信你的胡说八道？"

"跟踪、偷拍、录像，高科技就你懂吗？"黑影轻轻笑出声来，"我一向学习能力很强。"

"丁当，你真卑鄙。"

"过奖。咱们上天台聊。"

"狗咬鸡，一地毛。" 榴莲在我耳边说。

我想起福气。我突然站起来，从那两个黑影中间穿过。

38

餐厅墙壁上挂着一张黑狗皮。我哭了起来。

"将金贵这是往她伤口上撒盐……"

"算了，让她明白也好，省得她天天找福气。"

"桃子，你看，那是福气，它已经死了。"

死人睡在坟山里，妈妈有坟山，爸爸有坟山。福气也应该睡在坟山里，土堆上每年开出血红的花，风一吹就落了一地。

我摸着狗皮，哭得更厉害。

"免费的狗皮标本，美化餐厅环境，增加艺术感。" 小将的皮鞋咔嚓咔嚓响。

"你们不说，我还没注意到墙上有张狗皮呢。习惯了就好。"

"雪梨，你竟然说这种话，越来越没底线了。"

"我只是不想大家为了一条狗伤和气。怎么就没底线了？"

"我们之间出了内奸，不知道她靠出卖得了什么好处。"

"噢，搞得真像在闹革命一样，出卖，叛徒，内奸，听得人好惊心啊。" 雪梨冷笑。

"没有同情心，悲哀。"

"都穿着基地的袍子，就莫比谁高谁低了。"雪梨说，"你们哪个是大地之母？"

我摸着墙上的福气。它像一幅画。

福气的黑眼睛一闪一闪。夜里的河水也是这样一闪一闪。

"不许摸，你的手刚抓过骨头。"小将一只手按着后腰上的那根黑棍子。那根棍子平时有很大的威力，就像马戏团里驯兽的鞭子。

我伏在墙上，贴近福气。

小将用黑棍拨我。我转过身咬他，小将黑棍一顶，我瘫倒在地。

"将金贵，你用了电棍！"草莓抱住我。

"她咬人，我自卫。"小将回答。

"我一直认为，世界上最可恨的还不是强权压迫平民，而是弱者欺凌弱者。"柠檬要去找牛总统，"不能纵容这种人，腰杆子上有枪就开枪，有棍就使棍。"

"是的，男人身上的黑棍子，尤其不能在女人身上乱用。"榴莲说道。

39

厨师抄写菜单，笔和黑板擦出唧唧的声音。他拿着一份红头文件，一边抄一边念：今日午餐，三菜一汤，一荤两素。每份定量：清蒸鲈鱼150央（盎）司；蒜茸菜心100央（盎）司；清炒怀参80央（盎）司；米饭200（央）盎司。番茄鸡蛋汤300央（盎）司。

"徐师傅，不是央司，是昂司。"榴莲说，"以前不都是写多少克吗？"

徐师傅戴着白高帽，白衣被油污染得花里胡哨，手上油光，脸上也泛着油光。他认真划完一个句号，偏着脑袋，油往一边流："我哪个晓得，文件让这么写，我就这么写……央……盎司是啥子东西？"

"盎司本是国际通用的黄金计量单位。我们这是在吃黄金呢。"

"150盎司鲈鱼有几块？"草莓问。

徐师傅转过身，抖了抖手中纸。"文件里讲了，基地现在面临严重的经济危机，宏观调控，就是要裁员，微观调控呢，就是压缩开支，控制伙食。基地委员会开了会，决定不裁员，因为失业者会给社会造成压力，增加不稳定因素。牛总统也说了，关键是，他爱基地的每一个人，基地必须跟自己的员工，有难同当，有福同享，他决不会抛下员工不管。多么仁慈的老板！我说，你们这些吃饱喝足啥也不干的人，就别计较什么几斤几两几盎司了。"

"桃子那单没收账，基地就经济危机了？"柠檬说道。

"他老婆孩子要移民呢。"

"移民？我就不明白，移民有什么好。金窝银窝不如自己的狗窝。去外国干啥子？被别人歧视看不起，受欺负……在自己的国家，腰杆挺得直直的。"厨师是个圆桶，没腰，只好挺挺胸，"到哪儿都是这块地上的主人。"

"主人？哪块地有你的份？房子？几十年产权，你只能暂时使用。田地？你充其量只是个佃户。你能卖田还债，洗脚上田当城里人吗？"柠檬说，"徐师傅，你整天待在厨房里，以为这个世界哪儿都有吃有喝。移民有什么好？这你该问问那些官员和富人。听过这样一句话吗？有钱有势的移民，无钱无势的偷渡。为了子女教育，为了食品安全，为了转移财产……"

"我就不明白，为什么要移民……"厨师的样子，像正在品尝汤菜的咸淡，"我们国家也富了，强了，生活蛮好的，我就不明白，移民有什么好。"

"柠檬，算了，鸡同鸭讲。"榴莲说，"幸福的温度计，插到不同的腋窝里，读数肯定不一样。你就莫总想着要启蒙别人了。"

"蒙我？她哪个蒙我？"厨师正了正高帽子，继续写晚餐菜单，"文件说了，争取今年年底生产总值翻两番。基地各部门通力合作，后勤部尤其重要……嘿嘿，牛总统，还有你们，大家都盯着我的勺子呢。"

40
早晨，一张大字报贴在小黑板上：

向免费的鸭子致敬：

　　经过长期观察，本人发现，基地有只高尚的鸭子。做好事不留名。他就是基地治安巡视员将金贵同志。他经常在值班时间，潜入产品制造者房间，免费提供性服务，为基地的稳定平安做出了无私的贡献。他的出发点是高尚的，他深知广大女性在这种特殊时期的生理需求，不惜冒着破坏产品，以及违反基地制度的风险，果敢慰安广大产品制造者。据不完全统计，将金贵同志至少忙碌于四位产品制造者之间，鞠躬尽瘁，几欲精尽而亡。

　　薄纸终究包不住高尚之火。鉴于将金贵同志的优秀表现，本人强烈建议，评选将金贵为基地先进劳模，颁发奖金，赠送锦旗。倘若以危害产品罪开除将金贵同志，这势必对广大产品制造者造成巨大的感情伤害。基地需要这样高尚无私的鸭子！广大产品制造者也需要他的温柔慰安！

匿名知情者　　即日

"梅菜扣肉100央司；蒸鸡蛋100央司……"厨师边写边念。

"徐师傅，你又错了，是盎司。什么时候做水煮牛肉？"榴莲的大嘴巴不是说话，就是哈哈大笑，她的舌头一刻待不住。

"你暂时没有点菜的权利……我只是个厨师，按红头文件做菜。"徐师傅脸上油花荡漾。

雪梨安静地坐着，用两根手指头，像鸟嘴一样，小口地啄着半只馒头。脸上和那碗粥一样平静。她这样挺好看的，像一棵植物，刚洗过澡，有一股淡淡的香味。

41

苹果回来了，新编号是183。她的奶子像两头困兽，在胸前乱撞。奶水渗出来，浸湿了衣服。她解开扣子，胀鼓鼓的奶子，像气球吹得只剩蒂把，双手一挤，蒂把里射出一道白线。她像握着水枪，朝地面射击。蚂蚁浮在水中。

"可惜了这么好的奶水……让我喂一个月的奶……哪怕是十天半月，对孩子也是好的……"苹果使劲抓捏，"我儿子吃了一年的母乳，身体很结实……可再结实，也挡不住天崩地塌 …… "她顿了一顿， "不是说，我是个多么好的妈妈……我甚至还打过他一顿呢，就因为他挑食，不好好吃饭……"

苹果随时随地挤奶。

穿红袍子的越来越多。太阳烤得屋里透不过气。蝉叫得我们不断流汗。土地裂开。柳叶变成毛毛虫打起了卷。辣椒、丝瓜、茄子、豆角统统蔫了。青蛙一个猛子扎进池塘。和福气捉迷藏，我躲在烂杂物柜里。瞌睡一圈一圈像水波扩散，我的眼皮粘在一起。

"嘿，大家好。"我被惊醒，"自我介绍一下，我叫万春芽，一万棵树在春天发芽，很容易记。我和将金贵调了岗位，前阵子听说他要当基地经理，不知道为什么反而……啊，我是不是有点多嘴了？当然，他肯定早晚还是会回来的，干部提拔前，下基层锻炼锻炼，没什么坏处。"

万春芽的话像关在笼子的鸡，乱哄哄地往门外挤。看到苹果弄奶，笼子关上了，他僵了一会，但很快复活，蹬了蹬腿，接着又蹬了蹬另一条腿，双手绞在一起，指关节弄得啪啪响。

"小将不情愿守大门，辞职了。你最好少扯淡。"

"牛肉丸果然修改方针路线了。"

女人们笑起来。我昏昏入睡。

"打趣我是不是？没关系，只要你们快乐。"一只走丢了的鸭子嘎嘎乱叫，"我就是一枚开心果，嘎嘎嘎嘎。逗个乐，跑个腿，献献殷勤，都是我的荣幸。有什么事情，尽管吩咐。现在，请大家离开娱乐室，到餐厅去用餐吧。"

恍惚中传来乱糟糟的脚步声，由远而近，屋子里似乎挤满了人。

"都不许动。"

"全部带走。"

骚乱很快平静下来。

我饿醒了。餐厅没人，天台、房间也没有人在。大楼里空空荡荡。牛总统的办公室好像被牛羊糟蹋过的玉米地，文件柜空了，桌上的电脑也不见了。

我走到大门口。铁门是敞开的。我抓住充满腥味的铁栏杆，看着远处。太阳已经滚落山坡，福气在摇晃的野草丛中向我跑来。

《收获》2016年第3期

评鉴与感悟 ——

人间悲欢，焉知祸福

《福地》不是典型的现实小说，它更容易让我想到毕加索笔下那些色彩明艳、笔触婉转、风格诡诞的现代场景。看多了冷静的笔触，《福地》的灵巧，让人感觉清新。

小说以一位流浪低智女孩"桃子"的口吻，自述她在代孕基地"福地"的所见所闻，所思所想。吸引人的首先是那些明丽的比喻，"柔软的床有一条河那么宽"，"远山像茅草房一样矮"，"太阳明晃晃像手术灯"，"风像松鼠，在树间蹿来蹿去"，"房子睡了，门像眼睛那样闭上了"。低智的孩子大约都是天生的艺术家，敏锐的感知让本体与喻体间构建起奇妙的联系，本末倒置般地让世间变了个样。丰腴锐利的感知是桃子柔韧的武器，尽管代孕基地已经没有了妈妈，但在滴滴答答的声响、涌动的阳光和更多生活的枝节里，桃子能够回忆起之前与母亲相依的一段生命时光，读来便觉温润美好，也让本就波澜起伏，充满了权力争抢，经营算计与男女暗合的代孕基地，在桃子精简节制的语言下打量得和缓平静：草莓为挽留孩子而出逃，榴莲与柠檬带领代孕者们对抗牛总统，管理者小将与大兵之间的权力争夺，包括基地最终被查封，在桃子的眼中都绝少激烈、决绝、歇斯底里，而是如水般平常。

常人眼中的代孕基地，是人伦的边境，与"福"是不沾边的。可篇名"福地"大概不仅仅是牛总统自吹自擂的一个名目，暗地有作者的讽意。对于低智的桃子来说，不用在桥下沦为弃儿、乞丐，生活有了保障，还有其他产妇的陪伴，代孕基地莫不是真正的"福地"；对于喜爱孩子、生平最大的快乐就是孕育生命的苹果来说，代孕基地莫不是真正的"福地"；女儿被前夫绑架因而遗留严重的精神疾患，对于恨透了前夫的榴莲来说，能够接触到新的生命，代孕基地莫不是真正的"福地"。初读时不懂产妇们为何都用了水果的名字代称，后觉饱满多汁、香甜各异的果肉，用身体孕育新的生命，的确与她们的命运相合。"人间悲欢，焉知祸福。"作者用桃子之嘴诉说的，是这句。

非法基地最终还是败了，牛总统、大兵、小将们的"心血"都付诸东流。

作者近期接受采访时回应自己早先的作品时说："从那时到现在，我一直觉得那谈不上冷酷，也不是决绝，那只是一种冷静以及平和，没有任何过激和歇斯底里。生活大抵如此吧。"我理解的《福地》和盛可以，的确也是这般质地，只是在冷静平和的"地"底，却也流露出温厚的"福"的期盼。

鲁迅说，"生命的泥委弃在地面上，不生乔木，只生野草。"还说野草，"当生存时，还是将遭践踏，将遭删刈，直至于死亡而朽腐。但我坦然，欣然。"

低智尚能在人伦边境看尽美景找到福地，何尝我们呢？作者未说尽的，是这句。（刘启民）

万兽之夜

一

整个事情只剩了一个开头，一个结尾，如今首尾相连，摆在那里像一条畸形的怪鱼。而中间的一截，已经被斩下、砍掉、拔除了。

她都能看到那段被截下的肢体上跳动着一簇簇血红色的神经，使整具死去的肢体艳若桃花。尽管如此她也还是明白，它已经死去，并且，它正在腐烂的途中。一种比死更鲜艳更锋利的腐烂。

车窗外是孤寂黢黑的旷野，有一两点鬼魅的灯火从窗前一闪而过。李成静坐在这夜行火车的车窗前独自看着窗外。陈列在卧铺上的人们都睡着了，如同集体被装进了一只大抽屉，只有她一个人被锁在了外面。她孤独地坐在那里，外面的夜色穿过玻璃在车厢里流淌着，整节车厢仿佛一个储满水的大鱼缸。那些熟睡的人们带着鼻息和梦话在水底飘摇着，每一种梦话都是一个秘密，都挂着一把乡音的锁。只是那些钥匙已经永远丢失在了时光深处。她独自沉在水底，那些梦话就在她身边游来游去。

这是个冬夜，万物凋零，草木成灰。时间如枯骨沉睡于大地之下。

她想，早在一年前她被公司外派时，她就已经预感到会有这样一个冬夜了。现在她果真一个人凄凉地坐在这车厢里，忽然再次感到了来自于季节深处的嘲讽。光阴像所向披靡的坦克一样慢慢往前推动，春天发生的事情只不过是冬天就储备好的一个阴谋。

一年前在机场，她就感到这种恐惧了，她拖着两只行李箱对送她的赵同反复说，一共也就派出去两年，两年总等得了吧。

赵同还是那副半笑不笑一只嘴角翘起的表情，这副表情让她在最早认识他的时候，曾一度觉得全天下男人都应该以此为标准，长一张不够对称的脸。赵同是教哲学的，有一段时间她特意跑到他课堂上去旁听他讲拉康与德里达。

"一份被封装加密的文字，必定有待接收，必定自有其目的地，即使它的目的地或者接收者是发送者自己。其次，只要有人接收，它就达到了目的地，因为它的目的地不是既已规定的某人，凡是它所到达的地方都是它的目的地。最后，它一定会到达目的地，而不管收信人是否知道它所传达的信息，即使收信人以为自己不知道，其实他也是知道的。"

是的，不管信会不会到达，收信人自己从来都知道它会到达。

因为怕他不给自己打电话，她便每晚都抢先一步把电话给他打过去，或多或少聊几句，便感觉又多了一点安全感。而这些电话往往在打完之后才会真正生效，它们在夜晚里自顾自地膨胀，肥胖，体积径直扩大了好几倍。然后，它们像婴儿尸骸一样浸泡在空荡荡的房间里，痴肥苍白地瞪着她。

电话里可说的话越来越少，她惊恐地发现自己开始找话刨话说，她对他说，我住的这楼前有棵大树，树上总是落满了喜鹊，每只喜鹊有手提包那么大，一开窗户就想飞进屋，一点都不怕人，听说喜鹊能吃掉兔子，吓死我了。

哪有手提包大的喜鹊？把它们轰走就是了。

人家要能轰走就不和你说了。

那就把窗户关紧。

……

我觉得我这里缺一台榨汁机，每天应该喝点新鲜的果汁。

那就买一台嘛，榨汁机又不是什么难买的东西。

你就不会送我一台啊。

我送你还得给你寄过去，多麻烦，你自己买一台不就行了。

你连个榨汁机都不肯送我？……

又来了。

……

今天想我了没？

嗯……

到底想了没有？？

嗯……

到底是想还是没想？？？

你到底要怎么样？

你多说一个字会死吗？

……

多说一个字不会死的。

她站在那里已经感觉到自己在摇摇欲坠，但手里还死死抱着那电话不肯撒手，电话的屁股上拖着一条长长的电话线，好像那根线是设好程序的轨道，她唯一可做的就是沿着这轨道一路冲下去。

有时候她像蝙蝠一样竖起耳朵捕捉着他电话里的背景，辨别着可有什么蛛丝马迹游弋进来。有一天她忽然听到背景音里似乎有个女人的声音，她的心脏猛地抽搐起来，像一只巨大功率的水泵把全身的血液都抽到了心脏里，她忽然听到自己的声音又尖又干，且步履踉跄，这声音像是刚刚从沙漠里逃生出来的，很干，很渴。

但她还是不相信这是自己的声音，赵老师，这么晚了还和别人在一起，不是在给女学生辅导论文吧？

赵同说，我正在外面和一个朋友谈点事情，你先睡吧。

不会是这么晚了还在探讨学术问题吧？你们真是够敬业的。

你先睡吧。

对方已经咔嗒一声挂了电话，她感觉自己咣当一声被推进了一只黑匣子里，在黑暗中独自坐了半天才渐渐活了过来。她先是冷笑，然后呆呆看了会窗外的黢黑，再然后，为了安慰自己，她起身翻出一包爆米花，找出一部古老的科幻片，四仰八叉地歪在沙发里，开始大口吃着爆米花看电影。这部电影是她用来哄自己开心的御用电影，她喜欢这部电影里的男主

97

角，一个开始时装作人类，但最后不得不乘着宇宙飞船离开地球的外星人。当第一千零一次看到那艘银色的宇宙飞船渐渐消失在太空中的时候，她的泪忽然就流了下来。

这眼泪本来是给刚才电话里的赵同准备的，可是她就是真的流泪了，他在电话里也看不到。事实上，赵同已经像这个外星人一样乘着宇宙飞船提前离开了，或者说，他其实从来就没有真正来过地球。他对她的在乎程度甚至还不如窗前那提包大的喜鹊。它还时不时隔着玻璃盯着她，或者只是盯着她脖子里那条闪闪发光的项链出神。

"他不知道自己知道，信总是会到达其目的地，像是被压抑的东西一定会回来。"

她已经忘了电影里在演什么，她只是需要盯着一个地方，然后哗哗流着泪。她忽然如此想念他当年的哲学课堂，那些虚无而闪闪发光的课堂。那些课堂，仿佛是神对人的抚摸。

第二天她买了一盒巧克力给他寄了过去。妥协和屈辱让她在这一天里都感觉身体不适，像生病了一样。她的身体从来就不是庙宇，不足以让她在其中祭祀一个男人，而现在它简直从庙宇变成了一幢空房子，眼看着就要年久失修，了无人烟。

她在心里隐秘地盼望着，他也能回赠她点什么，随便什么都好，哪怕十几二十块钱的小东西，只要是他派遣出的经过旅途一路颠簸投靠到她脚下的，她都会怜爱地收养起它们，给它们水喝，把它们养大养肥，直到它们看起来就像爱情的亲戚。可是，他没有任何给她寄出礼物的迹象，她甚至在心里默默地倒数过三二一，幻想着过几天会有一份礼物从天而降忽然砸到她。可是，没有，没有，没有。

为了惩罚他，第二天她又给他挑选了一件衬衣追加过去。她要让他在她面前债台高筑，让他终于感觉到愧疚，直到他有一天忽然追悔不已地回头来求得她的宽恕。

她等待着他收到又一份礼物的惊喜，起码他应该用雀跃的声音告诉她，他很喜欢这件衬衣，她如此了解他的喜好、颜色、款式，他应该迫不及待地谢谢她。但是三天过去了，五天过去了，她投出去的核弹并没有爆发出任何威慑力，相反，它好像不幸沉到海底，独自悄悄熄灭了。她一直等了六个晚上，在第六个晚上已经过了十点的时候，她还站在黢黑的窗前发着呆，那盒巧克力和那件衬衣经过几天的发酵，已经在她体内进行了新的化学反应，形成了一种新的物质正腐蚀着她，她听到自己身体深处的某一根骨头断裂开了，有什么在那里呻吟着，好像那里关押了一只小动物，流浪猫，仓鼠，或别的什么。

疼痛饥饿地啃噬着尊严，她终于鼓足勇气冲到桌子前抓起了电话，然后把那个熟悉得不能再熟悉的电话号码用力掷了进去。

喂。他声音平静而安稳，如同一个圈套。像是他在那里等她的电话已经许久了，这让她忽然间打了个寒战，她感觉到有什么更可怕更庞大的东西正悄悄向她靠拢过来。她对着电话说，给你寄的衬衣收到了吗？

他还是可怕的平静，收到了。

她的音阶却在他的平静里陡然飙高，以至于她都能感觉到自己瞬间就变得面目狰狞。不，不要这样，她绝望地想阻止自己，但她已经听见自己在电话里喊道，既然收到了，为什么连告诉都不告诉我一声。

……

他不说话，他居然没有来安慰她或寻求安慰。一种腐蚀性更强的物质从她身体里分泌出来，眼看要将她彻底掏空，成灰。她听到自己的声音被撕成了一缕一缕的。她走风漏气地无力地说，为什么连告诉都不告诉我一声？

他开口了，她忽然就听见他说，小静，我们分手吧。

那是一种极端平静的声音，平静地不像人的声音，更像一艘来自外太空的宇宙飞船，威严，冰凉，遥远。是那艘要接走他的宇宙飞船？他不是早就乘飞船走了吗？而她不是早已经暗暗知道这个事实了吗？可是她还是觉得她一定是听错了。嘴唇忽然无比干裂，她艰难地舔舔嘴唇，声音更加嘶哑干旱，你说什么？

他又说了一遍，我们分手吧。

她抱着电话慌乱地匆忙地笑了一下，仿佛是笑给他看的。然后她听见自己用可笑的干巴巴的声音问了一句，为什么？她居然要问一个已经乘上飞船的人为什么，她简直像从来不认识自己。然而她身上那道干裂的口子还在继续扩大……你记不记得你抱着我的感觉？……你带我去逛街……我走不动了你背我回去……你记不记得……那道口子越裂越大，她的身体成了一只巨大的蚌壳，现在这裂开的蚌壳一定要把里面所有的软体动物都倾倒出来，一直到把自己彻底腾空为止。

然而他打断了她，这些记忆我都不会忘掉的，它们又不会消失，可是，我们真的该分手了。

她像急于扑过去抓住一个人的手臂一样，紧紧抓住了他的话尾，她慌不择路地语无伦次地对着电话那头的那个外星人说，我给你寄礼物只是为了让你高兴，我没有别的意思。你要是觉得不好，我以后就不给你寄礼物了。她急于把所有真真假假的错误都包揽在自己身上，因为她生怕他真的像个外星人一样就要飞走了。

但她分明已经听到他发动宇宙飞船的引擎声了，他说，其实这话我早就应该对你说了，只是一直不忍心，怕你难过。你最近总是给我寄礼物，我不是不感谢你，只是我心里更多的是恐惧，我不想再让你付出。

她已经开始大声抽泣起来，她没有想到她寄过去的那些礼物，她派出去的大使，那巧克力和衬衣居然都已经背叛了她，已经酝酿出一种全新的阴谋。她抽泣着说，对不起！对不起！对不起！她居然为自己寄出去的那些礼物道歉，好像她是一切的始作俑者。

他的声音从太空里飞旋着落下，雪花一样落了她一身。小静，你从没有想过我们在一起这么久了还没有结婚的原因吗？其实不是因为你不想结婚……也就是说，真正的原因是我。是的，是我不愿意结婚。尤其是最近一段时间，我已经把这个问题想得很清楚了，我觉得我不需要婚姻里的东西。婚姻的本质就是让人失去自由。它是违反人性的。可你是要婚姻的，因为你和别人一样，需要急着给自己的生活下定义，命名让你们不再焦虑，这是一种意义快感。可我不需要这种命名。总有些东西更重要，比如自由。

她开始由抽泣转向了愤怒，她冲着电话喊道，你以为你现在还是在课堂上给学生们讲哲学课吗？

电话那边停顿了一下，然后用更冷静的声音说，你看，我们其实根本就不是一路人。你连什么是自由都不理解。不过你从来就没有理解过。你只会去套用别人已经定义好的生活模式，不管那是对是错。

她几乎要咆哮起来了，她说，我是不懂，但我不会用自由的幌子去遮盖一切。

电话那头的声音听起来是凛冽苍白的，像冬夜落在地上的月光。他说，那就这样吧，不必多说了，希望你以后能幸福。

他真的已经整装待发，真的要乘上那艘银灰色的宇宙飞船了，他从此以后就要彻底消失了。她感到了前所未有的恐惧，无常的恐惧，孤独的恐惧，不再被爱的恐惧，一切将不得不从头开始的恐惧。她很早就问过他，人用什么可以抵御对无常的恐惧。他说，信点什么，不管是什么，一定要在内心里真心信点什么。

现在，他正在离她远去。

她觉得自己整个人都要扑进电话里了，她试图拦住他的去路，她跌跌撞撞地绝望可笑地问了他另一个问题，你告诉我……你是不是有别的女人了？

……

他的回答居然是沉默。她再一次感到了他的庞大，遥远，还有面目模糊。

我认识她吗？

不认识。

你爱她吗？

……说不上。

那你为什么要和她在一起？

需要。

我被外派的这一年你们是不是一直就在一起？

……

晚上我给你打电话的时候她是不是就睡在你身边？

有时候。

……

她抱着电话几乎要站立不稳，可是她仍然不肯把它扔掉，似乎只要扔掉它，他也就从她身上彻底连根拔起了。她不肯扔掉它，又觉得自己像抱着一枚定时炸弹，不知道这炸弹还会发出怎样的威力。她对着它大声抽泣起来，想让他听到她的哭声，幻想着他还会安慰她，幻想着他忽然心软

101

了。以前她在他面前哭的时候总还是有效的。然而这次他只是安静地听着她的哭声，并不说什么。他在耐心地等她哭完。

一种更黑暗更豪奢的东西像水银一样灌满了她的全身，要把她铸死在那里。她忽然明白了这哭泣的无用，戛然收住了哭声。

你……会和她结婚吗？她听到自己的声音里也灌满了水银，银白色的带着毒性的声音。

不会。她有家庭。

有家庭？她的指甲都要嵌进那部电话里了，然而，她此刻似乎已经对疼痛上瘾了，再疼些才好。她反复盘旋着，一定要残忍地向最里面窥视。她说，你居然找了一个情人？

……

你情愿找一个情人是为了什么？就是为了既享受性爱又可以不结婚吗？？她听到自己的声音里长满了牙齿，还有新鲜的嘲讽。

对，我和她可以不结婚。婚姻对人有太多束缚，人必须结婚只是一种符号，它是被人的语言和观念虚构出来的，并不是一种真实的东西，它的消亡是迟早的事。但那些真实的东西是永远不会消失的。

她冷笑起来，原来这种奸情就是你口口声声要的自由？

我们真的没有再谈下去的必要了。自由就是他无权干涉别人，别人也无权干涉他的选择。

直到他已经挂断电话很久了，她还一直抱着那部电话，像抱着他声音的尸骸，仿佛她不知道该如何处置它，又仿佛她还在那里侥幸地等待着，他会再次把电话打过来，像从前一样对她说，不吵了，好吗？

可是这电话整个晚上都没有再响起。

一个被绑架走了的男人，连头都不回。

二

李成静整个晚上都没有睡着。她在黑暗中躺在床上，那部电话就静悄悄地躺在她身边。被阉割了声音的电话看上去孤独而丑陋，如挂在她身上的一只空荡荡的断肢。

分手意味着，如果她惧怕孤独，就得再次从看台上跳进茫茫人海里，四处游弋着只为了捕捞到下一个男人。然后按照程序，他们先是用各种电子产品交流，用电子产品的上瘾之处是可以不发出任何声音地说话，原来不发出声音也是会上瘾的，看来人类终将连说话的力气都省掉。

然后，他们将开始约会，男人会把她带到请列任前任们吃过饭的地方，把请每个前任吃过的饭菜再请她一次，他谙熟它们的味道、价格，以及谙熟该用什么样的味道和价格来应对她。当他在同一家饭店请第十个女人吃同一种菜的时候，饭店老板不给他打折都不忍心了。她将是几分之一或十几分之一，最糟糕的境地是几十分之一，将是那个庞大分母里的一个个位数。

她已经感觉到了，这个时代里所有的人都正在变成分母。一座巍峨壮观的分母的牢笼。分母们一起买房，一起生孩子，一起离婚，一起独身。当浩大的分母们聚集在一起时，即使是暴动也会变得温柔，整个混乱的世界都会在瞬间变成一道有解的数学题。

而他却将变成某种自由飞行的不明太空物。一个提前替人类废除了婚姻制度的男人会不会也觉得孤独和恐惧？还是像一个独自守着疆土的国王？她看着那部喑哑的电话，它发不出一点声音，它就像从她或他身上砍下来的一个部分，龟缩在那里，已经幻化成了一只青铜的兽。

她决定回北方找他，明天就回，她得和他再好好谈一谈，她要去拯救这个外星人。

深夜她给他发了条短信，明天我去看你吧。阉割了声音的语言让她觉得安全，似乎这样就可以避开对方的语气，可以让两个人都藏在语言下面窥视着对方。也许这个世界已经开始厌倦声音，正在向无声化进化，就像当年的一部分鱼，因为厌倦海水而爬上岸进化成了猴子。

早晨的时候他终于回了短信。看到手机上的提示，她怔忑了半天不敢看，因为不知道他会说什么，竟有了正在等待判刑的感觉，最后把心一横，牙一咬，才终于打开了那条短信。不用来了，好好生活吧，我们已经把该说的说清楚了。她扔掉手机，任由自己在被子里痛苦地扭曲成一团。他居然不肯给她留一丝缝隙，是不是他在埋葬她的同时已经让另外一个女人接了她的班，而她却一定要从棺材里跳出来，一定要复活，一定要与她的接班人装作不期而遇。

"在象征秩序中，信件持有者是一个绝对虚弱的位置。"

她必须得去找他一趟，就是情知自己也许已经在他那里死了，心里却还是不愿相信，就是死了也一定要亲眼见到自己的尸骸。更重要的是，她必须承认，她仍然幻想着，也许在见面之后一切又有了转机，也许她又会在他那里死而复生。虽然心里已经做了决定，却并不敢立刻订一张机票直飞过去，似乎过去看他这件事终究是一件见不得人的事，不适合光明正大地冲过去。犹豫再三，最后她用迂回迟缓的方式，买了一张当天晚上的卧铺火车票。这趟车要晃荡整整一个晚上，天亮的时候才能到达终点站。已经多年不坐这种慢速的火车，而此刻她却满意于这种速度，似乎这路上的速度越慢，就越能拉长和稀释她去找他的恐惧与悲伤。

订好行程之后，她又冲到商场给他买了一件外套，快要过年了，应该给他带件礼物。抱着那件价格不菲的外套走在路上，她愈加忐忑不安，忐忑之外周身还多了一层羞耻感，似乎她怀里抱着的正是要去贿赂他的证据。

她一路抱着这件外套走回去，因为是给他买的衣服，所以衣服提前散发出了他身上的气味。回想起从前拥抱在一起时他身上就是这个气味，她的泪又落下来了。等到晚上上火车的时候，她只带着手提包和这件外套便上了火车。

火车上，她坐在窗前不时抬头看看这件衣服，它被码在行李架上正一路俯视着她。在这北上的路上，她感觉与这件衣服竟生出了惺惺相惜之感，好像它是从她身上裂变出来的一个孪生姐妹。车灯灭了，她坐在黑暗中觉得有些冷，便从行李架上将它取下，抱在怀中来取暖。它身上的纤维伸出无数只手来细细地抚摸着她，她拥抱着它，一边畏惧着这长夜，一边又恐惧于终将到来的黎明。

火车到达终点站的时候是七点四十分。她想他也许今天没课，还没有起床，他要看书或备课，总是睡得很晚，自然起得也晚。北方的朔气割着行人的脸，她孤零零地在车站徘徊了一会之后，走进了火车站附近的一家肯德基，要了一杯热茶，坐在了一个靠窗的位子上。那件厚厚的显得笨重的外套放在了她对面的椅子上，她看着它，这与她相对而坐的孪生姐妹。

八点半了，按照他往常的习惯，应该起床了。她紧紧握着手机，做了几个深呼吸之后才一咬牙，终于把他的号码拨了出去。铃声响了很久很久他才接起电话，他接起电话的声音略带不耐烦。她心里一抽搐，浑身的血液开始往心脏里涌。他说，怎么了？

她努力做出一种欢快的音调，她过度活泼地说，起床啦？知道你肯定起来了。你猜我现在在哪？

……你想说什么？

告诉你吧，我已经到火车站了，我坐了一晚上的火车呢。我现在就过去看你好不好？她努力让自己的声音蹦蹦跳跳，努力让自己欢呼雀跃，努力要像个跳高运动员一样蹦起来，然后忍痛从他接下来将要说的话上面一步跨过去。

你怎么不和我商量一下就自己过来了？她从声音里都能听出他正在皱眉。果然，他并不欢迎她。她的全身开始迅速变凉，变凉，血液正哗哗离开心脏，离开她的身体。

但她仍然在挣扎，她对着手机更努力地笑，向求饶一样对他说，我来都来了，我们见一面好吗？你今天上午有时间吗？我们再谈谈好吗？

她能听到他的眉头皱得更深更结实了，他说，昨晚我把该说的都说清楚了，你觉得还有见面的必要吗？你说服我的结果是我们不分开，然后我们结婚。但我们其实根本不是一种人，不是同类在一起会加倍孤独的，婚姻什么都解决不了，真的。

她听到自己的声音像一个踉跄前行的乞丐，你和我见一面吧，我还给你带了一件礼物。

他在电话里长长叹了口气，你根本听不懂我在说什么。

她静静地流着泪，声音却还是努力地不顾一切地活泼着，我给你买了一件衣服，很适合你呢，我看第一眼就知道适合你。

他的声音哑下去了，听上去灰涩干燥，你不要再送我什么礼物了，我其实很怕你再送我什么东西。就是因为你一直在送我礼物，才让我下了决心，我不能让你再投入了，这样只会让我对你更愧疚。你理性想一想，见面真的没有必要，因为我们解决不了根本分歧。我这几天很忙，也真的没有时间和你见面。对不起，你还是回去吧，好好生活。

她忽然就失控了，她抽泣着对着电话大叫起来，不要和我说对不起，我只想知道，和你那个情人在一起时你就不再孤独吗？

对方已经咔嗒一声把电话挂断了，她觉得自己说了一半的话被生生掰折在了电话里，她愈加悲愤，再把那个号拨过去，他不接，呛一声挂断了。她再拨，对方已经关机。她被一堵厚厚的墙猛地弹回到了椅子里。

她扔下手机，颓然缩在那把椅子里。周围的人都在看她，就连蹲在她对面椅子上的那件外套也在默默看着她。它居然连一个被送出去的机会都没有了。一件价格不菲的男式外套，此刻因为无人收留看起来像面灰头土脸的镜子，它照出了她那张绝望的脸。她对着它大声地抽泣着，似乎它此刻是她唯一的亲人。

就是在抽泣的时候，她还是发现周围一圈人正兴致盎然地看着她，她有一种被看猴戏的感觉，于是拿起随身带的手提包躲进了洗手间。她在洗手间里足足大哭了有二十分钟，哭到外面排队上厕所的人开始敲门了，才出来冲了个脸。等到冲完脸再回到刚才的座位上时，她忽然发现少了点什么，再一想，是刚才就放在她对面椅子上的男式外套不翼而飞了。

那张椅子上空荡荡的，任何痕迹都没有留下。她一时恍惚自己是不是坐错了地方，再环顾一下四周，发现没有错，只能是这里。她忽然明白了，是趁她去洗手间的时候，那件衣服被人偷走了。她在椅子上呆呆坐了几秒钟，脑子里把这件事情的性质迅速分析了一下。拿走衣服的人一定就是刚才坐在她周围的人里面的一个，这个人有可能还坐在周围，也有可能一拿到衣服就迅速离开肯德基了。而这件衣服对她的意义又是什么？她不远千里把它带过来是为了送给赵同，更准确地说是为了讨好赵同，说服他不要和她分手。而现实的处境是赵同连见面的机会都不给她，她无法亲手把衣服送到他手里。她可以采取的措施只有三种，一、围追堵截，堵在他门口等他回家，无论他要不要，一定要把衣服硬塞给他。二、她把衣服丢进垃圾桶，自己返回去接着去工作，接着再找新的男人，就当把几千块钱扔进了垃圾桶。三、她是怎么带来的，就怎么把它再带回去。当然，她不能一直把它压在箱底，她或许会日后把它转送给自己的下一任男友。如此一来，她又感觉像一个将死的人在为自己准备隆重的后事。

可是现在这三种情况都不会成立了，因为第四种情况像一块石头横着飞了过来。它居然被人偷走了。一件物体的价值往往是在丢失的瞬间才突然跳出来，此时这件衣服的价格就像一根骨头一样惨白地硌着她，以至于让她忘记了就在前一分钟她还曾有过把它丢到垃圾桶的想法。

她再次环顾了一下四周，在她周围零零散散地坐着十几个人，有几个是像她一样刚下火车提着行李在这里吃早饭的，有几个是连早饭也不吃，就光坐在椅子上发呆的，估计是天寒地冻无处可去的闲人或者是在这里等人的人。有个女人正坐在椅子上专心致志地化妆，大约是在为即将来接她的男人准备一张无可挑剔的脸，看样子大约是网友约好了第一次见面。还有两个人是专门跑到肯德基来睡觉的，因为趴在桌子上，看不清长着一张什么样的脸。除了那个化妆的和那两个睡觉的，其他人都在用正面或侧面的目光窥视着她。看来他们都看到刚才发生什么事了。他们看她的目光躲闪中有些按捺不住的期待，一般在一场好戏开始的时候观众都会持有这种表情。

那件衣服，她又想起了昨晚还在火车上把它抱在怀里取暖，它纤维的肌理仍然残留在她手心里，像一个人的体温。孪生姐妹的惺惺相惜再次涌上心头，她霍地一下站起来，对着周围这圈人茫然喊了一句，你们看到谁拿了我的衣服？没有人吭声，好像他们集体失去了耳朵。只有几双闪烁不定暗藏笑意的眼睛像小刀一样，从她身上划过来，再划过去，有一种凉飕飕的痛。

她孤零零地站在一群坐着的人中间，她发现自己此刻正像个侦探一样在收集他们的目光，有几个人的目光明明就湿漉漉地黏在她背上，可是只要她一回头，那目光立刻就不见了，还有几个人故意撞到她视力范围内，拥挤一番忽然又鸟兽散。还有一个男人一直在盯着她看，眼睛里却是空空的，好像压根儿什么都没有看到。他干坐了半天，没有动，也没有点任何吃的，也许只是在这个冬天的早晨蹭点温度罢了。

他们都坐着，只有她一个人站着，这样看过去，他们就像一个整体，甚至就像一个人，一个体型庞大的人与她对峙着。她想，是啊，有什么奇怪的，现在的人们已经不再习惯发出声音了，不再习惯打电话，不再习惯告诉旁边的人钱包已经被偷走了，不再习惯任何需要声音的方式。声音即将成为又一件被人们自行阉割掉的器官。

这种沉默让她感到了某种恐惧，她背上拂过一阵阴森森的感觉，像孤独地站在一眼井里。她觉得她也许应该早点离开这里，就在这时她忽然注意到一个年轻女孩子正一边偷看着她，一边用一只手摁了摁放在椅子下的提包。这是个很轻微的动作，轻得像一只苍蝇飞过，可是她此刻高度紧张如蝙蝠，竟然敏捷地捕到了这个小动作。

她心里冷笑一声，一句话都没有说就径直走到那女孩身边。女孩有些紧张地看了她一眼，什么都没有说，那只手又摁了一下提包。李成静都奇怪自己从哪里借来了这么多底气，她一语不发拎起对方那只黑色的提包，二话不说就往开拉拉链。女孩蹦了起来和她抢包，一边抢一边嘴里嚷着，这是我的包，你凭什么翻我的东西？李成静一言不发只是死命往开拉拉链，女孩子扑上来拼命护住那道拉链。周围的人们只是默默地围观着她们，没有人说话，也没有人过来把她们拉开，似乎每一步情节的发展都在他们预料之中。

这几日积攒下的悲愤和委屈在她体内开始发酵，那是一种很安静的类似于植物发芽前夕的发酵，无声无息，她不想生气，甚至不想说话，但是她觉得自己此刻浑身都长满了可怕的力气。她终于一把抢过了那只包，刺啦一声拉开了拉链，提包像被开膛破肚了一般，里面的东西开始往出流，那件外套露出了一角，然后整个都露出来了。所有的眼睛包括店里服务生的眼睛都盯在了这件外套上。李成静一言不发地把这赃物从里面拽了出来。只听那女孩子站在那里大声地自言自语，我看见座位上没人了，只放着这件衣服，就以为没有人要了……

她没朝女孩子再多看一眼，她甚至都不想知道她到底长什么样，她先是对着空气大义凛然地一笑，然后把那件外套往胳膊下一夹就大步往门口走去。

三

她不由得敬佩自己行事果断，这件衣服居然能失而复得。方才查获赃物的豪迈炙烤着她，她出了肯德基的门一头扎进北方的寒风里，竟也没有觉得冷。她拎着手提包，怀里抱着那件男式外套匆匆往前走了几步，好像急匆匆地要去赶路，要去办什么要紧事。走出十米之后，方才燃烧在身体里的那点柴火已经开始熄灭，开始渐渐变冷了。她在路边站住了，这才发现自己根本不知道现在该去哪里。更要命的是，这件她不知道该如何处置的外套又跟着她回来了，此时还被她抱在怀里，简直是赖上她了。

赵同不要它，如果真的再带着它回去，这对她来说分明是一种双重的侮辱。她站在那里，看着不远处的垃圾桶，可是，她真的把它就这样扔掉吗？她踌躇着，忽然想起了刚才在肯德基里偷衣服的那个女孩子，它都被偷走了，为什么还要问她要回来呢？事实上她偷走这件衣服不是正好帮它解决了一个去处的问题吗？她居然又生生把它要回来了。这样一想，她顿时觉得自己刚才在肯德基里的举动真是愚蠢。更何况，她努力回忆着刚才那女孩的穿着打扮，想来也定是个可怜人。不是穷人谁会拿一件别人的衣服？这样的早晨，也只有穷人们才会在肯德基里待着，蹭一早晨的空调而舍不得买一杯热茶喝。刚才，就在刚才，她居然那么大义凛然地对待了一个穷人。

她忽然就觉得自己不可原谅。

正好一个白发苍苍的流浪老人走过来，目若无人地开始翻捡她不远处的垃圾箱。她想，如果此时她把这件价值几千块钱的外套扔进垃圾箱里，那正好就算是送给他了。可是，可是，刚才就在肯德基里，她还那么不留情面地对待一个穷人，现在一转身倒又立地成佛了。更何况这里四下无人，没有人能见证她的慈悲，未免还是有些落寞。略一犹豫，她下了决心，转身又向肯德基折回去。她决定还是把这件外套送还给刚才那女孩子。

一则是因为她也许真的是个穷人，起码是一个比她更穷的人，需要这件衣服，或者是她的男友需要这件衣服。总算有人需要这件衣服，也让他赵同明白，不是所有的男人都和他一个品种。二则是她实在不知道该怎么处理这件衣服，这样也算给它一个归宿吧。

进了肯德基，那女孩居然还坐在刚才的位子上，正低着头看手机，那只黑色的大提包还像只大狗一样静静地蛰伏在她的脚下。她一进门，便有两双眼睛殷切地落在她身上，大约是认出了她就是刚刚走出去的那个女人。她目若无人地坐在了女孩对面的椅子上。女孩抬起头一看是她，脸色立刻变了，一边紧张地看着周围，一边喃喃地说，我真的是以为没人要了，我不知道你去了洗手间，我看见放在那里就以为是别人拉下的，我就……

李成静打断了她的辩解，她知道此时有几双眼睛正在她身上游来游去，便有些自豪，还有些紧张，觉得这样的事情还是要有场排练才更熟练。她把衣服往那女孩面前一推，声音不高不低地说，没事，这件衣服我就送给你了。女孩更加惊慌，似乎认为这一定是个新的圈套，她连连摆手，语速急促混乱，不不不，我真的不知道你去了洗手间，我真的以为是别人拉下的，真的，我真的以为……

她的声音带出了哭腔，而她愈慌乱，李成静便愈镇定。她靠在椅背上，终于开始像个上帝一样细细打量起了对面的女孩子。女孩年轻得让她嫉妒，二十岁出头的样子，圆脸上有不少雀斑，好像很多天没洗过头发了，一绺一绺油腻的齐刘海遮着眉毛，身上穿着一件半旧的红色羽绒服。

她想这女孩子一定是想在过年时送自己的男朋友一件礼物，但是没钱或者是舍不得买一件像样的礼物，这时候正好看到她坐在肯德基里和赵同在电话里吵架，然后又失魂落魄地去了洗手间，便顺手牵羊地把衣服藏了起来，想着等她离开肯德基，衣服便归她了。

又想到这女孩的男友穿上这件新衣之后欣喜若狂地抱起女孩，然后，他们会接吻，再然后，他们会做爱。两具那么年轻的身体。而这件衣服将像个间谍一样夹在他们的性爱中间，背负着她身上的悲伤与嫉妒旁观着这对年轻的情人。赵同对它来说已是回不去的故乡。

女孩嘴里歇了几分钟，偷偷看了她一眼，又继续，姐，我要知道这是你的衣服我肯定就不拿了，对不起，我真的不知道衣服是你的……我……

李成静觉得自己周身都是发酸发涩的，连舌头也像被腌制过的，她再次把那衣服使劲往前一推，有些费力地说，衣服真的送你了，你拿走吧。女孩又不说话了，眼睛从刘海下抬起偷偷看着她，女孩正揣测着她的用意。李成静忽然就觉得很疲惫，疲惫而无聊，她飞快地说，衣服真的送给你了，反正也没人穿它了，总不能浪费了。说完她不再看那女孩一眼，站起来就往出走，一边走一边想，确实，还是做好人舒服。可见这个世界上没有谁是情愿做坏人的。

再次出了肯德基的门，冬日的阳光惨白地照在她身上，她忽然感到格外空虚和孤独。现在身上除了一只手提包，两只手里是空的，她终归是帮那件衣服找到了归宿，可是她自己呢？她茫然站了一会，掏出手机摸索着赵同的那个电话号码。如今这个世界对每个人的保存方式就是一串数字，一串串电话号码像墓碑一样指示着下面有一个个人。那些久不联系的号码便逐渐废弃坍塌了，即使心中祭奠也无人修理。

她在寒风中站立良久，终于还是拨出了那个电话。他不接，她再拨，他还是不接，他由着她自己晾干，暴晒，成灰，最后连灰也被风吹走。电话里空寂的忙音响了足足有一个世纪那么久之后，她主动把电话挂了，开始往火车站的进站口方向走。人群夹裹着她挪动，她几乎是被推着往前走的，这给了她一种被包裹起来的安全感。她跟着队伍一直走到查票口的时候，才发现自己还没买回程车票。不过现在就是去排队买票也肯定买不到当天的票了。

她语无伦次地说，我急着要回去，我现在就得上车，我一上车就补票，相信我，让我先进去吧。她有一种类似于生病的感觉，周身在收缩，坍塌，一切正朝着心脏的那个地方游弋。玻璃后面那个穿制服的人面无表情地摆摆手，没有票不能进站。她哀求着，我一上车就补票，我肯定不会逃票的，你相信我吧。制服摆摆手，往后退，下一个。她还站在那里不肯离去，后面的人推搡着她，让开啊，别堵着别人。

她忽然一言不发就往里冲，玻璃后面的制服立刻跳了起来，拦住她，别让她进去，那个人，就那个穿黑衣服的女人，她要逃票。旁边有另外两个制服走过来，像抓越狱的犯人一般，一把抓住她就往外推，一直把她推到了门外。推的力气大了些，她在众目睽睽之下倒退几步然后跟跄倒地。

冬日的阳光再次追打下来，像舞台灯光一样聚拢在她身上，她周身已经收缩成一团的肌肉、血液，还有神经，忽然就炸裂了，炸得空气里到处都是，血肉横飞，绚烂夺目。她当着人来人往艰难地从地上爬起来，忽然就跳着脚，尖着嗓子大叫起来，我就是想上车补个票怎么了？我补票都不行吗？我就是急着要离开这里怎么了？我就是一刻也不想多待了，我怎么了？我就违法了吗？忽然高跟鞋的鞋跟崴了一下，她再次摔倒在地。

周围的人哄地一声笑了，他们看起来很满意。他们在枯燥的火车站围观着她，好像她是一头刚刚从动物园里侥幸跑出来的动物，动物园里那些饿得皮包骨头的动物们。棕熊因为冬天也要被观赏，常年不许冬眠而瘦成了一副骨架。吃树叶的长颈鹿日夜像牛一样麻木地咀嚼着干草，强迫自己长出四个胃。被拔掉牙齿的鳄鱼忧伤地浸泡在污浊的水池里不动。猩猩们在人们的观赏中露出红屁股交配。魁梧的大象则对着观众露出硕大的生殖器排泄着粪便。此时在这个城市里，她就是一头刚刚从动物园里逃出来的动物，裸露，低级，野蛮，不文明，任人类从各个角度观赏和践踏。她的高跟鞋，她的香水，她的丝袜，她的职业经理人身份，都在那一个瞬间里迅速沉没到了水底，变成了远古生物的骨骼化石，迟钝苍白，锈迹斑斑。

她倒在地上，地面冰冷坚硬，像面巨大的镜子，她甚至看到了自己缩成一团的倒影。手机也跟着摔了出去，她爬在地上终于摸到了它，泪忽然就落了下来，落在了那只手机上。此时她真想把一只手臂伸进这手机里，拼命把躲在手机后面的那个男人拽出来，然后告诉他，哀求他，你不要走，你真的不要走，你为什么情愿和一个有夫之妇在一起都一定要和我分开？这时候忽然有只手落在了她身上，她心里一阵剧烈地抽搐，难道是赵同真的来找她了？他终究还是来找她了。猛一回头却发现，是肯德基里那个拿了她衣服的女孩。

女孩一言不发地把她从地上扶了起来，然后像扶伤残病人一样扶着她从众人面前慢慢走过，一直走到了肯德基门口。她想，她居然还敢进去？那女孩倒是一脸的若无其事，一只手拎着自己的黑提包，另一只手还要扶着她上台阶。她挣脱她的手臂，倨傲地说，我还没残疾呢，谢谢你。女孩说，先进去再说吧，外面太冷了，今天是小年了，能不冷吗？她说，你以为肯德基是你家开的啊，不买人家的东西还要赖在里面不走。嘴里说着，还是跟着女孩进去了，外面确实冷，西北风随时会把人撕掉一层皮，她的手已经开始变僵硬变脆。

肯德基里的人少了一半，除了那两张牢固地长在肯德基里的面孔注意到她们又回来了之外，基本没有人注意到她们进来。两个人拣了一张靠窗的桌子坐了下来。冬日里干瘦的阳光透过一层玻璃进来之后，立刻变得肥大松软，棉絮一般罩在她们身上。女孩说，姐，你渴吗？你喝点什么吧。

她只是呆呆地颓唐地看着窗户外面，有时候她觉得这些快餐店最大的功德其实不是提供了快餐，而是为人们发明了一处无处可去时的去处。就这样呆呆地坐在窗前什么都不做地看着外面的人流也不错，拥抱的人，流浪的人，哭泣的人，独自微笑的人，看久了会恍惚觉得自己是从空中俯视着他们的高僧。

女孩去了又回来，只给李成静点了一杯热牛奶，自己什么都没要，又坐在她对面看着她。李成静用两只手捧住那只装牛奶的纸杯取暖，像正捧着自己的一颗心脏，眼睛却还是看着窗外。她像是正坐在那里自言自语，为什么有的人宁可孤独终老都不肯结婚？你说他老了怎么办？你觉得他就真的不害怕孤独吗？他就愿意一个人住进敬老院？我不相信，你信吗？

然后她又猛地把目光从窗外抽回来放在了对面的女孩子脸上，她困惑而急切地看着她说，你是不是也觉得我很糟糕？觉得我居然逃票？我是买不到票，但我会上车补票啊，我怎么可能逃票？你不觉得我其实还是一个好人？你说是不是？她用目光急切地拽住那女孩，要求女孩为她作证。证物就是她送给女孩的那件衣服。

女孩想了想，低头从提包里取出了什么东西，慢慢放到她面前。李成静一看，又是那件男式外套。只听女孩子说，我知道你这衣服是打算送人的，这么好的衣服，是我不该拿你的衣服，你还是收回去送人吧。李成静愤怒地把那件衣服往前一推，说，我说送你就送你了，难道你以为我是和你闹着玩的吗？对面的女孩讪讪地抠着指甲，不敢抬头，那你为什么会这么难过？

李成静避之不及地把那件衣服又往女孩身边推了推，似乎一定要和它划清界限。她语气僵硬，嘴角略带嘲讽，你拿了这件衣服是想送给你男朋友吧？你送他礼物他一定会高兴的。这衣服本来是要送给我男友的，可是他连见都不愿见我，我千里迢迢地过来看他，给他送礼物，可是他连见都不见我，因为他要和一个不能结婚的女人在一起。我今天就回去了，这衣服我也不想再带回去，你就帮我收下，当礼物送你男友吧。

女孩的眼睛忽然在刘海后面奇怪地亮了一下，好像眼睛最里面有一盏明灭可见的灯笼。她慌忙又低下头去，像是不愿看李成静的眼睛，她低头抠着指甲说，你今天肯定是买不到回去的票了，今天都小年了，票不好买，要不，今晚你就先住我家里吧。

李成静疑惑地看着她，住你家？

女孩慌忙抬起头，迫不及待地说，对啊，就住我家，我家今晚就我一个人，我一个人会害怕呢，你就住我家吧，住外面的宾馆旅店又贵又不干净，住到我家我给你换上全新的床单被罩。

李成静再一次上下打量着她，说，你家就住在这城里？那你一个人在火车站干什么？

女孩说，我在广州打工，这是回家来过年，今天早晨刚下的火车，在硬座上坐了一晚上腰都要断了，所以下了车就先在肯德基歇了会……

既然是回家，你男友怎么都不来车站接你一下？亏你还想着要送他礼物。李成静从自己的声音里听出了从痛苦下面泛起的轻微的快乐，还有比快乐更轻微但更摇曳生姿的幸灾乐祸，它们像一只血红的鱼尾在水面上倏忽扫过，却在水中留下了一阵浓烈的血腥味。

她忽然发现此刻的她是如此需要援军的力量，如此需要由他人的不幸组装成的援军。是的，现在她只要看到拥抱在一起的恋人们就会心生仇恨，就恨不得把他们统统都赶到火星上或者干脆把她自己赶到火星上去。她现在只想听到别人的悲伤和愤怒，她像一个饿了很久很久的饕餮，现在最好还有长篇的关于悲伤的传奇来款待她。她期待地看着对面的女孩，希望女孩能给她讲述出一段不幸的感情来。最好，她也是被男友刚刚抛弃了。

女孩转脸看着窗外，目光忽然之间阴沉下来，她说，我没有男朋友，这件衣服我拿了本来是想送给我父亲的。

故事刚开了个头就急转直下，朝着另一个方向奔去。原来不过是个还有孝心的女儿，只是，连送父亲的礼物都要用偷来的东西，这实在是有点……不过也不是今天，是这个世界早就失去秩序了，哲学教授光明正大地和别人的老婆睡在一起，还要以一种哲学的姿态告诉她，婚姻是必定要消亡的，他只不过是个人类的先知罢了。从这个角度讲，哲学与通奸已高度融为一体，甚至难分彼此，也真是人类社会的一大进步。他独自一人提前奔赴到共产主义社会了，搞得大跃进似的。但想来那感觉大约和一个人住在火星上差不多，也真是够孤独的。

女孩像是知道她在想什么，也不看她，只是阴郁地看着窗外一棵光秃秃的槐树，我上学不多，初中毕业后就不上学了，十六岁的时候就开始在广州那边的工厂里打工，我每个月的工资基本上都寄到家里来了，只给自己留不多一点吃饭的钱，所以自己一直都攒不下钱……厂里的男工们知道我的情况，都不愿和我谈恋爱，怕要是和我谈恋爱了，他们的钱也被吸到我家里去。

114

两个人都盯着那棵树，不知道接下来该说什么。冬天的树周身没有一片树叶，只留下骨骼一般交叉的树枝。她们投在玻璃里的两片倒影正好挂在这树枝上，魂魄一般。李成静又把那衣服往她面前一推，不管你送给谁，这衣服我都送给你了。真的，拿去吧。

　　这时女孩忽然转过脸来看着她，目光里有一种很奇异的东西把女孩的眼睛撑得满满的，她吓了一跳，只听女孩说，姐，今晚就住我家吧，陪我住一晚上就好，我一个人害怕，就一晚上……你叫我小秦吧。

四

　　这是一套破旧的一室一厅，顶层，连着一间阁楼。

　　整栋楼房藏在城西郊区废弃的钢厂后面，这种工厂曾风云一度，后来纷纷在九十年代末倒闭破产，工人们集体下岗。想来这房子应该是这工厂八十年代为职工们建的宿舍楼。公交车晃到孤零零的终点站之后，抛下这两个最后的乘客便扬长而去。她跟在小秦后面曲里拐弯地穿过好几条街道，狭窄的街道两边都是低矮破败的平房，很多门口摞着高高低低的蜂窝煤和大白菜，不时有人钻出来把污水泼到街上，然后盯着这两个路过的女人放肆地看。还有的门口站着女人，女人们戴着扇子一样的假睫毛，嘴唇血红，嗑着瓜子面无表情地看着她们走过，乳房几乎要从低领毛衣里跳出来了。路面上的水很快结冰，李成静好几次差点摔倒。每次刚要开口，走在前面的小秦像是用后脑勺看到了，立刻回过头可怜巴巴地看着她说，快了快了，马上就到了，姐，你坚持住再多走两步啊，前面一拐弯就是。结果又过了一条街，还是没到。

　　周围越来越荒凉，李成静心里有了几分恐惧，心想自己今天不知是中了什么蛊，敢跟着一个刚刚认识还偷过她东西的女孩回家。现在撤走也还来得及，女孩总不能在半路上把她给绑架了。可是她发现她居然还是不自觉地跟在女孩身后，好像她们中间浮动着一块隐形的磁铁。她一边跟在后面一边设想着可能出现的最糟糕的情况，她和女孩无冤无仇，甚至还送了女孩一件衣服，最多女孩真的有什么同伙把她给绑架了，她身上又没带多少现金，那他们就要让她供出一个来解救她的人。在这个城市里，她唯一可以供出的名字就是赵同。她跟在女孩的后面，恍惚觉得自己正朝着一个人质的方向走去。它立在那里，像月光下一套可怖的银色盔甲，谁穿上它谁就变成了暗夜中的人质。想到这里她打了个寒战，她忽然明白自己敢跟着这女孩来到这郊区的真正原因了。

她平生第一次发现，原来，人渴望危险时产生的快感并不亚于渴望快乐时产生的。这个渴望危险到来的过程就像是把刀锋埋进自己身体里，再拔出来演示给别人看，以作为一种惩罚。这样想着，她竟对未知的危险暗自生出了几分向往。

穿过那个破败的工厂院子，忽然眼前出现了一排巨大的白杨树，粗壮无比的树干上长满了大大小小苍老的眼睛，好像工厂废弃工人们下岗之后，这些无人搭理的树便靠日日夜夜的疯狂生长来打发无边无际的时光。树上所有的眼睛正无声地盯着这两个外来的女人，李成静又迟疑地站住了，小秦指着树荫里隐隐露出的一角灰色楼房说，姐，就在后面，到了。

这藏在杨树后面破败的楼房看上去灰头土脸的，也无人修缮，好像在这里隐居很多年了。两个人一直爬到了六楼，一室一厅的狭窄房间，屋里的摆设简陋异常，两把人造革的旧折椅，几只小板凳，暗红色的圆桌，布沙发破了，吐出了里面肮脏的海绵，掉了漆的平面柜。因为窗外有大白杨的缘故，屋里的光线有些昏暗，再加上这些古老的家具，一走进这房间竟有一种走进时间深处的感觉，阴森森的。屋里静悄悄地空无一人，像是这房间在这里等候她们已久了。

李成静打量着周围问，这就是你家？怎么住在这么偏僻的地方？那你父母以前应该是这厂里的工人吧。

小秦嘴里含混地嘟囔了一句什么，走到阁楼的门前把那扇木门锁上了，然后又马上换了一种轻快的语调，姐，我这就给你换床单被罩啊。你等着，我马上就换。她从柜子里取出一套折叠起来的床单被罩给李成静看，她用旅店里的老板娘才有的口气说，这可是新的，姐，给你用。你就睡里屋的大床，平时我父母睡。我睡外面的沙发床。李成静狐疑地问，那你父母呢？他们都不在家？小秦已经快步走到了里间，声音还滞留在客厅里，他们这几天出门去了，不在家里。

你父母原来都是这钢厂的工人？

嗯……

是不是后来都下岗了？

嗯……

是在九十年代末吗？

嗯……

那他们下岗后靠什么生活？

嗯……什么都做过。

她并不抬头和李成静说话，似乎对这个话题没有太大兴趣，看上去只是在聚精会神地换床单。那床单好像浩瀚无边，居然半天也换不完。

李成静在狭窄的屋里慢慢走了一圈，厨房窄得只能放下一个人，洗手间的水龙头坏了，在漏水，上面绑了一块毛巾，毛巾吸饱了水，使这水龙头看起来像一只兽的脑袋。通往阁楼的一扇油漆斑驳的小木门紧紧闭着，刚才已经被小秦从外面锁住了。她忽然有些懊悔为什么要跟着这女孩来到这么破的地方。对新环境最初的紧张感消失之后，赵同再一次杀了回来。她想到她现在其实离他很近，她想到无论如何这个男人曾经离她很近很近，几乎是她的亲人。活在这世上，每个人都只有那么几个亲人。可是现在，他一定要把自己从她的世界里彻底抽走，消灭，蒸发。

她盯着那扇出去的门，她心里那个深不见底的地方在流泪，也许，也许她应该冲出去找他，然后不顾尊严地去告诉他，她还爱他。可是一想到他此时可能正和另一个女人幽会，接吻，做爱，她便又对着那扇门连连冷笑起来。

里间的小秦看到她站在门口，忽然便一步从里屋蹿出来，挡在了她面前。李成静吓了一跳，连着往后退了两步。小秦紧张地护着那扇门，嘴里说，姐，你要去哪里？

不去哪里……

快中午了，我给你做饭吃好不好？你想吃什么？

……

姐，你刚才想和我聊什么来着？对了，你问我我父亲都做过什么，是吧？他做过很多很多工作，几乎什么都做过。我给你讲啊，我记得有一年他借了钱要在村边开养鸡场。为了让鸡多下蛋，鸡舍里的灯泡二十四小时都亮着，这样鸡就以为永远是白天，就不会睡觉，就没日没夜地吃饲料和下蛋。可是这样它们半夜也得吃几次饲料，我父亲一个人就住在鸡场，半夜要起来喂好几次鸡。你是不知道，鸡养在一起最怕的是受伤，只要有一只鸡受伤流血了，其他鸡就会一拥而上啄它，啄瞎它的眼睛，直到把它啄死。鸡场里还有很多老鼠偷吃鸡蛋，我父亲就养了一只黑猫，那只猫除了嘴巴是白色的，其他地方都是黑色的。它在鸡场里只吃过两样东西，就是打碎的鸡蛋和老鼠。靠着这两样食物它长得好大好强壮，浑身的毛都发着油光，看起来就像一只骄傲的豹子。我父亲特别喜欢这只猫，它半夜回来就钻进他的被窝里。后来，后来有一天晚上，它忽然跑到我父亲面前叫了几声，就转身出去了。直到几天后我父亲才发现它已经悄悄死在了一个角落里了。它可能吃了老鼠药……猫知道自己要死的时候，就会把自己藏起来，不让人看到它……那天晚上，它围着我父亲叫了几声，原来是在和他道别。

再后来呢？

再后来鸡场传染了鸡瘟，我父亲养的那些鸡几天之内就全死光了。听到哪里发了鸡瘟，那些收购死鸡的人就都赶了过来，用一点点钱把死鸡收走，再卖给饭店啊食品厂啊什么的。所以，这么多年里我们家的人从来不吃鸡肉。

养鸡是在乡下吧，那你们后来怎么又住到这钢厂了？

小秦的身体还堵着那扇门，她小心翼翼地观察着李成静的表情，看她不像要走的样子，这才放松下来。她一旦放松下来，整个人便像一堆苍白滞重的肉摊在了门口，她呆呆站着，再一次听不到李成静正在说什么。

李成静叹了口气，离开门口，坐到了椅子上。今天对她来说，是一个难熬的日子，她一个人撑不下去，她需要有人不停和她说话，不管这个人是谁，只要能不停地和她说话就能暂时把赵同的魂魄驱赶开。小秦见她坐到椅子上了，这才离开那扇门，声音又比刚才欢快了些。她拉开一台旧冰箱的门，张望着里面问李成静，姐，你今天想吃什么？想吃什么我都会做，我很小就会做饭了……姐，今天是小年……我们吃饺子好不好？

你打算包饺子？

话音刚落，她便看见小秦怀抱着一大包冻饺子站在了她面前。小秦说，这是我母亲提前给我包好的，她出门前给我冻在了冰箱里。

冰箱的门还没来得及合上，李成静悄悄往里瞟了一眼，空荡荡的冰箱像一口山洞，里面什么都没有。她便说，好啊，那就吃饺子。

肥白的饺子盛了满满一盘，两人围坐在圆桌旁边，小秦不停地给她夹饺子，姐，你多吃点。她的语气殷勤中带着点羞愧，大约是为她早就知道这顿午餐将是冻饺子而羞愧。但李成静觉得享受，现在她需要别人对她的羞愧。这点羞愧让她在吃饺子时都有了一种微醺的感觉。她像个醉酒的人一样忍不住又想落泪，她感觉整个世界此刻都欠了她，现在她对他人的愧疚是如此饥渴。

小秦，你觉得结婚这件事重要吗？

当然重要了。不过我到现在连一次恋爱都没谈过。没有哪个男人会和我谈恋爱的。

看你说的……你说一个男人为什么情愿和一个情人在一起都不愿和自己的女友结婚？

轻松吧。现在的人都想图个轻松。

你觉得孤独是不是最可怕的？

不是。

那是什么？

……

你说他以后生了病怎么办？谁去照顾他？

快吃饺子吧。

你觉得他像不像一个傻瓜？

像。

最后他的情人一定会抛弃他，因为人最后都会回归家庭的，你信不信？

信。

他生病的时候都没人照顾他，当他病得像一条狗的时候都没有人管他。我要等着看他住进敬老院，坐在轮椅上和敬老院的那些老头老太太们一字排开地晒太阳。

嗯。

可是……你真的觉得人必须结婚吗？

再吃几个饺子吧。

……和我说说话好吗？你觉得人最害怕的到底是什么？

　　……

　　饺子吃光了，小秦一边在厨房里刷碗，一边大声地和厨房外面的李成静说着话。姐，你觉得我家的饺子好吃不？我在广东那边最想念的就是我母亲包的羊肉胡萝卜饺子，我在那边想吃的时候怎么找也找不到。所以不管我什么时候回家，我母亲就只给我做饺子吃，她总是提前就包好了，然后冻在冰箱里等我回来，这样我一回来就能吃到。

　　冬日里午后的阳光透过白杨树的枝枒，雪团一样软绵绵地砸在玻璃上。屋子里幽暗的光线中兀自流转着一种迟钝与煦暖，李成静独自坐在圆桌旁边不禁有些昏昏欲睡，但厨房里的小秦一直在和她大声说话，她打了个盹儿，忽然就被惊醒了。

　　她觉得哪里不对劲，好像是有一种很阴森的东西忽然把她叫醒了，她坐在那里又想了想，忽然明白了，是小秦说话的声音。狭小的客厅离厨房一共也没有几步，小秦却在厨房里用一种奇怪的大声和外面的她不停说话。就好像是，狭窄的厨房里挤满了看不见的人，而只有小秦看到了，她是为了把这些看不见的人赶出去，才故意这样大声和她说话。

　　她心里某个地方忽然打了个激灵，她盯着那扇出去的门看了几秒钟，然后悄悄站起来向那扇门走去。厨房里的声音又一路追了出来，姐，你是不是累了？你要不要先睡会儿？姐，你到里面的床上睡吧。这时李成静已经站在了那扇门前，她无声地把一只手放在门把手上一扭，不动，再扭，还是不动。门从里面被反锁了。

　　厨房里的小秦还在不停地大声说话，姐，你睡着了吗？睡的时候把被子盖上，不然会感冒的。半天没有人回应。她猛一回头，忽然发现李成静就站在她身后，她吓了一跳，手里的盘子差点砸到地上。李成静冷冷盯着她的眼睛往里看，为什么要把门反锁上？她听到自己声音里散发着一种生铁的气息，与此同时她的目光飞快地打量着局促的厨房，然后她看到一把旧菜刀正摆在案板上。她觉得自己的目光里也全是生铁气，以至于在碰到菜刀的一瞬间都有一种金属撞击的铁腥气。铁腥气在屋子里缓缓流动着，酸而冷。

　　小秦并不放下那只盘子，她把那盘子像枚月亮一般扣在自己腹前，好像这样就可以让她们之间多一重障碍。她脸上没有太多表情，声音里忽然就没有了刚才佯装出来的响亮，她只说，你想多了，我们家的人都是一回来就把门反锁上，习惯了。

李成静倚着门纹丝不动地盯着她，习惯？你们家人为什么会有这么奇怪的习惯？

她手里摸着那只盘子，目光四处乱躲，语气却越来越冷，这是郊区，这里治安不好，随手反锁门更安全些有什么不好吗？

李成静觉得她此刻必须愤怒了，这女孩把她锁在屋里，居然还敢这样反问她。她死死盯住小秦说，你以为你把门反锁了我就出不去了？

这里是郊区，你出去了连车都打不到。

李成静冷笑起来，这女孩居然开始威胁她了，冷笑的同时又忽然感到了自己笑声里的虚弱。如果这女孩真的有什么同伙，她今天怕是真要插翅难逃了。但她听到自己声音外面的那层壳仍然是硬的，连车都打不到？你什么意思？这是要绑架我吗？说完这句话她自己都吓了一跳，她忽然想到自己今天为什么会跟着这女孩来到她家里。其实她真正不可告人的目的，就是冲着这个危险来的。而现在，这个危险真的要从瓶子里被放出来了吗？她感到了恐惧，与此同时却又感到了一种嗜血般的渴望，生怕它被放出来，却更怕它不被放出来。

小秦站在那里，两只手死死抓着那只盘子，好像只要一松手盘子就会自己跑掉。她的目光四处乱撞，唯独不看对面的李成静，她的声音听起来已经带着哭腔，你真要走也没人能拦住你。

李成静心里哆嗦了一下，声音却还是像铁器一样追打过去，那把钥匙给我。

……

给我。

……

你信不信我会报警。

她说出这句话的时候，整张脸向上仰起，用鼻孔对准了对面的人，甚至连她自己都感觉到了鼻孔中正喷出的热气。她心里对自己大声喊道，不要这样，不要这样。这时只听站在对面的人用近于哭泣的声音喊了一句，就在我挂起来的羽绒服的口袋里，你自己去拿吧。

这样的声音让她又一阵难过，但同时却像别人露出的伤口一样加倍激起了她嗜血的快感，她在那一瞬间里终究还是看到了自己面目狰狞的一面。这狰狞让她痛苦，但她还是坚持向挂在衣架上的那件红色羽绒服走去，钥匙果然在口袋里。她打开门，拎起自己的手提包就往出走，她的背后悄无声息，她站在门口终于还是忍不住回头看了一眼。小秦就站在她背后，她站在那里没有任何要上来阻拦李成静的意思，她的眼泪已经淌了一脸，嘴里却没有发出一点声音。

李成静跨出那扇门，往前走了几步，开始下楼梯。她忍不住又回头看了一眼，门还开着，女孩还一动不动地站在那里，她上身穿着一件起了球的黑色毛衣，一条紧绷绷的牛仔裤勾勒出她短粗的大腿，满脸的泪水使她看起来丑陋异常。她站在那里还是不肯发出任何一点声音，只是用两只空荡荡的眼睛直勾勾地看着李成静。李成静试图迈下一级台阶，那眼睛跟着她，她又往下走了几级台阶，女孩已经看不见了，那两只眼睛却还是湿漉漉直勾勾地黏在她背上。她注意辨别着楼上传来的声音，但是没有任何声音，一点声音都没有。她甚至怀疑只要她现在回过头去，顶层那间破旧的房子连同里面的女孩已经一起消散了，只留下一缕薄薄的山间晨雾。

她已经拐了弯往下走，却觉得那两只眼睛还是一路追着她，像两只狗的舌头一样正拼命舔着她的手，她的背。她拼命想甩掉它们，可是不行，它们绊在她的脚步里，咬着她的衣角。楼道两边的房门看起来已经久无人住，有的挂满蛛网，蹲在门口的大白菜状如干尸。走到三层楼的时候，她站住了，从楼道的窗口看着外面。窗户上的玻璃早没了，在西北风里像一道伤口。她从这窗口静静看着外面的白杨，白杨后面是破败的工厂，工厂后面是低矮的平房。这是一块奇怪的三岔口，城市、农村和破败的工厂在这里交汇，形成了一片干涸的浅滩，又繁衍出了这浅滩里特有的生物链。在来的路上她就看明白了，那些住在平房里的多是些外来的打工者和低级的妓女，还有可能里面藏着杀人犯、劫匪、赌徒，被人群抛弃的艾滋病人，还可能藏着这个钢厂没有活路的下岗工人们。他们租不起市里的房子，便自然而然地汇聚于此，租那些廉价的平房，就像这世界上所有的河流终会相遇，相遇成人间之外的另一重人间。

在这个世界上有人在思考婚姻究竟是不是在反人类的同时，正有人花二十块钱花五分钟刚从低等妓女的身上爬起来。然后妓女对他说，快穿起你的裤子，下一个马上就进来了。

> 花儿可以有一万种颜色，
> 每一种都来自污泥。
> 任何一个冬天和任何一个夏天一样，
> 其实都不过是，
> 你栖身的土壤。

她就那么在窗口久久站着，像是在等着那楼上的女孩终究会追下来拦住她，就像她的两只眼睛一样。但是，她再听不到楼上有任何动静。只有西北风刮得整座楼都在摇晃。

最后，一咬牙一跺脚，她开始往上返。

五

顶层的门还开着，门里的人还以那个姿势站在那里。她看起来像座石像一样立在那里，脸色灰白，没有眼泪，也没有任何表情。

李成静进了门反手把门关上了，然后看着呆呆立在那里的石像说，你说我是不是好人？

……

我把那么贵的衣服都送你了，你反锁了我，我还要回来找你，你说我是不是好人？

……

有时候我一个人住在外面也会觉得害怕，然后我就对自己连说三遍，长这么大你做过坏事没？如果没有那你怕什么？我就是这世上一个最普通的好人，我永远不会去做坏事，所以你要是敢绑架我，你家三代之内肯定都没有好报，你信不信？

……

我就回来看看你能把我怎么样。

……

　　小秦一动不动地看着她，也没有说话，就只是静静地流泪。李成静感到自己的眼泪也要掉下来了，怕被对面的女孩看见了，连忙假装翻自己手里的提包，翻了没两下，一大滴泪还是吧嗒一声掉进了包里。

　　李成静坐在沙发上，客厅里那台破电视被打开了，两三个穿着古装的人正在里面走来走去。小秦出出进进地忙着给她倒水，又给她找吃的，最后找出了一包看起来年代久远的花生。小秦有些羞愧地说，姐，家里找不出别的吃的了，我给你剥花生吃吧。这花生还是能吃的，就是不那么脆了。说着她把花生一粒一粒地剥开了，把粉色的花生米一字排开摆在桌子上，又从里面挑出品相端正的，像贡品一样摆到了李成静面前。

　　李成静端坐在那里感觉自己正坐在一个新鲜的祭台上，不无得意，更多的却是如坐针毡。眼前趴在桌子上挑花生米的小秦让她觉得就像一只猫为了讨好自己的主人，正把自己最好吃的东西，那些捕到的老鼠一一上供给她。她畏惧地看着那堆越堆越高的花生，说，不要剥了，我不喜欢吃花生，真的。

　　小秦抬起那张圆脸惊慌地看着她，姐，那你想吃什么？你觉得什么有意思？你会打牌吗？要不，你会打麻将不？两个人也没法打麻将……对了，姐，我给你跳段肚皮舞吧，我在广州的时候专门花了几百块钱学过肚皮舞，听说肚皮舞能让女人身材变得特别顺溜。姐，你有没有发现我下身太胖。上身还好，就是腿太粗了，屁股又大，整个人长得像个梨。

　　说着她便忽然站起来，一下就把身上的黑毛衣脱了，露出了里面的一件红色的紧身小背心，李成静吓一跳，忙说，快穿上，要感冒了。小秦忙说，怎么会？不会，肯定不会的。她活动了一下筋骨然后开始冲着李成静扭腰送胯，她光着肩膀拼命扭动着肥胖的下半身，看起来像一只底座肥大的天鹅。她立在那里不像一个活的人，倒像一种随时准备把人击垮的全新存在。她一边卖力地扭动着屁股，一边偷偷瞟着李成静的表情，嘴里说，其实当初学的时候我就想好了，不能心疼那几百块钱的学费，学会了跳舞是好事啊，以后就是跳给自己家里人看也不错，省得买票看了，你说是不是？

　　她把屁股收回来准备再次送出去的时候，被李成静喝止住了。李成静坐在那里，脸色煞白，看起来比那跳舞的人还要疲惫。她说，坐下，和我说说话吧，说说话就行。

我怕你无聊。

说说话就行。

姐想说什么？

你从小就在这里长大的吗？

不是……去年才搬过来的。

去年？那之前你和你父母都住哪？

很多地方……搬过很多次家了。

为什么？

……

那你们为什么要搬到这么偏僻荒凉的地方来？

……

这楼老得已经快没人住了。你们住这里是不是因为这里房子便宜？

……嗯。

再和我聊聊你父亲吧，你说他做过很多事情，他还做过什么？

他什么都做过……不过后来的几年里就只做一件事情，就是不停地搬家……我母亲就跟着他不停地搬家，从一个地方搬到另一个地方，然后再搬，再搬。

为什么？

……后来我每次从广东回家，看到我母亲手里都拿着一本祷告书，一本很粗糙的油印小册子，专门教人如何祷告，慈爱的天父上帝，我们带着一颗欢喜快乐的心来到你的面前敬拜、感谢、赞美你的圣名，因为你恩待我们，眷顾我们，带领我们……使凡听见你说话的人起死复生，有病得医治，有忧伤得安慰，软弱得刚强，冷淡变火热，求主把我们每个人分别为圣，使恶者在这里无份、无权、无纪念……连我都能背下来了。你没有见过那本小册子，每一页每一页都被她翻破了翻烂了，然后每一页翻破的地方都用玻璃纸细细地粘好，一点一点粘好，就像个小学生的作业本一样。

……

她不会用电脑，不会用手机。我知道，她一个人的时候，害怕的时

125

候，不停搬家的时候，她就会时时刻刻把这本小册子带在身边，揣在怀里，她一遍一遍地背诵上面的那些话，一遍一遍地。上帝啊，我来到你面前实感不配，因我在你面前是个罪人，然而你不以我的罪受阻隔，不以我的恶待我，你以你那伟大牺牲的爱爱我，接纳我，抬举我，你一次一次地赦免我，宽恕我。

小秦的眼睛里已经蓄满了泪，却只是在那里蓄着，并不落下来。她用这两只浸泡在泪水中的眼睛看着李成静，使这两只眼睛看上去有一种黑白分明的寒意。李成静心里某个地方忽然就疼了一下，她想避开对方的眼睛，可那两只凛冽的眼睛还是毫不躲闪地看着她。显然小秦知道自己已经暂时占了上风。

那堆花生没有人再去剥了，它们温钝安静地挤成一团，挤在渐渐昏暗下来的光线里，仿佛一群背着壳在赶路的海底小生物。它们要在天黑前赶到自己的栖身之所，就像人类一样，要在天黑前守着自己的巢穴和烛光。

窗外已是黄昏，白杨树的枝杈正在变暗变斑驳变阴森，树干上的那些眼睛也在慢慢瞌睡下去。小秦看看桌上座钟显示的时间，忽然就站起来说，姐，该吃晚饭了，吃了晚饭好早点睡觉。李成静正要问需不需要出去买菜时，小秦又站到了那台冰箱前，她侧过半边脸看着李成静，似乎这样就可以尽量少和她对视。她扶着冰箱的门，犹豫了半天才说了一句，姐，晚上还吃饺子可以吗？

……还吃饺子？

我妈给我包了好几顿的饺子，都冻在冰箱里，可以连着吃好几顿呢。

楼下有卖菜的吗？我下去买点菜吧。

姐，就委屈你一下了，家里除了饺子也没有别的好吃的了。

为什么不下去买点菜呢？你不下去我下去。

……附近没有卖菜的。

没有卖菜的你们平时都吃什么？一年四季吃冻饺子？

姐，就委屈你了。

算了算了，就吃饺子吧。

又是中午那个白瓷盘子，又是满满一盘饺子。李成静吃了两个饺子，忽然感觉自己正在这房间里乘着某一种诡异的环形轨道缓缓行驶，所过之地之时都不过是一种循环。冰箱，饺子，门，都是循环。然后她更可怕地发现，就连她们的话题也如轨道上的火车，驶过几个交叉口之后，再次庄严地滑进车站。

你说人为什么要结婚？

嗯……要生小孩吧。

小孩就可以让人不害怕？

……

你说人活着到底在害怕什么？

姐……你是不是想说，你男朋友正在干吗？

和他的情人在一起约会。

你恨他不？

你说他们约会的时候会做什么？做爱？

……还是吃饺子吧。

你说他们现在是不是正在做爱？

小秦刘海下面的眼睛忽然就变硬了，她恨恨地说，这是人家的事，和你有什么关系？

李成静看着窗外，窗外的最后一缕天光落在她脸上，她的整张脸像蜡烛一样被点亮了，然后那疯狂的光亮倏忽而过，她坐在那里，开始渐渐暗淡下去。整个人散发着一种非人间的绝望。她慢慢向女孩转过脸去，满脸是泪，她说，我这辈子都不会告诉他，就算一辈子不结婚我也愿意和他在一起，我愿意不要婚姻。但我永远不会告诉他，这是对他的惩罚，也是对我自己的惩罚。

小秦坐在那里沉默半晌，说，不吃了吧？然后开始收拾盘子。这时候屋里的光线变得更昏暗了，小秦几下便洗完了盘子，她不安地看着窗外的夜色说，姐，天要黑了，你快去洗洗脸吧。说完她又从抽屉里找出两根蜡烛，这里经常停电，说不来过会又停电了，停了电我们就只能睡觉了。今晚可是小年夜。

果然，大约快到八点钟的时候忽然停电了。李成静咕哝了一句，你们在这种地方居然也住得下去？这时候她在一团骤然降临的黑暗中忽然听到小秦发出了一种古怪尖厉的声音，姐，你在哪？

127

李成静看不到她人在哪里，只被这声音吓了一跳，一瞬间里的感觉是这声音不像是人嘴里发出来的，倒像是忽然从人的肉身里刺出来的某种恐怖的植物，就是在黑暗里，李成静也闻到了它身上的这种恐怖的气味。她忙说，我在这儿呢。小秦那边传来窸窸窣窣的声音，接着，火柴擦亮了，接着，蜡烛也亮了。

小秦就站在桌子后面，一只手抓着火柴，另一只手里擎着一只红色的蜡烛。她的整张脸是从烛光里浮出来的，在黑暗中看过去，就像一只浮动在黑暗中的人面气球。光和黑暗在她脸上筑起一座奇怪的建筑，在每一道光影的褶皱里李成静都看出这桌子后面的人正在害怕。最后她看到了小秦的眼睛，那两只细长的眼睛此时忽然变得很大很空，在烛光里，黑色的瞳孔像猫一样变成了一条线，一个尖利的点。这双眼睛正死死看着她。

李成静吓了一跳，说，小秦，你没事吧。

那个人还站在那里一动不动，手里瑟瑟擎着一只红烛。

她向小秦走过去，你怎么了？

小秦还站在那里，全身发着抖，她忽然说了一句，姐，你今晚就跟我在一起。

我不是就在这吗？两个大活人，有什么害怕的。

姐，你今晚不会走吧？

怎么会？都这么晚了，我去哪？……你父母也是，就把你一个人丢下不管，这破楼本来就没几个人住，又遇上停电，一个人还确实有点害怕。

姐，你跟着我一起去检查一下门锁好了没有。

门不是中午就已经被你反锁上了吗？你忘了？

小秦嘴里哦了一声，却还是擎着蜡烛慢慢向门口走去，她走得很慢，就好像那门口正藏着一个人，使她不敢走近，又必须走近看个究竟。她慢慢挪到门口，试了试门，确实反锁了。李成静说，这下放心了吧，停电了什么都不能做，我们就睡觉吧。

小秦嘴里说着好，却举着蜡烛站在那里不动，她把蜡烛举过头顶，紧张地四下里张望着，毛茸茸的烛光从她的头顶泻下，她看起来像一座立在黑暗中的青铜烛台，孤独而锈迹斑斑的烛台。周围的家具拖着巨大的影子，无声地蛰伏在黑暗之中，正悄悄地打量着她们。小秦忽然拉住了李成静的一只手，那只手像蛇一样冰凉。她一只手死死拉着李成静，另一只手举着蜡烛慢慢在屋里走了一圈，当走到柜子边、门后的时候，她便用蜡烛仔细照一照后面的阴影，好像每件家具每扇门的后面都可能藏着一个看不见脸的人，好像这房间里的每一团阴影里都可能藏着什么。李成静的那只手被她牢牢抓着，看她举着蜡烛找东西的样子，李成静背上不禁有种阴森森的感觉。她说，你在找什么？

没什么……就是检查一下。

检查有没有人藏着？你不说你父母都不在吗？那屋里除了我们俩还能有谁？

是啊，还能有谁？

那你怎么还在找？

我就是检查一遍，就一遍，检查完我们就睡觉。

门窗早就锁好了，还有什么人能进来？

我怕他们白天就藏好了，晚上才出来。

你别吓我，你说什么呢？

李成静背上出了一层冷汗，仿佛也觉得周围的阴影里正立着一圈密密匝匝的人影看着她们。她们举着蜡烛，拖着自己长长的影子把所有的地方都检查了一遍，包括卫生间和厨房。可是除了大团大团的阴影，什么都没有找到。最后李成静说，这下可以睡觉了吧，你说我睡里面你睡沙发？

她走到卧室门口的时候回头看了一眼，小秦还举着蜡烛站在那里不动，她那张看不出表情的脸正浮在烛光之上，姐，让我和你睡一起吧，我害怕。李成静犹豫了一下才说，那好吧，反正也就将就一晚上。

小秦把蜡烛蹲在了床头的桌子上，那只蜡烛已经剩下一小截了，灯芯变老，蜡烛在哗哗流泪。小秦伸出一只手指去拨弄灯芯，手指伸进烛火里也没有立刻抽回来，好像她根本没有感觉到烛火的烫手。李成静说，把蜡烛吹灭，我们睡觉吧。小秦没有吹那蜡烛，只说，它自己着一会就灭了。

两个人在一条被子里躺下了，身体上的偶尔接触让李成静浑身不自在，她往一边让了让，在两个人中间空出一条通道来。最后的烛光无声地跳跃在墙壁上、天花板上，像很多魂魄拥抱在一起取暖。然后，烛光渐渐黯淡下去。最后，烛光终于熄灭了。

小秦又往李成静那边靠了靠，李成静又往一边躲了躲，两个人都没说话。两个人就这么一动不动地躺着，像是过了很久很久，以至于李成静怀疑这身边的女孩已经睡着了的时候，窗外开始有人放烟花，缤纷的烟花飞进夜空炸开，整间屋子瞬间被照亮了。就是在这一瞬间里，李成静忽然发现躺在身边的女孩正一动不动地盯着天花板，眼睛却睁得大大的。她吓了一跳，问了一句，你还没睡着？

嗯。

我也睡不着，那就聊聊天吧。

嗯。

今夜是小年夜，这边放鞭炮的人可真少。

嗯。

又快过年了，时间过得真快，不觉一年。

嗯。

你说……我男朋友现在在干什么？

……你想让他干什么？

和那女人在一起做爱？你说偷情是不是确实更符合人性？我一遍一遍地在脑子里想他们做爱的情形时我难过得快死了，我恨不得把他们杀掉，可是我还是要去想，就像上瘾了一样停不下来……你说他和这女人做爱的时候会想起我吗？

……不知道。

你觉不觉得他其实很可笑？他居然以为他拥有几个哲学概念就是自由的。他居然以为人是可以自由的。他其实就适合活在他的课堂里，以他那种隐秘的方式活着，他根本就不适合活在人群里。可我还是爱他，我想起当年经常去旁听他的哲学课，那感觉就像基督徒来到教堂。人要活下去总得真心信点什么，你说是吗？

她甚至已经不再需要听众，只是需要不停往下说，只有在这个不停往下说的过程中她才觉得舒服了一点安全了一点。

这时，躺在身边的小秦忽然在黑暗中昂起了头，像一条警觉的蛇。她竖起耳朵，像在黑暗中捕捉着什么动静，听了半天，忽然用一种压低的声音悄悄问李成静，姐，你有没有听到有人在敲门？

李成静在黑暗中屏息听了听，屋子里除了那只老式座钟的滴答声，再没有了别的声音。她狐疑地看着这个身边的人，这个人的面孔已经融化在黑暗中了，只留下两束目光单独地可怖地走来走去。她说，什么声音都没有。你怎么一晚上都疑神疑鬼的。

姐，真没有？

那双眼睛忽然在黑暗中变大变清澈，变得像两个湖泊。她知道对面的人在流泪，却忽然觉得很疲惫，她扭过脸去，说，真的什么都没有，睡着就好了。

姐，谢谢你今晚能来陪我，谢谢你。要是我活不过今晚了，你也千万不要骂我。

那双眼睛变得更大更晶莹了，李成静几乎一下从床上跳了起来，你胡说些什么，今夜可是小年夜，你快少讲这种不吉利的话。

姐，我真的怕我活不过今夜。

……你到底怎么了？

六

有时候我会恨我父亲，有时候又觉得他太可怜。我老家的那个村子多年以前地就被征得差不多了，剩下的地也很少有人会种麦子，因为辛辛苦苦种一年地也卖不了几百块钱，都交税了。农民们越来越觉得没有活路。我父亲属于那个村子里最早开始试着折腾活路的农民，那时候我还很小，他曾经蹬着一辆三轮车带着我和弟弟，去方圆几十里内的村庄集市上卖批发来的袜子；曾经在村口办过养鸡场；曾经在夏天贩卖过西瓜，晚上就和西瓜睡在一起，一斤西瓜只能挣两分钱；曾经贩卖过木料，给村里人盖房子用。后来，他认识了镇上信用社的一个人，通过贿赂那个人借到了信用社的一笔贷款，他用这笔贷款开办了一家小型铸铁厂，算是当年最早的农村企业，办这个厂子赚了些钱，他成了当年的农民企业家。我记得我家是全村最早接上电话的人家，我父亲当时还买了一辆二手吉普车，开着车在村子里出出进进。

……后来呢。

他为自己的农民企业家身份自豪，一心想办出更大的厂子赚更多的钱。他就买了几块地扩大厂子规模，把村子里的年轻男人们招进厂子当工人，给他们发工资，那时候他走在村里的时候，全村人当神一样看着他。可是这种好光景只持续了几年，几年之后，这种设备简陋技术含量不高的农村企业就纷纷倒闭。铸出来的零件因为不够精细，逐渐失去了订单，全部积压下来生锈，变成废铁。当时我们村子附近开铁厂开砸的还不少，不止是我父亲一个人，多数人开砸了也就认命了，大不了再回去种地。可是我父亲就是不认命，他坚定地认为自己可以东山再起。

……

信用社的贷款因为还不清成了死账，再贷款出来是不可能了。他就问亲戚朋友们借钱，几乎把所有的亲戚都借了一遍，给每家打了欠条，按了手印。最后实在借不出来了，可他还是不认命，他觉得自己迟早能翻身。他完全变成了一个赌徒，坚信自己一定能把所有丢进去的钱赢回来。后来，因为有个中间熟人的牵引和担保，又因为他曾经办过三个最成功的铸铁厂的名声和厂里保留下来的设备，他融资到了一百万的高利贷，因为承诺的利息很高，邻村包括县城里的一些人把自己攒了一辈子的积蓄做投资想多赚点利息，有的是养老钱，有的是准备给儿子娶老婆的钱……

后来……

不错，一百万打了水漂。我后来才知道，那时候整个时代都已经在淘汰农村企业了，只有我父亲不认命。在最后的阶段，整个厂子里只剩下了他一个人，他日日夜夜住在厂里，靠我母亲给他送饭。他一个人还要每天检查机器，测量模型的尺寸，还要搬生铁开炉。他已经成了一个艺术家，而不再是一个农民企业家。就是这样，厂子最后还是彻底倒闭了。厂子里的设备和废铁全部被搬空，而高利贷的利息每天都在长，一年以后已经远远不止一百万了。就在那一年，我四岁的弟弟被人绑票，因为我父亲拿不出钱，我弟弟……就那样没了。

……

为了躲债，我父亲带着我和母亲离开老家，四处躲避，我们一年一年不停地搬家，每次都找那种最偏僻最破旧的地方住，就是为了不让追债的人找到我们。可是无论我们躲在哪里，每年小年夜的晚上，都会有人找上门来追债，因为过了小年夜，就进正月了，欠债的要还债。这十多年的时间里我父亲先后被追债的人们剁掉了两根指头，被刺瞎了一只眼睛，还有一只腿被打骨折后就瘸了。他们没有杀了他，是因为还幻想着有一天能要回自己的钱。我父亲残疾后就再没有了任何挣钱的想法，就只是一天一天地活着，活一天就是一天，可他还是要活着。他不再是企业家，也不再是艺术家，就单单成了一个为活着而活着的人。有时候我甚至希望他早点死了，那些人也许就会放过我和我母亲了，但我母亲说不可能，父亲欠的债，儿女也要还的。可有时候我又觉得我如此爱他，如此可怜他，以至于我经常因为梦到没有了父亲而哭醒。所以我想为他准备一件过年的礼物，让他过好这个年。每个年对他来说都可能是最后一个。

……你送他礼物是应该的。

这些年里，开始是我母亲出去给人帮工挣点小钱养活我们，后来是我十六岁就开始到广东打工，每月给他们寄钱养活他们。最近两年我总是在小年夜前就赶回家里，我让我父母躲出去，我怕那些来讨债的人又找到他们，为难他们。

你为什么不和他们一起躲起来？

……总要留下一个人去面对的。

今夜就是小年夜。

……是。

两个人在黑暗中静静对视着，整个房间忽然变得很小，似乎周围所有的黑暗都有了重量，正带着超过自身体重的重力向她们压过来。然后，李成静听见了自己陌生异常的声音，也许他们今年不会来了，睡吧。

他们来了就会杀了我的，我知道。

不会，杀人是要偿命的。李成静听见自己忽然在黑暗中尖叫起来。

两个人又发着抖躺下了，她们蜷缩在一起，李成静听到自己的声音也在发抖，再给我讲讲你的母亲吧，我喜欢听，讲讲她那本书，你说里面全是祷告文，专门教人怎么向上帝祷告的书。

……是，专门教人祷告的书。你说人总要信点什么的，可是我不信，受了这么多年的苦，我信不起来。

给我讲讲吧。

姐。这时候，小秦在黑暗中无声地坐了起来，声音忽然变得异常平静。他们来了。

果然，那扇反锁的门外传来了几声敲门声，声音不大，却清晰无比。

她们两个人都没有动，只在黑暗中默默对视着。停顿了几秒钟之后，敲门声再次响起。敲得并不是那么急，仿佛敲门的人很有耐心似的，只是一下一下地敲。李成静感觉她们像被装进了一只铁皮鼓里，有人在外面敲鼓，这里面便装满了鼓声，鼓声在黑暗的神经里发酵，又比外面的鼓声凭空凶猛了十倍，一百倍，好像屋子里四处都是游弋的心脏，到处都是心脏跳动的声音。

你……去开门吗？

嗯。

你就不会不开吗？装里面没人。

他们过会会把门砸开。

为什么不报警？赶紧报警。

是我们欠了他们钱。

那他们会怎么样？

……

我今天真是倒霉，被你生生拉到这样一个地方来。你不说就让我陪你过一夜吗？

对不起。

他们会杀人吗？

……

他们会不会把我俩都杀了？

……

还是会剁掉我们的一只手？

……

你说，会还是不会？

……

可是我和你根本没有任何关系。没有。

对不起。对不起。

门外幽灵一样的敲门声一阵紧似一阵，仿佛长出了很多牙齿要咬碎这扇门。李成静开始感到头晕，开始觉得窒息，她本能地看着卧室里唯一的那扇窗户，她忽然意识到，刚才一瞬间里她竟想从那里跳下去逃走。这时候小秦开口了，声音冰凉冷静，你就在这屋里，不要动也不要说话，也千万不要开门，我告诉他们，家里只有我一个人。

你真要去开门？

小秦已经光着脚走到卧室门口了，她准确地找到了那扇门，像是不用点蜡烛也不用灯光就能把这屋里的每个角落看得一清二楚了。

你真的要去开门吗？

小秦已经走出卧室，然后把卧室的门掩上了。李成静连忙跳起来躲在门后，再从那道门缝里使劲辨别着外面的动静。靠着那扇门她听到自己牙齿发抖的声音。

敲门声戛然而止。一个男人苍老的声音和一片杂沓的手电筒的光柱扑了进来，她从那道门缝里使劲听着，你爸呢？

我爸不在家。

又躲出去了？去哪了？

不知道，我在外面打工今天才到家。

以为躲起来我们就找不到他了？

那你们找吧。

听你这口气还真是你老子养的。你们这坏了良心的全家，你知道你们借的都是什么钱？当年口口声声骗我们厂子能赚大钱，结果呢，那些钱都是我们一辈子攒下的一点血汗啊，有的是老人们的棺材钱，有的是准备给儿子婆媳妇用的，有的是要供孩子上大学用的，就这样全都给你们家搭进去了。你们还不了钱了就躲起来就装死，我就想问问，你们全家睡觉的时候会不会做噩梦？你们每天吃饭就能咽得下去？

我爸妈都不在，我也不知道他们去哪了。我也没钱，你们想怎么样就怎么样吧。

看来你是一定要给你老子出头了，以为我今晚不敢卸了你一条胳膊腿是不是？

我没有钱。你们随便吧。

李成静用手死死抓住门，简直连指甲都要镶嵌进去了，她把全身都趴

135

在那道门缝上听着外面。小秦的声音听起来冷静而迟钝，像用木头做成的，连一丝恐惧都听不出来了。她好像忽然之间就什么都不怕了，又好像她已经提前把自己的害怕用完了，用得连点底都不留。不唯是害怕，她好像连血液连心跳都没有了，她就像一具空荡荡的皮囊一样挂在这午夜。

你老子能把你一个人留在这也真是有种，他到底躲到哪去了？

我不知道。

那欠我们的钱呢？到底什么时候还？

我们没有钱。

能还多少是多少，快过年了，你老子不会一点钱都没准备下吧？

我只攒下这么多钱，你们都拿去吧。

这是几个钱？

三千块。

打发叫花子吧？连我们一路找你们的路费都不够。

那你们随便吧，想砍掉我的胳膊腿或者杀了我也随你们。我们已经连过年的钱都没有了。

她的声音已经不再是冷静，不再是平坦，甚至不再是悲伤，李成静感觉这声音像一盏孔明灯一样正在黑暗中慢慢飞起来，它不顾一切地，旁若无人地，歪歪扭扭天真烂漫地往上飞，然后飘在所有人的头顶之上，俯视着这要债的男人，也俯视着自己。她也许已经像个观众一样，准备好观看自己的那具皮囊像诡异的木偶一样，被摘掉胳膊、腿或者脖子。然后她的尸体躺在她苍白的断肢旁边，仿佛一双母女，没有人知道她躺在这里，也没有人会报警。所有的时间在残酷而安静地盛开，而她就这么静静地躺着，直到腐败，消散，无。

接着，李成静从门缝里看见两柱手电筒的光束像兵器一样在房间里来回乱劈，然后是两个男人的嗡嗡低语声，再然后是真正的兵器碰撞时溅出的冰凉酸冷的金属气味。她浑身打了个寒战，仿佛这金属气味只是一只守门的石狮，在它的后面，一道被闭着的门正被悄悄打开，更多的东西正在被放出来。

李成静悄悄把门缝拉大了些，她看到锋利杂芜的手电光里小秦正背对着她，她只能看到小秦一个黑黢黢的背影，但边缘清晰，像是被剪下来贴在那里的。小秦背对着她一动不动地站着，看起来有点倨傲，有点倔强，还有点无所畏惧之后的可怕平静。她能分辨出小秦短粗的双腿、油腻的头发，还有起球的黑毛衣。小秦站在那里像一个随时准备谢幕的小丑，像一件刀枪不入的笨重家具，像一个高傲的上帝，又像一种彻底失去了恐惧的可怕存在。

原来有人竟可以失去恐惧。

这失去了恐惧的人类看起来已经不再像人，更像上帝或者魔鬼。

她在门后做了个长长的深呼吸之后，忽然就推开门向着那堆交缠在一起的光和人走去。卧室里突然跳出来一个人，让两个男人都吓了一跳。他们用手电筒久久地打量着她，然后那个年轻的男人又扛着这条光柱把卧室里也扫视了一遍。他嘴里嘀咕着，操，连电都没有。年长的男人站在原地，手里拎着一把寒光闪闪的刀，指着李成静问，她是谁。小秦把脸向李成静转过来，姐，你不是已经睡着了吗？怎么又起来了？然后又转向那男人，她是我一个干姐姐，我家就我一个人，她是来陪我过夜的。

谁也没想到李成静忽然就顶着那道惨白的手电光，上前一步说，他们家真的没有钱，你们要不出钱的。你们就抓了我做人质吧。话音落地，其他三个人都愣住了，小秦忙说，姐，你进去睡觉吧，没你的事。两个男人又拿手电筒一遍一遍打量着李成静，似乎觉得其中有诈。

手电光在她脸上晃来晃去，像有很多只金光闪闪的脚正在她脸上踏来踏去，她甚至看不清另外三个人到底站在哪里，只知道他们的声音和呼吸就在她身边。她一开始觉得眼睛被晃得睁不开，觉得有无数把箭镞正向她射来，她站在那一片光的箭镞里疼痛着，死亡着，到后来忽然开始有了享受的感觉。她觉得此时的自己就像一个被钉在十字架上的耶稣，她迎着那手电光微笑起来。她听见自己的声音在这光束里明亮地流转，你们真的要不到钱的，不如你们把我绑架了，然后给这个人打电话，他是我男朋友，你们就对他说他女朋友被人绑架了，让他立刻拿着钱过来救她。

她说着举起了自己手里的手机，她的手里竟一直牢牢擎着一只手机。她指着手机屏幕上一个明灭可见的电话号码，对那两个男人说，就是这个号码，你们给他打，就说我被你们绑架了，我叫李成静，他叫赵同。两个男人看看手机，又看看她，都没有说话也没有动。

她举着那只手机就像举着自己身上一只血淋淋的器官，她说，你们快打呀。没有人动，她使劲对他们诡异地笑着，泪却哗得下来了，她语气急促，像是在发烧，浑身都在发抖，求求你们了，把我绑架了吧，你们把我捆起来，然后给他打电话，就说我被绑架了，让他拿着钱过来救我，他一定会来的。

那个年轻的男人在年老的男人耳边嘀咕了几句什么，然后对李成静说，那你自己打，就说你被绑架了，让他拿钱过来。李成静痛苦地摇着头，他看到我的电话都不会接的，你们给他打，多打几次他一定会接的，我了解他，现在他肯定还没有关机，他总是睡得很晚。

年轻男人用刀指了指小秦，拿你的手机打。小秦看看李成静，拿过自己的手机，拨出了那个电话。电话是通的，但没有人接。李成静的脸已经痛苦地抽搐成一团，她急切地命令着，你再打，再打，多打几次，他会接的，我知道，他还是个好人，他不是没有感情，他一定会来的。

果然，打到第六次的时候，赵同接起了电话，找哪位？

小秦把手机递给年轻男人，年轻男人和年老男人对视了一下，都没有接手机，仿佛手机是一堆正在燃烧的炭火。四个人包围着这只手机，只听见手机里的男人又用犹疑的声音问了一句，哪位？

大约是感觉这炭火马上要熄灭了，年轻男人一把抓过手机，大声对里面的男人说，你是赵同吧，你女朋友李成静被我们绑架了，快拿着钱过来救她。他的声音因为紧张和故作凶狠听起来有些滑稽，像是一个未上道的劫匪正在为想象中的抢劫做一次彩排，中间竟结巴了好几次。

他的话音还未落，电话里的男人已经咣当一声把电话挂了。嘟嘟的忙音像只诡异的红舞鞋一样从四个人的神经上跳来跳去。年轻男人拿着挂断的电话有些意犹未尽，似乎做劫匪的瘾才刚刚起了个头就被迫中断了。他重新用手电筒打量着李成静，似乎忽然对这女人的长相发生了兴趣，语气略带嘲讽，你说你男朋友肯定会来？是你说的吧？李成静感觉到自己的身体里裂开了无数的黑色小洞，每一个小洞都足以像血盆大口一样把她吞没，她迎着那手电光，冰冷地说，让我来和他说。

七

她用自己的手机打过去，赵同不接。她再打过去，他还是不接。她不敢朝另外三个人的脸上多看一眼，只用两只手紧紧抓着自己的手机，好像那手机是一只斑鸠，带着体温，随时会飞走。她越发用力地把那个号码掷进电话里，似乎越用力便可以更快地得到对方的回应。但电话尽头里的山洞仍然严丝合缝地关着，他不接电话。

她忽然抬起头，胡乱找到了小秦的那张脸，她其实并不敢确定那就是小秦的脸，她拼命对着那张脸解释着，他一定是现在很忙不方便接电话，你说是不是？小秦没有吭声，好像根本没听见。两个站着的男人在这冗长的剧情面前好像也有些疲乏了，年长的男人把手里的刀先放在了地上，拉过一把椅子坐了上去，开始以观众的身份观看着李成静。

她继续打了几次，赵同还是不接。年轻男人终于有些看不下去了，你就别打了吧。李成静迎着手电光抬起头来，脸上因为没有了血色而接近于透明，她对他们空空荡荡地笑了一下，好像在向他们致歉，然后又自言自语地辩解道，他肯定会接的，他只是以为我在开玩笑，他一定以为我在恶作剧。

三个或坐或站的观众都不去接她的话茬，她则继续孤单滑稽地一遍一遍地拨打那个电话，原先已经弥漫在房间里的血腥气忽然之间被一种戏谑的舞台剧气氛暂时代替了，但观众们显然正在失去耐心。就在这时，电话终于打通了，李成静站在一束手电光里，就好像舞台上投给她的追光灯，她倨傲地站在那里，捧着电话，两只眼睛蒙着一层闪闪发光的泪影，在那一瞬间里她近于炫耀地看着他们，他接电话了，他终于是接电话了。只听见电话里传出赵同疲惫的声音，你到底想干什么？

你听我说完，你一定不要挂电话。我被人绑架了，就在城西郊区的废弃钢厂宿舍，你快过来接我吧，我只想见到你。

大半夜的，你还有心思开这种玩笑。

是真的，真的真的真的真的真的。

不要再开这种玩笑考验我了，我们已经分手了，你自己好好过吧。就是为了你自己好，你也不应该再和我有联系，更不要再和我开这种不高明的玩笑了。

你怎么就知道我是在开玩笑？？？

李成静对着电话歇斯底里地大叫起来，三个观众都静静地看着她，没有人说话也没有人动。

要是没别的话要说，我就挂了。

李成静已经泪如雨下，她死死抱着那只电话，泪水一直流到了明灭可见的屏幕上。不要挂不要挂，求求你了不要挂掉，你听我说，我今晚很害怕，我真的很害怕，我从来没有这么害怕过，你过来接我吧，我只想和你在一起，你来接我吧，好不好？今晚我可能会死，可能会被人砍掉一只胳膊，我很害怕，你过来接我吧，算我求你了。

你是不是今晚喝酒了？今晚我要不是在等一个重要电话早就关机了，别胡闹了，快睡吧，睡一觉就好了。

等一个重要电话？李成静听见自己的鼻孔里发出长长一声鼻音，她流着泪冷笑起来，接着她听见了自己尖酸凛冽的声音，这么晚了还在等这么重要的电话，是等着和你那情人的约会吧。

你又来了，我说了，人都应该是自由的，你没有权力干涉我的自由。

李成静鼻孔里连连冷笑，在灯光里喷着雪白的霜气，自由？你觉得人是自由的？你真觉得每个人都是自由的？你信不信，你信不信我明天就把你偷情的事情告到你的学校，告到你校长那里，让你们全校师生都知道你的丑闻，你照样还可以自由是不是？？？

连三个观众都不忍再看下去了，年轻男人低头摆弄自己的手机，小秦开始认真揪自己毛衣上的线球，年长男人则两手抱肩，低头欣赏着自己放在地上的那把刀，显然刀刃是来之前刚开过的，雪亮雪亮。

李成静这时候好像忽然明白过来自己刚才说了什么，她在心里拼命地阻拦着自己，不不不……不要这样，不要这样，求求你不要这样丑陋，求你了。她痛苦地弓下腰，把自己扭成了一团抽搐的血红色的肉，她大颗大颗地滴着眼泪，对着电话无声地张开嘴又闭上，张口又闭上，却发不出一点声音。这时屋里所有的人都听见了电话里传出一声没有任何感情色彩的声音，……你真可怜。

然后便是苍白清冷永恒的忙音，这忙音像大雪一样在房间里翻飞着，旋转着，像是要把所有的人都静静覆盖掉，像是要把这房间埋葬为一片宁静的墓园。

李成静扔了手机，先是蹲在地上，然后整个人都摊在了地上，她对着地上那只已经没有了任何声音的手机失声痛哭，你怎么就能相信，你怎么就能相信我的话？你怎么就能相信我真的会去你的学校告发你？你就这么不了解我吗？为什么你一点都不了解我？为什么？我真的只是很害怕，我今晚真的很害怕很害怕，我只是想让你把我带走，真的，相信我，我只是想让你把我带走。只要你还在我身边，我就什么都不怕了……

年长的男人坐在椅子上终于说话了，姑娘，我看你还是算了吧。不要再打了。

李成静抬起脸来困惑地寻找着他的声音，两只手电筒不知什么时候都已经关掉了，房间重新掉入了黑暗，她看不清他们的脸，只能看到三个或坐或站的剪影静静地立在黑暗中。她已经不再管他们是谁，他们是谁已经不再重要，她对着他们伸出一只手去，仿佛那只手很干，很渴，很饿，你们觉得我是个坏人吗？你们是不是觉得我很像个坏人？我竟然去威胁他，恐吓他，我居然这么逼真地像个坏人，像个傻逼。你们真的把我绑架了吧，这是我应得的，你们把我带走吧，你们随便处置我吧，砍掉我一只胳膊或腿都可以。我必须让他相信今晚是真的，我必须让他相信我没有撒谎。

要真的把你绑架了，其实我们也不知道该怎么办，每天还得供你吃喝，还得怕警察抓我们。和你说句实话吧，这是我和我儿子第一次出来要债，因为今年轮到我们家了。因为秦建强当年欠的人家太多了，我们就每年轮流出来要债，不管要到要不到，这已经是我们这些人活着的一种寄托了，都习惯了。当年我们的钱全被套进去，这些年里我们缺吃少穿，不能盖房子，不能给三十岁的儿子娶媳妇，但一年又一年，总还能在心里给自己一点点念想，这个世界上有笔钱总归还是自己的，只是暂时不在自己身上罢了。也有的人心里扛不过这道坎，知道钱这辈子都要不回来了，几十年攒下的血汗钱就这样打水漂了，再也没有了活下去的盼头，就自杀了，上吊的、喝药的、跳河的。他们秦家离开村子后的这些年里，已经有五个老人先后自尽了……我们本来是被人欠了钱出来要债的，我们不过就是些本分的庄稼人想要回自己的钱，这一绑架你，我们就真成罪犯了，被警察四处通缉，钱要到要不到就先不说了，只是晚上怕连个安生觉也别再想睡了。

他又在黑暗中把脸转向小秦，今夜是小年夜了，我看你一个姑娘家独自扛着也不容易，你能还多少是多少，就当是打发我们父子回家的路费吧。要债的事就交给明年的人吧，我老了。

他又踢了踢躺在地上的那把刀子，说，别看这刀子磨得还像个样，都是准备好吓人的，我这辈子不是被逼到这个份儿上，连杀只狗都下不了手，何况是人。

小秦站在黑暗中始终没有动也没有说话，只是安静地薄薄地立在那里。

窗外爬起了一轮焦黄的残月，像窗花一样冰凉地贴在玻璃上。就着这一点微弱的月光，伏在地上的李成静看到扔在地上的那把刀正散发着幽冷的寒光。她与那把刀静静地对视了一会，然后，她忽然用一只手抓起那把刀，在黑暗中向自己的另一只胳膊砍去。

屋里的其他三个人同时听到了金属砍到骨头上发出的沉闷的钝响，然后就是鲜艳的血腥气。这血腥气蛰伏了一晚上，终究还是被人放出来了，弥漫在整个房间里。两只手电筒再次被打开，灯光慌乱地惊恐地在屋里乱撞，被收进光束里的人脸，眼睛，衣角，手，毛孔，伤口，鲜血，白骨，像一堆被剪辑在一起的凌乱的胶片，在这个深夜的月光里无声上映着。

小秦跌跌撞撞地跑开拿过来一条毛巾要替她把伤口扎上，李成静一把推开她的手，她扶着自己那只不停流血的肩膀，仰起脸对那三个人乞求着，你们快给我拍张照，给他发过去，一定要让他看到，让他知道我今晚没有骗他。我可以分手，我可以，我真的可以，但我不能让他以为我是个坏人，是个骗子，是个傻逼，以为我什么都不是。

八

父子俩下楼的脚步声渐渐远去，远去，直到最后彻底消失。小秦趴在门上一直听着他们的脚步声渐渐走远，最后彻底没有了，她才转过身来，像个刚刚睡醒过来的人一样迷茫地打量着周围，好像忽然不知道自己究竟身在何处，甚至连她看李成静的目光也是陌生的，困惑的。她无比疲惫地站在门口，一句话都没有说，就那么呆呆地站着。焦黄的月光从她脸上碾过，映出两行泪痕。

忽然她像想起了什么，跌跌撞撞地向那扇通往阁楼的门扑过去。那扇门上还挂着锁，她慌里慌张地找来钥匙，把门开了就往里冲。李成静拖着包扎起来的肩膀跟在她后面，有一道狭窄黑暗的楼梯通往上面的阁楼，没有灯光，两个人都脚步踉跄，薄薄的楼梯空空地发出回声。上了楼梯，就着月光李成静看到这上面是一间狭窄的陈旧的阁楼，屋顶是斜坡的，有一扇不大的窗户透着月光。这时候小秦已经把桌子上的一只蜡烛点着了，就着烛光，李成静看清楚这间很小的阁楼里只放着一张单人木床和一张木头桌子。桌子上除了蜡烛还放着两只空饭盒和两双筷子。木床上安静地睡着一个人，盖着被子，被子上还放着一本书。在地上还铺着一床褥子，褥子上有个人蜷着腿朝里睡着。在离地铺不远的地方摆着一只很大的红色塑料尿壶，里面的尿已经满了，散发着刺鼻的尿骚味。

　　睡在地上的人听见动静，便缓缓把头扭了过来，李成静看到，这是一张苍老的男人的脸，满头白发，他只用一只眼睛看着她们，他的另一只眼睛只剩下了一个阴森的黑洞。李成静往后退了一步，小秦则一步抢到了床前，她摇了摇床上睡着的人，妈，快醒醒，他们走了，快醒醒，你饿了没？我给你煮饺子去。

　　妈？……妈，妈，你醒醒啊，你怎么不说话？你怎么了？

　　睡在地上的独眼男人爬起了半个身子，用一只独眼看看李成静，又有些畏惧地看着小秦，他说，你妈昨天夜里说她忽然觉得很害怕，说她从来没有这么害怕过，我说也不是头一年这样了，让她忍忍。后来我们听见他们来了，她就不敢出声音了，我们吹了蜡烛就这么躺着，不敢出一点声音。她一晚上都把祷告书拿在手里，黑灯瞎火也看不见，就听见她嘴里一直在悄悄祷告，不停地祷告，我说，你不要有声音，不然人家就找到咱们了。她就用更低的声音祷告，祷告，再后来，慢慢就听不到她的声音了，我以为她睡着了……

　　妈……你看看我……

　　你看我一眼。

　　就看我一眼。

　　妈妈。

　　李成静始终没敢朝躺在床上的老妇人多看一眼。她只看到放在她身上的那本书已经滑到了地上，她一只手哆嗦着捡起了那本书。

这是一本粗糙的油印小册子，绿色的封皮，红色的花丛里画着一只大大的十字架。里面是各种祷文，"天父啊，求你做我坚固的磐石，做我的避难所，求你为我修平崎岖之路，让我深信你能拯救我脱离一切的患难，领我走出死荫的幽谷，使黑暗变光明，你是我的神，是我的救赎主。让我有信心，跨过横沟，到那流奶与蜜的蒙福之地。将荣耀归与你。"

几乎书里的每一页都被翻破了，然后，所有翻破的地方都细细地粘上了玻璃胶。它如此安静地躺在她手里，就像一本认真的小学生作业。

评鉴与感悟

自戕与施害并受害的现代人

《万兽之夜》中并没有兽，而只有人，以及由他们所组成的"世界"，所构建的"生活"。然而这人，却是"人而兽，兽而人"的人；这"世界"和"生活"，却是真实地当下着的，也是当下地真实着的，其所彰显的乃是"非兽而人"的种种，同样也是"非人而兽"的种种。读罢整个小说，依稀所看到的，是孙频在《万兽之夜》中试图努力描摹的那样一个"既是人，也是兽；既非人，亦非兽"的"亦人亦兽"的生活。用"异化"命名之，略显学究气；用"变形"概括之，又略显言不符实。我更想用"自戕与施害的受害者"来称呼他们，并以此来观察他们的生活和精神——那正是孙频想要讲述的故事，并且希望从中抽丝剥茧般地，发见人性的隐秘，探究时代的奥妙。

整篇小说的故事很简单，结构是典型的"双线型"，用了一个怪诞而略令人惊愕的相遇，捏合在了一起，互相映衬、说明，也互相纠缠、催发。李成静因分居两地而遭到男友的劈腿，为了挽救这一场已经被宣告寿终正寝的爱情，她远赴北方寒冷的城市，却恰好遇到了偷衣服的小秦。小秦的生活轨迹是被父亲书写的，因为倒腾着赚钱，批发袜子，办养鸡场，贩卖西瓜木柴，最后贷款办了一个铸铁厂。一再失败后，他仍旧不认命，又以高利贷之名非法集资，将村人们的养老金、娶妻钱等席卷一空，却最终颗粒无收。他为躲债而不停搬家，还召回女儿守家。李成静和小秦萍水相逢，却相跟着去其家住了一晚，却经历了人生的大"事件"——讨债人上门讨债。然而两个憨厚老实的讨债人，只不过是千千万万在"讨债"中存了念想的农民而已。他们没有想到绑架，然而李成静因为失败的爱情，宁愿"作假成真"，却被男友当成"胡闹"，她不惜挥刀砍伤自己的胳膊，以自戕的方式来宣誓"非假乃真"的事实。然而"被绑架"，到底是真的，还是假的？是假着的真，还是真着的假？真真假假，别说男友，就是李成静自己，也难以分清楚吧？故事的结局，讨债人看催债无望，只得离去。小秦冲上阁楼，床上睡着的母亲已经死去，那个基督教福音的小册子滑落在地；留下本来希望带领村人挣钱，却反而害了村人的残疾父亲——讨债人弄瞎了他的眼睛，砍伤了他的身体。

李成静的自戕，无疑宣誓了现代人"富足而奢靡的痛苦和不幸"，他们因爱情而多少显得有些"无故寻仇觅恨"的痴傻；同样地，李成静的自戕，也彰显了现代人"现实虚无感"和"无可救药的孤独"。他们越是摆脱虚无和孤独，越是落入虚无和孤独的深渊之中，难以自拔。小秦的父亲是施害者，然而也同样是受害者。让小秦的父亲综合了施害者和受害者的角色，孙频显然再一次把她的"狠劲儿"给展现了出来——到底谁是受害者，谁是施害者？那施害者所加诸于受害者的种种，不正是施害者本身所承受的种种吗？而这施害与受害的两面一体的逻辑，不恰好正是李成静的"自戕行为"吗？于是，自戕以施害者和受害者的双重角色，阐释了现代人的荒诞、悖谬与可怜可悲。因此，两条线索是"一而二，二而一"地存在，是现代人生活的硬币之两面。就这一点而言，孙频是在"用文学把当代永远地历史化"了。（谢尚发）

大　学

/杨小凡

1

敲开大门的那一刻，马六指心中暗喜：孙子的大学有指望了！

马热闹把马六指领进客厅，丽娜指指二楼，"他正在睡午觉呢。"

赵大嘴自去年从拘留所出来后，就落下睡午觉的毛病。那七天在拘留所一直没有合过眼，困到骨子里了，怎么补都补不过来。

马热闹知道这个时候打扰赵大嘴是不妥当的，但他实在是没有办法。一是，马六指到省城缠他几天了，再者，他觉得自己和马六指都是赵大嘴的发小，不看僧面看佛面，少睡一会天塌不下来，赵大嘴也不至于翻脸。

赵大嘴从二楼下来，见是马热闹和马六指，有些反感地说："你咋来了？"

马六指慌忙站起身，赔着笑，"兄弟，俺不该惊动你，可俺是没有办法呢。真有难处了。"

赵大嘴从茶几上拿起烟，并没有给马六指和马热闹，而是自己抽出一根，点上。烟雾在客厅里弥散着，空气显得更加凝固了。他叹口气，然后才开口说，"坐，坐吧。"

马热闹和马六指像得到大赦一样，半个屁股小心地坐在沙发边上。

赵大嘴又拿起烟，给他们都甩过去一支，看着马六指低声说，"先声明啊，要是再说让俺回家乡投资，就别开口，张开嘴你也合不上！"

赵大嘴担心，马六指是受镇里干部指派来找他的。

马六指舒展地向后挪了挪屁股，讨好地望着赵大嘴说："是俺家孙子的事。"

"啊，怎么了？"赵大嘴以为是孩子得了啥病。

这几年，村里人只要得大病都会来省城找他，让他给安排个医院或借点钱。

马六指叹着气，"我这孬种孙子，生就的讨饭命可非要穿龙袍。明明刚过大专线，死活要上本科。你说说，这不明摆着要逼死我！"

"大学又不是自家开的，说上啥就上啥？这熊孩子，也真是。"马热闹在旁边骂道。

马六指看了一眼马热闹，也气呼呼骂道："孩子就仗着我跟他赵爷这打小的交情，非逼我来求呢！"

"咱大嘴兄弟虽说能耐大，可大学不是他办的，他也得求人不是。"很显然，马热闹和马六指是合谋好的，唱双簧呢。

"大嘴兄弟在外面混的人多，乡亲们都觉着他通着天呢！"马六指有些讨好地望着赵大嘴。

"你当混人容易啊，得拿钱开路打冲锋，人才能跟在后面混！"马热闹吐了口烟说。

赵大嘴看看马六指，又看一眼马热闹，停一下，才开口，"六指哥，我赵某人哪能通天呢？只能找熟人帮孩子问问，但我可不敢打包票。"

马六指见赵大嘴开口，头点得像鸡叨米一样，"兄弟，有您这句话，我的心就放肚里了。俺相信没您办不成的事儿。那俺就回旅社等您话。"

"别，六指哥，"赵大嘴又吐口烟，接着说，"你还是回白家屯吧，成与不成我都电话告诉你。"

"喊，就这样没把没握地回去，儿媳妇还不把我骂死！还是等着吧。"马六指粘胶一样地粘上了赵大嘴。

赵大嘴还想说什么，马六指已经站起身，掏出一卷钱放在茶几上，"大兄弟，我先走了，这些钱就是一点心意。"

"你，你这可是打大嘴哥的脸？再说了，上大学这事，这点钱也办不成

147

啊!"马热闹弯腰把钱拿起来，塞进马六指的裤兜里。

赵大嘴生气地说："六指哥，你这是逼宫吗？我尽力就是了。"

马六指走后，赵大嘴两眼盯着马热闹，咬着牙说："热闹，我赵大嘴对你不薄吧？你这不是明明坑我吗？"

"我，我哪敢呢？"马热闹一脸的委屈。

"我真是瞎了眼，被你坑一次还觉得不过瘾，又把你带到城里给我帮忙。你这是帮的哪门子忙？我上辈子欠你了吧？"赵大嘴指着马热闹骂。

马热闹并不生气，而是一口一个哥地赔着不是，"哥，您消消气。您说我咋办？都是一个村长大的，而且是为孩子上学的事。他都缠我几天了，不带他来，他不回去啊！"

"啊，你有理了是吧？我赵大嘴有这能耐吗？刚过大专线就要上本科，我初中都没上完的人，有这个能耐吗？"赵大嘴怒气未消。

"哥，您就骂我吧，但您别生气。我知道您叫俺来公司帮忙，不就图咱哥俩说说话，生气的时候有个出气的地方吗？再说了，我寻思着您跟钱强这关系，兴许能成呢。"马热闹笑着脸说。

"唉，你叫我咋说你呢？你觉得我热脸碰冷屁股还少？咱不得求人吗？如今这世道，不求人，不花钱，连一泡尿都尿不顺溜！"赵大嘴掐灭了烟头。

话虽这么说，但事儿还得办。

凡事皆求人。现如今就是一个关系社会，无论大小事都要找熟人，托关系，这是正常得不能再正常的事了。

赵大嘴决定去找钱强，也只有去求他了。

钱强是江南医科大学的副校长，他分管附属医院。赵大嘴十几年前就开始给附属医院送药，那时，钱强还是附属医院的副院长。

赵大嘴与钱强的交情是很深的。这种深既有感情上的交往，更重要的是金钱上的往来。也正是这种关系，赵大嘴觉得他是可以求钱强的。

赵大嘴与钱强之间已经不需要客套，有话都是直截了当地说。

"强哥，我又得求您老。"赵大嘴刚一坐下来就开口。

"我办不成的事，你也不会作难我。说吧，要我办啥？"钱强微笑着说。

"我一个发小的孙子刚过大专线，可非要上咱这医科大学。"赵大嘴故作轻松地说。

钱强略一愣，有些为难地说："这个，这个还真不好办。现在都是电脑录取，不过分数线提不出档案呢！"

"我也知道这大学不是哥自家的，但在您校长手上总是有办法的。"赵大嘴讨好地说。

钱强点上一支烟，"你真是给我出难题了。省里一个大学因招生才查处一个校长，这风头上真不好办呢。"

听钱强这么一说，赵大嘴也不好意思起来，"那，那我不能让哥犯错误啊。不过，还有没有别的办法呢？"

钱强想了想，就看着赵大嘴笑了，"办法总是有的。比如，你能捐点钱设个奖学金，学校可以公开研究破格录取的。"

"啊，多少钱呢？"赵大嘴赶紧说。

钱强又笑一下，"一个学校级的奖学金，少说也得三五百万呀！"

"啊，这么多呢。"赵大嘴心里盘算一下，我总不能为马六指捐这么多钱吧，脸上就一凉。但他马上又笑着说，"就这一条道？不是条条大道通罗马吗？哥，您再想个招啊。"

钱强不说话了，一口一口地吐着烟。

赵大嘴知道，他又是在思考大事了。

过了三四分钟，钱强终于开口，"兄弟，哥想帮你干件大事！"

"大事？我这能耐，也就倒腾点中草药，能干啥大事？别出我的洋相。"赵大嘴笑着说。

钱强盯着赵大嘴，一字一句地说："在你们药都市办所独立学院！"

"独立学院？"赵大嘴没有听明白。

"是啊。大学教育市场化这么多年了，完全可以依托医科大学办一所药都中医学院。"钱强停一下，又接着说，"现在学校也想办分院，你们市长前几天还来学校请求去那里办分院，这不正是天赐的良机吗！"

赵大嘴真是丈二的金刚摸不着头脑。他觉得钱强今天有些奇怪，过去一直都是很实际的，现在怎么说话云天雾罩的。

"我一个初中没念完的人办大学，这也太不靠谱了吧！"赵大嘴苦笑道。

钱强哈哈大笑起来，"现如今的中国，就没有不靠谱的事儿，春秋大梦都可以成真。你呀，不仅可以办大学，而且可以赚大钱!"

"哥，您今天没喝醉吧，怎么说胡话了?"赵大嘴虽然以开玩笑的口气说着，但他心里却怦怦地跳。他知道，钱强从来没给他说过不靠谱的话。

"我还真有几天没喝了。走，喝几杯去!"钱强从高背椅上起身。

这场酒，赵大嘴没喝多，但他真的也是醉了，是心醉了。

钱强给他讲明白了：他可以与江南医科大学合资在药都市办一个独立学院，他不仅可以与医科大学分成学费，而且还能向药都市要一些商业开发用地用作房地产投资。这样一来，他就可以轻松地解决马六指孙子上本科的事，而且只要他愿意，他能把白家屯的孩子们都弄进大学。更让他心动的是，他可以轻松地跨入两个更赚钱的行业：教育和地产。

酒喝到一半，钱强就把其中的道道给赵大嘴讲清楚了。当然，钱强也承诺会在幕后帮他。

这是真的吗?赵大嘴还是不太相信，但他的心已经动了。

今晚，他才真切地认识到读书原来有这么多好处。书里真有黄金屋呢，自己如果像钱强一样有学问，肯定早就不是今天的赵大嘴了。

回来的路上，他不由自主地扯起嗓子，那久违多年的豫剧唱段，便脱口而出：

少小读书不用心，
不知书中有黄金；
早知那书中黄金贵，
偷得烛光啊啊啊我也要苦用心；
……

2

汽车已经发动，马六指还站在车门前，不肯上去。

他拉着马热闹的手，狐疑地说："兄弟，你可别跟大嘴一道日哄我啊!孩子重读一年可是一年的事，花钱不说，抱重孙子可都要耽误一年呢。"

马热闹扫一眼车站里乱哄哄的人群，不耐烦地说："六指哥，你就放

150

一百个心吧。明年大嘴的大学就招生了，给孙子说，等一年一准上本科！"

马六指的头摇得拨浪鼓一样，"嘁，他一个初中没上完的人能办大学，你说到阎王地府里，小鬼都不相信！"

"除了你自己，你还相信过谁啊？想当年，大嘴要说能成为亿万富翁，你信吗？我也不信。可现如今，我啥都信。这世道，只要敢想就没有办不成的事！走吧，走吧！"

马热闹把六指硬推进车门。

其实，赵大嘴开始说这事时，马热闹也不信。

大学是多神圣的东西啊，一个大字不识二百五的人说办就办了？你以为有点钱，脸朝上躺下，你就真能日天啊！马热闹不太相信赵大嘴的话，但他更怕赵大嘴上了大当。爬得高摔得狠呢，这要真是个当，那可够赵大嘴喝一壶的。

马热闹来到赵大嘴的办公室。

"热闹，有事啊？"赵大嘴正哼着小曲，抽着烟。

"哥，咱白家屯子老话说，山楂果子可从来都不是猪吃的。您千万别上了钱强那小子的当啊！"马热闹摸出一支烟。

赵大嘴笑着说，"热闹，哥在江湖上闯这些年，虽然没吃过龙肉，但也听过龙的传说。你就别动摇我的军心。这事，哥干定了！听说国外不少大学都是没文化的有钱人办起来的。咱又不去上课堂，这是投资！"

马热闹见赵大嘴已变成拉不回头的犟驴，便改口说，"谁说不是呢？办成大学也给咱白家屯子争个光。哥，学校办成了，您也给俺弄个保卫科长当当。"马热闹笑呵呵地讨着好。

赵大嘴哧地笑了，"你就这点出息。大学里看大门的，那叫保卫处长！"

"好嘞。那我马热闹是处长了啊，这不跟县长平级了吗？"说罢，两个人都大笑起来。

钱强把一份协议草案拿给赵大嘴时，赵大嘴有点儿不知所措。他翻都没翻一下，就推给了钱强。

"哥，你让我看这个，不是难为我吗？这样的事我怎么能明白呢？反正还是那句话，赔了是我的，赚了三七分！"赵大嘴笑着说。

钱强没有笑，而是严肃地说："兄弟，话可别这么说。赚大钱是一定的，只是我不敢答应你刚才的话。"

"咋了？"赵大嘴不解地问。

"如果答应了，说不定哪一天我钱强就被定为受贿即遂罪进去了！"钱强说。

"你说的啥罪？我赵大嘴跟你交往这么多年，你该信我啊。如果你不信兄弟，这事我一准不会干。我也干不了啊。"赵大嘴也认真起来。

钱强笑一下，然后说："你说给我，我只要答应了，即使我没拿你一分钱，哪天你招了，法院就可以认定这钱我是能随时拿的，就能给我定罪。"

"啊，还有这事儿？那，那就不说了。都在不言中！"赵大嘴压低声音。

钱强也没有再提这事，而是给赵大嘴解释起协议的内容。

他说：学校初步研究过了，校方以管理方身份占20%干股，你以现金投入80%，总股本两个亿；分红是这样的，每年学费六四分，你六学校四，其他利润按股权分。

赵大嘴没听太明白，但这事他还是必须要弄明白的。于是，他问钱强，"干股是不是就出个牌子，不真出钱？"

钱强笑了，"江南医科大学的牌子就是钱啊，不仅出牌子，还要派院长管理，组织老师上课。学校开始还要30%干股呢！"

"你不是说让我当院长吗？"赵大嘴听说派院长，心里打了鼓。

钱强笑了，"不派院长学校咋上课？你是名誉院长。"

赵大嘴停了一下说："那，那就派吧。"

钱强看着赵大嘴，又笑着说："不仅派，而且还要派俩。一个管事行政的，一个管教学的。"

赵大嘴对派人并不是真在意，他在意的是钱从哪里来。

他有些为难地说，"这个我明白了。不过啊，我有多少钱你该知道吧，五六千万有，一个多亿我可是偷都找不到地方！我哪来这么多钱呀？"

"嘿，这还是第一期投资呢，你不拿出三个亿，这学院是办不成的！"钱强笑着对赵大嘴说。

赵大嘴呼地站起身来，手拍着凸起的肚子说："哥，就我这百十来斤，卖了也换不出这么多钱。你这玩笑跟兄弟开大发了。"

钱强给赵大嘴讲了具体运作的路径：要转换思维，你只要跟学校签下了，药都市就会无偿给你提供办大学的土地，同时还可能免费拿到上百亩的配套用地。地可生金呀，有了地，你就可以找银行贷款，就可以找建筑商垫资，学校很快就会拔地而起。学校起来了，仪器呀，设备啊，统统的一切都会找上门来给你供货。咱这干的是四两拨千斤的事。没听说过吗？给个杠杆就能把地球撬起来。

"啊，钱原来可以这样赚呀！"赵大嘴吃惊得张着大嘴。

钱强又笑着说，"想赚大钱，首先得把自己装成有钱人。现在有些地方政府就是嫌贫爱富，你没有钱谁把资源白白地给你呢？"

"钱能装出来呀！再说了，政府这帮人图什么呢？"赵大嘴又一惊。

钱强有些不屑地说："你这就装上了啊？真不明白还是假不明白。政府要的是政绩，再说了，钱不从他手上过，他哪来的油水？这就是内动力！"

赵大嘴心里有些不踏实，钱强说的这些，他不是真正地通透。但开弓没有回头箭，就这么办吧。

好像有谁说过，许多人发大财，都是这么糊糊涂涂发起来的。

三天后，梦城大酒店。

赵大嘴、钱强与潘健市长见面了。

这次三方见面虽然有些私人性质，但其实敲定的是原则性框架协议。钱强代表江南医科大学，潘健代表药都市政府，赵大嘴代表药神集团。

在赵大嘴看来，江南医科大学和药都市是两捆干柴，他赵大嘴就是一团火，但钱强却是背后持火的人。

潘健市长很爽快地代表政府表达意见：药都市免费提供一千亩教育用地，用作建设药都中医学院；另外，再拿出一百亩地给赵大嘴的药神集团作商业开发，土地出让金是先缴后返。

赵大嘴在心里盘算着，觉得自己占了大便宜。但江南医科大学和药都市也都没觉得吃亏。这种模式在全国已遍地开花，是国家高教市场化所允许的。

虽然这样，但赵大嘴心里还是一直打鼓。这种钱来得似乎有些太容易，倒腾药材出身的他不太敢相信馅饼真能砸在自己头上。

他自然要给自己留着退路。

那次会面后，赵大嘴对钱强说他要去一趟北京，说是生意上有点事。其实，他是去北京找律师。

当律师审查过他与江南医科大学和药都市的两份协议草案后，心里才踏实。踏实之后，心里便生出由衷的兴奋，他知道自己是真撞上大运了。这就是人算不如天算，天算不如不算，命中注定的。

按商定，第二年秋季就要招收第一届学生，时间真是不容再等了。

协议签订半个月后，赵大嘴就带着一帮人进驻了药都市。

这一次，他把妻子丽娜和马热闹都带了回来。丽娜负责参与学校的筹备处，马热闹是帮他跑腿，外加看着工地。

一周后，马热闹抽空回了趟白家屯。

这时，屯子里的人都从马六指嘴里知道赵大嘴要在药都办大学，几乎没有人相信。马热闹进了屯子就被人围着，大家都想探个究竟。

马热闹俨然以保卫处长自居，对屯子里人们的怀疑很是不屑，并不作多少解释。他说得最多的一句话就是：以后白家屯子的子弟都可以上大学了，不过，谁再要像上次建敬老院时坑害大嘴，我可真要跟谁拼命。

村里人对马热闹也是不屑：你就一副狗腿子相，国家办的事体，他一个初中没上完的人也能办？他赵大嘴要能办大学，那太阳就真打西边出来了。

怀疑归怀疑，不屑归不屑，但学校却轰轰烈烈地开工了。

工地围墙拉起来后，江南医科大学派来的院长贾谊、副院长周佐之就来到了药都市。贾谊负责总体协调和学校建设，周佐之负责筹划教学事宜。

赵大嘴以前并不了解这两个人，打听后才知道，他们都各有个性，个个都不是善茬。据说，贾谊是医科大学有名的"黄"教授，白天是教授，晚上是野兽；周佐之呢，听说是一个肯叫板的学究式教授，犟起来八头牛拉不回头。

但大赵嘴没当回事，这么多年他在江湖上行走见的人多了，任何人都有软肋，只要找准了穴位，就能治了他的毛病。

话虽这么说，但赵大嘴还要动一番脑筋，他必须先要摆平这两个人。思来想去，他最终狠了狠心把汝婷从省城的公司也调过来，明里说是药神集团派给贾谊当助手，实际是给贾谊安下一颗定时炸弹，甚至是先掘个坑，以备后用。

至于周佐之，赵大嘴也自有打算，那就是以敬为主，神都能敬灵何况人呢？

汝婷虽然是药神集团从人才市场上招来的，但这之前赵大嘴就在歌厅认识了，公司里不少人都传说她其实就是赵大嘴的小情况。但赵大嘴从来都没有承认过，而且也没有人看见过他与汝婷有什么苟且之事。开始的时候，丽娜是不放心的，但时间长了觉得汝婷对公司是很忠诚的，而且还很卖力，她们俩竟慢慢成了无话不说的姐妹。

汝婷来到药都市的第二天，马热闹见了赵大嘴，小声地开玩笑说："哥，你就真不怕汝婷让那个老色鬼给办了啊？"

"去，一边去。别再给我嚼舌头！"赵大嘴生气地说。

说归说，可赵大嘴心里还是有丝丝酸意的。汝婷是他的女人，他当然不愿意看到她跟任何男人在一起。但他没有办法，现在他最信任的人，除了丽娜就是汝婷了。这么大的事，他不能不给自己留一手。汝婷是大学生，把她安插在贾谊身边是最合适的。

前天，他跟汝婷谈这事时，她还气得眼泪汪汪的呢。

但赵大嘴自有他的一套，他说，药都中医学院办起来了，你就顺理成章地成为校办主任啥的。其实，他心里想的是，舍不了女人套不住色狼，套不住贾谊就保不住钱财。

汝婷眼圈红红地离开赵大嘴办公室，赵大嘴的心里也着实一阵阵酸楚。

但他哪里知道，汝婷心里已经有了自己的小九九。

3

丽娜特别信这个逻辑：抓住每一点儿，就能抓住全部。

她从认识赵大嘴到与他结婚，就是这样一点一点拥有他的。

在赵大嘴的生意中，作为助手她也是这样做的。赵大嘴在外面大开大合地谈生意，而她却是一步一点地跟踪落实。他们的钱财就是这样积少成多的，事业也是这样积小胜为大胜的。

现在，赵大嘴让她在这里盯着基建的事，她感到压力很大，生怕花多了钱，花了冤枉钱，她毕竟对这一行一点也不通。好在，现在有百度有搜狗，许多事的规则都可以从网上找到。然后，行行都有蔽，都有潜规则，哪是她能从网上搜到的呢？这就让她心里仍然没有谱。

晚上，赵大嘴与钱强喝完酒刚回到家，丽娜就开始提醒：钱强找的设计公司报价比网上的平均价高得多呢！他开始黑咱了。

赵大嘴扭头看了她一眼，不高兴地说："网上，网上，你当互联网真是万能的啊！"

丽娜也不高兴了，"怎么了？我操心操错了呀，防人之心不可无。"

赵大嘴深吸过两口烟，有些不屑地说："你们这些老娘们啊，就看脸面前针尖尖那点事！"

丽娜有些不服气，"姓赵的，你别忘恩负义啊。没有我的打理，哪有我们的今天？"

赵大嘴虽然没有上过几天学，但他有他的逻辑，江湖是乱的，但理是正的。

钓泥鳅还得用半截蚰蜒，何况钱强是帮他采水的一条龙，没有水能养得住龙吗？赵大嘴前些天就觉得设计公司收费高了，他也暗地里去找另外的公司报过价，他这样做并不是怕钱强多收他的钱，而是他要知道多收多少。挨过板子，不能连板子的轻重都不知道吧。

见赵大嘴闷着抽烟不说话，丽娜就急了，"你到底咋想的？哑巴了啊！"

赵大嘴掐掉烟，问丽娜，"你小时候在割麦季节搂过麦吗？"

丽娜被问懵了，一时接不上话。

赵大嘴就对她说："我赵大嘴就是在麦地里搂麦穗的筢子，地上都是麦穗，筢子把被钱强拉着，最受磨的是我。但最终搂到的麦子，我能摸到多少，还不确定呢！"

丽娜这才听明白赵大嘴的意思。

她略一想就觉得更不对劲儿，瞪着眼说："赵大嘴，咱可是敬的憨神？不能让姓钱的摆布啊！"

赵大嘴觉得丽娜就是头发长见识短的女人，大学真是白念了，人情世故上狗屁不通。看来不明说出来，她还是不明白。

于是，他边脱上衣边说："我问你，咱能有今天不都是老钱帮的忙吗？咱挣大头，人家落小头，咱还有啥亏的！人家是咱的祖宗呢！"

丽娜想了想，也是这个理，就觉得自己眼底浅了，关键时刻还是赵大嘴这个社会大学混出来的人知道什么是生意，怎么去挣钱。

女人对男人一有崇拜之心，就有温柔之意了。丽娜赶紧去帮赵大嘴放热水。她今天要用自己的身体对丈夫表达歉意和谢意。

其实，赵大嘴五点半就醒了。他翻过身子，看着枕边的丽娜一脸满足地熟睡着，就又躺下了。他想再休息会，毕竟身子还是有点乏。

赵大嘴躺在床上，手摸着丽娜的细腰，暗自苦笑一下，脑子里就想起一句老话：只有累死的牛，没有犁坏的地。自己毕竟五十多岁了，对付身边这三十多岁的娇妻还真是有点力不从心。

但赵大嘴还是心情很好地想：将来犁地得用巧劲儿了！

赵大嘴刚进办公室，汝婷就过来了。

赵大嘴瞅一眼门外的丽娜，装模作样地问："俩院长那边怎么样了？"

汝婷沉着脸不开口，似乎心里有天大的委屈。赵大嘴心里一酸，难道那个"野兽"真对她动手动脚了。

赵大嘴起身给汝婷倒一杯水，半哄半气地问："他到底怎么了？"

汝婷这时才打开手里的文件夹，叹气地说："董事长，我看这个贾院长是故意跟咱找茬呢！"

"怎么了？他一个监工还想翻天？"赵大嘴有些不屑地说。

"你不是常说大江大海好行船，小阴沟里常翻船吗？你看看，你看看，他提出这五十多个问题！这不是明显要跟咱过不去吗？"汝婷越说越气。

赵大嘴接过文件夹，扫一眼，又递给汝婷。

他点上一支烟，叹气说："这不合标准，那不合格，他娘的，办大学这些码子事我们哪懂啊！"

汝婷见赵大嘴叹气，就说："那怎么办？贾谊开出停工单了，说实验室得停建！"

赵大嘴抽着烟，一句话也不说，他是在想招儿。

这时，丽娜走进来。汝婷又开口说："董事长，您拿个主意啊！"

赵大嘴把烟一掐，望着丽娜说："能有啥主意？只有一个字，送！"

见丽娜走进来，汝婷就站起身，摇着头说："都送过十万了，现如今哪有院长缺钱的！"

丽娜看着汝婷，笑了，"那他缺啥？现在还真有钱摆不平的事儿！总不至于给他送女人吧。"

这时，汝婷竟流着泪说："丽姐，我是没法再跟这老杂毛在一起了。"

赵大嘴见汝婷这个样子，心里不是滋味，就急急地问："他怎么你了？"

丽娜剜了一眼赵大嘴，上前扶着汝婷的肩说："妹子，男人都是偷腥的猫，我看这个老色鬼也是有贼心没贼力了！姐给你想法子应对。"

赵大嘴又点上一支烟，沉默了一会儿，才开口，"他一个院长，而且一茬一茬地带着研究生，不会缺女孩子的。"

汝婷听赵大嘴这么说，突然哭出声来，"昨天晚上，他突然拉着我的手说，那些女博士太傻！"

"这，这人真是白天教授晚上野兽！"赵大嘴愤愤地说。

丽娜显然对赵大嘴有些不高兴，大声说："好了，好了。你一个大男人别问这事了！"说罢，丽娜拉着汝婷的手，离开了。

赵大嘴又抽两支烟后，突然想起《西游记》里的一句话，暗自笑道：对付这个老妖精，有的是办法！

这个办法是有点儿下作，但对付下作的人只有如此。这时，他脑海里就蹦出钱强多年前对他说过的一句话——卑鄙是卑鄙者的通行证！

北方虽没有梅雨，但到了夏天，雨还是说下就下，有时也会淅淅沥沥下个不停，让人心烦得狠。

赵大嘴看着停了的工地，心里着急。离招生还有四个月时间，在他看来工期是如何也完不成的。

赵大嘴心里急着呢，几乎每天都往工地上跑。

那天早上，他刚一到工地，就看见周佐之也皱着眉头在工地上。赵大嘴赶紧讨好地说："周院长，您看这教学楼盖得咋样？"

周佐之回头看一眼赵大嘴，又抬头看一眼高高的脚手架，一字一句地拖着长音说："所谓大学者，非谓有大楼之谓也，有大师之谓也。"

赵大嘴没有听明白啥意思，就一脸谦虚地说："周院长，您说的啥意思呀？"

周佐之并不理赵大嘴，而是背剪着双手，转身走了。

望着周佐之的背景，赵大嘴叹了一声，"怪人！"然后，就向工地上的临时办公房走去。他心里急啊，得去找项目经理再催催。

其实，着急的不仅是他，江南医科大学、药都市政府比他还急。一拨接一拨的领导来检查，来视察，都把压力留下来：秋季必须招生！

赵大嘴真是没有了主意。他决定去省城找钱强，他想给钱强说说，让他做做工作，招生能不能推到明年，现在太紧了。

他心里更担心这样赶工期，如果建筑有什么质量问题，早一年晚一年招生是小事，要是楼塌了砸死人可就事大了。都说大学是百年树人的事，别树不了人砸了人！

见到钱强，赵大嘴把自己的想法说了。

钱强瞅着他，有十几秒没有说话。

赵大嘴心里没底地说："钱哥，您可是我的主心骨，倒是说句话啊！"

钱强这才开口，"兄弟啊，推迟招生不是你我能做主的事。你们政府那边上报到省里了，学校这边也申报了招生计划指标，安排好了老师，这岂是说推就推的事呢。再说了，推一年招生少收一年的钱，今年计划招两千人，一人一万五就是三个亿，你不想要钱，学校还等着收这笔钱呢！"

赵大嘴没深想过这些。他听钱强这么一说，心里更忧，自言自语道："这样办的大学能成吗？"

钱强看一眼赵大嘴，苦笑着说："你以为大学真是神圣的殿堂？高教产业化后，大学成了赚钱的机器。"

"啊，老百姓说到大学就一脸地敬着，咋能会是这样呢？"赵大嘴不解地摇着头。

钱强就笑了，"你呀，现在全国两百多所独立学院，有一多半是地产商办的。大学不赚钱，谁干？"

赵大嘴有些吃惊，"那收学生就为了赚学费啊！"

钱强真是觉得好笑，这个赵大嘴今天是扭伤哪根筋，咋就转不过来了呢。

他点上一支烟继续开导说："现在的大学啊，某种程度上就是一个赚钱的系统。系统你明白吗？收学费，卖文凭，输出学生挣钱，学校办企业，每一个环节都是要挣钱的。"

赵大嘴想了想，竟笑着说："这么说，咱办的大学就是个养猪场啊，养猪赚钱。真是有点扯淡！"

"好了，不要再说推迟招生的事。我正准备推荐个人去帮你加快工期呢。" 钱强无奈地摇摇头。

赵大嘴连忙站起身，有些夸张地说："钱哥，您真是'及时雨宋江'，俺的恩人。没有您在后面，俺就是个纸糊的人，风一吹就什么都没有了！"

"咱哥俩，不说这些。走，去吃饭，也正好让你认识一下林工。"钱强从沙发上站起身来。

"那太好了，今天我就接林工去药都。他这是救火啊！"赵大嘴笑着说。

这时，钱强收住笑，严肃地说："兄弟，我得先明告诉你，这个林工是我小舅子，这可是举贤没避亲，硬从别的工地上抓过来的！"

赵大嘴心里一咯噔，赶紧掩饰地大笑着说："那太好了，自家人肯定一条心。上阵还得父子兵嘛！"

钱强一虎脸，"你说什么？父子兵！"

赵大嘴知道说得不恰当，一边佯装着要扇自己的嘴巴，一边说："啊，错了错了，我是说亲上亲，打断骨头连着筋。"

"你这个老赵啊，走吧！"钱强扶了扶眼镜。

"走！今天喝个痛快！"赵大嘴拎起自己的包。

4

主体工程终于通过了初步验收。

说是通过初步验收，但在赵大嘴眼里充其量也只能算个"半拉子工程"。

把验收组几位"大爷"安置到宾馆后，赵大嘴没有回家，而是和马热闹一道直接去了校区。

赵大嘴走到教学大楼前，马热闹赶紧跑到前面去开灯，按了一溜子开关，灯竟没有一处是亮的。赵大嘴兀自笑了，"这灯都不亮，咋能叫合格呢？"

马热闹解释说："可能没送电吧！这不算啥事。"

赵大嘴却不这样认为，他说："那应急灯也该亮啊。这教学楼可是大事体，哪天突然断了电，说不准会出现踩踏事故呢。"

马热闹现在正沉浸在要当保卫处长的兴奋中，他当然也想让赵大嘴高兴。他讨好地说："明天一早我就让人调试。咱到宿舍楼看看？"

赵大嘴没有答话，但却随着马热闹向宿舍楼走去。两个人抽着烟，一明一暗地向前走着。

这幢宿舍楼的灯倒是一开就亮了。赵大嘴走进一楼的一个房间，灯光下的墙倒是白得刺眼，但却有明显的高低不平，漆也刷得一片薄一片厚的。对着电棒光仔细看，白一块灰一块。赵大嘴就不高兴，这工程做得也太粗了点儿。

墙角的立柜门张开着，散发出刺鼻的味道，马热闹竟咳嗽起来。赵大嘴试着关了关立柜门，关不进去，另一扇门虽然关进去了却锁不上。赵大嘴生气地骂道："奶奶的，这明显是劣质货。不知道拿多少回扣呢。"

这时，他突然想起一句戏文来，"眼看着楼起了，眼看着宴宾客，眼看着楼塌了。"他的心情更坏了。

马热闹见赵大嘴的情绪不好，就劝着说："哥，到这边水房看看，这屋里还有点刺眼呢。"

赵大嘴没说话，跟着走出来。水房就在楼道中间，没几步就到了。赵大嘴走进去，拧了拧水龙头，竟然有两个水龙头淌不出水。这次，他确实生气了，就大声地骂着："这群王八蛋，就只认钱了！"

赵大嘴从宿舍楼走出来，向实验楼那边去，刚走到花园的水池前，迎面碰到林工。

林工今天陪验收组的人喝了不少酒，这会儿怎么也来学校了呢？赵大嘴正要问他呢，林总便笑着说："赵院长啊，还真操心呢！"

赵大嘴听林总是在跟他开玩笑，加上刚才看到那些问题，心里就更不舒服。他掏出一支烟递过去，然后才说："林工，我正要找您呢。"

"赵大院长，您就吩咐吧。"林工依然开着玩笑。

赵大嘴想了想，最终还是开口说："林工，这大学也是百年大计的事，你看灯也不亮，柜子也关不上，水龙头呢也不淌水。"

赵大嘴还想说下去，却被林工打断了，"老兄啊，就这也是硬抢出来的，验收组都通过了，你就别操心了！"林工显然有点不高兴。

赵大嘴今晚也喝了不少酒，放在平日他兴许不会直接跟林工这样说。他知道得罪了林工就等于得罪了钱强。但他今天却控制不住自己，"林工啊，这条件也忒差了点吧。这哪是办大学啊？"

林工显然更不高兴了，声音变得硬邦邦地说："延安时期的抗大是在窑洞里办的，不照样出那么多开国将军！"

赵大嘴被林工的话噎住了，一时不知道说什么好。这时，马热闹赶紧打着圆场说："林工辛苦。刚才赵院长还说，多亏了您来指挥才赶完工程呢。"

暗光中，林工笑了笑，就说："我是帮人家收拾好洞房看热闹的，白忙活！"

赵大嘴听出林工生气了，就强焙着笑脸说："林工，这话说的，你同样是我老赵的大恩人呢！"

三个人都笑了，笑声有高有低，有粗有细，有软有硬。

赵大嘴回到家时，丽娜还没睡呢。

丽娜今天有些兴奋。验收通过了，眼看着就要招生，学生一报到，那花花绿绿的票子就来了。作为一个女人，喜欢钱本是天性，更何况在她认为这钱是明挣来的呢。她没有理由不高兴。

但她看见赵大嘴情绪不高，就关心地问："今天你好像不开心？"

赵大嘴看她一眼，"开什么心，我还担心呢！"

"担心啥？楼都盖好了，马上招生，你这些天是累着了。"丽娜安慰着说。

赵大嘴忧虑地说："盖一片大楼就叫大学了？我总觉得有点不靠谱。"

"好了，洗洗睡吧。您今天累了。贾院长明天还要找你说事呢。"丽娜边给赵大嘴脱上衣，边说。

赵大嘴没再说话，就去了卫生间。

第二天一早，贾谊就给赵大嘴打电话，说是要商量教工宿舍价格的事。

赵大嘴坐上车，心里就盘算：这个贾谊，莫不是还要我降价，我都主动说每平方米降500元了。

教工宿舍楼建了100套，原来商定的价格是4000元/平方米。赵大嘴自己盘算过了，土地没有成本，每平方米建筑成本也就不到2000元，他不想赚太多钱。这倒不是他矫情，而是他有些害怕。他曾经给丽娜算过一笔账，投资这个学院几年后就能赚几个亿，钱赚得太快太多了。

当钱赚得超出了自己的想象，他觉得早晚是要出问题的。

于是，他就主动给贾谊提出来每平方米降300元，主要是为了吸引些好教授和讲师过来。房子便宜了，教授们有利可图才会从省城来这里，这才是根本。他虽然不懂办大学，但他知道，没有好教授是办不好学的。

难道自己小气了？难道贾谊还要自己再降价？还是教授们都不愿意到这里来呢？

赵大嘴在心里打着鼓，不知道贾谊要找他谈什么。

但出乎他意料的是，贾谊见了面竟是要求他不能降房价。

赵大嘴不解地问：“房价降了，教授们都争着来不是好事吗？”

贾谊却笑了，“来的都是讲师，最多几个副教授。你就是白送房子，那边的教授也不会来这里的！”

“啊！办大学没有教授咋整？”赵大嘴更不明白了。

“正教授都是牌子教授，来不了几次的，来的都是讲师。更何况，你这一降价，那边的年轻人都涌向这里，老校区怎么办？”贾谊说。

赵大嘴这才弄明白，独立学院说是江南医科大学分校，其实从校名到教授都是挂牌子的，真正来教书的都是些年轻人。

“给年轻讲师降点价，他们得实惠，教得认真了，有什么不好呢？”赵大嘴坚持自己的想法。

贾谊院长苦笑着说：“秩序，秩序你懂吗？你这样是要乱秩序的。这是金校长的意见。”

赵大嘴无话可说了，而且在心里骂自己一句：没出息，真怕钱扎手了！

不过，没几天，赵大嘴的心里就渐渐高兴起来。大学毕竟是大学，这不，高考刚结束，江南医科大学那边就派过来一百多人。校区一下子热闹起来。

这些年轻人，有的人调试实验室，有的人不停地开会研究着什么。赵大嘴虽说挂着名誉院长，但他却什么事都不问，一切都是周佐之在张罗。

看着周佐之有条有理忙个不停的样子，赵大嘴暗笑道：这犟教授，有板有眼的才真是个院长的样子。

汝婷这些天也很忙，赵大嘴有半个月没见她了。这小妮子忙什么呢？赵大嘴给汝婷打了电话。

半天的工夫，汝婷才来到赵大嘴的办公室。

汝婷一看赵大嘴的神态，就知道他想自己了。于是，就走到他跟前，搂着赵大嘴的脖子，在他脸上亲了两口。赵大嘴顺手搂住她的腰。

汝婷娇嗔地说："人家以为你不想俺了呢！"

赵大嘴笑着说："我还以为你被那个贾院长俘虏了呢！"

"你坏，你坏，你是个大坏鸟！"汝婷扭住了赵大嘴的耳朵。

两个人穿好衣服，又一本正经地坐好了。

赵大嘴才开口说正事儿，"这大学招生不是国家录取吗？现在咋像卖壮阳药一样又是上电视，又是贴广告地吆喝起来了！"

汝婷半开玩笑地说："广告就是壮阳药。咱这学院虽说是江南医科大学的独立学院，但是新办的，考生也都不知道是个啥学校，当然得吆喝了。"

赵大嘴还是不太明白，高考分数还没下来，咋就开始往一些地方派招生组了呢。

汝婷是参与招生的，她对这里面的道道也是才听别人说的。但她还是给赵大嘴解释起来，"听周院长说，咱这学院今年计划招生2400人，担心第一次招生填报的少，所以准备自主招生一些备着。"

"自主招生？咋个自主法？"赵大嘴被汝婷的话弄糊涂了。

"咱这不是三本吗？但达不到分数线也可以降分自招。不仅可以多收钱，而且那些多交钱的学生和家长还把咱当恩人呢！"汝婷有些得意地说。

"啊，这样呢。那每年留点指标招没过线的学生，不仅可以卖人情而且还可多赚钱了吗？"赵大嘴的精明让他立刻意识到了这些。

"那是肯定啊。而且啊，招生办的经手人还可以多收家长的中介费。"汝婷有些得意地说。因为贾谊已经许给她十个指标，她早在心里盘算了，一个指标收一万，能收十万呢。

赵大嘴叹着气说："这么说咱骗了低分的学生，人家还把咱当恩人！"

汝婷的电话响了，她看一眼，赶紧说："您可不能说这是骗啊，将来会给他们发本科证的。这咋叫骗呢？"

赵大嘴又叹一口气，说："这分明是卖毕业证，我咋就没弄明白呢！"

汝婷站起身，在赵大嘴额头上亲了一下，然后小声说："今天吃个快餐，人家还没好呢，晚上老地方见！"

赵大嘴点了点头。

5

高考分数下来那天，赵大嘴立即想起了马六指的孙子马路天。

赵大嘴本来准备打电话问一问马六指，孩子考多少分，可他最终还是没有打。他觉得自己应该矜持点，说不定这孩子分数考得高，不想来这里上呢。

正犹豫间，马热闹过来了。他先是夸张地叹口气，然后才说："还条条大道能通天呢，这小子今年还没有去年考的分多！"

赵大嘴知道说的是马六指的孙子，就开口问道："多少分？他马六指咋不给我打电话呢？"

"他是觉得丢人啊。但他给我打电话了，说明天就过来。"马热闹摇头晃脑地说。

赵大嘴给马热闹甩过一支烟，摆着手说："你赶紧给六指打电话，别叫他来了，我正忙呢。孩子的事呢，让他想好，如果真想上咱这学院，就让他在家等信吧。"

马热闹点着头说："好，好！我得去门岗了，这保卫处的责任大着哩。"

让赵大嘴万万没有想到的是，招生竟出奇地顺利。

计划指标，光达线的学生就报了2100多人；自主招生根本没费劲就招到了400多。但江南医科大学那边坚决不同意扩招，许多不够分数线的学生家长，你托我我托你，光找赵大嘴的就有四五十个。

赵大嘴以自己不管招生为由，推脱了不少。但马六指孙子马路天，他是必须要保证的。要不是这孩子找他上本科，自己咋能在一年内弄出这般光景来？这么说来，马六指是自己的恩人了。他的一个小要求，使赵大嘴

165

走上了一条从没想过的路子上，而且挣到了大钱。

人的命啊，真是说不准，赵大嘴认为自己就是捡到了从天下掉下来的馅饼。这几天，他背着手在校园里转悠，眼瞅着来报到的学生和家长，心里比吃了蜜还要甜上万倍。

马六指领着孙子马路天来报到这天，马热闹早早地在大门口迎着了。

马热闹见到马六指和马路天，就笑着说："六指哥，这回你信了吧！"

马六指看着高大的校门，不好意思地说："这世道，太阳真能从西边出来呢！"

晚上，赵大嘴让人在药膳堂预定了一个大包厢。

吃饭的时候，丽娜、汝婷、马热闹和马六指爷俩都去了。

赵大嘴很是高兴地说："这是家宴，今儿没外人，都可劲地喝吧！"

上来的菜都是这里的招牌菜，酒是古井贡26年原浆。开席的时候，谁也没想到的是马六指竟从包里掏出来一样菜：叫花鸡。

这菜是赵大嘴在乡下时的最爱。对于马六指的用心，赵大嘴在心里乐开了花，不一会儿，就喝得有点高了。

丽娜见赵大嘴老说五马长枪斩关杀将的事，知道他是喝多了，就劝着不让再喝。马六指和马热闹不依，吆喝着还要喝。汝婷这时站起来给赵大嘴挡驾，她给马六指和马热闹每人敬了三杯酒。

马热闹今天喝得更多，他端起酒喝了一杯后，摆手让大家安静。房间里安静下来，马热闹才对赵大嘴说，"哥，这学生都报到了，您这也是院长，得上台讲话啊！先给我们讲几句听听。"

赵大嘴对马热闹的提议当真了。他清清嗓子，然后说："这个，这个大学嘛，也不算个球，咱不是说办就办了吗。"

马热闹又端起酒喝下一杯，然后打断赵大嘴的话说："哥，我是说，您要对大学新生训话！"

"啊，给大学生讲啊。还真不会讲呢。"赵大嘴笑起来。

这时，马六指就指着孙子马路天说："这不是大学生吗？您就对着他讲！"

"对。对。就对他这小子讲！"马热闹更起劲了。

赵大嘴不顾丽娜的劝阻，又清了清嗓子，咳嗽一声，大家安静下来，他才开口：孩子们，大学不光是大城市、大楼，也不是养猪场，吃好了喝足了光长肉，这里有——有思想、有自由、有知识——

汝婷端起酒杯说："好，董事长讲得好。我敬您一杯！"

赵大嘴这杯酒下肚，身子晃了一下。马热闹赶紧扶他坐下。

这时，马六指就说："讲个熊，咱哥几个唱一段吧！"

赵大嘴最喜欢家乡的豫剧，一听说唱两句，兴致更高了，"好！好！"

马六指想了想，清清嗓子，开口唱道：白马紫金鞍——

赵大嘴和马热闹立即和上了调子：

　　骑—头—万—人—看——

　　问—是—谁—子——

　　读—书—做—高—官——

赵大嘴没高兴多少天，让他闹心的事就来了。

进入十一月，学生们开始闹起来。

先是女生们说女厕不够，后来又说热水供应不上。开始的时候，他们只是找辅导员闹，后来竟发到网上去，再后来，突然罢课了。

这下，贾谊和周佐之都重视了。贾谊连着给辅导员开两场会，要求一一做工作；周佐之却背剪着双手，嘴里不停地骂着：岂有此礼，岂有此礼！

但事情已经晚了，场面已很难控制。几百个学生竟扯着标语上街。最让赵大嘴害怕的是，标语竟打着"骗子大学"之类的话。

市政府也紧张起来。江南医科大学那边也来人了。

但最终还是通过跟学生谈判平息了下来。政府要求学院承诺，再投资2000万改善条件！

赵大嘴知道，这钱最终还是他掏。这时，赵大嘴开始担心了：如果将来学生再闹呢，教师再闹呢，最终不都得他掏钱吗？

这事，他有点吃不准了。他得去找钱强讨计策。

赵大嘴让钱强给出主意。钱强说："还能有啥主意？这学校一不长粮食二不生银子，羊毛只能出在羊身上。"

赵大嘴不明白钱强话里的话，就直接说："你就给我支个明招吧。"

钱强想了想，最后说："政府不是把责任搁咱肩上了吗？解铃还得系铃人，这事还得由政府买单！"

"咋个买法？"赵大嘴一听这话，觉得有希望了。

钱强又点上一支烟，想了想才说："在大学里这羊就是学生，现在这羊不让拔毛了，那只有借地生财来堵这个窟窿。"

"钱哥，你就别卖关子了，直说吧！"赵大嘴其实是个急性子。

钱强最后才给赵大嘴露出真招：先花钱把要改善的设施立即办好，然后以给教授建别墅的名义把校园内那100亩教育用地变成商业用地；理由就是大牌教授不肯来，只有给他们建别墅，而且这些教授必须要产权证，这要求政府会同意；只要土地变性了，你再把多盖的别墅卖出去，这钱不就来了吗？不仅补了这2000万的口子，而且还会再赚一笔……

"我操，钱强的脑子就是好使，咋装着这么多鬼点子呢？"赵大嘴在心里感慨之余高兴之余，更多的是庆幸，庆幸自己一开始就给钱强交了底：赚钱七三开。要不然，他真不知道这一步步该如何走过来。

谁说知识无用？我看这知识就是白花花的银子。

赵大嘴从省城回来的一路上，都在感叹着。

现在，赵大嘴越来越明白，钱强给他说那些话的真正含义。

独立学院比民办大学优势太多了：挂着名校的牌子，拉着政府支持的大手，享受着国家对高等教育的扶植政策，其他的都可以独立运作。

做生意做了快三十年，通过这次投资，赵大嘴才明白最赚钱的生意是要跟国家做。国家的钱遍地都是，当领导的每一句话都是钱。他妈的，怪不得商人都要跟掌握着权力的人勾搭呢。

但他也是越来越害怕和担心。

老话说，苦挣钱万万年，要是都这样挣钱，国家早晚会完的。赵大嘴没有什么学问，他对许多事也不太明了，但他信老话，比如"秋后算账"这句话。他担心将来要给他算账，现如今跟没有王法一样，没了秩序，中央不会眼看着就这样下去的。

后来，赵大嘴常常在心里想："独立学院原来可以这么办，外面的人是不知道的。都是钱弄毁了过去的规则！"

让赵大嘴更没想到的，是教育部评审团来验收评估那件事。

学校的资料造假，这是赵大嘴第一个没有想到的。评估团要来的前一个月，学院像打仗一样，在贾谊和周佐之的指挥下，讲师们不停地在电脑前补这补那。赵大嘴不知道他们都补的是什么，反正一本子一本子的摞得老高。

赵大嘴直接参与的一项工作，就是贾谊分给他的任务：把一家药厂的车间改名为学校实习车间，把另一家大药厂的实验室挂上学院共用的牌子。

开始的时候，并不顺利。这两家药厂的老板，本来就眼红赵大嘴发了大财，这下还要借他们的大腿搓绳，人家当然不愿意了。但赵大嘴有赵大嘴的逻辑，他认为最终还是钱上说话，他们不是不干，而是想趁机敲一笔钱。

其实，这事赵大嘴想简单了。人家根本不提钱的事，而且放出话来：钱是有良心的，造假是没良心的事！

赵大嘴没了办法，最终还是贾谊出的招：让市政府协调！

市长听过汇报，觉得如果这次评估过不了关，学院就得加上"职业"二字，药都市就没有本科学院了。作为药都没有一所本科学院是说不过去，这是对药都几百万人交代不了的事。最终，市长把这事上升到这个高度，立即召开协调会，强行安排。

这两家药厂见市长发话了，只得老老实实地配合。现如今，民营企业要跟政府硬顶撞，那是要吃大亏的。这一点，没有一个人不明白。

专家评审团来的时候，市长和江南医科大学金校长都出面了。

不仅如此，招待晚宴后，还专门安排十几个女孩子，到这些专家房间进行按摩。美其名曰是让专家体验一下"推拿专业"学生的学业水平，其实，这些女孩都是从市里十几家洗浴中心精心挑选的。

赵大嘴越来越觉得自己不是"大学这里地里的虫"，真真的是弄不明白。

这次事件对他震动很大。他常常在心里想，如果学生的家长知道孩子来的是这样的大学，一定像咽下一个苍蝇，恶心但又吐不出来。

也就是从这次后，他越来越迷茫了。

6

现在，赵大嘴心里很矛盾。

他是想退出的，但这刚刚办一年，他的投资还没有收回；再说了，眼看着钱就像流水一样淌过来，他真是欲罢不能。

有时，他最天真的想法是，自己要有能力把学校管好就行了，把这里办成真正的大学。但他又不知道真正的大学是个啥样子。

赵大嘴感到越来越烦心。

现在，医药公司的事他全交给丽娜打理了。

他大多数时间都在学校里。虽然，他并不管学校的事，但这个学校是他投资建的，他在这里看着，心里就踏实许多。

但在校园时间长了，他就越来越看不惯。尤其是这些学生似乎没有几个真正读书的。他们才多大啊，都腻腻歪歪地谈起恋爱来。有几次夜里，他在校园里转悠，竟看到墙根暗处的学生们搂着啃着。他是想大呼一声或者大骂一声，但他最终还是忍住了，觉得惊动他们不合适。

为这事他给贾谊说过，但贾谊却不以为然地说："大学是自由之地，都啥年代了，你还满脑子男女授受不亲！"

赵大嘴对贾谊彻底失望了，就去找周佐之。周佐之倒是也为学风的事发愁，但他在一声声地叹过气后，总是摇头说："我是一个副院长。副的，你知道吗？岂有此理！"

赵大嘴听懂了周佐之话外的意思，他知道周佐之是能够把学校抓好的，但周毕竟是个副的，没有位就没有威。这该怎么办呢？

有时回到家里，他也跟丽娜说这些事。丽娜却不以为然地说："现在的大学生有几个学习的，别说谈恋爱，就是生出孩子来也属正常。要不然，国家咋能允许大学生结婚呢。"

赵大嘴想想也是，但还是叹气地说："这，这成何体统呢。"

丽娜看了他一眼，醋意十足地说："自己是老妖怪，就别说小猴子身上有毛。"

赵大嘴有些不高兴了："你，你这是啥话呢。"

丽娜就回应说："啥话？我还不知道你。吃一看二眼观三，你敢说你跟汝婷没有一腿？你敢说你心里没想着那个菱子？你当我傻子啊。"

赵大嘴知道，这种事别说没抓现行，就是抓了现行也得说是女人强迫自己的。丽娜的这点小心思他是懂的，既想抓住他的把柄，又怕真的抓住了，她自己反而下不了台面，所以这些年她一直就是睁一只眼闭一只眼的。对待女人就两个字，一哄二骗！

于是，赵大嘴一把搂住丽娜的脖子，嬉笑着说："你这块青沙地，快把我这头老牛给累死了。我就是有心也没有力了。"

丽娜是个聪明女人，杀手锏就是温柔刀。她顺势躺在赵大嘴怀里，嗔怪地嘟哝道："我这块地，都板结一个多月了！"

赵大嘴像头公牛，蛮力从身体里涌出来。他顺势把丽娜按倒在沙发上。

第二天，赵大嘴没有去学院，他想在家休息一天。

正在午睡时，电话突然响了。谁啊？赵大嘴不情愿地拿起手机。

刚滑开手机，汝婷的声音就传过来，"快来吧，你都成微信上的名人了，还睡大觉呢！"

赵大嘴不会玩微信，他不知道发生了什么，就急切地问："咋了？一惊一乍的。"

汝婷就说："那个马路天给你闯祸了！赶快过来。"

赵大嘴赶到学院才知道事情的缘由：马路天为了一个女孩，把另一个男生给打伤了，而且还口出狂言，"我爷是院长，这里的女孩我想泡谁泡谁！"

打架的场面被在场的学生录了下来，并通过微信传到了网上。不仅如此，更让他没想到的是，马热闹赶到现场时，见马路天如此放肆，竟动手打了马路天。马路天并不买马热闹的账，硬是跟他对打起来。

这段镜头也被在场的人录了下来，而且传到网上。一个小时的工夫，"我爷是院长，想泡谁泡谁""大学保卫处长手撕学生"两条微信，被转发几万次。

这可如何是好？赵大嘴不知道怎么处理了。

这事发酵得特快。贾谊立即组织应对，以学院名义发了几条解释性微信，但还是没有平息下来。

一直到了晚上，钱强才打电话给支了招：花钱找删贴公司。

删贴后，事情才算慢慢平息下来。当然，这件事是通过汝婷办的。

这件事后，赵大嘴就对汝婷更好了，关键时候她还是能帮自己的。

那天晚上，赵大嘴与汝婷温柔的时候，汝婷又告诉他："最近可能讲师们也要闹事。我听到了风声。"

赵大嘴现在最怕学生和教师闹事了。他不懂里面的道道，也没法去处理，但他知道现在媒体太厉害了。一个针尖大的事，能发酵出山一样的效应。

汝婷告诉他，就是待遇的事。现在青年教师嫌待遇低，他们上一周的课，还不抵那些省城来的教授上一天的课挣钱，心里就窝气。

"那让周佐之多发点钱啊。"赵大嘴觉得发钱的事，是周佐之管。

汝婷就说："怎么可能呢？周佐之不管钱，只管业务。我看啊，这事还是贾谊捣的鬼。"

"他捣鬼？他不会自己给自己找麻烦吧。"赵大嘴不解地问。

汝婷想了想就说："我私下里听说，贾是想故意为难周佐之，让周在讲师面前没威信，正想赶走周呢。"

赵大嘴点上一支烟，抽了两口，突然诡秘地笑着说："这个老杂毛，我赵大嘴还想让他滚出药都城呢！"

汝婷有些吃惊地问："你有啥办法能让他滚啊？"

赵大嘴只是笑，并不说话。这事下作，他不能跟汝婷说的，他要保持自己在女人面前的形象。

汝婷再怎么问，他只说一句话，"真到那一天，你就知道了！"

其实，从贾谊来药都市后，赵大嘴就在他的办公地点和住处，安了微型摄像头。贾谊与一些女人上床的录像，他都掌握着。不仅如此，还有两次他在办公室里收设备供应商钱的画面，他也无意中获得了。

有时，赵大嘴想，自己是阴险了点，但人在江湖不能不防啊。开始的时候，他只是想监视贾谊是不是调戏汝婷，或者汝婷会不会跟贾发生什么事。贾谊只是对汝婷调戏过几次，并没有动真的，但他却无意间掌握了贾谊这么多证据。

凡是花钱能摆平的事，赵大嘴觉得都不算事。

第二天，赵大嘴就找到周佐之，说作为股东，他想开个青年讲师座谈会，听听大家有什么想法没有。

周佐之摘掉眼镜，仔细地看了看赵大嘴，半天才说了句，"好！"

几天后的座谈会上，赵大嘴首先声明自己是不懂大学的，但他特别尊重教授，他决定每学期拿出一百万作为课时补助金。

参加会议的讲师们，没想到赵大嘴会这样承诺，这着实让他们喜出望外。接下来，大家的发言都一边倒地夸起赵大嘴来，说他是真操心，真投入，真热心大学教育。但赵大嘴的心里明镜一样，还不就是花钱能使鬼唱歌吗？

讲师要闹事被摆平后，赵大嘴心里舒展多了。

他现在似乎明白了一个道理，许多事都像自有定数，该来的必须来，该了的也自然会有了断。这样想着，他这些天轻松许多，心情也变得好起来。

俗话说，心静万事顺。还真是这样。这天，赵大嘴正在办公室喝茶，马热闹就兴冲冲地跑进来，"哥，菱子有消息了！"

赵大嘴先是一愣，停了几秒钟才站起身子，"你刚才说的啥？"

马热闹端起一杯茶，笑着说："菱子的下落俺打听到了，她现在黟县！"

"你，你是怎么知道的？"赵大嘴显得有些过于激动。

马热闹坐下来，又喝了一杯茶，才放缓了声音神秘地说起来。

原来，几年前马热闹就开始替赵大嘴打听菱子的下落。

当时，只知道菱子出走后嫁在了黟县，但具体在哪里却弄不清楚。后来，他就让自家的一个亲友，经常到黟县去打听。这个人昨天见到菱子后，连夜就赶回来报信了。

二十五年前，赵大嘴与菱子的奸情败露，被黑炮爷打跑后，菱子也觉得没脸见人就出走了。她本是想找赵大嘴，但两个人没有事先约定，竟失联了。

她先是在黟县打工糊口，后来嫁了一个死了媳妇的男人，并与这个男人生了一个女儿。可是没几年好光景，这个男人得病死了。菱子没有再嫁，就靠打工养着这个女儿。现在女儿都上高中了。

马热闹那个亲戚找到菱子后，菱子开始不相认，最后还是认了。她虽然从这人嘴里听说赵大嘴现在发达了，但她还是不愿意见他。自尊心就是女人的脸，没有自尊就没脸没皮了。越是他发达了，自己现在这个样子越不想见他。

第二天，赵大嘴就自己驾着车出发了。

有了准信，他很快就找到了菱子。

他找到菱子时，菱子正在一家超市里理着货。菱子平静地说："见了就好了，我们都还活着，你走吧！"

赵大嘴哪肯走，小声对她说："我在今世缘大酒店等你！"

赵大嘴走后，菱子的心里翻江倒海地乱。

她不知道自己该不该去见赵大嘴。一直到下班的时候，她都没拿定主意。

可当她骑上电瓶车时，车子却向今世缘大酒店的方向拐去。明明是不准备去的，怎么又向这个方向拐了呢？她觉得有些控制不住自己。

菱子虽然五十二了，可身材并没有多大变化。在赵大嘴眼里，她还是二十五年前原来那个样子。两个人在房间里面对面坐着，都不知道如何开口。

最终，还是赵大嘴先开的口，"菱子，这些年你受苦了！"

菱子听到这话，竟用手捂着嘴抽泣起来。

赵大嘴站起来抱住她的头，菱子一挣一扯，两个人竟滚到了床上。

空气就这样静止了，好像火山喷发前的那一刻。不知什么时候，两个人都开始疯狂地抚摸着对方。

赵大嘴把菱子的衣服扯掉了，菱子身上像一团火，烧得赵大嘴浑身发颤。两个人都脱光了，赵大嘴突然挟住菱子的腰，他想从后面要她。赵大嘴对喜欢的女人都是这样要她们，他觉得以这种动物的方式要了心爱的女人，就像要了整个世界，男人的霸气和征服感才能体现出来。

菱子扭动着身子，拒绝他这样。她从来没被男人这样要过，就是当初他们俩在麦地里偷情的时候，也是躺着的。赵大嘴的蛮劲上来了，与菱子较着劲儿，两个人都扭动着身子相互对抗着。

正在这时，赵大嘴的手机响了，不依不饶地响个不停。

赵大嘴叹气地放下菱子，拿过手机，见是钱强的电话，赶紧接通了。

钱强的声音传过来：兄弟，与新西兰联合办学的事拿下了！

赵大嘴放下手机，自信地对菱子说："把闺女送到我那个大学先读本科，然后我把她送到国外留学！"

菱子听到这话，赶紧拉着被子把自己盖住。

她感觉眼前这个人有点不靠谱，已经不是原来的赵大嘴了。

7

新学期开学，赵大嘴就感觉到贾谊比以前更忙了。

赵大嘴的感觉是直接：贾谊一下子来了三个助手，整天在一起研究问题，这肯定是很忙的了。他们研究什么呢？赵大嘴并不知道，只是偶尔从别人嘴里听说这个贾谊还是有点道道的，是某个领域的专家，现在正在主持一个中药课题研究。而且，这个课题还是国家、省、市、院校四级支持的。

对于科研课题，赵大嘴虽是一窍不通，但他听说这是一个有好处有油水且名利双收的事。他自己就曾经为了帮助钱强申请课题，而花钱送过礼。赵大嘴弄不太懂这里面的事，但他从别人的议论中多少知道点，这里面的道道儿不少。

可不是嘛，从贾谊带来的三个助手对他的称呼就能看出来。这些助手其实就是他的研究生，本应该喊贾谊为教授或老师的，但现在却一律喊他老板。

什么是老板呢？有人说老板是资本的所有者，或是资本的代言人；还有人说老板是拍板的人，也有人说老板是板着脸的人。在他赵大嘴眼里，老板就是有钱的人，就是说话算数的人。可现如今，把教授也称老板了，赵大嘴觉得这简直是一塌糊涂，岂有此理。大学嘛，里面应该只有两种人，教书的和学习的。

对这些事赵大嘴想不明白，可越是想不明白他就越是想弄清楚。

碰到这样的问题，他一般是找汝婷问个究竟的。一是，汝婷上过大学，应该知道些；二是，她是自己的女人，不会笑话他的见识少。

那天晚上，他听到汝婷的解释，简直不敢相信。

汝婷告诉他说：现在教授就是老板，研究生就是打工仔；教授搞到了项目，把任务分配出去让学生给自己做，评审的时候花钱走走关系，剩下的一大部分研究经费就装进了自己腰包。

赵大嘴听后生气地说：“这么说，在大学里不是老师给学生服务，是学生为老师服务呢！”

汝婷听赵大嘴这样说，就有些好笑，"你呀，真是不了解民情。如今，别说大学里了，幼儿园的孩子都得为老师服务，不额外交这费那费的，行吗？"

"那是多收费啊，跟大学里的性质还不一样。"赵大嘴摇头说。

汝婷就又笑，"怎么不一样了？都是你常说的一个字，钱！只是大学里更厉害罢了。现在有的教授自己开公司，让研究生到公司去上班，甚至还要打卡，一月就给几百块钱生活费，直接把研究生变成包身工了。"

赵大嘴点着烟，吸了一口，又沉思了一会儿，然后才开口，"这么说，这个大学里的教授都是这样干的？"

但赵大嘴还是不太相信汝婷说的话，他的这种判断来自对周佐之的认识。

周佐之是副院长，他整天就没有这么多杂事，而是天天趴在办公室或坐在教室后面听讲师的课，从来没有过赚钱的迹象。人与人肯定是不一样的，贾谊是贾谊，只是一部分人的代表，大多数教授肯定是像周佐之一样扑在教学上。赵大嘴在心里这样认定。

汝婷却不这样认为，她毕竟上过大学，见识过大学里的教授，她知道教授究竟是怎么回事。于是，她就不解地说："喊，你今天是咋了？这问题有点小儿科啊。"

赵大嘴的脸色，越来越凝重了。汝婷觉得他今天有点儿不对劲。

"怎么了啊？像做生死决定似的。"汝婷又笑着说。

"你得帮我！"赵大嘴突然两眼盯着汝婷，那神态怪吓人的。

汝婷静了静神，才开口，"我能帮你做什么？"

赵大嘴又点上一支烟，吸了两口，然后才开口说："帮我把这个贾谊弄走！"

"为什么要弄走他？他走了，学院怎么办？"汝婷反问。

"贾谊不走，这个学院就安生不了。贾谊走了正好让周佐之当政，他才是办学的人！"赵大嘴态度坚决地说。

汝婷不以为然，"黄鼠狼窝里能找出不骚的吗？走个穿绿的来个穿红的，周佐之当了权也是一样的。"

"你这么说，咱这类大学就没治了啊？我不想为了几个钱把孩子们给耽误了。"赵大嘴的犟劲上来了，这一点汝婷是清楚的。

汝婷现在只能从侧面劝他，"这世道啊，不跟有权的人较劲，不跟自己较劲，不跟钱较劲。这可都是以前你教我的啊。"

赵大嘴的态度不但没有转变的迹象，从表情上看，应该是越来越坚定了。

他叹了一声气，开口说："小汝，你知道吧，我听说贾谊把几百个学生弄到两家药厂里去了，说是去实习，其实是上生产线给他挣钱。学生意见很大呢。"

"这事正常啊，都这么干的。这是时局，你是改变不了的。位卑别忧国好不好？"汝婷看着灯光下的赵大嘴，突然感觉有些陌生。

在汝婷眼里，赵大嘴是个善良的生意人，也是个仗义的人，对生意上的合作伙伴，对女人都有情有义。有时，身上虽然也有生意人的狡猾和贪婪，甚至算计，但把他放在大多数生意人堆里，也不是一眼就能看出来的另类。可是今天，他展现出来的却是另一个形象。

汝婷的心里生出从没有过的感动和敬意。

赵大嘴把一支烟抽完，望着汝婷，郑重地说："小汝，我决定了。你一定帮我把这个贾谊弄走。明天我就把那些录像给你，你把它发到网上去！"

汝婷还想再说什么，赵大嘴就起身说："小汝，我今天累了，早休息吧！"

两个人各怀心事地躺下了。

汝婷是个聪明的女孩。她拿到录像后，首先选择了两段贾谊与两名女教师调情交欢的镜头，她并没有选择贾收贿的那一段。

她这样做是有自己的考虑，她担心别拔出萝卜带出泥，把纪委的人引到工程上来。如果是这样，说不定就会给赵大嘴带来麻烦。如果这两段不雅视频扳不倒贾谊，再拿出另外的录像也不晚。

这两段视频剪辑好后，汝婷买了一个新手机号，注册好微信，然后选择夜里十点首发。这个时间，人们多数会要刷屏的，转发率最高，而且一夜之间就会成为热点。

果真如汝婷所料。第二天上午，贾谊就成了热点人物。

不雅视频是最能抓住当下人眼球的。实际情况，比赵大嘴和汝婷预料得更快。第二天，江南医科大学就宣布贾谊不再担任药都学院院长，接受组织调查。紧接着，宣布周佐之任院长，同时还派来个女党委书记芮露。

这中间，钱强给赵大嘴打过电话，他询问赵对这条微信视频是否知情。赵大嘴给钱强留了一手，他说自己大老粗一个，微信都不会玩，不知道是咋回事。钱强信了赵大嘴，挂电话前特意嘱咐赵说："新领导去后，情况肯定会更复杂，你就做你的校董，最好不要到学校去！"

赵大嘴听明白了钱强的话，一个劲地说："好的，好的。"

由于汝婷在院长办公室，赵大嘴虽然这两个月极少去学院，但他对周佐之和芮书记的作为却一清二楚。

从汝婷反馈过来的消息，赵大嘴感觉到这个芮书记十分谨慎，她判断学院有内鬼，重点抓教师队伍的整肃；另一方面呢，芮和周两个人配合得非常好。周佐之想抓教学，抓教研，芮书记就全力支持，用她的话说，教学是根本，党建是保证。

学院里的讲师都担心书记和院长两个人会不会两张皮，然而情况恰恰相反，他们配合得天衣无缝。

芮虽然是书记，但她却放手让周佐之做教学改革。大学嘛，就应该是教授作为教学和科研主角的。

听汝婷说，现在学校的学风比原来好多了，赵大嘴心里就特别高兴，他不知道为什么会变得这么快。

还是汝婷的一番话，让他想明白了。汝婷给他分析说，《高教法》里规定大学是党委领导下来的校长负责制，这表面上看可以理解为负责的不领导，领导的不负责，虽然大学推行的还是教授治校，当然必须党政协调才行。

汝婷的这番话有些拗口，但赵大嘴却听明白了，就是只要相信农民会种地，就行了呗！

对于学院的变化，赵大嘴心里是高兴的。但他现在最担心的是，贾谊的事会不会拔出萝卜带出泥呢。

越怕鬼鬼越来。这天下午，汝婷突然给赵大嘴发了条信息：省教育厅、税务局联合调查组，突然来了！

啊，教育厅、税务局？这说明贾谊在里面交代出了线索。但这不是纪委来的，应该还没有抓住实质的东西。但许多事都是由小事带出来的，他心里开始担心了。

赵大嘴意识到，事情正在向不好的方向发展。而且，他突然想到"出来混总是要还的"那句老话。赵大嘴就感觉不太好，他决定立即去省城，他要见一见钱强。关键的时候，姜还是老的辣。

赵大嘴开车去省城的路上，手机不停地响。他本来心情就不好，接电话，见是马六指打来的，情绪就更差了："有事吗？我在开车呢！"

电话那边停了足有三秒钟，然后才说："没事，你记住就好了，马路天这孩子工作的事，今年就要毕业了！"

赵大嘴气坏了，把手机摔在右边的座椅上。

8

钱强在紫荆花园这处房子，赵大嘴也是第一次来。

赵大嘴进门的时候，钱强正一个人听着古筝，品茶。钱强示意赵大嘴坐下，然后给他倒了一杯茶。

"这个点过来，有事吧？"钱强不急不躁地说了句。

赵大嘴这些年跟钱强是没有客套的，钱强呢，也就喜欢他这样直来直去地说话。于是，他就说："下午教育厅、税务局突然去调查了！"

钱强点上一支烟，看一眼赵大嘴，然后才开口，"怎么能叫突然？半个月前我就知道了。"

"啊！"赵大嘴听到这句话，慌张的心一下子安定下来。

原来，这事都在钱强的控制之内，看来他是早有消息和应对的。这么想着，赵大嘴就想掩饰自己刚才的紧张，故作轻松地说："也不光是这事儿，还有件私事找您呢！"

钱强认真地看了赵大嘴一眼，笑着说："你的事对我来说就是公事，你在我面前还有私事吗？"

赵大嘴觉得刚才那话说得不妥，就自嘲地哈哈笑两声，拿起一支烟点上，才开口，"在哥面前哪有私事？我说的私事，就是我的那么点事吧！"

钱强诡秘地笑了笑，"哪点事？是那个小汝，还是那个菱子啊？"

赵大嘴把汝婷和菱子的事都给钱强说过。他这样做是有深意的，一是让钱强感觉自己对他的信任，二是让钱强知道自己在他面前没有任何秘密。所以，现在他就可以摊开了跟钱强说这件事。

上个月的一天，菱子突然给赵大嘴打来电话，说女儿青荷回黟县了，要退学，不愿意在药都学院上了。

赵大嘴感觉很吃惊，就问是什么原因。菱子似乎很为难，但最终还是遮遮掩掩地说，青荷说药都学院乱得很，跟野鸡大学差不多，坚决不上了。那时候，正是贾谊的事刚过去没几天，学校里乱哄哄的，难怪这孩子有了退学的想法。

赵大嘴不想在菱子跟前丢面子。他想了几秒钟后，就对电话里的菱子说，你先劝劝闺女，我想办法把她转到江南医科大学去。

话是这么说了，但这事他不找钱强是办不成的。

钱强听了赵大嘴说找他是办这事，想了想就说："兄弟，这事我不能帮你办，你得去找金校长。一呢，你现在是投资人，他会给你这个面子；二则，我要是出面帮你办了，那不就等于让更多人的人知道我俩的交情了吗？"

赵大嘴想了想，觉得还是钱强想得周到。他就决定明天亲自去找金校长，同时，要是有机会的话，还可以探探金校长对药都学院的态度。

赵大嘴在钱强这里坐了两个小时，离开的时候，钱强说："记住，凡事都不要慌，一慌出百错。以后啊，不要轻易来找我，有事我自然会找你！"

赵大嘴一个人下楼的时候，感觉钱强今天与平常有点不大一样。他比平时更谨慎，表面上虽然很淡定，但心里一定也在操着药都学院的心。

尽管如此，赵大嘴心里也开始盘算自己的小九九了。

赵大嘴从省城回来的那天晚上，跟妻子丽娜说：可能摊上事了。

丽娜有些紧张地问："啥事啊？刚进家就这么说。"

赵大嘴没有答话，而是不停地吸烟。丽娜心里更没有了底，焦急地说："到底咋了？你倒是说话呀。"

赵大嘴终于开口了，"我感觉这样下去，学院早晚得出事，还是走为上。"

"走为上？咋走，咱的钱都在里面呢。"丽娜不解地说。

赵大嘴看着丽娜焦急地样子，叹着气说："咱不是这地里的虫，就甭想在这里把自己从毛毛虫变成花蝴蝶子！"

"那你说，我们怎么个走法？"丽娜盯着赵大嘴的双眼问。

"你说咋走？拿钱走人呗。"赵大嘴说。

丽娜苦笑着摇头，"你说得轻巧，咱能卷着钱跑到国外去啊。再说了，钱都变成大楼和仪器了，咱是一分钱也拿不走啊！"

赵大嘴看了一眼丽娜，然后说："跑了和尚，寺还在。跑到美国的人都引渡回来了，法网恢恢，你跑得了吗？"

"你别卖关子了。就直说吧。"丽娜是想尽快知道赵大嘴的葫芦里卖的到底是啥药。

赵大嘴身在床上才告诉丽娜，这事他找高人指点过了：解铃还须系铃人，这事必须找钱强。由他出面运作，把学院评估后，咱的股份交由江南医科大学。这样才是金蝉脱壳之策。

那天夜里，赵大嘴和丽娜谈了很久。

开始，丽娜心有不甘，但最终她还是想通了。她说，也许这些钱财本身就不是咱的。还是老话说得对呀，只有破财才可消灾！

赵大嘴是个情商绝对高的人，他心里已有了主意。只不过他认为现在该给丽娜说了，让她心里先有个数。

从联合调查组调取的资料判断，是越来越深入了。

汝婷打听到的消息，也证实了这一点。赵大嘴心里有些急，他想跟钱强联系。但他又记着钱强给他的交代，他也从心里把宝押在了钱强身上。钱强应该是蹿江过海的老鲨鱼了，几次查他都丝毫未动。想到这些，赵大嘴心里又踏实一些。

电话终于来了。钱强让赵大嘴连夜赶到那个紫荆花园。

钱强这次依然跟没事的人一样，品着茶，抽着烟。

赵大嘴也故作轻松，并不主动开口。他知道，钱强肯定有话要说。

钱强抽完一支烟，才开始说话，"兄弟，把学院的股份卖了吧。"

"卖给谁啊？咋卖法？"赵大嘴装成什么都不懂一样地问。

钱强审视了赵大嘴几眼，叹了口气说："没想到这鱼被咱养这么大，咱的胃小，吃不下去了。"

"是儿不死，是财不散。不是咱的咱就不守了。哥，你说吧，一切都听你的安排。"赵大嘴表现出无所谓的样子。

钱强对着赵大嘴笑了笑，但明显流露出来的是无奈。

"我呢，跟金校长说过了，如果你同意，可以先跟学校签个框架协议。然后呢，启动评估，评估好了就把股份转给江南医科大学。"

赵大嘴的心里已经有数了，但他还是表现出有些意外，有些不肯。钱强就又告诉他说："不仅如此，咱第一年只能拿到百分之四十的钱，剩下来的，五年才能拿到呢。"

赵大嘴焦急急地说："哥，这不是明着坑咱吗？"

钱强就笑了，"啥坑不坑的。不做工作，金校长还不同意呢。更何况，这评估学问大了。咱也未必就吃亏了。"

啊，原来还可以这样做。

赵大嘴觉得钱强就是高，凡事都有化解的招，这才真叫高人，能以招破招，逢凶化吉。

赵大嘴与钱强这次的谈话很深，也很细。

钱强把有可能出现的问题，都一一跟赵大嘴提示了。而且，两个人还把从认识到现在的事都理了一遍，不少事又重新统一了口径。

快天亮的时候，钱强又开口说："这事也不是小事了，你再想想。如果没有好办法，你就直接找金校长。记住，在他面前别提我。"

赵大嘴连声说："这个，这个是当然的。"

下楼的时候，不少人都在小区里开始晨练了。赵大嘴并没有多少疲惫。他决定先回自己的住处睡上几个小时，然后再去找金校长。

省城这栋别墅，赵大嘴有个把月没来过了。这里，有他请的一个六十多岁的保姆在守着。

赵大嘴按响门铃，保姆开了门，很吃惊，欣喜地问："赵总，咋这个点回来了？我刚熬好粥，喝一口再休息吧。"

赵大嘴笑着点了点头。

粥端上餐桌。赵大嘴刚喝一口，丽娜的电话来了。

"听说学院又闹上了。几十个被送到新西兰的学生的家长打出标语，说学院是人犯子，把他们的孩子卖到新西兰做苦力了。"丽娜有些生气地说。

赵大嘴放下碗，冷静了一下，问："你听谁说的？明明是交换生，这跟人犯子、做苦力咋扯上了呢？"

丽娜说："还能是谁说的？汝婷说打你两个手机，一晚上都不通。"

这时，赵大嘴才想起来，他跟钱强谈话时不仅关了手机，而且手机电池都抠掉了。这是钱强跟他的约定，是怕手机被定位了。

赵大嘴放下电话，叹了声气，在心里说：天要下雨，娘要嫁人！

事情并没有赵大嘴想象得那样糟。

联合调查组在学院调查了两个月后，不声不响地走了。股份转让的事呢，框架协议签订后，会计事务所就进了学院。

赵大嘴在心里庆幸地想，我赵大嘴是卖过假药。赚过黑心钱，但我没害过人，没葬良心，上天还是给我路走的。

这中间，他又跟钱强见过两次面。一次是调查组走后，一次是会计师事务所来之前。

钱强显然把自己藏得更深，赵大嘴从他脸上看不出什么大的变化。但仔细琢磨钱强的话，赵大嘴心里还是不安稳。

那天，钱强面对赵大嘴的兴奋，却提醒说："别看调查组走了，也没啥结论，但怕就怕的是没出结论。组织就是一片大海，越是表面平静越是大浪可能要出现的前奏。"

这话，赵大嘴是听明白了，但他还是觉得自己没有什么问题。我投资建学院是有协议的，我也真金白银地投了，学院也建好了，我还能有啥责任？就是说学院办学混乱，那也是你们江南医科大学的事，与我何干呢？

但钱强却不这样认为。他跟赵大嘴说，你听说过"欲加之罪，何患无辞吗"？想找你的毛病多了去了。就查你一条，偷漏个人所得税，足可办你十年八年的；更何况，这些年你卖过多少次假药？

这么一说，赵大嘴就变成泄气的皮球，瘪了。

但钱强又反过来安慰他不要怕，现在这事也是碰倒霉，如果不是那个贾谊出事了，也不可能牵出这些事来。不过呢，从他摸到的消息看，并没有什么大不了的。也就是说，从与江南医科大学合作办校的协议和建设过程来看，没有硬伤。

他告诉赵大嘴一定要沉住气，即使事来了，也要知道说哪些留哪些，哪些打死都不能说。

9

现在，赵大嘴回想起过去的事，肠子都悔青了。

他当初是不该弄贾谊的，本来是想这个鸟人走了，学院就会办得更好，自己是做好事呢。现在看，是搬石头砸着自己的脚了。他当时怎么就没听汝婷的话呢？但这是打掉牙往肚子里咽的事，不能说也不能讲，就像石头压在心里。

这些天，赵大嘴常常做同样的一个梦：几条大花蛇缠着自己，他吓得喘不过气来。每次梦醒后，赵大嘴都在想，这些蛇是什么变的呢？金钱、虚荣、欲望、阴暗，这些东西现在都变成了蛇在缠他，来吓他，让他没有半点开心。

有时候他也暗自苦笑：赵大嘴啊赵大嘴，你一个初中都没上完的人，挣几个钱也就罢了，千不该万不该你要办大学，这也太不拿这个社会当事了吗？

焦虑和紧张，让赵大嘴对汝婷越来越依恋了。

只有他们在一起的时候，他才会开心些。他们在一起喝酒，一起做爱，然后才能安稳地睡一个觉。只有他们在一起的晚上，他才不会做梦。他不知道这是为什么。

汝婷告诉他，做爱本来就是消除焦虑情绪的，更何况疯狂过后身体极度疲乏，当然就能睡安生了。

赵大嘴越来越觉得汝婷这女人不简单，心里的一些事总喜欢给她说说。但他心里还是有保留的，一些不能说的事，他从来没有涉及过。说出的话就像淌出去的水，水多了就成灾。这是娘小时候教育他的，他一直都记得。

汝婷当然也看出了赵大嘴这半年多来的变化。

但她也不多过问，只有赵主动说的时候她才提一些建议。她甚至在心里多次想过，自己虽然真的爱赵大嘴，但终究是见不得光的。男女两个人在一起相爱不是永恒的，能愉快地相处才是永远的选择。

这些天，赵大嘴真是够烦的了。

可马六指却像一坨狗屎一样黏在了他身上，擦也擦不掉，而且让他时时想呕吐。马六指每隔两三天就给赵大嘴打电话，让他给孙子马路天安排工作。赵大嘴开始没好声气地回绝过几次，后来还是强忍着气给他解释，先让孙子自己找个工作，我现在有点麻烦事，等腾出手来我再办行不行？

可马六指不相信赵大嘴的话，而且认为是在糊弄他。

马六指这天竟领着马路天，来到了学院里。

赵大嘴怕弄出来啥事，就赶过来给他解释。马六指很是生气地说："大嘴兄弟，这学院都是你的，你让孩子来这里工作，不是一句话的事吗？"

赵大嘴怎么给他解释，他都不听。坐在旁边的马热闹就生气地说："六指哥，咱做人得凭良心啊。大嘴哥对你咋样你不是不知道，可你现在非逼着他办不能办的事，咱这还叫是做人吗？"

马六指生气地指着马热闹说："你是站着说话不腰疼，你在这里当着保卫，俺呢，俺落着啥了？外面都说这是骗子学校，不然，孩子咋能找不到工作？"

马热闹也站起来，用手指着马六指，"你这还是人话吗？"

马六指也更来气了，指着马热闹骂道："你别在我面前装大尾巴驴。把我逼急了，我就去上告！"说着，马六指竟从怀里掏出一块生白布，上面用黑墨汁写着"骗子大学"四个字。

坐在桌子后面的赵大嘴看到这块白布，气得呼地站起来。他颤抖地指着马六指，强压住怒火说："我叫你爷可行？我是上辈子欠了你的血债！"

马路天也觉得爷爷马六指做得过分，他一甩门走了：别再问我了！

马六指见马路天跑了，怕有啥闪失，就跺着脚，追了出去。

赵大嘴躺在床上两天都没吃一口饭。

这到底是怎么了？马六指的影子总是在他面前挥之不去，让他回想起这五年变幻莫测的命运。对于马六指这个人，说他是自己的灾星，也是对的；说他是自己的福星，也有道理。

自己走到今天，不正是马六指为孙子上大学来找他引起的吗？但这又能怨谁呢？当初自己如果不听钱强的话，不想着争面子，挣大钱，也不至于走到今天这地步呀。

赵大嘴想，如果学院是盘磨，自己就是被钱强牵着缰绳进来的一头驴；钱强是想收点介绍活计的中介钱，自己是想挣点出力磨面的钱。可没想到的是，面磨好了，主家却要卸磨杀驴，而且连牵驴的钱强都不放过。

这一切都是命中注定的。只有用这句话，赵大嘴才能说服自己，才能安慰自己，才能让自己稍稍平静下来。

这时，他突然想吼两嗓子小时候最爱的戏文。于是，他咳了两声，气流从丹田升起，冲向喉咙：

朝—为—田——舍郎——
暮—登—天子—堂——
本是—梦——中—戏——
何须——到——天亮——

赵大嘴不想再躺着了，他决定起床。丽娜见赵大嘴起床了，长出一口气，满脸挂上笑，"想吃点啥？"

赵大嘴点上一支烟，强打着精神说："买个叫花鸡，再来半斤卤猪脸。我要喝点酒！"

第二天，赵大嘴又一脸的沮丧，破罐子破摔的样子。

还又能怎么样呢？气也是一天，高兴也是一天，怕也是一天，不怕也是一天。反正是福不是祸，是祸躲不掉，不如过一天是一天吧。他虽是这样想，但脊梁骨还是时不时地发紧发凉，总觉得自己就是放在案板上的一条鱼，虽然现在还翻腾着，不知哪一会儿就被斩断。

这一天，终于还是来了。

赵大嘴听说钱强真出事了，开始是不愿意相信的。

他让汝婷用新办的手机号打钱强的电话，电话是关机的，再打钱强老婆的电话，也是关机的。

赵大嘴知道，这是真出事了。这一刻，他反而突然轻松起来，因为他不用再担心和幻想了，该来的马上就会来到。

这天晚上，赵大嘴趁着夜色来到了汝婷的住处。

有些事，他不能不先给汝婷交代。其实，也没有太多的话要交代了，许多事都是他们两个人合计着做下的，只是再提醒一下，互相统一下口径而已。

汝婷毕竟还是年轻，这时显得很害怕和无助。赵大嘴故作轻松地搂着她的肩说："没啥大不了的？我老赵没杀人也没放火，大不了坐几年牢。"

见赵大嘴这么说，汝婷赶紧去捂他的嘴，"别这样说！"说罢，就把头埋在了赵大嘴的怀里。

今晚，赵大嘴和汝婷都变了个人一样，缠绵的时候像世界末日的两头狮子，都拼命挣扎和撕咬着对方，一个如雄狮下山，一个如母狮扑食，疯狂而恣肆。世界平静下来了，两个人都特别地放松和快意，没有了做爱前的那些紧张和不安。

赵大嘴亲了亲汝婷的额头说："别怕，噩梦醒来是早晨。一切都会好的。"

汝婷在赵大嘴怀里又躺了一会，便开口说："回去吧，那边也要安排好！"

赵大嘴回到家里的时候，已经快十二点了。

丽娜正一个人坐在客厅里，心神不定地大口喝茶。她就是这个毛病，一遇到重大的事，就会不停地喝茶。

赵大嘴进了客厅，见丽娜正在喝茶，就说："我饿了。你去炒俩菜，咱俩喝两杯！"

丽娜立即起身说："菜炒好了，我去端！"可她一转脸，泪水却涌出来。

这顿饭吃了一个多小时。一瓶古井贡原浆喝完，赵大嘴把要交代的事情，也都一一给丽娜做了交代。

丽娜虽然心里担心得快要抽搐了，但有酒劲盖着脸，她看上去却也镇定和从容。丽娜觉得能瞒过赵大嘴，其实赵大嘴心里一清二楚。

赵大嘴点上一支烟，然后说："吃饱了，我得出去一下。"

丽娜看着赵大嘴说："这么晚了，能不出去吗？"

赵大嘴无奈地笑了笑，然后说："我想去学院看看！"

丽娜就不再作声，起身说："天凉了。我去给您找个背心。"

车子停在学院办公大楼前，赵大嘴关了车门，深情地望着路灯下寂静的校园，一股热流和酒气从胃里向上翻腾。这时，马热闹跟了过来，

187

"哥，我陪您走走！"赵大嘴回头看一眼马热闹，掏出一支烟，递给他，然后说，"去吧，把门守好了，这里有几千个孩子呢！"

赵大嘴兀自来到三楼办公室。微白的灯光下，他开始烧水、泡茶，他想静静地喝几杯自己最喜欢的祁门红茶。

水完了再续，茶淡了再泡，烟熄了再点。在这淡淡的烟茶中，赵大嘴打开窗户，与这月夜下的校园融为了一体，已经感觉不到自己的存在。这是他几十年生命中从没有过的舒展和放松，万物寂静，茶香烟袅，世界化零。

不知过了多久，猛然间，赵大嘴被咯咯的欢笑声惊醒。他站起来，走到窗户前向外望去，只见操场上几十个青春的身影正在晨跑。啊，天就要亮了。赵大嘴吸了一口从外面扑进来的清新空气，他决定下去走走。

东边的霞光洒满身边的绿篱，小鸟在青葱的梧桐树上鸣叫，凝在草尖上的露珠闪烁着七彩光芒。赵大嘴觉得，这一刻是全新境界，像刚从梦中醒来一样，眼前所见与他以往的记忆都截然不同。

他继续向前走，操场的四周和花园里捧读的学生们，书声琅琅，一个个都身披霞光，金灿灿的。

霞光渐淡，太阳终于露出了半个红球，火红的光线从天边射过来，明亮而温暖。

赵大嘴情不自禁地说：多么灿烂的阳光啊！

《人民文学》2016年第3期

评鉴与感悟

大学里的"莆田系"

毕竟是江湖中人，杨小凡的文字坦率、直接，赤裸而毫无酸腐气，如同他多年混迹的校园围墙以外的世界。如果用一句话概括，《大学》写的是一座"野鸡"性质的"独立学院"是如何在一年之内建成的。创办学校的百年大计，以杨小凡的笔法写来，自与"建设"二字无缘。"所谓大学者，非谓有大楼之谓也，有大师之谓也"言犹在耳，小说却告诉我们，时至今日，大学有座坚固实在的大楼已是奢求。作者把金碧辉煌的建筑外皮剥开，敲碎白色的墙柱和玻璃的黑幕，抖搂出塞入其中的破棉败絮。

凭倒腾假药起家的暴发户赵大嘴，为了解决乡亲故旧考大学的问题，不得不求情于自己多年的"生意伙伴"——江南医科大学副校长钱强。手段高超的钱强，给赵大嘴出了个狠招儿，让他与江南医科大学合资在药都市办个独立学院。这样不仅可以解决老乡孩子上大学的问题，还可以与医科大学分成学费，并向药都市政府要来些商业用地做投资。由此初中都没毕业的赵大嘴，摇身变为"独立学院名誉院长"，眼见学校一天天平地而起。但在此过程之中，赵大嘴却恍然发现，与钱强这些"文化人"相比，卖过假药，赚过黑钱的他，才仿佛是没见过世面的书生，处处都是搞不明白的事体。

经过钱强悉心开导，赵大嘴一点点熟悉了各种潜规则：原来最赚钱的生意都是要跟国家做；原来"独立学院"如同教育行业里的"莆田系"，比民办大学油水大得多，挂着名校的牌子，拉着政府支持的大手，享受着国家对高等教育的扶植政策，其他的都可以独立运作；原来需要政绩的政府可以免费提供教育用地，土地出让金可以先缴后返；原来有种叫"自主招生"的政策，让望子成龙的家长们多交钱还感恩戴德；原来可以通过与新西兰联合办学扩大声势；原来学生们在朋友圈里捅出的学校黑幕，可以花钱找删帖公司平息……看来所谓资本的逻辑，并不是空有道德义愤的人们想象的那样简单。赵大嘴虽然渐生金盆洗手之心，然而一旦陷入环环相扣的关系链条，想要中途全身而退，却是何其之难。

如是种种，经由人情练达的杨小凡写来，别有一番缜密与透彻。在商海中浮沉，谁人不是千疮百孔的？利益根系相缠，若想搬起石头打破规则，就要付出砸断自己脚骨的代价。作者没有给出赵大嘴的结局，但在这学不敢上，药不敢吃，病不敢看，警不敢报的年月，"赵大嘴"的故事每天都在发生。《大学》不仅是教育行业的"莆田系"事件，而且几乎影射了2016年所有的社会热点。但杨小凡不是预言家，他只是再次提醒了我们，无论小说里的故事，还是电视上的新闻，都不是孤立的"事件"，而是按照或然律或必然律可能发生的事情。所谓"虚构"，也许比历史更真实。而所谓"真相"，也许只是真实的谎言。（赵天成）

琴声何来

/裘山山

1

那个晚上有什么特别的吗？马骁驭回忆过好几次。仲春，下雨，似乎就这么两点可说的，其他一切平常。

他躺在舒适的床上，翻来覆去睡不着，莫名其妙的。有那么一会儿，他感觉自己睡着了，迷迷糊糊中似乎还飘了几缕梦影，但很快又意识到其实是醒着的，好像某根筋被谁拽着，不让他进入梦乡。

细思这一向并没什么烦心事，工作也还顺利，本该倒头大睡才是，怎么会失眠呢？想起最近看到的一个资料说，脑萎缩的其中一个特征就是失眠。马骁驭不禁哑然苦笑，自己才四十出头，不至于吧？而且，没成家没生子的，革命尚未成功，没道理萎缩。按联合国的规定，他还没到中年呢，还在青年的尾巴上。

应该是偶尔失眠，无需乱想。马骁驭拉开灯，打算找安定出来吃上半粒。原先他对安定很抗拒，后来听说他们学校一位九十多岁的老教授，一直是靠安定入睡的，好好的，既没糊涂也没痴呆，他也不再抗拒了，备了一小盒在床头。

窗外传来淅淅沥沥的雨声，那种暗夜里无边的响动，更让夜晚显得万籁俱寂，无论白天有多少烦乱，多少不公，多少悲欢，夜晚总是这样宁静，让醒着的人，很容易触到内心深处最敏感的神经。

听见他开灯拉抽屉，老贝闻声从床下窸窸窣窣地钻了出来，抖抖毛，定定地看着他，似乎有几分不解。老贝是母亲养的小狗，母亲走后就跟了他。11年，在狗界已经是高寿了，但在马骁驭这里依然像个小孩儿。老贝最怕下雨，平时睡在马骁驭床边的沙发上，一到下雨就钻到床下去了，为此马骁驭在床下为它铺了个垫子。

马骁驭去客厅倒水，老贝也小跑着跟上，紧撵着他脚后跟，生怕跟丢了。爪子在木地板上发出窸窸窣窣的响声。这是他们两个共同的家。马骁驭吃了安定，站在窗前发了一会儿呆，雨哗啦啦地发出响声。春天竟然会下那么大的雨，有些让人惊骇。

他回到床边，顺手拿起手机看了一眼，啊，竟有5个未接电话！

难怪他睡不着。看来人和手机也是有感应的，即使是静音也能唤醒他。他连忙打开看，哦，不是老爸，还好。是他的大学同学吴秋明。5个未接电话都是吴秋明的。再看时间，最后一个电话是1点10分打的，差不多就是他起来吃安定的那一刻。

怎么回事？半夜三更的给他打电话？莫非是前两天会议上的偶遇，又让她想入非非了吗？想找他煲电话粥吗？想到这一点不免有些烦躁。他不想给自己找麻烦。

正想着，电话再次响起，因为取消了静音，铃声大作，即使有哗哗的雨声也很刺耳，屏幕上跳出吴秋明三个字，一声，两声，三声。马骁驭纠结着，要不要假装依然在熟睡中没听见？这一接，会不会给自己带来麻烦？

但他终于还是接了起来。

一个陌生女人的声音，请问你是马……那个马先生吗？

马骁驭说，我是。

他估计女人念不出"骁驭"两个字，只好叫他马先生了。

我是二医院急诊室，有位女士昏倒在这里。可能是你的家人，你能不能过来一下？

虽然现在电话骗局多多，但马骁驭凭直觉，相信对方真的是医院。他只是本能地求证了一下：嗯，这个电话是我同学吴秋明的，是她昏倒在你们医院了吗？

对方说，我不知道她的名字，她一个人来医院的，到急诊室就昏倒了。医生正在抢救，我在她手机里翻到几个电话都打不通，就你的通了，你赶紧过来一下吧。是市二医院急诊室哈。

马骁驭只好说，好的，我马上过来。

马骁驭有点儿发懵，居然遇到这样的事。虽然不是他想象中的麻烦，却是另一种麻烦。他和吴秋明毕业后几乎没联系过，仅仅因为前些天开会遇见了，才互相留了电话。也就是说，他的号码进驻吴秋明的手机不到10天，就派上了大用场。

吴秋明单身一人，他们班同学都知道，四十多岁的她始终单身。她这个单身跟马骁驭不同，马骁驭是离婚独居，她是从来没结过婚，独自一人，住在东郊的一个小区里，离市区，离她单位都很远（搞不懂她为什么选择那里）。这个二医院是离她家比较近的一个医院了，估计是半夜发病，没有救兵可搬。

马骁驭的家离二医院颇远，即使夜里不堵车也得开二十多分钟吧。但眼下别无选择，他只能去了。虽然事情来得很莫名其妙，本能却指挥着他迅速穿上外衣，拿上车钥匙。

老贝依然黏着他的脚后跟，紧跟不舍，一直跟到了门口。马骁驭蹲下来摸摸它的头说，你不能去，在家等我，外面在下雨。可是老贝不肯，大概它从来没见主人半夜三更丢下它出去过，何况还是雨天，它很紧张，一个小跑，抢先蹲到门口挡住去路。

马骁驭只好把它拎起来，放回到沙发上，厉声道，不许跟着！

老贝可怜巴巴地站在沙发上，目送他出门。

地下车库安静得像悬疑片里的案发现场，昏黄的灯光下一辆辆轿车蛰伏在车库里一动不动，车主人们正在梦里神游。马骁驭打亮自己的车，电子车门发出的叽叽声尖锐地刺破了固体般的宁静，他心里忽地涌起一浪悲伤，一年前他为了母亲曾夜半奔向医院，未到天亮，母亲就撒开他的手，离去了。看着母亲平静的面庞，他当时竟有一种松口气的感觉，他想，妈妈终于不用再受痛苦的煎熬了。

可是他却把痛苦承接了过来，像得了后遗症似的，很长一段时间不敢去医院，看到医院的标志心口就发紧。哪怕是亲友病了，他也找各种借口不去探视。如同大地震之后的很长一段时间里，他都不能看到拆迁工地，一看到半倒塌的房屋心里就发慌，发闷。

今天只能去了。他平静地坐上车，系好安全带，将车缓缓驶出车库，驶入雨夜。

2

马骁驭和吴秋明是大学同学。

二十多年前他们进了同一所大学，在同一个系同一个班。但他们做同学时基本没什么交往，夸张一点儿地说，马骁驭都没正眼看过吴秋明。不是马骁驭多么骄傲无礼，是实在顾不过来，总有一个接一个的美女遮挡住他的视线。马骁驭在大学里是风云人物，班长，校篮球队队长，文学社社长，最重要的是，他很帅，帅而高，帅而聪明，帅而有教养，是女生们梦寐以求的白马王子，碰巧他还姓马。可是吴秋明呢？她是他们班9个女生里最不好看的那个，不仅长得不好看，左脸颊靠下巴的地方，还有一道伤疤。这伤疤让她的嘴显得有点歪，把她划入了丑女子的阵营。

进入大四后，班上那几个还没女朋友的男生坐立不安了，即使是毕业后去向的迷茫也压不住青春的慌张。可是男多女少，无法平均分配，更何况马骁驭这样的家伙还多吃多占。于是其中一个男生，再三考虑后就去找吴秋明了。他感觉他有九分的把握，就好像去他们村里那个冷清的供销社买牙膏，牙膏有点儿过期还有点儿脏，但大妈说，就剩这支了。没有选择，牙膏孤零零的，也是急于让他买走的样子。这位男生早就注意到，吴秋明没有男友，她总是和班上另一个相貌平庸的女生一起，打开水，去食堂，上图书馆。就在不久前，那个女生居然被政教系一个慌张的男生给拽走了。吴秋明便独自一人在校园里行走，用那个文雅的词来形容，就是孑然一身。

该男生在某一个晚自习时间，勇敢地前去求爱，他信心满满，甚至有点儿当救星的意思。他在图书馆外的林荫道上拦住了吴秋明，直截了当地说，做我的女朋友好吗？吴秋明看着他，面无表情，好像看着路边的悬铃木。他以为她被意外惊呆了，于是又重复了一遍刚才的话，声音还稍稍提高了一点儿。这回吴秋明很清楚地回答了一个字，不。男生大为惊讶。他以为吴秋明会羞怯，会感激，会不知所措，唯独没想到她会拒绝，而且拒绝得那么淡定。

Why？男生忍不住冒出语气夸张的英语，还搭了一个耸肩的动作。吴秋明用中文回答说，抱歉，我不喜欢你。男生下不来台了，尴尬地讪笑道，没关系的，我们先做普通朋友，互相了解，增加友谊。好不好？吴秋明依然说，不。我觉得没必要。

碰壁男从尴尬转为生气，拂袖而去，一个晚自习都在郁闷，都在想不通。他不明白吴秋明哪儿来的自信？当晚，他便在他们寝室的卧谈会上吐槽吴秋明（据说现在的大学生已经没有卧谈会了，晚上都各自玩手机或者ipad，或者用笔记本上网，互不交谈。光是这一点，就令马骁驭十分怀旧）。他吐槽时，自然是抹去了自己被拒的那一幕，只是假作旁观者的口吻说：靠，听说咱们班那个丑女子心气还高着呢，宣称非帅哥不找。

一说丑女子，男生们马上明白是指吴秋明，哗然了：不会吧？是没人要吧？故意给自己找台阶吧？就她那样还找帅哥？这不是跟自己过不去吗？肯定是看《简·爱》看出毛病了吧，还真以为有罗切斯特在等他啊。问题是她比简·爱难看多了。

舆论一边倒，让碰壁男心理平衡了一些。他冷笑道，我也是听说的，不信你们哪个去试试？肯定会遭拒。立即有个男生说，好，我去！为了满足你们的好奇心，本人出卖一回色相。不过，他又说，她要是答应了，你们得帮我解脱哈。

该男生已经有女友了，是高中同学，爹还是高干。他因此被班上男生戏称为快婿。快婿无聊生事，趁着女友不在身边，就去找吴秋明了。但事情的结果又一次出人意料，吴秋明也断然拒绝了快婿。理由依然很简单：抱歉。我不喜欢你。

快婿毕竟有点儿思想准备，于是追问道，那你能告诉我，你的理想男生是什么样子吗？吴秋明不说话，转身要走，快婿不甘心，追上去问，难道你是要找马骁驭那样的？

这话原本有些挑衅的意味，快婿预料吴秋明会生气，不理他。但吴秋明回头看了他一眼，冷冷地说，不可以吗？

快婿说，不不，当然可以。我的意思是，你也喜欢马骁驭？

吴秋明依然淡定地看着他说，喜欢，又怎么样？

然后转身就走了。其实吴秋明回答的都是反问句。但有时候反问句就是肯定句。何况快婿有了先入为主的看法。

这场风波后，班上的人都知道吴秋明暗恋马骁驭了。男生们在嘲讽了吴秋明之后，又开始起哄马骁驭，说马骁驭你真是老少通吃啊，美女丑女一网打尽啊。

马骁驭闻听此事，才去注意这个叫吴秋明的女生。当然，他肯定认识她，只是从未把她当女生好好看过。上课了，他看到她走进来，依然穿着件浅啡色的灯芯绒夹克，前面后面几乎差不多，微微低头，径直走向座位，如入无人之境。马骁驭特意查看了一下她的成绩，成绩不错，每次考试都能进入前三。也许这就是传说中的书呆子吧。

马骁驭是个有教养的人，爹妈都是大学老师，他制止了几个男生的起哄，并说大家应该尊重吴秋明，不要拿这事取笑她。每个人都有选择的自由。"亏你们还是学心理学的，怎么一点儿体恤他人的意识都没有？"他说这话时，心里是怀着怜悯的。这么一个女孩子，一手牌只有一张主（年轻），但也和其他漂亮姑娘一样心怀高不可及的择偶标准，今后的日子一定会很辛苦的。

马骁驭的怜悯，肯定是有着优越感的怜悯。从心理学上讲，怜悯本身就是从高向下的，或者说是置身事外的，同情才相对平等，彼此类似。但对于吴秋明的处境，马骁驭哪里能感同身受？好在他还善良，还有体验别人痛苦的能力。

到毕业，马骁驭和吴秋明也没有正面"交锋"过。马骁驭假装不知道，像对待其他同学一样对待吴秋明；吴秋明呢，好像也从来没说过喜欢马骁驭这样的话，照样一个人独来独往，悄无声息地进出教室，紧紧抿着略微有些歪的嘴唇，偶尔和马骁驭照面，也没有任何表示，不要说眉目含情，连笑意都没有。

就这样毕业了，各奔东西。

3

一开车上路，马骁驭发现雨挺大，比他在窗前听到的还要大。大雨裹着风，在路灯下飘飘忽忽，是一个他似曾相识的雨夜。

已经很久没有在这样风雨交加的夜晚外出了。这样的夜晚，会让马骁驭心情沉重，因为母亲去世的那个夜晚，也是这样的风雨交加。他接到医院的电话，慌慌张张开车赶过去，一边开车一边通知父亲，虽然父母已离异多年。

脑袋发沉，不会是安定起作用了吧？真要命。此刻本该躺在雨夜里呼呼大睡的，却驾着车在风雨中前行。人的命运不知道在什么时候就突然拐弯儿了。也许是在前两天那个会议上拐弯儿的？那天他怎么也没想到会遇见吴秋明⋯⋯

马骁驭使劲儿揉脸，抓头皮，恨不能抽上一支烟。雨刮器来回扫，前路还是一片迷茫，他瞪大了眼睛盯着。幸好是夜里，街上车辆稀少。

忽然，一把不知从哪儿飞来的雨伞，猛地打在他的车前窗上，那一瞬间马骁驭还以为撞到人了，猛踩急刹，雨伞飞到了路边，车轮却控制不住的打滑，斜到一边，撞在了路边的隔离带上，马骁驭整个人往前冲又被安全带拽回，但已是魂飞魄散。

一个女人从路边跑过来捡伞，捡起来后怯生生地站在路边，似乎等着挨骂。

马骁驭伏在方向盘上，心脏被惊得咚咚直跳，幸好是雨伞，要是人的话，后果不堪设想。他忍不住骂了几句。这骂的几句里，也有冲着吴秋明去的。你说这种事干吗把我给扯进去？难道在这个生活了二十多年的城市里，你就找不出一个比我亲近的人？碰上这样的紧急状态，按社会关系排，首先是老公，没老公是儿女，没儿女是父母兄妹，没父母兄妹是同事，实在不济，才是同学，同学也应该是比较要好的女同学。怎么也轮不着一个天远地远的男同学吧。

当然，他心里也清楚，在吴秋明看来，他们不仅仅是男女同学关系，甚至连他们班同学，都认为他们之间是有故事的。何况，电话也不是她本人打的。她一定已处于无法自控的状态了，否则以她的矜持，是不会给他打电话的。

马骁驭下车，到车前看了看，车前的挡板撞了个大坑，右前灯也撞裂了。幸好轮胎什么的，都没事儿，要不这大半夜的，上哪儿去修？他拿出手机，拍了两张照片，好向保险公司交代。

捡起雨伞的女人依然站在路边，那眼神让他忽然想起了自己的前任女友，那个挺能"作"的女友。

马骁驭冲着她发火道：大半夜的，你在马路上晃什么晃？

貌似前女友的女人也被吓到了，连连说，对不起啊，风太大了，我没拿住。他本来还想吼一句，你知不知道你差点儿害死我！但雨水流进嘴里，让他闭了嘴，他挥挥手，意思是赶紧走你的吧。

女人就撑着伞，款款地走了，那步态，好像是出来散步。大半夜的，还冒雨，在大马路散什么步啊。这神经兮兮的行为，也是和自己的前女友极像的。前女友一到下雨的时候，就会提出要出去走走。有一天晚上，她也提出这个要求。马骁驭答应了，虽然很不情愿，但那时候正热恋，他还是很配合的。他们挽着胳膊，在人影稀疏的街道上走了半个小时，裤脚和胳膊都淋湿了。女友在他耳边说，我觉得爱情就是两个人一起撑一把伞，在下雨的时候相依着一起走。他听着心里发毛，不知怎么回应，如果说是的，感觉自己太矫情，这样的雨天，怎么也该待在家里，喝杯热茶。但说不是，是断然不行的，他只好轻轻吻了一下女友的脸颊，相当于女友给他发示爱微信时，他回一个动作表情。

关于爱情，人类有成千上万种表达，曾经打动过马骁驭的是塞林格的一段话："有人认为爱是性，是婚姻，是清晨六点的吻，是一堆孩子，也许真是这样的，但你知道我怎么想吗？我觉得爱是想触碰又收回的手。"如果以此界定，马骁驭早就不再享有爱情了，虽然他身边的女人没有断过，但那都是性的需要，或者，生活的需要。自离婚后，他前前后后谈过的女朋友，没有三十个也有二十个吧。发生过肌肤之亲的，也超过十个了吧。她们让他动心，仅仅是春心，没有一个，是让他想触碰又收回自己手的。眼前这位喜欢下雨天散步的，已经是其中最让他珍惜的了。马骁驭想，问题不是出在女人身上，是出在他自己身上，他的心已经长了厚厚的茧了，脱敏了。

前女友貌美，还脱俗，不是一般的脱俗。每每两人在一起，马骁驭请求她做顿饭或者煲回汤时，她总是找各种理由拒绝，如果马骁驭说，我看人家那些女人……话还没出口她马上就会说，我干吗要和别人一样？我就不喜欢厨房！她宁可叫外卖，胡乱对付，然后用做饭的时间看书，听歌，甚至发呆。她说这样的人生才是她想要的人生。她从不要求他买名牌，不化妆也不烫头，穿着简朴，有时甚至过于简朴，一条牛仔裤，一件布衬衣加上一件卫衣外套，一个旧牛皮包已经发硬了。她好像对自己的美丽毫不在意，以至于马骁驭不得不主动给她买衣服，买鞋，买包。如果说她有生活欲望，那么也是按书上来的，比如"一生中要做的99件事"，做过的她就勾掉。

马骁驭最初是极喜欢的，这么清纯，这么有文艺范儿，在物欲横流的今天，多么难得。问题是她并不是因为丑小鸭不打扮，她是个漂亮女人，虽然没漂亮到惊艳，却是别有韵味，很耐看，稍稍打扮下绝对是个美女。最让马骁驭欣赏的是她"腹有诗书"。聊天时，她常会恰到好处地掉个书袋，令谈话趣味横生。他曾暗暗惊喜，都这个年龄了，竟然还捡了个宝。

但时间久了，他有点儿受不了。毕竟，日子是通俗的，人是要过日子的，人得通俗点儿才能把日子过下去。马骁驭承认自己是个俗人。"腹有诗书"之前要腹有大米。他们之间的最终爆发是因为大海。不是叫大海的人，就是大海，The sea。

前女友每天都说，在"一生中要做的99件事"里，她最想做的就是去海边看日出，在海边发呆，让海风吹乱头发，赤脚在沙滩上奔跑，让海浪亲吻双脚，趴在沙子上听自己的心跳，闭上眼睛让太阳覆盖全身……

感觉完全是书上抄下来的句子，语气词都没改。

马骁驭只得一次次地表态说：好，等我有假期了就带你去。

可是他的确忙，从冬忙到春，从春忙到夏。学院的现任领导还有一年就到龄了，他是候选人之一，但他的论文篇目还不够，而且他的课题还没完成。

前女友开始不高兴了，不高兴的具体表现是拒绝马骁驭亲热。他们在一起两三个月了，始终没有进入到男女最实质的交往，直截了当地说，始终没有做爱。马骁驭每每蠢蠢欲动时，她就各种打岔。状态最佳时，也只允许马骁驭亲吻，或抚摸。不高兴后，她连这个层次也关闭了，彻底拒绝。

马骁驭在她这儿明白了一个道理，对女人来说，性和爱一定是紧密相关的，感情上的不满足一定会导致性事上的不积极。而男人是可以分开的。马骁驭终于意识到，这事比他的课题更紧迫。

有一天他咬咬牙，在网上买了两个人的往返机票，去三亚的，然后把信息发给前女友。前女友立即回复了无数个亲吻和红心，还有各种手舞足蹈的动画小人儿，然后是一句"大海我来了！大海请张开你的怀抱"。马骁驭一瞬间感到，那种兴奋瞬间感染了他，他拿着手机都感到自己的身体发热。看来这付出很值得。接下来，马骁驭更是心满意足，到三亚的第一天晚上，和女友的关系就突飞猛进，达到顶峰了。

但核心问题并没有解决，马骁驭本人并没有看海的心情，哪怕是到了三亚也没有心情，他只是让女友每天去看海，去赤脚在沙滩上跑，去发呆，去让海风吹乱头发……总之，去做"一生中必须做的99件事"之一。他只是偶尔从窗口望望海，望望前女友的倩影，休息一下眼睛，然后就回到电脑前，要么赶论文，要么通过视频跟学生们讨论课题。他想，幸好有网络啊，还能继续工作。

哪知在返回的飞机上，前女友一直情绪不高。问她，玩儿得不开心吗？她幽幽地说，我终于明白了，你不是真的爱我。马骁驭惊诧莫名，这话从何说起？我要不爱你，能专门飞这一趟吗？前女友说，如果你真的爱我，怎么会舍得让我一个人去海边？面对无垠的大海你不知道我有多孤独？我多想靠在你的怀里面对大海，和你一起闭着眼睛晒太阳，那样才是最最幸福的。可是你却离我远远的，和电脑在一起。

马骁驭说，没有啊，我经常在窗口看你，而且，每天的大部分时间我都陪在你身边，一日三餐，还有整整一夜。

前女友依然充满忧伤地说，不，你带我来三亚，是为了应付我，是为了……达到你的……目的，并不是真的想陪我看大海。在你心里，论文比我更重要。我真的很失望，我看错你了。

马骁驭崩溃了，感觉自己花了冤枉钱。两个人的往返机票，加上酒店住宿，近两万元啊，只换来一个"应付"。

马骁驭感觉这个累，不亚于随时掏钱买名牌的那种累。照理说，他们的年龄相差不到10岁，前女友也是三十多岁的人了，不该有代沟的。那么，是三观不同？他们之间有个"三观沟"？还是最通俗的说法，性格不合？

结局自然是分手。虽然马骁驭很有些不舍，这一位，是他离婚后谈的无数对象里时间最长感觉最好的一个。但他的确没法满足她，因为不能满足，他们之间的距离越来越大，他几乎碰不到她的身体了，对他来说她真的变成了一个花瓶。一辈子那么长，按书上说的，这才做了不到30件事，还有66件呢，早晚会分手的。

分手后马骁驭全力以赴埋头搞论文，搞课题，一年后如愿以偿地当上了院长。这个时候，孤独涌来，欲望涌来，他需要一个女人，太需要了，于是，新一轮求偶活动开始。

4

那把飞来的伞，彻底惊醒了马骁驭，安定催生的睡意也撞成了亢奋。他开着只亮一个前灯的独眼龙车，快速赶到了医院。

医生果然在等他，上来就说，你总算来了，我们什么都准备好了，就等着你来签字做手术了。马骁驭说，到底发生什么事了？医生说，是急性阑尾炎，很危险，再不手术就要穿孔了。

马骁驭松口气，说，可我不是她家属啊。我就是她同学。

一个年轻护士说，是我给你打的电话，我翻她的手机，拨了前面几个号码都没通，只有你回了电话的。现在手术不能等，你就签字吧。

马骁驭无奈，只能默默地拿过单子来，不看不知道，一看吓一跳。原来，一个手术潜在的危险竟有那么多?! 光是麻药可能引发的危险就有一堆。他有些犹豫了，自己能担起这个责任吗？

他问医生，必须手术吗？医生说，必须手术，否则穿孔就完了。她已经高烧了，各项指标都亮红灯了，不做手术过不了今晚。

吴秋明这时已经醒了，穿着手术衣躺在那里，看到他连忙说，马骁驭你就签吧，拜托了，赶快签吧，你不签我只有自己签了。

马骁驭只好签字。他来医院，不就是为了签字吗？特殊情况特殊对待，如同战争时期，属不可抗力范畴。

然后他就坐在手术室外面等。

雨好像停了，仿佛刚才的疾风骤雨，只是为了给马骁驭深夜进医院制造一种紧张气氛。走廊上空无一人，灯光反射在光洁的地面上，散发出不同寻常的幽静。每个病房都悄无声息的，偶尔有护工进出，蹑手蹑脚的。但马骁驭知道，绝对还有很多人，没有入睡，在被病痛折磨。那样的幽静，是危机四伏的幽静，让他马上想起了母亲病重的日子。

母亲是去年走的，最后那半个月，他天天跑医院，几乎二十四小时守着。母亲并没有手术。在查出是癌症后，母亲坚定地表示不手术，不化疗，不放疗。她看了很多资料，认定现在医学对癌症是没有办法的，所有的治疗都只是折磨，最终还是得走。她说，与其在医院里被折磨到走，不如在家享受最后一段日子。马骁驭无法违背母亲，对一个什么都很明白又很固执的女教授，你无法说服她。但是，癌症的确是可怕的。到后来母亲进入了昏迷状态，马骁驭只好再送她进医院。在医院里，她依然备受折磨，常常要靠打杜冷丁止痛，直到离世。

事后马骁驭想起这个过程，常常心痛自责。因为在决定母亲治疗方案时，他很无力，很没主见，他也不知道到底是手术好还是中医保守治疗好，只好顺从母亲。母亲离世后他时常内疚，后悔，认为自己是应该说服母亲做手术的，也许手术了，可以多活几年。直到有一天，他听见一位刚经历了父亲患癌症离世的人说，从家人查出癌症那天起，你的所有决定都是错误的，怎么做都是错误的。因为你无法做两次选择，无法比较。他终于放下了这个包袱。

整整一年，他活得沉重而又悲伤。父亲和母亲，在他考上大学后忽然离婚了，那时他才知道，父亲早就有了外遇，是母亲恳求他等儿子高考完再分开的。这让他对母亲充满了一种心疼的感激。他不知道母亲是怎么忍下来的，每天笑脸面对他，给他做好吃的，让他安心高考。而父亲的外遇并没有因为他的学问而上档次，和普通男人一样，他就是喜欢上一个年轻漂亮的女人，他为了那个年轻美丽的躯体和活泼快乐的性格离开了母亲。也许人到中年的他格外需要阳光照耀，他向葵花一样义无反顾地朝着阳光而去，不管背阴处杂草如何肆意丛生。父亲再婚后，马骁驭便一直和母亲住在一起，给了母亲最大的安慰。即使在国外的几年，他也和母亲每天通话，每周视频。这不仅仅是因为他想弥补父亲对母亲的伤害，更因为母亲还是他的朋友。所以母亲的去世，对他的打击是双重的。他不明白母亲这样一个优秀的女人、善良的女人为什么要承受如此不堪的命运。尽管母亲去世后他的论文得了奖，他也如愿以偿地当上了院长，内心的伤痛却无法抹去。这种伤痛无人能明白，无人能替代。他只能安慰自己，母亲走的时候是知道他要当院长的，很开心。虽然母亲始终为他的成家操心，他也不敢欺骗母亲，不敢带临时女友去见她。母亲能一眼看穿他……

……可是，他居然领着吴秋明去见母亲了，母亲幽默地说，这一位，不像是你的口味嘛，你们怎么会在一起？他结结巴巴地说，她生病了，我必须照顾她……

有人拍醒了马骁驭，他这才发现自己不知什么时候睡着了，安定终于放倒了他，他就那么和衣躺在医院的长椅上进入了梦乡，还做了个荒唐的梦，有点儿不像他的做派。

原来是吴秋明的手术结束了。

被推出手术室的吴秋明是清醒的，面色苍白，她努力笑着对马骁驭说，真不好意思，深更半夜把你给折腾到了医院。马骁驭意义不明地摇摇头，吴秋明说，你可以回去了，我没事了。马骁驭说，刚做完手术，总得有个人在身边才是，你看我给谁打个电话？吴秋明说，没事，谁也不用打。有护士呢。

马骁驭听她这么说有点儿恼，走也不是，留也不是，看看时间，已经是凌晨3点了。即使不考虑工作，老贝独自在家也让他惦记。这时吴秋明终于说了句，我叫了我表姐的，她会照顾我，你放心走吧。

马骁驭这才松口气，不过心下有些奇怪，为什么不早说？害我纠结半天。吴秋明似乎看穿了马骁驭的心思，解释说：我表姐要从老家赶过来。可能马上要到了，你放心吧。

马骁驭这才释然，拜托了护士，然后匆匆离开。

无论从哪个角度讲，他也算尽心尽力了。

5

大学毕业各奔东西。

马骁驭在众多美女中徘徊，到毕业也没敲定，选谁都有遗憾，放弃谁都可惜。于是他只身一人出国留学，一去经年。读完博士回国，他依然单身。这期间他谈过数次恋爱，包括洋妞，但都没到婚嫁那一步，而且越谈越没感觉了。有时候就是这样，没有选择很痛苦，太多选择也痛苦。最后，他居然是经人介绍才成家的，对方是个空姐，相貌不说了，脾气还挺好，家庭条件也很好。差不多一手牌全是主了。但奇怪得很，主多了也会输牌，仅仅两年，空姐就在飞行中有了外遇，跟别人通牌，让马骁驭输得很惨，妻子很快成了前妻。幸好他们还没有孩子。马骁驭重新成了王老五。

前妻离婚后曾打过一次电话，向他表达了歉意，但在道歉的同时，也替自己做了辩解，大意是，我还是很珍惜我们之间的感情的，我也为此努力过。但我这样的女人，毕竟面临的诱惑太多。如果普通女人结婚后要面临三到五次的出轨诱惑，我就要面临三十到五十次。我已经抵挡住百分之九十九了，也算是为我们的感情尽力了。

马骁驭感到好笑，这纯属诡辩嘛，只要一次出轨，就无法证明你曾经抵挡住了百分之九十九。但他不得不承认她说得有道理。你娶个美女回家，本身就是高危行为，就是个潜在的事故苗子。你自己也得承担相应的责任。他大度也是颓丧地说，我不怪你，怪我自己。

班上同学得知他从美国回来了，搞了一次聚会，一是说要欢迎他回来报效祖国，二是说要宰一下他这个大海龟，还有一说是给王老五开个相亲会，希望他在同学里拆散一对。同学在一起说话总是没正经的。那天留在省城的同学都来了，有好几十个。马骁驭感觉大家都混得还不错，而且除了他，都成家有孩子了，甚至都有二婚的了。对他的王老五身份，男士们羡慕嫉妒恨，好一通攻击，女生们则嘲讽他揪着青春尾巴不放，在等着下一代长大。马骁驭只好推说在国外没条件，不想找洋妞，女留学生都难看，没有一个比得过他们班女生的。这下惹祸上身了，大家都说，那好，我们班正好还有个女生空着呢，你娶不娶啊？肥水不流外人田噢。马骁驭连连说，不要乱说哈。

其实聚会一开始他就发现吴秋明没来，想问，又怕给同学们提供更多的口实。现在听大家说吴秋明也还单着，心里不免咯噔一下，但脸上是"那和我有什么关系"的表情，心里也想，我又没追过她，是她自己愿意单着的。

但不管怎样，吴秋明还是在他心里占了个位置，很小很小，仿佛隐形。每当他身边一个女人离开，另一个女人没有到来时，她才会浮现出来。他就会想：她怎么样了？结婚了吗？嫁给一个什么样的男人了？毕竟，那是一个喜欢他的女人。

据说当一个人得知对方喜欢自己时，本能反应就是喜欢对方。这在心理学上也是可以解释的，因为人的本质是自恋的，科学家研究表明，人一天百分之九十的时间都是在想自己，那么，对一个和自己一样成天想自己的人，怎么都会有几分好感。

以后马骁驭还参加过几次同学聚会，吴秋明都没出现，反而是班上另一个女生，一个当年喜欢过马骁驭的女生，向他展开了攻势，她几次暗示马骁驭，如果他愿意，她就离婚，因为她一直喜欢他。最初马骁驭还有几分动心，跟她约会了两次，毕竟是个漂亮女人，三十多岁风韵犹存。但两次之后马骁驭就闪开了。闪开的原因不是害怕破坏对方的婚姻，那婚姻不用他破坏已经名存实亡。而是他对那个女生本人没兴趣了。她和他在一起，总是说些很无趣很乏味的话，那些话题，让马骁驭一丝一毫也感觉不出她也是读过硕士读过二十年书的人。鸡毛蒜皮陈年烂芝麻的事被那张漂亮的嘴嚼碎了再吐出来，实在有种让人不忍直视的庸俗。大学时他们没机会接触，故无法判断她是一直如此，还是被生活浸泡成如此。马骁驭沮丧地想，哪怕每次在一起她能多说一句新鲜话，他也会多喜欢她一点。马骁驭无法把自己的后半生，交给这么一个无趣的女人。

两年前母校七十周年校庆，吴秋明终于出现了。女生们说，是他们年级主任亲自打电话请吴秋明，她才答应来的，她是年级主任的骄傲，从学业上说，她是他们这批最出息的，读了博士，还考取了专业心理咨询师资格，另外还有好多社会头衔。

这个时候离他们毕业已经过去17年了。他们都是挨边儿四十或者四十出头的人了。

马骁驭跟吴秋明握手的时候，毫无悬念地发现，吴秋明老了，当然，自己在对方眼里一定也老了。毕竟他们都已迈向不惑之年。不过上了年纪的吴秋明，因为不烫头不化妆，有种书生气，反而缩小了年轻时与其他女生在容貌上的差异。加之略微长胖的缘故，嘴巴上的那道疤似乎浅了一些。当然，作为女性，她依然缺乏魅力。不过班上的同学对她都表现得格外尊重，除了他们已经成熟以外，更重要的是，吴秋明值得他们尊重。几个曾经调侃过她的男生，都恨不能将往事一笔抹去。

马骁驭作出很超脱的样子上前和她握手：嘿，你好。毕业到现在，咱们头一回见啊。

吴秋明也很大方地与他握手，说，可不是，白驹过隙啊。

马骁驭感觉她的大方不是装出来的，她的眼神和肢体动作，一点儿也没有他想象中的暧昧，或者含羞，或者尴尬。握在他手里的那只手跟其他同学没有两样，是同学的手，不是女人的手。

是不是她结婚了？对他脱敏了？但接下来马骁驭尴尬地得知，吴秋明依然单着，全班单着的只有他和她。连那个当初追过吴秋明的碰壁男，孩子都上初中了。

马骁驭单着还好说，总算是有过短暂婚史，而且要再婚也是分分钟的事。吴秋明却是从来没结过婚，俗称老姑娘。这可不一般。这说明她绝不凑合婚姻，还说明她很专一。

同学们都很知趣，没人把他们往一起撮合，因为，吴秋明手上一张主都没了。马骁驭虽然是个王老五，前面却有"钻石"作定语。他回国后在母校当教授，带硕士，依然帅气挺拔，好多女学生暗地里爱慕他，他如果想找个小自己十几岁甚至二十岁的年轻姑娘，都是轻而易举的事。只不过马骁驭给自己规定了底线，绝不和女学生发生情感瓜葛。吴秋明呢，在母校读到博士，然后在社科院做研究员。据说发表了很多论文，还出版了两本专著。这些都是同学中的佼佼者，可以说气质不俗，学养深厚。可是，哪个男人是被女人的学识打动的？

让人想不到的是，吴秋明那天还登台表演了节目，吹口琴。最初她上去的时候，很多同学的表情都是极为不解，甚至有点儿嘲笑的意味，意思是，你这不是找不自在吗？用现在的话说，你一点儿颜值都没有，怎么能在众人面前表演呢？可是等吴秋明的口琴声响起，大家的表情就变了，惊讶，赞赏，陶醉。吴秋明吹得真是非常好，不，不应该说吹，应该说演奏。她演奏了《千与千寻》《红莓花儿开》《梁祝》，还有《千里之外》。掌声非常热烈，而且是由衷的。

这其中就包含马骁驭的掌声。他暗暗惊讶，真没想到吴秋明的口琴吹得那么好，有点儿专业水平了。

王静声音很大地说，秋明，真没想到你还有这一手，大学里那么多次晚会你都没表演过，藏得很深呀。

吴秋明笑笑说，我也是毕业后才学的。

她笑着，脸颊泛红，也许是吹奏使然，也许是心情使然。音乐真有魔力，此刻的吴秋明，很有些楚楚动人。

同学会一直持续到晚上，晚饭的时候，吴秋明居然喝醉了。

本来喝醉是人之常事，有些人三天一大醉两天一小醉，可是放在吴秋明身上就会让人意外，因为她是一个那么有理性的人，她还是个心理咨询师，职业就是开导他人的，还能开导不了自己吗？据说吴秋明醉了后泪流不止，似乎勾起了什么伤心事。几个女同学都猜测她是因为马骁驭，毕业那么多年，重新见到马骁驭难免受刺激。睹人伤情。

事后，有个热心肠的女生，也是在学校跟她关系还不错的那个女生王静，就说要帮她介绍个对象，男方是个退休公务员，年龄、经济条件都不错，妻子病逝，孩子上大学了，应该说非常合适。

还是找个伴儿吧，彼此照顾。大家都这么说。

但被吴秋明一口拒绝了，连见都不想见。

王静说，你这是干吗？非把自己搞得这么孤苦伶仃的，找个伴儿哪点儿不好？吴秋明说，我习惯了，我不想结婚。你们不用替我担心。王静说，可你才四十，后面的日子还长呢。吴秋明不说话。王静直截了当地说，莫非你还想等马骁驭？吴秋明又是那句话，不可以吗？王静说，你醒醒吧。吴秋明几乎愤怒地说，我清醒得很。为什么我不能等他？等不等是我的自由！我妨碍谁了吗？你们为了他就要把我打发了吗？放心，我不会纠缠谁的，我还没那么厚脸皮。

马骁驭听了这段新鲜的八卦心情很复杂，既感动，也恼火，或者说恼火多于感动。因为吴秋明这样表白，他感觉自己莫名其妙就亏欠了她，被绑架了似的。他想，看来自己还是赶紧找个人成家吧，免得她再抱希望。且不说外貌，关键是自己对她一点儿感觉没有。又不是找课题小组搭档，他找个女学者干吗？

6

三天后马骁驭给吴秋明打了个电话。

头两天他就想打了，又怕显得过于关心，让吴秋明误会。对一个长期暗恋你的人，你不能不小心地保持着彼此间的距离。他便有意拖了两天。其实他很想知道她手术后情况如何？毕竟是他签字画押的。

电话打过去，吴秋明很快接了，告诉他自己一切都好，再有两天拆了线就可以回家了，叫他放心。马骁驭抱歉说自己这两天太忙，没来医院看她。吴秋明一迭声地说，不用不用，已经太麻烦你了。

语气里有一种毫不掩饰她现在有人照顾，不再需要他的那种轻松。这让马骁驭多少有些失落。马骁驭转念想，也好，就算自己做了一回好事，不必拖泥带水的。

不过，半个月后，马骁驭还是接到了吴秋明的电话，说她已经出院回家了，要谢谢他，请他吃个饭。马骁驭先是有种被感恩的愉悦，跟着又有了一种万一被黏糊上怎么办的担忧。

但他还是很绅士地说，我来请你吧，庆祝你康复。

吴秋明说，那怎么行？肯定是我请你。公私分明嘛。

马骁驭听出了吴秋明的潜台词，答谢宴就是答谢宴，定性了。他便不再坚持。但在商量去哪家饭店时，两人都有些拿不定主意，马骁驭提议说，要不去彩虹西餐厅？那儿环境不错。吴秋明迟疑了。这迟疑是那么明显，让马骁驭后悔提出这样的建议。因为那个场合很小资，总是恋人居多。马骁驭原先和女友去过几次。他习惯性地想到了那里，吴秋明一迟疑，他一下子意识到不妥，搞得他有想法似的。

还好，马骁驭还来不及尴尬，吴秋明就说，就在我家吧，家里自在些。好啊！马骁驭立即回应，仿佛是为了否定自己刚才那个建议。吴秋明又说，我把王静和她老公也一起叫上吧？这次生病住院也麻烦了她不少呢。

马骁驭差点儿击节赞叹：太好了。

他赞叹首先是因为家宴。作为一个单身男人，他已经有太长时间没吃过家常饭了。其次是因为邀请王静夫妇，王静也是他们班同学。这就更让他放松踏实了。他努力保持着矜持追加了一句，那就得辛苦你了噢。吴秋明说，没事，我喜欢烧菜。

马骁驭忽然想起，问，你表姐呢？

吴秋明愣了一下，然后"哦"了一声，表姐呀，她回老家了。

看来她的确没有生活伴侣，生病靠表姐照顾，表姐一走就孤身一人。以马骁驭的经验，很多人虽然未婚，却始终享受已婚待遇，暗地有伴侣。比如他，在多数情况下也是有伴儿的，只是这段时间单着。

四个人的家宴，显然吴秋明并没有想趁机怎么样。可是校庆那天她为什么会喝醉呢？为什么会说出那样的话呢？什么非马骁驭不嫁，什么她这一生注定要孤独，搞得他压力顿生，生怕背负不起吴秋明的悲伤，慌忙投入到了找对象的活动中。

同学聚会后，马骁驭像打歼灭战一样四处见女人，以前懒得见的都一一去见。老实说，找到合适的还真不易，他自己设定的30岁到40岁的这个年龄段，多数是离婚女人。离婚女人往往是一朝被蛇咬十年怕井绳，看他帅又条件好，便顾虑重重，无法坦诚相处，甚至疑心他有生理问题（以你这么好的条件怎么40岁了还单身）。另有几个未婚的大龄女性，一个抽烟喝酒泡夜店，他无法接受；一个居然怕狗，怕到要尖叫的地步；还有一个上来就说要带母亲过来一起住，不能离开母亲。

不这么满世界找对象，他根本无法知道女性的品种如此丰富，让他一次次瞠目结舌。当然，在女性眼里估计男人也一样。马骁驭越来越感觉到，结婚这种事一定要趁年轻，年轻时糊里糊涂就结了，借着荷尔蒙汹涌多巴胺澎湃，什么样的对象也敢结成对子。一旦理性了成熟了，就左不对右也不对，越来越胆小。结婚结婚，要先昏才能结。过了昏头的年龄结婚，太难了。

后来总算遇到一个相对合适的女人，33岁，长相、身高、学历这些硬件都符合他的择偶条件。从没结过婚，其原因是太挑剔，把自己挑成了老姑娘。说老姑娘，也只是沿用老旧的习俗，若要看人，完全像个小姑娘，脸庞依然有光泽，头发依然黝黑，穿着打扮更是入时，有时候是齐大腿根的短裤，有时候是拖到脚背的长裙，还喜欢背双肩包，手机背面上贴卡通画。

可往往就是这样，硬件归硬件，马骁驭跟她在一起总也没感觉，完全是为了谈对象而谈对象，不冷不热的。女子跟介绍人说她对马骁驭很满意，可每次在一起都很矜持。马骁驭一想到要和她见面心里就有障碍，不知是主动好还是等待好。有两次马骁驭主动伸手，想揽一下她的腰，她敏感地闪开了。是不是因为从没结过婚，对性的事情很拒绝？马骁驭不好问，也不敢再试探。就这么不尴不尬地交往着，几个月过去了也毫无走向婚姻的迹象。

虽然在男女关系上毫无进展，经济上却突飞猛进。从送花，请吃饭，到送衣服送包，最后终于谈到了钻戒。未婚女子说，前一个男友，就是太小气，才分手的。

马骁驭有点儿不爽，虽然他明白，以他这样的年龄，哪里还有单纯建立在感情上的婚姻？所有的婚姻都包含着感情以外的因素，甚至大于感情因素。可是，你要求我大气，我是不是也该要求你大气呢？

他用半开玩笑的语气说了此话，女子竟生气了，摔门而去，两天不接他电话。他犹豫了两天，本想挽回的，前期已经投入了那么多，自己一点儿收益没有，实在冤，可是他又无法预测自己要大方到什么时候，才能从女子那儿得到回报。

他便打电话过去，试探着提出分手。女子以为他打电话来是求和的，哪知竟是分手，有点儿下不来台，就来了句赌气的话，那就祝你好运吧，关了电话。

这次求偶活动便以马骁驭的惨败而告终，他前后花了好几万，却连女子的腰都没揽过。虽然情感上并没有伤筋动骨，但还是让马骁驭添堵。大约不是分手本身，而是由分手想到的自己的狼狈生活。

就在这个空当期，也就是一个月前，他又一次见到了吴秋明。

是在一个心理学会议上遇见的。

这样专业的会遇到同学是很正常的，可是马骁驭却莫名地紧张，还好吴秋明丝毫没有假公济私的意思，除了见面时打过招呼，私底下一次也没来找过他。这让马骁驭觉得，吴秋明这个人还是很有自尊的，心气很高的，因此多了一份好感。从会议名单上马骁驭发现，她已经是省心理学会的执委了。会议结束分手时，他便主动给了她电话，还客气地说了句，有什么事就找我，别客气。

吴秋明把马骁驭的电话输进手机，回拨给马骁驭，马骁驭也就存下了她的号码。这是两人大学毕业二十年，头一回建立实质性的联系。

不想就发生了雨夜赶往医院的事。

7

马骁驭很费了些劲儿才找到吴秋明的家。她家在东郊一个很普通的小区里，面积不大，就立着两栋电梯公寓，间隔着一些草坪和绿化带，中间稍大些的地方，有几样常见的锻炼设施，还有孩子的滑滑梯和秋千。小路干干净净，看上去物管不错。马骁驭暗想，其实一个城市里，会有许多从未涉入却让人惬意的角落。

敲开吴秋明的家，最先冲出来迎接的居然是一条狗狗！而且那狗狗和老贝长得蛮像，棕黄色，短毛，尖耳朵，中等体型，狗狗毫不见外地往马骁驭身上扑，欢天喜地的样子。

吴秋明跟在后面连声唤：糖糖，糖糖！不许叫，回来！

马骁驭连忙说，没事没事，我喜欢狗，我也养了一条。

吴秋明还是把糖糖喝回去，关到了阳台上。

王静夫妇还没到，马骁驭略有些尴尬，显得自己过分积极了。他笑说，我还以为我迟到了，没想到是第一个。吴秋明笑说，你当然迟到了，迟到了十分钟。王静那家伙历来磨蹭，现在有孩子了更磨蹭。

马骁驭把带来的红酒交给吴秋明，吴秋明说，我答谢你，你还带这么贵的红酒呀？本末倒置了。

马骁驭说，同学之间，别说客气话。

吴秋明说，真的很感谢你。那天夜里你的鼎力相助对我来说太重要了，差不多是救了我一命。

马骁驭说，哪里哪里，救你的是医生，我不过是签了个字。

吴秋明说，你不签字画押，医生哪敢手术？

马骁驭心想，我是被迫签的。深更半夜的，没法推脱。

吴秋明像是猜到了他的心思，又说，得请你原谅，在那个时候给你打电话，那么唐突。你肯定很吃惊吧？

马骁驭说，确实有点儿意外。

吴秋明说，他们按手机上的顺序连着打了几个电话，有我单位同事的，有朋友的，有王静的，甚至还有超市送货的，大部分人都关机了，王静虽然是通的，但她静音，毕竟是半夜，接电话的概率太低。

马骁驭说，这么低的概率还被我中了，人品爆发嘛。不过事后我想，即使你有很多选择，估计我也是最佳，有车，行动方便，单身，不必请假。

吴秋明咯咯地笑，马骁驭还从来没见过她这样笑过。吴秋明说，其实最重要的一点是，你居然在那个点儿还没睡着，才可能接到这样百年不遇的电话。

马骁驭心里动了一下，是呀，自己那天晚上莫名其妙地失眠，仿佛就是为了等这个电话似的。但他掩饰说，嗨，我那天晚上刚好在赶一篇稿子，睡晚了。

吴秋明家很特别，虽然只是两室一厅，但厅很大，四壁都是书柜，中间一张大书桌，没有家家户户都摆放的凹型沙发和茶几。书桌上除了一个笔记本电脑，依然是一摞摞的书。正在看的，还没拆封的，像书店里的展柜。再细看，大多是心理学方面的书：《津巴多普通心理学》《社会心理学》《怪诞心理学》《怪诞行为学》《当经济学遇上心理学》《大脑开窍手册》《发展心理学》《人格心理学》《变态心理学》《组织管理心理学》《心理测量》《心理统计》《认知心理学》《心理学史》《向伪心理学说不》。最显眼的是那本基础教材《心理学与生活》，一看就是经常在看，已经蓬松了。作者是两位美国教授，一个是纽约州立大学的理查德·格里格，一个是斯坦福大学的菲利普·津巴多。对这个领域的人来说，他们是无人不知的大佬。

书中间还有个大烟缸，一看就是青花瓷笔洗下嫁做的烟缸。马骁驭暗笑，吴秋明果然如同学们说的，不像个女人。唯一能看出主人性别的，是电脑旁的两盆肉肉植物。

不过马骁驭置身其中，倒是觉得亲切自在。忽然，他一眼看到了那本橘黄色的《20世纪最伟大的心理学实验》，如获至宝，连忙拿起来翻看：嗨，你在哪儿买到的？这书我一直没买到。

吴秋明说，几年前去北京出差，在书店买的。

马骁驭没好意思开口借。他想，现在恐怕没有借书看的人了吧？即使是作为追女人的手段都过时了。

吴秋明主动说，你想看就拿回去看好了，我已经看完了。

马骁驭说，我还真想借回去看看，这书不知什么原因买不到，只有电子版，我不习惯看电子版。

吴秋明说，肯定是没销路呗，出版社不想加印了。其实这样的书，不是专业人士也能看进去的，很有趣，还是宣传不够吧。你发现没有，现在的教材大多是以英美国家为主的。其他国家，比如日本、俄罗斯、澳大利亚等，都非常少。所以我最近带了两个学生在翻译一本印度学者写的心理学专著。

马骁驭说，那我可要好好拜读。听说你都出了两本专著了，也让我学习一下嘛。

吴秋明说，千万别这么说，我都不好意思送你。

马骁驭说，你做心理咨询也需要看这么多理论书吗？我总觉得做心理咨询主要靠耐心，甚至靠天赋，会开导人就行。

吴秋明笑笑说，我在读博士后。

马骁驭吃了一惊，你？在读博士后？现在吗？

吴秋明说，对，去年开始的。

马骁驭真有些大跌眼镜，实在是佩服得紧。

四十多岁了，还读书？他说，我可是早已读书读厌了，现在只要工作能对付，就不想碰专业书。羞愧呀。

吴秋明轻描淡写地说，我空闲时间多，不想让自己闲着。那就读一个呗。挑战自己有快感。

马骁驭想，看来读书对吴秋明来说就是个爱好，跟很多人玩乐器，玩相机，玩邮票，打游戏一样。据说马克思空闲时就经常解微积分来换脑子。这人和人，真是绝对不一样。

吴秋明找来一个纸袋，将马骁驭要借的书和自己写的两本书一起放了进去，然后把一杯泡好的茶递给他。马骁驭接过茶杯，在沙发上坐下，忽然感觉很熨帖，很自在，就好像把缩回在棉衣里的内衣袖子拉下来。奇怪，这可是他头一回走近吴秋明。

糖糖在阳台上发出哼哼叽叽的声音，用爪子拍门，马骁驭走过去安抚它，问道，它多大了？吴秋明说，在我家13年了，两个月来的。马骁驭惊讶道，噢，比我家老贝还长寿。糖糖，是糖果的糖吗？吴秋明笑眯眯地说，对。这样我每天都甜甜的。

马骁驭乐了。吴秋明挺开朗啊，不像他想象中的单身女人。

王静夫妇果然在临近晚饭时才到达，王静进门就说了一堆迟到的理由，马骁驭这才发现王静这么嘴碎，在大学里觉得她是个闷葫芦，跟吴秋明一样闷。她的丈夫，就是临到毕业前把她拽走的那位政教系男生，在一旁揭发她忘性大，车都开出一条街了，才想起忘带礼物了，又折回去拿。

王静说，就怪我们那孩子的老师，电话里啰嗦半天，说孩子中考的事。其实她是想让我帮她个忙，害得我忘了拿礼物，都准备好了，放在桌子上又忘了，那肯定要折回去啊，对吧。下次见面又不知道什么时候，必须带来。

说罢她从包里拿出两条烟来放在桌子上：这是专门给我们心理大师提供的弹药。吴秋明有些意外，说，干吗给我带这么好的烟呀？太贵了。王静说，人家送他的，他也不抽，顺水人情，你别当回事。吴秋明迟疑了一下，把烟放到了书桌上。

王静在她身后说，你也是，就不能穿得稍微时尚点儿？老是这一身。吴秋明说，这衣服可是新买的。王静说，看不出来。你衣服不是黑就是蓝，要么灰。我就没见你穿过暖色和花色。吴秋明说，深色遮丑嘛。

她毫不在意自己的外貌，这反倒让马骁驭佩服。他注意看了一下吴秋明的穿着，深蓝色的衬衣，灰裤子，虽然不时尚，质地却很好。马骁驭看出来了，绝对不便宜。再看王静，穿的是连衣裙，领口很低，腰部有复杂的褶皱，的确时尚。可是，如果让两个人交换着穿，一定别扭。

吴秋明把菜摆上桌，有模有样，七八个，马骁驭努力克制着，还是没能掩饰住那副馋相。真没想到你还有这一手。他由衷地叹了一句。王静也说，比我厨艺好多了。

吴秋明说，那得感谢你们来做客，平日里我很凑合。

马骁驭说，这么好的厨艺不展示真是极大的浪费。

吴秋明说，一个人嘛，吃饲料就行了。

马骁驭会意地说：我也经常吃饲料的。他知道此说法：一个人吃的是饲料，两个人吃的才是饭。

王静在一旁说，你们说什么呢？吃什么饲料？

吴秋明说，我们在说单身狗的生活，你不会明白的。

马骁驭忍不住大笑。没想到吴秋明这么风趣，并没有因为长期单身而变成刻板的大妈。

吴秋明拿出一瓶红酒，开红酒时，她还用一块毛巾垫着瓶口，颇有仪式感。她举起杯，首先感谢马骁驭在那个雨夜的鼎力相助，然后感谢王静那两天跑来帮她喂糖糖。

同学就是好。吴秋明用这句话规范了他们的关系，让马骁驭听着顺耳，他不再想说客套话了。王静却笑道，本来签字的应该是我，马骁驭，谢谢你，替我受累了，让我一觉睡到天亮。

几个人都大笑起来。

马骁驭原本存有的一点儿局促，在笑声中噼里啪啦消除了，就跟他常常玩的爱消除游戏一样，同样的花色相遇了，一碰四散，很有快感。

8

马骁驭事后回想，其实那天他最惊讶的，不是吴秋明在读博士后，也不是吴秋明的厨艺，而是他竟然跟吴秋明很聊得来。无论是专业，还是非专业，是学术问题，还是社会问题，甚至连狗狗都能说到一块儿去。这让马骁驭心里暗暗有些惊讶。

晚饭后王静夫妇先走了，照理说马骁驭也该一起撤的。但王静提醒他喝了酒，不能开车。马骁驭说，我只喝了那么一小杯红酒。王静说，那也不行，你还是规矩点儿，喝会儿茶再走吧。

马骁驭暗想，王静这是要帮吴秋明"撮合"吗？吃饭中间她曾两次说，吴秋明这下你知道一个人过日子有问题吧？半夜痛昏过去都找不到个人送医院，还是找个伴儿为好。吴秋明当时只是笑笑没有作答。不管王静和吴秋明什么意思，马骁驭也只好留下了。他确实喝了酒的。王静可是一滴酒没沾，他老公喝了不少。

送走王静夫妇，他们俩就移师阳台。糖糖很安静地卧在吴秋明脚边，没有对马骁驭的存在表现出抗议。吴秋明家在27楼，蛮高，加上那天天气不错，少有的清爽，夕阳下一眼能看到远处的山脉。两个老同学相对而坐，喝茶，闲扯，放松而舒适。偶尔两个人还互相递烟。马骁驭原本是看不惯女人吸烟的，但不知为何，吴秋明吸烟他感觉很自然。

聊天的话题广泛到天边，又深入到犄角旯旯。同学就是同学，共鸣比较多。说起大学时代，吴秋明丝毫也不回避她在大学里的孤单影只，但她说她一点儿也不觉得孤单，很自在，每天有那么多书可看，好幸福，有时候看到一本喜欢的书，兴奋好几天，就像是和作者有了一次深入交流。

马骁驭相信她说的是心里话，不是哪里抄来的。

吴秋明说，我很庆幸自己那几年的埋头苦读，后来工作了，时间少了，最重要的是阅读质量开始下降，注意力没那么容易集中了。全靠大学四年的海量阅读，打下学业的基础。那天看到一句话，感觉说到心里去了，那作者说，我很感谢自己年轻时的努力。我也是，很感谢自己年轻时埋头读书。

马骁驭在这一点上是羞愧的，他四年的大部分时间，都被青春年少的快乐和浮躁占领了，学业全靠小聪明扛着。但对于吴秋明说她丝毫不感到孤单，他还是存疑的。毕竟青春年少。

他没有再追问。那应该算他们之间的雷区，如果吴秋明说感到孤单，那不是由他造成的吗？她说她丝毫不孤单，也许是不想给他压力。何况她的确做出了成绩。那次他们班同学聚会，一数，依旧做专业的只有五六个人了，做得好的大概要数吴秋明了，她不但取得了心理咨询师专业资格，还是省心理学研究会的执委，在心理学界已小有影响。马骁驭虽然也一直做本专业，但以前以教学为主，现在以行政工作为主，没有更深入地研究。

马骁驭说，现在做纯理论研究的的确不多了。我在大学里常常被问到是否做心理咨询。老实说，我都懒得解释心理学和应用心理学之间的不同。就连我的硕士生也会问到这样的问题。我只能让他们先去读一批书，读过之后再思考一下，自己究竟是对一门研究人的心理和行为的实验科学感兴趣，还是对心理咨询，帮助人解决困惑感兴趣。这是两个大方向。

然后呢，选择哪个方向的多？吴秋明问。

马骁驭说，还是选择实用性的多。人们太需要实用性的东西了，这是人的本能。你看微信圈就可以发现，好多心理分析已经变成通俗读物了。比如随手涂鸦，画房子和树，可以看出一个人的个性，喜欢画上门窗的，表明心理比较开放，喜欢画上树冠和太阳的，表明内心有阳光；还有，太爱照镜子和自拍的人，都是有自恋倾向的人。有自恋倾向的人很容易得强迫症，进而抑郁症。如果所有人的性格都这么有规律的话，世界就简单了。

吴秋明说，现在的人喜欢通过一些符号来分析人窥探人，比如生辰八字、星座、属相、血型、姓名笔画，现在甚至还用手机号、身份证号，以及喜欢的颜色、喜欢的形状，五花八门的。这说明人都渴望了解自己，同时又渴望看到自己好的一面。那些星座、血型、属相的分析，不管是哪一种，都能在其中看到自己想看到的优点，听到顺耳的话。

马骁驭说，是的，我经常被我的学生问到属相和星座。尤其是女生爱问。有一次我故意说错，我说我是摩羯座的，我那学生居然惊呼：老师你太像摩羯座了！我只能呵呵了。所以我是不信这些东西的。什么都能往上靠，都是些骗人的把戏而已。

吴秋明说，骗人说不上，就是娱乐吧。我不信这些东西，我根本不知道自己是什么星座。

马骁驭说，怎么会？那个很容易查到。

吴秋明答非所问地说，其实不管用什么方式，都无法完全破解一个人的内心，破解所谓的命运，即使是《易经》。人心有道天然屏障，藏着一些任谁也无法看到的隐秘，父母、孩子、配偶，都无法看到。

马骁驭点头称是。

吴秋明说，哪怕你去听他的梦呓，你也不能听明白。因为有时候连他自己都不明白他的内心，自己都把握不住自己的内心。

马骁驭感叹，到底是研究心理学的，看得深。他忽然想起前女友之一总喜欢说，你猜我想要什么？你猜我现在想干吗？如果马骁驭说猜不到，或者我怎么知道，她就会说，你不是学心理学的吗？怎么会猜不到我心里在想什么？马骁驭没法跟她说明白，只好敷衍说，你不是一般女人，你的心理构造特别复杂，是极少数人的那种。女友被忽悠得找不到北了，就放过他。

他把这个桥段讲给吴秋明听，吴秋明笑坏了，笑到弯腰。马骁驭发现她笑起来还是很动人的。也许任何人的笑容都是动人的，哪怕是满脸折皱的老太太。笑容应该是女人最好的化妆品，如同阳光是风景最好的化妆师。只是，吴秋明这样笑的时候不多。总体上她是一个严肃的人，严肃的女性。

一说起专业，她的话很密，很兴奋：我早年参加过一个公益活动，以电信局的一个公众号为平台，通过电话疏导那些有心理困惑的人，做了五年。那个时候就经常遇到这样的问题：比如算命先生说我克夫（或者旺夫），那我该找个什么样的人？还有，人家给我介绍了个对象，和我的属相、血型都不符，我该不该去见？

有意思。马骁驭说，还挺不好回答吧？

吴秋明说，我只能尽量从正面去引导。当然还是有很多真正的心理困惑，你可以倾听，疏导，安抚，最终听到对方轻松愉快的声音，真的很有成就感。那个时候我发现，人们隔着电话说出自己的隐私要容易得多。中国人还不习惯找心理医生，或者说没条件找。所以我们的咨询电话填补了一大空缺。其实在我们那个公益组织里，大部分人是没有心理咨询师资格的，他们甚至不具有心理咨询的基本知识，就是一些有文化的热心公益的人，比如共青团干部、中小学老师、大学老师、医生、作家、编辑、等等。真正从事心理学研究的，只有三位。有时我明显感觉到一些打来电话的人，已经有了严重的心理疾患，而不是普通的苦恼困惑，应该去专业医院就医才是。但是我还是感觉到，我们那个心理咨询热线，对普通百姓的心理疏导起了非常重要的作用，差不多跟教堂一样，每个周六开通，很多人为此等待星期六。

马骁驭一边听一边有点儿走神，难怪他们班同学都说她喜欢参加公益事业，还真是。听说大地震的时候，她天天跑灾区，为灾民和救灾部队做心理疏导。但他很愿意她说这些。即使抛开所说的内容，单是她说话的语速和语调，也挺悦耳的。

如果，马骁驭想的是如果，如果吴秋明稍微好看一些，自己会不会喜欢上她呢？男人喜欢女人的那种喜欢。为什么男人那么在意女人的相貌呢？这是雄性动物的天性吗？

吴秋明发现他走神了，不说了。马骁驭很快发现了吴秋明的发现，连忙捡起她的话头说，这真是件非常好的事，为什么现在没有了？

吴秋明说，还是有的，只是越来越规范了，不再是公益性质了。

马骁驭忽然说，你自己呢？总会有心情很糟的时候吧？你怎么解压？是胡吃海喝？疯狂购物？还是去微信圈里喝心灵鸡汤？还是给朋友打电话倾诉？总不会是咬一根筷子吧。

吴秋明知道马骁驭指的是保罗·艾克曼的表情理论。当情绪低落高兴不起来的时候，咬住一根筷子或者铅笔，让自己假装"微笑"，就真的会体会到微笑的心情，让情绪好起来。

吴秋明说，你做心理调查啊。

马骁驭说，哪里？真心请教。

吴秋明说，咬根筷子对我来说，还不如吹口琴来得爽。

马骁驭说，还真是。那楼下的人有福了，可以免费欣赏那么好听的音乐。

马骁驭是由衷的，他想起了吴秋明在同学会上的演奏。

吴秋明说，说不定人家还觉得被打扰了呢？我一般不在阳台上吹，有时候想吹了，就到河边去吹，过过瘾，回来就安安静静地看书。老实说，胡吃海喝、疯狂购物对我都不起作用。心灵鸡汤和倾诉，我也不喜欢，你知道咱们学这个的，什么都明白。可是我也不想自己闷着，那不利于心理健康。对我最有效的解闷方式，还不是吹口琴，而是做事，一做事，我马上就心平气和了。

马骁驭问，做事？做什么事？

吴秋明说，公益呗。

又是公益。马骁驭说，我早听同学说，大地震的时候，你做了三个多月的公益。你这么喜欢做公益是有什么特别的原因吗？

吴秋明说，没什么特别原因，都是为自己。一是为自己心理健康的需要，二是为自己专业研究需要。一举两得，何乐而不为？

不知怎么，马骁驭总感觉她还应该有其他原因，但这两点也足够说服他了，甚至让他暗暗动心，自己似乎应该参与一些公益才是。

差不多到11点，马骁驭才告辞。

马骁驭开车出小区时，耳边隐约传来琴声。他不知道是吴秋明此刻站在阳台上吹口琴呢，还是他的幻听？

一曲《千里之外》，把他送出了大门。

9

那次家宴之后，他们又各入自己的轨道了，不但没见面，连电话都没有。

在马骁驭这里，他是想继续保持以往的距离，回到原来的生活轨道上。两个单身男女，不打算结婚没道理总在一起。不打算结婚的恋爱都是耍流氓，虽然说得有点儿过，本质没错。马骁驭不想让吴秋明误会自己。虽然他愿意和她聊天，但也就止于聊天。

至于吴秋明怎么想他就不知道了，反正她也没和他联系。

马骁驭觉得有点儿奇怪。他略感失落。如果真的如同学们所说的那样，她那么钟情于他，就该主动和他联系才是，反正有了开端。

马骁驭忽然意识到自己是在等吴秋明的音讯，不免感到好笑。这是怎么了？真的是太孤单了吗？

这时，他生活里发生了一件悲催的事，让他心悸了数日：那位他曾经交往过的、让他很动心的前女友，突然自杀了。

那天马骁驭正在讲课，见手机在桌子上一闪一闪的，看也没看就关掉了。等下了课拿出手机一看，竟然是他前女友之一的电话，就是那个要做99件事的前女友。他们分手后他还没有删掉她的手机号。他正犹豫要不要打回去，一条短信又到了：

> 女士、先生，我们悲痛地告知各位，某某女士已于昨日深夜不幸去世。根据她的遗愿，不开追悼会，不举行遗体告别仪式。如有希望表达心意者，请于明天上午到她的家中致哀。地址：某某街某某花园几栋几单元几号。

马骁驭虽然不是第一次接到这样的通知，还是有些心惊，因为这个人是曾经与他有亲密关系的人，他们差点儿就定了终身。怎么回事？他要不要去搞清楚原委？

最终他还是去了那个某某街某某花园。女友的母亲是认识他的，见到他就控制不住地抱头痛哭，让他也无法克制地泪下。原来前女友与他分手后，又与一个男人恋爱，那个男人对她百依百顺，看大海，等日出，雨天出去散步，什么什么都不在话下。他做饭的时候她给他读诗，她看书的时候他给她喂苹果。她感觉幸福无比，却在某一天，忽然发现那男人是有妇之夫，孩子都3岁了，在另一个城市。这个打击实在是太大了，她无法承受，便选择了离世，是煤气自杀。也不知她是怎么知道这方法的。女孩的妈妈有些神经质地反复念叨说，还好没有跳楼，不然更惨。女孩的父亲说，她迟早会离开的，她不属于这个世界。

他们轮番说着相同的话，目光呆滞，他们用那些话来缓解内心的疼痛。马骁驭除了耐心倾听，没有其他安抚方式。老实说，他先是松了口气的，原来和自己无关，不是自己害死的；但接着感到痛心，那么好的一个姑娘，就这么没了；再接着是自责，也许不和她分手就不会这样了，但跟着又庆幸，幸好分手了。她就这么翻来覆去地蹂躏自己。最终还是痛苦多于庆幸。

很长一段时间里他心情郁闷，无人可说。因为他最想向其倾诉这一切的，只有吴秋明。有个晚上，他终于按捺不住，试着给吴秋明打了个电话。电话通了，传来悦耳的口琴曲，虽然很好听，他也没好意思让口琴曲响到结束才关电话。

之后收到一条短信，吴秋明回复说，她回老家了，乡下信号不好。

这一搁，也就搁下了。

一晃秋天。

马骁驭走在黄叶子纷纷飞落的校园里，莫名涌起一股人到中年的滋味儿。不管日子过得如何，是单身还是有孩子长大成人，一到这个节点，中年的心情都会自动下载安装。没有了年轻时的朝气和想入非非，也还没有老年的心神气定，万事皆空。两头不挂，欲说还休。

马骁驭暗地里自嘲了一把，忽然琴声入耳，是《梁祝》。虽然拉得不是很娴熟，依然有种动人的音韵随风飘来，也许是心境所致。他顺着琴声走过去，见一个教学楼后面的小花园里，一个男生在专注地演奏小提琴。他们学校是没有音乐系的，这学生显然是业余爱好。爱好音乐会让人内心更丰富。这是吴秋明说的，她说她之所以人到中年还学吹口琴，就是想以最低的成本涉足音乐。马骁驭在这一点上又一次感到羞愧了，小时候父母为了让他学琴，买了小提琴，还买了架聂耳牌钢琴。可他至今只会弹《致爱丽丝》，小提琴则完全废弃了。

离开小提琴手，转身，却见系那个新来的女老师款款走来。马骁驭赶紧往右一拐，插到另一条路上去。

那个老师是这个学期刚来他们系的，女博士，28岁，未婚。到系里的第一周，就主动约马骁驭吃饭。马骁驭稍感意外，还是去了。起初他有顾忌，一是她比自己小十几岁，怕有代沟；二是读书读到博士会不会呆？哪知见面没多久他就意识到他顾忌都不是顾忌。真正令他退缩的居然是一个极小的细节，就是女博士的口头禅。女博士说到自己时永远都不是"我"，也不是"俺"，也不是"偶"，而是"人家"：人家不想这样嘛。人家饿了嘛。人家光顾读书没时间找对象嘛。"人家"是她的第一人称。

几个"人家"下来，马骁驭就受不了了。吃饭快要结束时，他只好透露自己已经有未婚妻了。"人家"略有愠怒，但只顿了一下，就大大方方地说：没事啦，一起吃个饭，以后多多关照人家哦。

吴秋明曾经说，越是看上去优秀的女孩儿，越会有些致命的毛病。还真是。照理说女博士聪明、漂亮、温柔（如果那种说话方式被接受的话可以算温柔），他却无福消受。吴秋明还说，即使是两个一见钟情的人，也是由他们的文化背景决定的。

奇怪。马骁驭现在时常像想起名人语录一样想起吴秋明说过的一些话。看来吴秋明对他的影响超出了他的预料。

像吴秋明那样的女人，估计在任何男人面前都不会撒娇的。不过，这个女人的心思还真不好猜，是真的看淡一切了，还是像自己一样仍迷惑着，用冷硬的外表做保护色？她怎么就不联络了呢？她看不出自己是乐意和她一起聊天的吗？难道自己有什么话说得不妥吗？

在马骁驭的记忆里，那次深夜畅聊，他们之间只发生过一个小小的分歧。

那天王静夫妇离开时，吴秋明强行把他们带来的两条好烟塞还给他们，搞得王静有些下不来台。马骁驭问她为何如此，同学之间还这么讲原则？吴秋明便告诉他，王静送她烟是有所求的，来之前王静就在电话里问她是否认识刊物或者报社的编辑，说他们女儿没什么特长，麻烦她帮忙找人帮女儿修改作文拿去发表，说他们学校对发表文章的学生特别看重，中考可以加分。她当时就表示了做不到，王静还是带了烟过来。

我不想做这件事，所以不想收她的烟。吴秋明说，我不明白他们是什么思维，你看王静她老公，吃饭的时候一直在吐槽，说他们单位领导徇私舞弊，任人唯亲，明明该他上却用了个他老乡。王静也是，骂完单位又骂孩子学校，教育腐败，老师无德。我还以为他俩是愤世嫉俗忧国忧民的主呢。没想到自己也是其中一部分。这就是今天的新常态，一边骂不正之风一边搞不正之风。

马骁驭颇意外。但他还是打圆场说，父母对孩子嘛，往往会不顾一切，再说现在这个社会就这样。

吴秋明说，可是你这样做，不是让孩子从小就感觉到可以通过不正常途径获得好处吗？你从小给他这样的暗示，可以不靠自己的努力去获得真实的成就，长大了还指望他靠自己奋斗吗？你自己看不惯的事，为什么还让我做？

马骁驭敷衍说，可不是，己所不欲，勿施于人嘛。

吴秋明说，己所欲，也应该勿施于人。

马骁驭不由地点头赞同，虽然感觉过于尖锐。

吴秋明却有些刹不住车了：我感觉现在最糟糕的不是官员的腐败，是观念的腐败，不是空气的污染，是心灵的污染。几乎每个人都成了这个糟糕社会的土壤。不要说普通人，就是所谓的知识分子，也有很多人已经丧失了思考能力，想当然地看生活，顺从生活，接受生活。愤世嫉俗反而会被嘲笑。这样的平庸才是万恶之源。

马骁驭说，听你这么说，我感觉你肯定是汉娜·阿伦特的追随者。

吴秋明眼睛一亮，毫不犹豫地说，她是我的偶像，我爱她！我真希望成为她那样的女性。我连抽烟都是模仿她的。前不久我又看了一遍她的传记片，那演员还真是我想象的样子，好喜欢。

这样，他们总算把话题转到了电影上，聊了汉娜·阿伦特的那部电影后，又聊到纳什的传记片《美丽心灵》，又聊到《模仿游戏》里的计算机之父图灵。吴秋明说她非常喜欢看传记片，尤其喜欢看天才的传记片。

我发现这些天才的后面都有后缀，缀上了古怪和不幸。吴秋明说，他们是孤独的，不能在尘世中找到知己，或者不能被作为大多数的凡人认同，也无法获得寻常世界里的快乐。可是因为有天才的存在，凡人才有可能被引领向上。我常常为自己能与这些非凡之人同处一个星球而感到幸运。我一点儿也不否认我崇尚天才。

虽然吴秋明的论点马骁驭未必认可，但他喜欢听吴秋明谈论这样的观点，痛快，有智慧，见性情。

那样的深夜长谈，他真的想再来一次。

想归想，马骁驭还是按兵不动。

10

这个时候，又有人给马骁驭介绍对象了。

这回是间接熟人，具体说是父亲早年一个朋友的女儿。年龄也不小了，只比马骁驭小6岁，也就是说，35了。女人35相当于男人50，虽然没人明说，但这个潜规则肯定存在于择偶界。这让她父亲焦虑不堪。有一天偶遇马骁驭的父亲，得知他的宝贝儿子竟然也单着，还是个大学教授，如获至宝，便不顾颜面地主动要求安排两个孩子见个面，也许能成就一段好姻缘。

父亲跟马骁驭说这事儿时，一点儿没有积极促成的意思，反而很抱歉，他一再解释说，他是碍于老朋友的面子才答应的，还说答应之后很后悔，他当时不该说儿子单身，应该说已经成家，这样就免去这个麻烦了。

父亲的自责让马骁驭意外，难道再次离婚让他也看破红尘了？他反过来安慰父亲说，没事儿，见个面也没啥，我去见就是了，您不必感到不安。

夏天快要结束的时候，父亲和他的第二任妻子离婚了，那个曾让父亲非常迷恋的年轻女人，终于也老了，也进入更年期了，脾气变得乖戾，尤其在酷热难捱的时候，他们天天吵架，终于分手。

婚姻到底是怎么回事？被情绪左右还是被利益左右？到底是为了找个人一起陪伴过日子更重要，还是找个人解决性需求更重要？到底是内心世界的和谐重要，还是外部世界的如意重要？即使是做心理研究的马骁驭，也是无法洞晓。

相亲的见面地点定在锦城艺术宫。女方母亲买了两张艺术宫的票，是话剧。由此想冲淡相亲的世俗气息。看话剧前，女方提出在艺术宫旁边的星巴克见面，因为那女子说正在减肥，不能吃晚饭，提出在星巴克喝杯咖啡就去看演出。马骁驭只好陪她一起饿肚子。老实说，他对话剧不感冒，对吃饭很感冒，可是也只能如此了。

见了面，就感觉不来事儿。不是对方不漂亮，也不是没文化，而是个性太强，像个骄傲的公主，一看就是长期当家做主养成的，说一不二，不容商量。马骁驭自己也差不多是这德行，那两个人在一起，还不得针尖对麦芒？

而且，那女子对自己的外貌在乎到了极点，估计一天中一半的时间都花在打扮上，如果马骁驭也算外貌协会的，那她就是VIP会员。她坐下来第一件事，就是侧着头翘着下巴来了张自拍，一看就不是个过寻常日子的女人。就在喝咖啡的那会儿工夫，还去卫生间补妆。马骁驭对这样的女人可是不敢过问，他有过前车之鉴，还不止一辆两辆。

马骁驭暗暗寻思，这次得速战速决，一次了断。可是作为一个有教养的男人（至少在外人看来他应该是有教养的），他还是希望女人先提出拒绝，给足女人面子。

等那女子从卫生间回来，马骁驭就说，我估计你也是被迫来相亲的吧？你那么好条件哪里需要介绍？要想结婚早就结了。

女子稍微愣了一下，自负地说，可不是？给老爸个面子呗。

马骁驭正中下怀，连忙说，我也是为了孝顺父亲，那咱们就……

他预想的结束语还没说出口，女子突然来了个急转弯：不过，我也是看人的。我听我爸说了你的情况后，感觉还是值得一见。

马骁驭暗暗叫苦。

我还从没和大学老师相亲过呢。何况你还是个帅哥。女子的口吻像是在调侃，带了几分轻浮，我也奇怪像你这样的条件怎么会单着？听说你是房子车子票子什么都不缺，就缺个女主人了。难道这么大个钱包还让我捡着了？

女子哈哈哈笑着，马骁驭明白，她是有意把一个庸俗的问题用洒脱的语气说出来，以掩饰自己的尴尬。但这番话却令他瞬间产生了反感，心里更加确定这位不是自己的菜，应退回。

他应付道，哪里哪里，我也就是一个穷书生。

女子又说，我到现在还和父母住一起，成天听他们唠叨很烦。听说你家装修得特别高大上，那我可以直接拎包入住了？

面对再次进攻，马骁驭决定关上城门阻击了。他也用调侃的语气说，你还真幽默呢。我明白，咱们都是成年人，婚姻大事哪能让别人安排？今天顺应长辈见个面，算是有个交代，就可以了。

女子微微有些意外，但还是放不下面子要求继续交往，她收起笑容顺着他的话说，可不是？我都拒绝好多回了，这次因为爸爸说和你父亲认识，我不好意思拒绝才来的。

马骁驭说，抱歉抱歉。

女子站起来说，那咱们就去剧场吧，边演戏边看戏。

居然还幽默了一句。

走进剧场就被嘈杂包围。看来观众还不少。看介绍，戏的主演是个当红女明星，也许很多人是冲着她来的，戏好不好无所谓。马骁驭跟在相亲女子的后面，看她袅袅婷婷地朝前走，微微抬着下巴，高挑的身材挂着一套时尚衣着，把满场的女观众比下去一半多。也难怪她傲娇自负。眼看女子走过了他们的位置，马骁驭只好哎了一声：哎，在这儿。她回头，嫣然一笑，款款走回到马骁驭身边。马骁驭侧身，让她先进入座位，在外人看来，他们真的很般配。

铃声拉响，全场转暗。马骁驭看了眼手机，7点30分。他暗地里掐算着，9点半演出完毕，10点多可以到家。洗个澡，11点肯定能躺上床了，靠床上一边玩手游，一边看电视，舒舒服服的。

他忽然意识到，自己已很多次如此了，去参加聚会，总是在聚会开始不到一小时就掐算着回家的时间。真的是人到中年激情消退。他在漆黑的剧场里独自苦笑。

哪知中场休息时，他竟然在卫生间拐角处遇到了吴秋明。吴秋明一个人站在那儿抽烟。

马骁驭惊喜之下有些尴尬。照理说他一个王老五，出来相亲正大光明，而且相的是女人，未婚女人，一点儿猫腻也没有，但不知道怎么他就是感觉很尴尬。吴秋明倒是落落大方地跟他打招呼，说，没想到你也喜欢话剧？马骁驭只好含含糊糊地应付两句，心里纠结着要不要告诉吴秋明自己出现在这里的真正缘由。

他没话找话地问，你一个人？

吴秋明说，一个人。我经常一个人看戏看电影，自在。你呢？

马骁驭只好说，我和一个朋友一起来的。

吴秋明很理解的样子，笑笑，转身要走，马骁驭忽然说，看完戏我们一起喝一杯？

吴秋明似乎意外，但还是接受了：行。在哪儿？

马骁驭说，旁边有家星巴克。

吴秋明说，不如去酒吧。星巴克旁边有个酒吧。

于是就说好了，散场后在那里碰头。

奇怪，一旦谈妥了这个约会，后半场的戏马骁驭就看进去了，还跟着乐了两回，鼓掌两回。那女子说，你不是说不喜欢看话剧吗？马骁驭说，没想到还有点儿意思。

11

果然在剧场不远处找到了一家酒吧。

吴秋明熟门熟路地率先进入，找了一个面对窗户的长条高桌，一跃而上。马骁驭也随后在她旁边坐下。

玻璃窗外，灯光璀璨的街景如舞台一般，只是演员在不断变换，上演着多幕哑剧。马骁驭点了两罐黑啤，吴秋明要了一瓶干红。服务生刚要走，马骁驭又喊回来，加了一份儿蛋糕。

我实在是饿了。他不好意思地解释说。吴秋明说，怎么没吃晚饭？马骁驭说，没。吴秋明又说，连饲料都没吃？马骁驭立即想到了那次在吴秋明家里的段子，忍不住哈哈大笑起来，但他马上止住，四下看了看，还好没人注意。

马骁驭低声道：不瞒你说，我没来过酒吧，总感觉这种地方是年轻人的天下。吴秋明说，什么年轻不年轻的，你心理不要画线，就没人给你画线。

显然吴秋明比他淡定多了。一个长期过单身生活的女人，一个相貌有缺陷的女人，肯定无数次面对他人不解的目光，早被历练出来了。就如同今天中场休息抽烟，虽然没去吸烟室，却也好不介意地站在走廊上。

喝着酒，看着窗外来来往往的行人，彼此问了近况，一时竟无话了，一条沉默的河流在两个酒杯之间淌过。马骁驭想打破沉默，是他主动约她的，他应该主动说点儿啥。一次又一次的相亲失败，让他越发觉得，比起那些年轻貌美的女性，他更愿意和吴秋明在一起。这样说来，促使他和吴秋明在一起的，不是吴秋明本人，而是一个又一个的美女。这属于什么现象？

鬼使神差地，他就告诉了吴秋明今晚自己来看戏，其实是为了相亲。之所以没吃晚饭，就是因为那位相亲的女子要减肥。他把那个女子简单描述了一下，流露出了不以为然，并有所克制地炫耀了一下自己的机智果断。

吴秋明只是微笑，没有发表什么看法。

马骁驭只好继续作主讲：我主要是不想违逆父亲。不过我父亲也是奇怪，一方面安排我相亲，一方面又深表歉意，一再地跟我说抱歉，搞得我还挺不适应的。因为他老人家历来意志强大。也许这说明他真的老了？你说人老了，到底是心肠越来越硬还是越来越软？有种说法是人老了，神经变得毛糙了，不易感受到爱和恨了，于是变硬；另一个说法是，人老了，神经磨细了，经不起更多的痛苦悲伤了，于是变软。你怎么看？我想听听你的看法。

他像老师一样，强行把话头递给了吴秋明。

吴秋明喝了一口酒，终于开口说，我想应该是两种都存在。偶尔十分脆弱，偶尔十分坚强。没有一条笔直的线。比如我自己，上网的时候，很不愿意打开负面新闻的链接，害怕自己看了之后半天缓不过劲儿来；人家求我帮忙时，即使我为难也说不出拒绝的话，看到伸手要钱的讨饭的，很难假装没看见。这都是心肠变软的表现。我原来不这样，我原来很坚决很理性。

马骁驭很意外，他还以为吴秋明是个女汉子呢。

吴秋明说，但另一方面，看那些煽情的电视剧，我一点儿也不会动心，更不会流泪。看到那些演员哭得稀里哗啦的我反而很心烦。

马骁驭说，同感同感。歇斯底里本来是女性特有的毛病，你肯定知道这个词本身就源于"子宫"嘛。可是现在男人也个个歇斯底里，真让人受不了。

吴秋明说，那是古希腊的说法，现在早过时了。

马骁驭笑了，其实他只是想借用这个说法，来表明他对那样一种表演状态的厌恶，更是想用这种夸张的情绪来表达他此时内心的愉悦，终于又和吴秋明坐在一起聊天了，有种久违的亲切。吴秋明低低的略微沙哑的说话声，如同推开一扇古老而陈旧的木门的吱呀声一样悦耳，吱呀声响起后，马骁驭就走进门去。

他把前女友自杀的事，告诉了吴秋明。虽然事情已经过去了两个月，他没那么郁闷了，可是一旦触及到，又有些伤感。为什么好女孩儿这么脆弱？

显然这姑娘有心理疾患。吴秋明说，她如果能意识到，早些治疗调整，也许不至于走上绝路。你当时没感觉？

马骁驭说，当时只是觉得她太在意自己了，太不接地气了。身体嘛，好像比较虚弱，血压低，心动过缓。

吴秋明说，这就对了，很多心理疾病和生理疾病是关联的。体弱多病的女孩子往往敏感脆弱，敏感脆弱又更容易让身体虚弱。尤其遇到特殊事件，两者更易互相强化。我记得大地震的时候去灾区，遇到一个连队，百分之九十的战士都皮肤过敏，生牛皮癣，另外一个连队发生了集体拉肚子的情况，他们还以为是灾区不卫生造成的，我告诉他们是精神因素造成的，高度的压力、紧张和抑郁导致，是精神因素躯体化最典型的案例。我自己也一样，严重皮肤过敏，后来什么药都没吃，心理缓解后就消除了。

马骁驭说，嗯，看来是这么回事。

吴秋明说，其实每个人都会存在这样的问题，比如我，我脸上这道疤带给我的心理问题就是自卑，对我的长相来说是雪上加霜，只不过我因为受过教育，能理性调整，所以还比较健康。

吴秋明笑起来，有一种坦诚的自信，

吴秋明又说：从你说的情况看，这女孩子条件很不错，没什么可自卑的。但她太追求完美了。追求完美本身没什么错。问题在于你不能要求别人完美。就是我上次说的，己所不欲勿施于人，己所欲，也勿施于人。你要包容这个世界的种种缺陷，这样的包容正是你自身完美的一部分。

马骁驭暗地里惊讶吴秋明的表达，她总是能说到点子上，让他既赞同又钦佩。

你呢？追求完美吗？他问。

吴秋明毫不犹豫地说，当然。准确地说，我一直在超越自己，让自己比昨天更好。海明威不是说过，优于别人不算高贵，优于过去的自己才是高贵。

马骁驭说，嗯嗯，那个明星演员马修康纳德也说过，他的偶像永远是十年后的自己。

吴秋明举杯，来，为我们十年后的自己干杯。

她不等马骁驭喝，就先一饮而尽。

马骁驭发现她挺能喝的，一瓶干红很快下去一半了。不会喝多吧？那次校庆她可是喝醉了的，显然并不是个有海量的人。今天就他们两个，醉了怎么办？马骁驭略微有些担心了。毕竟，他们还只是关系微妙的同学。如果她醉了向他表白，他该怎么办？在经历了一些事情后，他不可能再像过去那样毫不犹豫地拒绝，他和她之间，毕竟已经有了一些感情。说感情似乎不准确，有了一些交情？也不准确。总之和过去不一样了。

担心归担心，马骁驭还是给吴秋明倒了酒。就他的感觉，她是一个能把控自己的人。

吴秋明心情很好的样子，说，我觉得跟好朋友在一起彻夜地饮酒聊天，是人生一大快事。那天你去家我就想请你喝酒的，可惜你要开车。今天咱们痛痛快快喝一回吧。

马骁驭说，今天我也开车。

他马上又追了一句，不过可以叫代驾。一个女人都这么爽了，自己再扭捏说不过去。

吴秋明说，对，叫代驾，哪能因为一辆车，就放弃快意人生！

她举起杯跟马骁驭碰了一下：今天咱们AA吧，先说好了，免得等会儿喝糊涂了争来争去，难堪。

她还真是个特别的女人。马骁驭暗自赞叹。好吧。我同意。我发现你的很多做事风格，真还挺男人的。

这句话本来是赞扬，但一说出口他有些后悔，也许对女人来说是贬义。哪个女人愿意像男人？政治不正确。

吴秋明却说，我本来就不像个女人。

马骁驭赶紧说，你也不像男人啊。

吴秋明说，我是杂质。

马骁驭没听懂，杂志？什么杂志？

吴秋明说，高中的时候老师讲过，化学中有一个神奇的东西，它不溶于酸，不溶于碱，不溶于盐，不溶于有机物，它水火不侵，百毒不伤，无论是在喷灯上加热，还是通上高压电，都毫发无损，它拥有最稳定最优秀的化学性质，却总是被人遗弃。它的名字叫杂质。我感觉，我就是一粒杂质。

真绝！

马骁驭不得不赞叹吴秋明的这番自我定位，超凡脱俗。如果吴秋明是杂质，自己是什么？是流水线上出来的合格产品吧？虽然没瑕疵，却也没个性，多到满大街。可是，在旁人看来，他却是个紧俏货。标准不同，世界不同。

嗯，我想冒昧地问个问题。马骁驭借着酒劲儿，想把话题深入下去，大不了直面他和她长期回避的那个问题。他又说：当然为了公平，你也可以问我一个问题。

吴秋明侧过头看了他一眼，说，你是想问我为什么不结婚吧？

马骁驭说，真不愧是学心理学的。差不多是这个意思吧。你为什么一直一个人呢？

吴秋明说，如果你问我为什么不结婚，那好回答，其实我是结过婚的，用婚姻广告上的话说，有过短暂不幸的婚史。

这个回答大出马骁驭的意料，显然他原本没打算问这个问题。他有点儿接不上话了。

吴秋明说，但你要问我为什么一直一个人，我可以不回答吗？

马骁驭有些尴尬地笑道，当然可以不回答。不过我还继续问，你认为婚姻最重要的是什么？

吴秋明想了想说，这个不能一概而论。不同的人不一样，不同的时期也不一样。青年时期最重要的肯定是情爱甚至是性爱，进入中年，精神沟通变得重要了，当然，经济因素也变得重要了。到了老年，身体健康变得重要了，陪伴变得重要了。

马骁驭默默听着。想，每个女人都有她最动人的时候。有的女人是在厨房忙碌时最动人，尤其是用筷子夹一点刚烧好的菜喂到孩子嘴里，目光如圣女；有的女人是在舞蹈的时候最动人，她的身体已不再属于人类，羽化成仙；有的女人是在弹琴的时候最动人，音乐带走了她的灵魂；有的女人是在读书的时候最动人（这个马骁驭深有体会，他读大学时有一次坐公交车进城，在车上遇见一个读书的女孩子，阳光透过车窗洒在她的身上和书上，实在是太美了！马骁驭一直看着她，一直看着她，她却始终没抬头，似乎忘记了周遭的一切。最终马骁驭坐过了站，和女孩子一起到了终点。）而吴秋明，这个女人是在谈话的时候最美丽。她在表达她独特的观点时，在若有所思时，在义愤填膺时，在自嘲时，都有一种和其他女人不一样的美丽。她的学识、性情、声音、手势，融合在一起，有一种迷人的魅力。

头越来越晕乎，心越来越软乎。两人坐在灯光昏暗、乐曲低回的酒吧里继续聊着，喝酒，吸烟，还互相递烟，不像恋人，倒像两个兄弟。这样的经历，本是从未有过的，却让他瞬间产生了既视感。

恍惚中，马骁驭聊到了自己的母亲，聊到母亲去世带给他的伤痛。自母亲病重，马骁驭忽然醒悟了很多事情，也忽然体会到了过去不曾体验过的一些情感。对生活一直比较平顺的马骁驭来说，母亲的去世就是重大的人生打击。但他在此重创后，一直未能得到心理释放。

当说到母亲昏迷几天，醒来连声叫他的名字时，他的眼圈红了。他有些不好意思，端起酒杯掩饰。

但他忽然发现，吴秋明也和他同样悲伤，不是同情，是悲伤，不是为了安抚他而表现的悲伤，是发自内心的悲伤。因为她的眼角和嘴角都耷拉下来，法令纹也格外明显，显然她的内心被难过的情绪控制了，脸庞呈现出的晦暗之色，仿佛她遭受了重大打击。这让马骁驭的心有些战栗。还没有一个女人，为他悲伤陷入如此的境地。

他试着想，如果是前妻，也许会走过来抚摸他，用肢体安慰他；如果是前女友，会说一些关于人必须承受苦难一类的话，如果是另一个前女友，也许会去给他煲个汤，暖暖他的胃。毕竟在这个世界上，没有人可以对另一个人的伤痛感同身受，可是吴秋明，却是和他一起悲伤，一起陷入，他感觉他们在心底最深处握着手。

这一发现，让马骁驭有了一种握住现实中吴秋明那只手的冲动。那只手就放在吧台上。但他克制住了。他想起圣经中常说的"怜悯人"或"动了慈心"，英文即 have compassion，意思是，"由于爱心的关怀而促成一种怜恤的感触"。那么，吴秋明此刻的怜悯究竟是怎样的？她的爱心仅仅是关怀，还是有情爱的成分？

马骁驭思绪紊乱的时候，吴秋明开口了。

她说，我特别能理解你的心情，我也曾失去过最爱的人，很长一段时间沉入悲伤无法自拔，甚至，产生厌世情绪。

吴秋明捋了一下前额的头发，用手撑在额头上。

马骁驭看着她，有所期待。他想，该轮到她讲故事了。她失去了谁？父母，还是……恋人？他想知道。交换彼此的经历往往是恋爱的规定程序。交换经历，然后再交换共同的情感，再拥有共同的感情，百分之九十的恋人都如此吧？可是，吴秋明只是默默地盯着窗外，又低头盯着酒杯，喝了一口。

显然，吴秋明没有进入规定程序。

马骁驭有些意外，夹杂着失落。看来吴秋明不打算让他分享她的过去。虽然他们是同学，可他们只是同学四年，那四年之前发生的事，四年之后发生的事，他都一无所知。马骁驭只知道，吴秋明是他们县的文科状元，入校时也不过18岁。但她表现出来的成熟（比如沉默寡言的性格和成天钻图书馆的行为），加上她毫不动人的外貌，让人觉得她比实际年龄大很多。

很久，吴秋明才把视线转向马骁驭，声音暗哑地说：有一天我终于明白了，只有我们看着所爱的人死去，才知道我们有多爱他。

这句话虽然不是马骁驭期待中的话，却一下子击中了他，一瞬间他喉头哽咽，眼眶湿润。他终于克制不住，握住了吴秋明放在吧台上的手。

12

马骁驭作出一个重要的决定，跟吴秋明结婚。

本来应该说作出一个艰难的决定，但沾了"艰难"之后便有了流行语的色彩，显得不够郑重。马骁驭是很郑重的。他是在一夜未眠之后作出这个决定的。那一夜他翻来覆去的，把自己纠结成一根油条，再放到油锅里炸。外焦里也焦的时候，才终于放松下来，睡了一小会儿。早上醒来，他感觉神清气爽，纠结已打开，心情大好。

在做决定之前他认真梳理了一下这个决定的来龙去脉，确定自己最初产生想法，应该早在吴秋明家的宴上，只是他当时自己都没察觉。而后在他一次次对那些相亲女子失望的时候迅速发酵了，最终在酒吧之夜瓜熟蒂落。

他们的酒吧长谈延续到凌晨，这是马骁驭这辈子不曾有过的事。在他循规蹈矩的人生里，和男生一起长谈也不曾通宵，而且还喝着酒，还掏心掏肺。只是，当马骁驭控制不住地握住吴秋明的手后，吴秋明并没有扑进他的怀里痛哭，她抽出手，捂住了自己的脸，呜咽了好一会儿。

并不是所有的女人都要扑到男人的怀里哭泣，马骁驭想。

因为作出重要决定而有些心慌的马骁驭，把老贝从沙发上抱了起来，像举孩子那样举了三下。老贝从头顶往下受宠若惊地瞪眼看着他，不明白主人的反常缘于什么。

他放下老贝，拍拍它脑袋说，以后你要乖一点儿。

他照例去卫生间做必修课，在马桶上坐下，随手拿起一本《读者》，再随手翻开一页，就读到了一段仿佛为他准备的话：哈特菲尔德的研究表明，人们接触的时间越长，越容易产生友谊或者爱情。还举了个例，一个男子追求一名女子，为此写了700多封信，最终女子嫁给了邮递员。因为邮递员天天和女子见面，而写信的男子无论多么深情诉说，却只做了红娘。

这完全符合心理学上的那个说法，马骁驭想，人们总是喜欢对自己好的人。或者说，要想对方喜欢自己，先去喜欢对方。不过，很多恋人恐怕不认可这个说法，他们感到困惑的，恰好是在一起时间越长感情越淡漠（而不是越好）。也许这里有个时间节点？没相爱之前是接触越多越有感情，相爱之后就走向了反面。也许如吴秋明所说，心理学也回答不了所有情感问题。

　　抛开他人，他对吴秋明的感情，究竟是日久生情，还是同情，还是仅仅是心里愉悦？也无法厘清。可以肯定的是，他愿意和吴秋明在一起，每次和她聊天后都能获得一种愉悦的心情。他已经好多年没有过这样的状态了，只有在美国读博士的时候有过。

　　他们在一起时，他不必担心她不高兴，或者冒犯了她，甚至见面时也不必考虑给她买什么礼物，讨她欢心。虽然吴秋明曾酒后吐真言，说自己在等马骁驭，但清醒的时候她从不涉及这个话题。这让马骁驭在放松的同时，更敬重她。他想（他不断地发现吴秋明的优点，是在为自己发现），这绝对是个理性的女人，相比较那些感性的（也是诱人的）女性，他还是更愿意和理性的女人在一起。

　　那么，他们这样轻松的没有冲突的关系，是基于彼此没有要求吗？他和前妻，和前女友，前前女友，彼此都是有要求的，即使是他和他的学生彼此也是有要求的。所以冲突随时发生。而他和吴秋明，他们之间的无求无欲，是成了两人之间的润滑剂，还是绝缘体？应该是后者吧。

　　虽然没有来电，但他们在一起所发生的一些无关宏旨的细节，却常常令他感动。这些小感动聚集起来，能量不小，以至于让他有了和她在一起过日子的冲动。冲动又蜕变为理性的抉择。

　　马骁驭不得不承认，在他们交往的这段时间，吴秋明完胜。要学问有学问，还风趣幽默，还三观正确，还擅长烹饪，对了，还有专一的情感态度（从大学到现在二十多年不变心，比《霍乱时期的爱情》里的弗洛伦蒂诺还要专一，弗洛伦蒂诺虽然等了五十年，可期间女人不断，多达60多个，只是精神上等待而已）。相比之下，吴秋明仿佛是个女神，借着一个最简陋的躯体来到了人间。他马骁驭终于在历练几十年后，看破外表的虚华，欣赏到了金子般的内心。他想和这样的人生活在一起，不是说没她就不能活（那是虚伪的），而是有她生活会更好。或者说，能和她一起生活是他的福气。

　　唯一让他感到缺憾的，是他对她始终没有产生性冲动。也许是因为吴秋明比较克制自己，总表现出理性的一面？真的进入了婚姻会不同吧？是不是没必要太看重性在婚姻中的作用，而更应当看重两人之间的精神交流？马骁驭自己也不明确。他只是明确一点，他愿意和吴秋明共度余生。

其实他们曾经谈到过婚姻，就在酒吧长谈那个夜晚。

是马骁驭先说起父母的婚姻。他说他父母的婚姻是失败的，母亲为了他委曲求全三年，直到他考上大学才和父亲分开。可是他也无法埋怨父亲，父亲有他追求幸福的权利。他只能尽可能地对母亲好，弥补母亲在情感上的巨大空洞。不料母亲却如此不幸，在儿子有能力有心情陪伴她时，离开了人世。

吴秋明没有接话，马骁驭问：你父母的婚姻怎样？他们还好吗？吴秋明说，我父母，他们谈不上什么婚姻，婚姻是一种平等的说法，他们没有，只能说，我母亲嫁给了我父亲，嫁给了我父亲的家，为吴家传宗接代。如此而已。

马骁驭虽有些意外，也觉得吴秋明说得有道理。千千万万的农村妇女，恐怕一辈子都不知道什么叫婚姻。

吴秋明接着说，我母亲生了我们三姊妹加上一个弟弟。我知道她是为了生儿子才不得已生了我们三姊妹，所以她完全不记得我们三姊妹的生日，甚至连哪年生的都很模糊，取名字就更潦草了，大姐叫大妹，我叫小妹，妹妹叫幺妹。我现在的名字，是上学后老师改的。为此我很感谢我的老师。父亲总算还记得我们的属相，我是从属相推断出自己的年龄的，至于具体日子，母亲说，反正是收玉米的时候。

马骁驭忽然意识到，他和吴秋明的差异，不仅仅是外在，还有出身，他完全无法想象一个母亲说不出自己孩子的生日。他的母亲，不仅知道日子，还能说出是星期六，还能说出是凌晨三点。难怪吴秋明说，她根本不知道自己是什么星座，还调侃说，自己是玉米星座。吴秋明比他想的还要悲苦。这样的悲苦让他产生了心疼和内疚。

也许马骁驭的眼里流露出了深切的怜悯，吴秋明忽然说，没什么，你不用可怜我，更不要有什么负担。这是我的命。我说这些，仅仅是因为你问到，告诉你事实。

在简单的洗漱早餐之后，他开始考虑怎样向吴秋明告白。

这是个技术问题，却会影响到感情的表达。

马骁驭泡了杯茶，放了个碟片，是舒缓清新的犹如四月田野的钢琴曲。听着钢琴曲，他想起了吴秋明的口琴声。什么时候去买张口琴的碟片回来。他想。他非常认真地坐下来，考虑接下来该怎么做。老贝见状迅速跳上沙发，调整好姿态，把脑袋趴在他的腿上，还努力把头钻进他的手心里，要他抚摸。他们经常以这样的状态互相依偎。也许，吴秋明和糖糖也经常这样互相依偎吧？

最直接的当然是当面告白，去找她，看着她的眼睛说，我们结婚吧。或者，我们在一起吧。

但感觉有些困难，毕竟，他们都是四十多岁的人了。何况，在此之前，他们并没有进入到恋爱状态。这么告白会不会突兀？虽然他知道吴秋明愿意和他在一起，可他们之前毕竟一直是以同学身份相处。

那么，先发一封电子邮件？郑重地写出来，像写情书一样，告诉她这一年来，准确地说，在他们交往几次后，她让他产生了好感，这好感使他想和她在一起生活。

会不会显得太公文化了？

还是先铺垫下吧，约她出来，适当的时候再表达。她一定会大吃一惊的，所谓又惊又喜，惊喜交集。

于是马骁驭发了个微信给吴秋明，早上好，在做什么呢？

有几分随意，几分亲切。

吴秋明没有回复，不知在忙什么。她并不像大多数女人那样，总是看着手机（这也是她的优点之一吧），多数时间她坐在电脑前，偶尔坐在沙发上看书。再或者，走出家门，用她的话说，去做事。

马骁驭耐心等了一会儿，大概10分钟，没等到短信，却等到了吴秋明的电话。她居然直接打过来了，不过声音一如往常的平静。

她说，嗨，我正想和你联系呢，我今天要去儿童村，就是我跟你提起过的，你不是说也想去看看吗？

马骁驭道，好啊，一起去。我今天正好没课。

吴秋明曾经跟他说起，她每周都要做的公益，就是去儿童村。她坦率地告诉马骁驭，最初去那里，是想领养一个孩子，去了后意识到，领养哪一个心里都纠结，因为每个孩子都让她心动，心疼，她索性一个都不领了，每周来看孩子们，给孩子们读书，洗头洗澡，剪指甲。她已经坚持近十年。与此同时，她也正好对儿童以及青少年的认知、思维、情绪、人格和能力等，做一些调研。

于是约好，马骁驭开车到吴秋明家接上她，然后去儿童村。

13

天气晴朗，蓝天白云的，一眼望去很惬意。你眼中的世界实际是你心理的投射。吴秋明如果在旁边肯定会这样说的。马骁驭不禁莞尔一笑。

11月了，街两边的行道树依然浓绿，只掺杂少许的黄叶子，反而更有了画面感。南方的树总是在春天落叶，落叶的同时新叶就生出了，树叶们在树枝上停留的时间几乎长达三个季度。由此想，南方的树是很辛苦的。

到达小区，门口的保安照例拦住了马骁驭的车，他耐着性子报了门牌号码和户主姓名，栏杆抬了起来。他忽然感觉自己心里的那根栏杆，也是这样抬起来的，只是从栏杆下通过的，应该是吴秋明。

马骁驭从后视镜里看了眼自己，感觉自己依然算得上英俊，就算减去百分之三十的夸大，也还不错。据说人在镜子里看到自己的长相，要比实际的好看百分之三十。因为人照镜子的时候，大脑已经进行了自动的脑补。这也是情人眼里出西施的原因，当你爱他的时候，你也会为他的长相自动进行脑补。

好看的人总有一天会看腻，丑的人却会越看越顺眼。

吴秋明下楼，快速走来，难得地穿了件蓝色小碎花的薄棉衣，看上去是旧的。马骁驭心里一个打闪，想起了母亲。也许是注意到了马骁驭的目光，吴秋明上车后主动解释说，这件衣服会让孩子们感到亲切。

马骁驭说，你真有心。

吴秋明说，你知道那个著名的绒布妈妈实验吧？

马骁驭说，不知道。

吴秋明说，是上个世纪一个叫哈利·哈洛的心理学家做的实验，他把刚刚出生的小猴子和妈妈分开，关在笼子里用奶瓶喂养。因为当时科学界认为婴儿的最佳成长条件就是充足的食物和干净的环境。这样喂养的小猴子果然很强壮。但他发现小猴子们总是吮手指头，发呆，神情漠然。他分析是缺少母爱的缘故，于是给小猴子做了两个假妈妈，一个是有奶的"铁皮妈妈"，一个是没有奶的"绒布妈妈"。结果哈洛惊奇地发现，小猴子只会在饿了的时候去"铁皮妈妈"那里吃奶，绝大多数时间（超过12个小时），他们都依偎在"绒布妈妈"身边。这个实验说明，母亲并不仅仅意味着有食物，还有温暖的怀抱。温暖的怀抱对小猴子来说非常重要。

马骁驭说，太有意思了。

吴秋明笑道，所以我每次去儿童村，都要一个个地挨着去拥抱那些孩子。尤其是两三岁的孩子，我会多抱他们一会儿。我给不了他们一个完整的家，至少给他们一个温暖的怀抱。我知道那对他们来说有多重要，也许他们自己都意识不到。何况我不仅仅是绒布妈妈，我还有温暖，有心跳，有笑容，我真心爱他们。

马骁驭忽然有了一种拥抱吴秋明的冲动。

他暗想，也许吴秋明没有意识到，这拥抱其实是彼此需要的。她作为一个女人，肯定有做母亲的天性，每周和孩子们一起待一天彼此都有益处。何况，一个长期单身的女人，也是需要拥抱的。

到了西郊，停好车，他们一起走入一条小巷。

吴秋明虽然个子矮小，步子却很大。马骁驭感觉和她走在一起速度蛮接近。进入一条小巷时，眼前出现一个旧木门。马骁驭一眼看到了门旁挂的牌子，某某市第一儿童村。

吴秋明熟门熟路地进入，孩子们正在院子里玩耍，有好几个围上来叫吴妈妈。吴秋明左揽右抱，踉跄地往里走，和迎上来的老师们一一握手，并把身后的马骁驭介绍给他们。

"这是我大学同学，现在是大学教授。他也在做儿童心理学研究，听我介绍了你们这个地方，想来看看。"

尽管吴秋明这样介绍了，老师们看马骁驭的眼光依然是暧昧的：哦，太好了。欢迎欢迎。

不过她们的笑容很真诚，从她们的笑容里可以看出，吴秋明与她们之间的关系，已经像老朋友了。

后院停着一辆卡车，正在往下卸东西，有几个老师在搬运卸下来的纸箱，大一点儿的孩子也在帮忙搬，似乎是水果和食品。马骁驭也连忙过去帮忙，想免去站在那里被众老师打量的尴尬，但被老师们阻止了，她们热

238

情地把他拉进办公室，要他喝茶。

那个下午，马骁驭也收获不小，他咨询了老师们很多关于孩子的问题，这些孩子大多是被遗弃的，和正常家庭长大的孩子，在心理上有着许多不同。马骁驭一边听一边产生了做研究课题的冲动。

马骁驭从院长办公室出来，一眼看到院子里一个场景，吴秋明挽着袖子在给几个女孩子洗头。初冬的阳光洒在院子里，让这普通的场景呈现出非一般的美丽。一个已经洗好头的女孩儿，披着湿漉漉的头发在一旁帮吴秋明递毛巾，吴秋明舀起一瓢水，缓慢地淋到水池边另一个女孩子的头上，阳光穿透水柱，发出宝石的光芒。

马骁驭定定地站在那里，又产生了既视感，这样的场景他在哪里见过？就仿佛见到了自己的灵魂，随时都在，却无法捕捉。他一动不敢动，害怕惊动它，打碎它。

那一刻，他动心了，再次动心了。一个人对一个人动心，肯定是一次又一次。尤其是在他们这个年龄，需要无数次的小动心，才能汇合成冲破藩篱的勇气。

他看到吴秋明拧干毛巾，给孩子擦头发，很认真，很仔细，脸上洋溢着一种光芒，这光芒让马骁驭忽然有了一种性冲动，头一回，他渴望把吴秋明拥入怀中，给她爱抚。

他走过去，帮吴秋明把用过的毛巾搓干净，一一晾到铁丝上，转过身时，看见头发湿漉漉的女孩子正趴在吴秋明的怀里，左右摇晃，半个脸埋在她怀里，半个脸沐浴在阳光下。另一个小男孩跑过来说，还有我，还有我，吴妈妈！吴秋明伸出另外一个胳膊搂住了他。

马骁驭拿出手机，拍下了这个画面。

而后他走到她身边，以从未有过的语调说，以后我每次都和你一起来，好不好？

那语调令他自己都感到陌生，估计他的脸也微微红了。吴秋明有些困惑不解：你说什么？

马骁驭不好意思了，换了个语调说，我是说，有没有什么我可以帮忙的？我也想为这些孩子做点儿什么。

吴秋明说，有啊，要不你给孩子们买口琴吧，我想教他们吹口琴。

马骁驭说，没问题。需要多少？

吴秋明说，等我统计一下吧。

马骁驭走开去，给其他孩子拍照。

14

吴秋明失踪了。

当然不是在社会意义上的失踪，只是在马骁驭这里失踪了。

从儿童村回来，马骁驭就再也联系不上她了。打电话总是关机，发短信也不回。说好三天后再去酒吧碰面的，她也没出现。这么爽约，不像是吴秋明所为。显然，她是在躲避自己。

那天从儿童村回来的路上，他向她表白。他说，我们结婚好吗？

吴秋明当时非常惊愕，马骁驭没转头也能感觉到，她甚至发出了轻微的一声"啊"。马骁驭心慌了，把车停在路边，看着她重新说了一遍：我们结婚吧。他用略微轻松的口吻说，嗯，我想整个后半生都能和你聊天。

吴秋明躲开他的目光，摸出烟来点上，脸上完全没有他想象中的样子，比如惊喜，比如羞怯，比如感动。没有。只有惊愕，甚至有点儿吓到的样子。这是怎么了？她不是一直在等着他表白吗？这么多年了，她不是一直在等他吗？是事情过于突然，还是她另有其人了？

马骁驭只好结结巴巴继续表白说，这段日子的相处，让他意识到他愿意和她在一起，她就是他渴望共度余生的那个人。

"对不起，我想我们都人到中年了，没必要说那些抒情的话，所以就直截了当了。也许我太直接了？"

吴秋明依然不说话，大口地抽烟，似乎在平息自己的心情。

马骁驭有点儿沉不住气了：难道我误会你了？我一直以为……

吴秋明终于说，不不，你没误会，我是说过，说过那样的话。但是，但是，我还是没想到……你那么优秀，你各方面都那么出色，我以为我们永远不可能。

马骁驭松口气，说，也许随着年龄的增长，明白了什么才是最重要的吧。年轻时看重的一些东西慢慢退居其次了。

吴秋明还是不语，吐出的烟雾在她凝重的脸庞上飘散。有一瞬间让马骁驭觉得她是自己的判官，他紧张得不敢动。

这时有人来敲车窗，比划手势，大概意思是此处不能停车。马骁驭只得重新启动，继续向前开。

吴秋明终于说，对不起，太突然了，我需要想想。

马骁驭说，当然。这是大事。希望你相信我不是一时冲动，是经过慎重考虑过的。其实今天早上我发短信给你，就是想说这些话，我昨天想了整整一晚上。

吴秋明的持续沉默，让马骁驭说不下去了。他把她送回家，离开。离开前，他们约好三天后再在那家酒吧见面。

那三天里，马骁驭反复梳理了自己的情感，梳理了他们之间的关系，确信自己是理性的决定。他甚至为自己找出了理论依据。美国心理学家纳撒尼尔·布兰登认为，我们之所以会持久地爱上一个人，本质上是因为你的灵魂真正地被一个人看见了，你就会爱上这个人。当你会发现，别人看你的眼光跟你内心深处最真实的自己对自己的看法是一致的，并且对你的言行表现出理解，你就会有一种深深地被"看见"的感觉，就会产生爱。他和吴秋明之间，难道不就是这样吗？他们能彼此看见，彼此理解，可以会心地微笑，可以在心底深处握手。自己的判断不应该有误。

第二天早上，马骁驭忍不住给吴秋明打电话了，他感觉自己头一天有些话没说到位，应该再清楚地表达一下。而且，向一个女性求婚，自己显得太生硬，柔情不够。

结果没打通，连那个悦耳的口琴声都没听见，那个他已经听熟了的《千里之外》。只有一个冷冰冰的声音在说，你拨打的用户已关机。

他想她是不是在开会什么的，不方便，就发了一条很长的微信，意思是说，他对她的感情是真诚的，绝对没有怜悯同情之类杂质，是她的优秀品质征服了他。她让他看到了自己的灵魂，产生了爱，这爱既有精神之爱，也有男女之爱，他渴望和她在一起共度余生。

可是一直到夜里，吴秋明也没有回复。

三天后，马骁驭按约定来到那家酒吧，一直等到凌晨，吴秋明也没有出现。他硬着头皮给王静打了个电话，王静颇有微词地说，我哪儿知道她上哪儿去了？人家是专家级的人物。他又往她的单位打了个电话，称自己是心理学会的，单位上的人说，她请假回老家了，说家里突然有急事。

家里有急事？有急事为什么不跟他说一声呢？

马骁驭去买了20个口琴，去儿童村，他跟院长说，是吴秋明让他买的。院长却说，吴秋明打电话告诉她，要出远门，这段时间暂时不能来了。

马骁驭实在按捺不住，去了吴秋明家。

走进小区，他一下就听见了琴声，口琴声，《千里之外》。他心里满是喜悦，兀自微笑。嗨，着急半天，很可能吴秋明就在家里宅着呢，她只是不想被打搅，想一个人安静一下。

可是走上楼，按门铃，无人应。琴声也消失了，安静无比，连糖糖的吠声都没有。

他再打她的手机，仍是关机。

刚才那琴声从何而来？

不会是出了什么事吧？一个独居的女人，也会让人这样猜想。马骁驭便去小区门口问物管，物管说她外出了，把糖糖托付给了他们。马骁驭问要出去多久，物管说不清楚。

这样说来，她的失踪，是在躲避他。

马骁驭不明白事情怎么会变成这样，是他哪里做错了吗？无意中伤害到她了吗？左思右想，不得安宁。他还从来没有被一个女性搞得这么不得安宁过。所谓大反转，就是这样吧。

"也许你我终将行踪不明，但是你该知道我曾因你而动情。"马骁驭脑子里冒出了波德莱尔的这句诗，有些酸楚。他起了个念头：坐长途车去吴秋明的老家，去那个她多次提到过的叫作古柏村五组的地方，找到她，面对面地问个清楚。

但就在这时，马骁驭收到一个快递，里面是一本书，书里有一封厚厚的信。

15

骁驭，非常抱歉，让你等了这么多天。我知道你一直在等我的回复，或者在找我，我却不知该怎么面对你。我一直认为自己是一个很能把控事情方向的人，却不料最近这些日子有些失控。

骁驭，首先要谢谢你，和你的偶遇，和你之后的几次相处，都给我带来了非常多的快乐，如你所说，我们彼此能理解，能看见，我非常愿意和你一起聊天，那种默契和会意，是从未有过的。

我们之间的默契，是建立在彼此的尊重和欣赏上。但不知你是否察觉，这尊重和欣赏又让我们保持着距离？或者说，是我有意与你保持了距离。我想说你并不真的了解我，这不了解是我有意造成的。人的知情意，感知觉，都源于人的眼耳鼻舌身，我的身不同于他人，我的感知觉就不同于他人，你不了解我的身，自然不了解我这个人。

我曾经告诉你我有过短暂的婚史，你一定奇怪我这个从来不看好婚姻的人为何会结婚，现在我告诉你，我结婚是为了一个人，离婚也是为了一个人。可这个人最终还是离开了我，离开了这个世界。她的离世，是我这辈子最大的罪孽。所以在我的内心世界里，我是个有罪的人，我所做的一切，都是为了向她赎罪。

我小时候家里很穷，这个穷，不是说破衣烂衫吃不上饭，饭还是有的吃的，但每一碗都要算计。加上孩子多，母亲脾气暴躁。偏偏我小时候胃口好，特别能吃，母亲恨恨地骂我比猪还能吃，看不顺眼就打。有一次母亲打我的时候，我们村会计家的大女儿荷香姐正好来我们家，她连忙拦住母亲，把我搂进怀里。虽然我的脑袋已经被母亲扔过来的柴棍打出了血，血蹭到了她的衣服上，但那天我一点儿都不觉得疼，因为我平生第一次感觉到了人体的温暖。自有记忆起，我就没有被母亲抱过，在我还不能站稳时母亲就把我放到了地下。我像个小动物一样在地上爬，滚，摔，直到站立。我不知道被人拥抱会如此幸福，人的怀抱会如此温暖。我就像那个睁开眼看到母鸡的小鸭子，以为母鸡就是自己的母亲。后来我一挨揍就往会计家跑，有时候没挨揍也会找理由去。荷香姐比我大6岁，她总是像个母亲一样安抚我，拥抱我。我的暗无天日的生活终于有了一点阳光。

后来，我变得越来越依恋荷香姐，认定这个世界上只有她是我的亲人。我时常悄悄地把好吃的拿给她，帮她做事，给她讲学校里听来的笑话。看她开心我就感到幸福。我像个影子一样跟着她，她去河边洗衣服我也去。记得有一次洗完衣服，我们就依偎着坐在一起，一句话也不说。

没想到幸福很快被终结。荷香姐20岁那年，家里给她说了一门亲事，男方在我们对面那座大山里。我听说了后发疯一样大哭大闹，嗓子都哭哑了。可是穷人家孩子的眼泪是不值钱的。荷香姐也哭，她不想嫁给那个陌生男人，她舍不得离开我。可是，他父母已经收了人家的彩礼，无论荷香姐怎么伤心，天天以泪洗面也毫无用处。她的眼泪也不值钱。穷人家的孩子不配悲伤。

我们老家有个习惯，女儿出生时会种一棵树，等女儿出嫁时就砍了那棵树，做箱子当嫁妆。那些日子我不吃不喝，成天抱着那棵树，我以为只要树在荷香姐就嫁不成。可是砍树的人来了，像提溜小鸡仔一样把我提溜到一边，我再扑上去的时候，撞到了一个人的砍刀，当时就满脸是血。我真的想一死了之，还是没有勇气。

伤好后我成了一个丑女子，除了埋头苦读，没有任何想法。我只希望自己有朝一日出人头地，能把荷香姐救出来。

考上大学后，天真幼稚的我，连着给荷香姐写了几封信，却从未收到过她的回信。暑假时，我按捺不住跑进山里去找她。她正在地里干活，面容憔悴，眼里没有一点儿光亮。她见到我忍不住大放悲声，诉说丈夫和婆家对她的种种虐待。我真的心疼万分，比自己遭罪还要难受。冲动之下我带着她逃出了婆家，逃到了县城。可是仅仅几天我们就过不下去了。我是个连自己都养不活的穷学生啊。我只好把她送回到娘家，希望她能在娘家躲避一段日子。

那几天，成了我一生中最重要的日子。我们天天在一起，幸福而又痛苦，痛苦而又幸福。

可是我把她送回娘家后，娘家很快又把她送回了婆家。我返回校没多久，就听到了噩耗：她回到婆家后，男人变本加厉地虐待她，她受不了，喝了农药……

是我害死了她，害死了我的爱人。我曾经跟你说，只有我们看着所爱的人死去，才知道我们有多爱他。我说的他，其实是她。

因为她，我无法再接受任何人。可是大学一毕业，父母就逼着我结婚，因为老家传出了关于我和荷香姐的种种流言，他们受不了，他们觉得丢死人了。于是我匆匆忙忙嫁给了县上一个公务员，可是结婚的当晚我就跑掉了……

我厌恶虚伪的一切，我不想背叛自己。

更何况这世上我唯一爱过的人因我的过失死了，那么，她死后我唯一能做的，就是赎罪。

我曾说我喜欢超越自己，挑战自己，其实，我是在赎罪。

骁驭，我从未对人说起过这一切，这一切一直深埋在我内心的墓地中。我无权享受快乐，我只能活在自己的世界里。却不料你走了进来，这些天我反复想，你有权知道这一切。

我的不幸是出生在一个贫苦的没有爱没有温暖的家庭，我的幸运是父母总算给了我一个健全的大脑；我的不幸是天生其貌不扬后天又加重了外在的缺陷，我的幸运是没有因此生就偏执的性格和阴郁的心理；我的不幸是没有女性的魅力和欲望，我的幸运是因为喜欢读书而有了读书人的魅力和欲望；我的不幸是不能和普通人那样去男欢女爱享受快乐，我的幸运是我终究找到了我自己的最爱；我的不幸是遇见了你却不能爱你，我的幸运是最终能被你欣赏和接受。

幸与不幸交织在一起，就是我的人生。我很满足这样的人生。

我跟你说过，我是杂质，我坦然接受这样的自己。

对不起，骁驭，我利用了你，我以为你永远不会爱上我，便用你来掩盖我的不想被世人知晓的真相。我没想到事情会成为这样。我没想到我又多了一重罪孽，我只能继续赎罪了。

信到这里，戛然而止。

信是夹在一本书里的，书名是《心是孤独的猎手》，美国女作家卡森·麦卡勒斯所著。

《长江文艺》2016年第1期

中年镜像

在雅克·拉康的镜像理论中，当一个6~18个月的婴儿在镜中认出自己的影像时，他虽然尚不能控制自己的身体动作，却能够意识到自己身体的完整性。在这个阶段，婴儿首次充分认识到自我。也是从这个阶段开始，婴儿就确立了"自我"与"他人"之间的对立。拉康试图通过镜像理论解释人类作为动物是如何获得"我"的概念的，裘山山在《琴声何来》中描述了两个中年人的爱情故事，却让不惑之年的他们互为彼此，甚至成为读者的镜像，让"自我"与"他人"的对立走向了模糊和暧昧。如果说关照人类普遍的精神世界是文学的重要主题，那么《琴声何来》便是在茫茫万劫中窥伺到了一个不同的人，这个人本来隐藏在人群中，有一天突然伴随着优美的琴声闪露刺眼的光芒，竟是熟悉的你我和他。

男主人公马骁驭作为普遍意义上的"成功人士"，在一个雨夜突然被叫到医院，帮一个并没有什么交情的大学同学签字手术，由此拉开回忆的闸门。在裘山山的行文中，马骁驭关于父母关系、大学生活、个人婚恋这三条线的回忆交叉进行，看似只是他个人的生活经历，细细读来却不难发现贯串始终的是中年人对婚姻、爱情的想象与实践。也是在这些想象和实践中，马骁驭化身一面镜子，让我们在快速浏览他的生活的同时也悄然发现，对"他人"的观察同时是对"自我"的审视。或许我们不曾经历父母离异，妻子背叛，也不曾拥有白马王子似的大学生活，但我们都曾面对挚爱之人的逝去，曾面对工作生活的矛盾，曾面对难以招架的另一半，曾面对雨夜的孤枕难眠，曾面对对自己和对生活的严肃考问。如果镜像阶段潜在我们难以追忆的6~18个月，那么"共情"一定追随人的一生。

吴秋明的出现缓解了这个"王老五"雨夜的孤独，这个其貌不扬甚至有点丑陋的女同学让马骁驭发现了另一种生活的可能。裘山山在叙述了众同学对吴秋明的歧视之后对吴秋明还是偏爱的，除了样貌不出众，吴秋明几乎是"完美"的，性格、才华、学识、眼界、品质都到了让人钦佩甚至震撼的程度。庆幸裘山山没有把小说写成庸俗的麻雀变凤凰的逆袭故事，我们在暧昧的结尾中解读到了更有意义的指向。

小说充斥着马骁驭个人的婚恋故事，也布满他和吴秋明关于心理学问题的讨论。在他们的讨论中我们会发现看似普通的日常生活其实携带着许多问题，仅从心理学的角度来看，我们背负着太多疾病和扭曲。于是，当我们读到结尾的那封信，当我们明白吴秋明这么多年的人生选择皆源于那段伤感的儿时记忆时，不需要精神分析学的解读，我们也可以感受到她隐瞒真相背后的愧疚与孤独。我们不用专业知识去判断吴秋明到底是不是同性恋，或者有恋母情结，或者任何其他的心理疾病，我们仅仅关注这种隐瞒、愧疚及孤独本身。

吴秋明的隐瞒或许出于隐私的考虑，但正如她的匆忙婚姻，何尝不是对流言蜚语的恐惧与妥协？我们怨恨世界对我们的极度苛责时，似乎也可以同时反思我们给予他人的包容，我们赋予自己的坚持。对于愧疚和孤独，文中在写马骁驭母亲的病时有这样一段话，"从家人查出癌症的那天起，你的所有决定都是错误的，怎么做都是错。因为你无法做两次选择，无法比较"，吴秋明和她的荷香姐也正是这样的困境，睿智如秋明，她何尝不明白这样的道理？但即使是心理学专业的博士后，也依然无法在理论的指导下做出应然的选择，无法逃脱个人的情感魔障。那我们呢？如果马骁驭这面镜子照出了我们日常生活的朝朝暮暮，吴秋明这面镜子，便照出了我们精神生活的今生今世。拉康清除不了任何人的童年记忆，心理学掩藏不了最深沉的人类情感。我们蹒跚着学会在镜中区分"自我"与"他人"时，却无法预测今后的漫漫人生何时要与"他人"遭遇难舍难分。

文中多次提到周杰伦和费玉清合唱的《千里之外》，这首歌历来以周杰伦和费玉清风格迥异的合唱闻名，正如"自我"与"他人"，再多迥异依然可以交融，可以带来刻骨铭心的经历与创伤。"琴声何来，生死难猜，用一生去等待"，方文山唯美的歌词在此被裘山山借用，琴声从何而来，琴声因何而来，正是通过这充满象征意味的琴声，裘山山赋予了这对中年男女的镜像以最普遍的人性、最独特的孤独，也赋予了镜像之外的男男女女，对包容与理解的反思。（樊迎春）

张南山

/文珍

花房与蜜脾，蜂雄蛱蝶雌。同时不同类，那复更相思？

——李商隐《柳枝五首》

1

第一次遇到谢玲珑的时候，张南山正蹲在地上分拣包裹。分包有一点像摆地摊——他每次都忍不住这么想。可不？大大小小的包裹摊开在中国音乐学院东门口，尘土飞扬的水泥地上，只是买主业已付费，所以商品外包装才相对不那么重要，有边角破损的小方盒，也有里三层外三层的大纸箱，更多的是千篇一律鼓鼓囊囊的灰乙烯快递袋——里面多半装的是没有包装盒的廉价衣物。

不光南山打工的网通，申通、顺丰、百世汇通的快递员们也都在东门各据一块地盘，面色疲乏地守着自己的一摊，费劲辨认每个包裹上的名字电话。隔得近的有一搭没一搭聊几句——哥几个差不多天天中午见，早混了个脸熟——但通常没时间多聊。打完一圈电话等上三刻钟还得迅速位移到下一个定点。快递员的时间就是钱。哪家换了人，哪家待遇好，面上不说，私下都门儿清，跳来跳去也是常事。也有实在不方便，请别家快递员帮忙带一两次货的。不过带多了算呛行，一般尽量不这么干。

南山今天的件不算特别多，音乐学院的也就二三十件。他随手抄起离自己最近的一个小纸盒，辨清楚了上面的电话号码，刚拨出去，等接通的工夫懒洋洋地抬起眼，猛然间一激灵，面前的姑娘怎么这么像村里的小菊？

真像。眉眼俏生生的，身型，轮廓，尖尖的下巴颏。个子比小菊高一点，但也差不太多。眼下包里铃声大作，她吃力地掏出手机，正满脸不耐，连神情都像小菊了个十足——小菊和她弟她妈说话时就这样。直到手里的电话喂喂了好几声他才反应过来，原来这会儿工夫，手机已经接通了。

是谢玲珑吗？我是网通，上午和你联系过，现在已经在东门等了。

你在哪？我已经到门口了——

两人几乎是同时反应过来，眼睁睁地发现了彼此。他蹲着，主动冲站着的她一乐：你就是谢玲珑？边说边把包裹往上一递。

她嘟着嘴，懒洋洋地接过去：谢了啊。也不知道打哪儿寄来的——后半句是自言自语。

这可不知道。许是因为她长得像小菊，他陡然间活泼起来：肯定不是炸药。我们包裹都要过安检机的。

师傅还挺逗。她终于微笑起来，伸手接过他递过去的圆珠笔，左手拿定包裹，右手龙飞凤舞地在收发单上画了符，撕下来朝他一送：喏，给你。

业务怪熟练的，老收？

是啊。她看上去像是很容易搭上话的那类女生，有问必答：没事天天淘宝，恨不得剁手。

这肯定是我前天买的蜜丝佛陀①。盒子这么轻。

剁手可没用。他完全不知蜜丝佛陀是什么，但努力让自己接上话并且显得俏皮：只要还有支付宝。

师傅也好懂。她哈哈一笑，转身走开。

南山禁不住凝视着这姑娘的背影，看她一边走一边拆开包裹，取出里面的物事，再顺手把包装盒掷进最近的垃圾筒。一系列动作一气呵成。那是一个很好的四月天，丝竹园外杨树丝丝吐绿，正午阳光从宽枝窄叶间洒下几把碎金。她穿着透明丝袜和白裙子袅袅婷婷走在树下，像电影。

后来他每次再来音乐学院送快递都会想，不知道还会不会遇上那个像小菊的姑娘。他记得她叫谢玲珑。名字听着就有书卷气，不像小菊，一股子土腥气。

可名字再土，那也是他的初恋呢。

他第一次认识小菊那年才三岁，小菊两岁。离开李旺村那年，他二十，小菊十九。但小菊十六岁就去武汉打工了。村里面年纪差不多的小伙也都进了城，只有他高中毕业后还一直留在村里。其实他也可以走，就是性子绵，怕出门闯荡，又舍不下自家田，还惦记着得照应小菊家。她家剩一个十四岁的弟弟在读初中，她爹年纪又大，她妈身体也不行。他自家情况也差不多。两家地归他一人种，累得贼死晒得炭黑，产量还低。一直干到二十差俩月，张南山赫然发现整个李旺村走得只剩下他一个壮劳力，情形诡异。早一年进城的李刚春节前回乡，路上看见他独自一人正在田垄里拾掇没割干净的麦穗，龇牙一乐：南山你咋还在这！

李刚不知道从哪找了件皱巴巴的黑西服套身上。嫩黄色马海毛的高领翻出来，看上去还真有几分城里人的派头了。李刚和他同岁，就大四个月。南山笑道：刚哥从大武汉回来了！你家地全荒了。你爸最近光说肝疼，快回屋里看看。

土哩很。营儿里就你一个儿面朝黄土背朝天了，好。

土就土。有啥办法，屋里就我一个儿了。还管小菊屋里。

阵这儿还管地做啥子！累死累活也垒不出一座金山来。你憨呀！

爹说地荒不得。荒了土地爷要怪，今后收成就一年不如一年。

放屁，封建迷信。今年跟不跟我出去？我过罢年也不回武汉了，想上北京转转。

南山又捡了几把麦穗才直起腰。起身起太快，血一下子上不去，脑袋有点发昏：不去。我才高中毕业，去首都能做啥子？

你这种老鳖衣出去还真不一定有活路。李刚笑骂。老鳖衣！

他也赔笑，垂手站在田里。他是笑自己没的出息。真要出去，还舍不得爹妈来。

然而刚初二，一个消息就刺痛了南山：越怕什么越来什么。小菊在武汉果然还是找男朋友了。是孙丽小梅钱红英什么的都不奇怪，可那是小菊啊！南山从三岁一直护到十九的小菊啊！听说那男娃子也没读多少书，中专毕业。没什么好的，就是武汉本地人这一点好。听说在电脑城干活，去家乐福买东西时认识的小菊。南山去问李刚，后者吞吞吐吐了半日，总之不肯说实话：小菊就说今年不回来过年了。我临走前她专意过来找我，叫我给你说一声。

　　说啥子？南山明明站在那里不动，却重新感到了血涌不上头的发昏。不是说过年前票不好买，初七以后就回来吗？

　　李刚低头不语。南山的手不觉攥成了拳头，手心里全是汗，凉涔涔的，握紧了又全是虚空：小菊还说啥子？

　　她就说她不回来过年了。初七也不回。

　　之前知道小菊不在工厂干了去家乐福当收银员，南山已经难受了一阵子。但这其实也算不得什么爆炸性新闻，村里小姊妹进城，不想当女工的好多都干服务业。时髦妖冶一点的去发廊，手脚麻利的去饭馆端盘子，可小菊小女子从小最讨厌洗碗，也不爱给弟弟洗头。南山和她认识了足足十六年，从十五岁起开始正式确定关系，最出格也就拉拉手亲亲嘴。村里也有女娃子打娃子，但也是从外面回来打的城里人的娃子。有些男男女女夏夜里钻麦地，进谷仓，小菊从来没和南山去过。小菊把打娃子的事学给他听的样子还清清楚楚在眼前：丢死个人！那可一辈子见不了人啦。

　　他记得自己只愣愣地说：我们管不了人家。自己好好过吧。

　　小菊眨眨眼，也笑起来。他俩一个好静一个喜动，从小两家就被看作儿女亲家——可能也正因为这样才不着急办事。十八岁那年他娘还真去她家提过亲。小菊爹说俩娃儿还小，等几年，南山去镇上搞个农转非，出去打工挣两年钱，回来盖了新房再说。没料到他还没出去，小菊上到初中就不上了，先被一群小姊妹撺掇进了城，临走时眼泪一汪：南山哥你等我。有空我就回来看你，武汉离这又不远，几小时火车。

　　几小时火车！一晃小菊都出去一年多了，一次也没回来过。一开始是进了一个纺织厂，南山打电话过去，刚开始还说想家，想他，后来就只说厂里活多，忙。他要去看她，她也叫他别去，说没地方住，城里宾馆贵。他倒还经常惦记着她家里的地，时不时过去翻弄翻弄。现在他才猛地想起小菊爹后来看他的眼神就越来越不对，老低头躲他。

小菊心高气傲，所以不可能去发廊，更不可能去给城里人当小保姆。学历不够，最好的出路也就是去当收银员，商场越大，听说待遇越好。武汉城也没有比家乐福更大的超市了，按理说小菊其实是找到了好差使。但是这好差使也会让她认识好多人，比如她的武汉男朋友。

也就是武汉城里一个卖电脑的。

南山几宿没合眼，初五一大早就去敲李刚门，梦游一样。

六点不到，天才蒙蒙亮。哪家的公鸡似乎被他惊醒了，在根本不该打鸣的时刻，突然以无法想象的音量嘶叫起来，好像全村里就剩南山和它两个活物，有恃无恐，并不怕有人过来一刀把鸡脖割断。他敲半天敲不开门，身子软靠在门板上慢慢滑下去，盯着村里唯一一条土路死瞅。还在正月里，到处都是鞭炮残骸，黄泥巴，红纸屑，黑的，白的，碎石头。一个脏塑料袋在清晨料峭的寒风里晃晃悠悠。拾荒的老黄头还没起。南山瞪眼想了半天，才想起年前老黄头已经一跟头绊死了。

好半天门才吱呀一声开了。门缝里李刚的眼珠子血红：做啥子？昨夜跟其他几个打工回来的男娃儿喝了一夜酒，刚上床。我爹我妈还在睡，南山娃儿你疯了？

我想通了，我跟你去。

啥子？去哪？

北京。我跟你去北京。

2

初十他们一大早先坐两个小时汽车到襄樊火车站，再排了半天队买到去北京的硬座。总共就仁人，南山、李刚，还有一个村里的，叫小铁。小铁比他们还小两岁，也是第一次出远门，风尘仆仆一天，满脸沙土，眼仁还亮得像初生的兔。李刚逗他：城里好看吧。

小铁点头，眼紧盯着窗外，生怕错过什么好景。

252

李刚又问：铁娃儿你非跟着我们干啥呀？看你能的，去武汉还不行，还非去首都。

小铁总算回了脸，嘴挺硬：反正要出门，走远点算了。

南山窝在最里面，此时扑哧一笑。李刚道：南山你个闷蛋，笑啥子？

南山不语。其实他是笑自己也没比小铁高明多少，乡巴佬想法都一样——难不成都像小菊，就那么几小时火车，就把自己生死卖给了武汉城。一想到小菊心里就发空，赶紧转念也来不及了。他不知自己是恨她不自重，还是恨自己没用。——南山到底是厚道人，心里骂得再狠些，也不过就是不自重。他恨小菊背叛了自己，糟蹋了他的一番情意，也糟蹋了他们过去的好日子——可怎么就算是不糟蹋，以他的见识才智也说不出个子丑寅卯。跟着自己死心塌地土里刨食，莫非就算不糟蹋了？

火车是况且况且况且地往前开，进了几个隧道，又出了几个隧道，隧道里外的颜色就一般黑了。玻璃窗影影绰绰倒映出车厢里的动静，有人泡面，有人说笑聊天，有人抠脚丫子。他早早闭了眼，横竖都睡不着，后半夜才迷迷糊糊梦见小菊对他笑：南山哥等我。一时又是爹默默望着他，不吭气。爹是最不赞同南山背井离乡的，打小就教：父母在，不远游。爹在镇上读到初中，老一辈中算识字多的，南山的名字也是他起的：采菊东篱下，悠然见南山。也因为陶渊明这首诗，南山才打小认定自己和小菊是天生一对：名字都在一首诗里，不是一对是什么？然而菊花不采，一切成空。这南山最终也离开了那东篱。

妈最后那几天就光是哭。南山走前还专意去田里摸了摸那些麦子的断茬，心下茫然。从此就不用下地干活了，可是不下地又能干啥子呢？

李刚说了：有啥子干啥子。恁多人去北京城混饭，也不见得都饿死。大概非得要这样斩钉截铁，才能够真在外头硬闯出一片天地来。刚下火车南山却怕得差点喊：咋这么多人！襄樊火车站就大，北京火车站更大，大得像扔满垃圾的宇宙，人躺着，站着，坐着，走着，总算知道什么叫语文书上的人山人海。他和小铁背着行李被人群推来搡去，李刚走几步就回一次头，终于不耐烦了：你俩咋跟女的一样？被黑工头拐走了我可不管！

小铁忙堆笑跟上去。南山也加快步伐，心下却满是委屈。他俩就像不会游泳的人一下子被扔到了大海里，能勉强跟上喘口气就算不错。

253

刚到北京城，他们借住在老乡二宝的工棚里。二宝最爱吹自己奥运期间在鸟巢干过蜘蛛人②，奥运结束了才到的工地，也在鸟巢水立方附近。他一心让这些老乡都跟自己干：眼下到处用工荒，建筑队里一直招人，待遇也还可以，全天候干下来，周末再加两天班，差不多能有小四千——就算不管五险一金，能落袋里的钱也不少。好处都说了，没说出口的则是他们都跟着他，再凑上五六个人，他就能当二工头了。

李刚却不肯。他想好了当保安，而且目标明确：酒店保安。他当过兵，以前也在武汉酒店干过，有经验。他天天出门，把北四环附近的五星饭店连锁酒店差不多地毯式搜了个遍，一天回来满身酒气，笑嘻嘻地手里扬着一张纸。南山和小铁扑过去一看：保卫人员应聘意向表。下面落款是某某快捷酒店——还真给他碰着了。

李刚搬出工棚，小铁羡慕得眼绿。但他个子不到一米六五，面试了几家都没戏。过半个月李刚再过来，小铁问能不能带他去那快捷酒店试试，回答只是笑笑：我们那儿最近不缺人。

一下子就是"我们那儿"了。小铁和南山都咬指咋舌，第一次知道有工做也是求之不得的福分。在二宝那住久了不是事——二宝占了工棚最靠里的位，尽量留出他俩能睡下的空地，本不影响，却仍架不住工友话越来越难听：瞧不起工地活，天天赖这干啥？也许是怨他们不请客，麻辣鸭脖鸡爪酒鬼花生也是一顿，配上啤酒香烟，吃了喝了拉了撒了也就成了自己人。偏吗事不懂。小铁年纪小想不到，南山约莫猜到一点，却不好意思张罗。就是这样没出息，他骂自己。工头还不知道他们借住的事，万一有人打小报告，二宝麻烦就大了。他心里肯定也急。

南山偶尔听见小铁夜晚辗转反侧，擤鼻子。黑暗里同时传来磨牙呼噜梦话放屁声。有人在梦里叹气不止。他自己则又和那天去找李刚的清晨一样，躺在位上眼直勾勾地瞪着黑暗，直瞪到工棚里黑暗的空气幽蓝模糊，这才昏沉睡去。小菊和爹轮番现身。不知何故，他从不梦见妈，也许是不喜欢妈永远在哭。

没几天小铁主动去找了包工头。当天上午就签了临时劳动合同，紧接着就搬走了，说是东直门那边工地更缺人。南山其实不比别人更怕吃苦，就是比别人更执拗。他想不通进城也跟种地一样卖苦力，那还进城干啥子？他甚至也不稀奇当保安。每天跟柱子一样直挺挺戳在那里，有啥劲？

一晃来京一个多月。酒店保安，饭店帮厨，家居装修，都问过，都没戏。干保安人家嫌他不像李刚当过兵，帮厨要招有经验的——没经验端盘子也最好是女的。高级酒店倒是招男侍应，但至少得是酒店方向的大专生。刷墙，木工，地板砖，这些细工他又不会。终于一天二宝下工后和正直眼发呆的南山说：今天我们工地就彻底完工了。

怕他不懂，再补一句：明天就拆脚手架。这棚子也得拆。

南山那一整天都没吃什么。他本来每天都在工地买盒饭，走远一点，工地外面也有沙县小吃、兰州拉面。他从家里带出来的钱还剩下五百，临走前爹几乎把家里的现金都给了他。但那几天他已经听二宝工友夹枪带棍说了工棚要拆的事，早知大限将至。他什么都吃不下。

二宝见他不语，焦躁起来：听见没？

听见了。南山抬起头，眼神单纯得像小兽。

抽烟不？二宝叹息着，递一支烟。

南山以前从没抽过烟。但他犹豫着接了。

不是不想带你过去……实在是新工棚又得我们自己动手盖。你又不是我们工程队的，一直带着你不是路。二宝道。

我晓得，不怨你。他闷闷地，差点被呛着，咬紧牙关死忍住咳嗽。啥本事没有，不能连抽烟都不会。

你到底想做啥子？

南山掏心窝子道：想不出。这大北京哪都不缺人。我除了种地又不会个啥。

二宝急了：早知这样，为啥子来北京？东挑西拣，你当北京是啥地方，养老院？有金捡？

他头埋得更深：我出来是为了小菊。

二宝静了一下。村里人都知道他俩的事。

小菊咋了？过了一会他按捺不住，又问。

在武汉，找别人了。

就几个字，二宝全懂了。毕竟大五岁，早出来这些年。他一口烟吸得更凶：就为她？

就为她。

那来北京究竟想做啥子？

找个活路，活给小菊和她家里看。

……

话到这里又是死路。二宝几口把烟吸完，站起身，狠狠扔地上踩碎，眼睛却不再看他：我是真没办法，想帮也帮不了。要不你今黑夜就走。

好。南山默默地从床底下拖出行李。原来他早就收拾好了。娘整整齐齐叠好了放进去的东西现在依然叠得整整齐齐。两双新千层底布鞋还没下过地，几身换洗衣服却都正穿反穿脏得不能再穿。工地上没法洗澡，要冲凉只能走一里多地去工地外巷子里的惠民浴室。工棚外倒有个水龙头可以洗脸漱口，但南山不敢洗衣服，怕工头说。来北京一个月，才总共洗过三次澡，三条内裤，四双袜子。没地方晾，只能够顺手搭在铺位上的铁丝上，枕头都滴湿一半，内裤袜子还没干。行李包里还有一包红枣，一包黑糯米，一包芝麻，让他出门在外补身体的，都是垃圾，负担，没用的身外物。他把大包一使劲抢到背上，轻声道：打扰这么久，真的蛮对不住。

二宝眼底反倒有了一层薄泪，盯他看了半日，终究没说出什么，一跺脚出了工棚。上个厕所再回来，南山人就已经不见了。行李也不见了，只剩下了红枣，糯米，芝麻三大包，整整齐齐码在工棚角落。

3

南山人是在大街上。北四环边上，安慧桥东。这些天一直在周围找工，短时间内他迷不了路，但一时也不知道该去哪落脚。北京城天海苍茫，无地容他。

不能给李刚打电话，李刚不会帮他——人都是这样的：救急不救穷。这道理爹没教过，他也懂。没出息的废物就活该在土里刨一辈子食——李刚大概也后悔带他出来。南山灰心丧气，走得越来越慢。天越来越黑。黄昏儵忽将至，路上汽车尾灯一盏一盏如流星曳尾而过，四周红光、黄光、蓝光，闪烁不定。环顾四周，南山好像第一次看到霓虹灯一样。之前他只敢白天在工棚周围晃荡，没在外头待到过这么晚。来北京这么久，一个多月了仍没脚踏实地。这一刻南山才知道人在异乡，他除了自己其他什么都没有。

实在走得累了，他抱着大包坐在马路牙子上歇脚。自行车飕飕地从身边骑过去。三月北京的风还利得像钢刃。他身上的棉衣是娘在镇上赶大集时买的，八十块钱的假太空棉，一起风就跟没穿一样，立刻从里到外被打透。南山脑子空白一片，瞪眼看眼前的车水马龙，像昆虫冻僵在了马路牙子上。

那天晚上他最后睡在安慧桥东的地下人行通道里。

原本只是想躲躲风，但一下去就发现里头早睡了个老流浪汉。六十来岁，裹件颜色稀脏的军大衣，靠墙坐着，青黑的脸颊陷下去，胡子拉碴的下巴收在衣服领子里。南山觉得他很像村里拾荒的老黄头——原来老黄头转世还魂投胎到了北京城。少顷，老汉从花包袱皮里掏出一条分不出正反的黑棉被，在墙跟摊平，躺下后再技巧性地向墙壁一滚，把自己完全彻底地裹进去。南山不由得震惊地盯着他看。

那老头一直装没看见他。此时裹在被筒里只剩一张瘦脸，反倒妩媚地冲南山一笑：要不要一起睡？

南山毛骨悚然地后退一步。

不中？挤挤暖和。那老头一开口就不像老黄头了。老黄头疯了半辈子，是哑巴，急了只会呀呀乱叫。

南山再退一步。

龟孙，都睡桥洞了还穷讲究。老头从被筒里直起半边身子，骂完就面向墙壁睡了。他倒是火眼金睛，一下子就看出南山好欺。

他最后蜷在过道最远的角落里。老头占据了最温暖无风的中心地带，他待的地方离出口近，风呼呼地直往脖子里灌。深夜了，地底隧道仍有零星行人走过去，只有一个三十多岁的女人看了他一眼，眼神怜悯加嫌弃。南山紧紧闭上眼睛，听不远处老头鼾声渐起。

有汽车从头顶风驰电掣地过去。他过了好久才睡着，居然还做了梦。梦里许多双脚从自己的头顶谈笑风生地踏过去，开着大灯的汽车又迅疾向自己冲来。他睁开眼，才发现地道里的灯雪亮如昼，开了一宿。老头早已不知去向。

又发了一会怔他才想起找自己的行李。行李和老头一起不知所终，连同夹层里最后五百块钱，那堆脏衣服。还有他娘新纳的，从来没下过地的两双千层底布鞋。

清晨雾蒙蒙的，无数透明的冰碴子悬浮在乳白色的空气里。许多人急匆匆地走过地下通道，南山慢慢从地下升上台阶，重归这真实的人世间。被恶浊的地下通道熏了一晚，他大口大口地呼吸着冰凉的新鲜空气，完全罔顾其中充满了细小的冰碴。吸久了才发现鼻黏膜刺激得生疼，嘴张不开，头痛欲裂。

他才二十岁，还很年轻。失去一切之后反倒周身轻松：因为再也没有什么可失去的，除了自己。

他漫无目的地往前走，不知往何处去，但同时也意味着可以去任何地方。他决定沿着北四环辅路一直往西，右边就是鸟巢。此时这个建筑在路边显得那么渺小虚幻，并不比电视上更真实。而远处一个造型诡异的超高大楼则在散去的晨雾中慢慢清晰，上面的巨型ＬＥＤ显示屏开始播放广告。

不久之后南山将知道那高楼叫作盘古七星，而那一天他只觉得那建筑就像雾中火炬、指路明灯，让他不由自主地向前，一直向前。

他的腰猛然间被什么撞了一下，差点跌坐在地。钝痛从脊椎寸寸升起，他恼怒回头，但见一个满是歉意的圆脸青年跨在一辆摩托车上：对不住，真对不住！

是字正腔圆的北京话。不知怎的，南山一听北京话就没那么生气了。但同时他不禁呻吟出声。

大哥，没事吧？

疼。

南山没想好到底怎样才更像一个城里人，宽宏大量，还是睚眦必报？寻思间，他禁不住又哎唷一声，佝偻着腰在马路牙子坐下揉腰。大概在地道睡了一夜，肩背受凉，容易散架。

小伙下了车。哥，要不要去看医生？

南山摇摇头。他有点茫然地对这个城里小伙子微笑着，希望这个小伙子看不出来他还没吃早饭，很饿。

要没事的话，我给您两百，先走一步？

他没想到这人出手这么大方，顿时疼痛都减轻了。居然有比他晒得更黑的城里人，瘦瘦小小，头发染成炫酷的金黄色。摩托车后架了偌大一个铁皮箱，看上去煞是沉重，怨不得刹不住车。

小伙子看他仍不出声，急了：大哥，我是真耽误不起，客户又打电话了！这么着，三百怎么样？

南山决定拦住他。你是做啥的？

我干啥关您什么事？小伙急了。再多真没了！

就问问。他说。又哎唷了声。一半是装的，怕小伙急了真动手。

小伙子看他叫疼，又怕起来：真这么疼？

你告诉我是做什么的，就让你走。南山说。

这还看不出来？您刚下火车？大哥，我就一送快递的，榨干了也就这三百！

快递？南山喃喃重复一句，这是啥？邮递员？我见过村里的邮递员，你身上的袋子不像。

那人身上的手机响起来，他条件反射般抄起电话：好好，马上就到！挂断后越发急赤白脸：实在是对不住，您拿上钱去买点跌打药，我真走啦！

南山赶紧接过钱。那小伙子跨上摩托车就走了，差点又撞上一人。他跟着摩托车前进的方向无意识地走了几步，直到连人带车都消失在视野里才停下。三张簇新的红票还攥在手里。昨晚失去的私人财产意想不到地回来了一大半。现在他可以去吃早餐了，可他舍不得拿这钱去开房间，住一晚，洗个澡，睡个舒坦觉。这念头一想都是犯罪：区区三百块，就是他在这花花世界安身立命的所有本钱。

快递员？他其实好像在电视新闻里看到过。倒像是他能干的活。眼下他满脑子都是这三个字，他非常好奇。

以前在家倒是去过镇上的网吧。偌大一个北京城，四环边上，想找个网吧却难比登天——后来南山才明白，人人家里有网，网吧早不时兴了，除非是寄宿生偷偷溜出来打通宵游戏。走一上午，好不容易在北京科技大学门口找到了个小网吧。六块钱一小时，比镇上整整贵一倍。柜台染黄头发的姑娘说要登记身份证，这也是镇上没有的规矩。他老老实实摸出身份证——还好贴身放，没和行李一块丢了——小心翼翼递过去。那姑娘接过就往机器槽上一搁。这就算登完了。

南山紧紧张张上了一小时网，顿觉是他人生花得最值的六块钱：总算弄清楚了送快递是怎么一回事。还记下了一个招工电话，是家叫网通的，正在线招聘。他点击了客服，没人答。有电话也够了，他一出网吧就照那号码打过去，响了没几声，一个不耐烦的男声问：请问，哪儿取件？

……你们那还招人吗？

哪儿的人？多大了？有身份证吗？

湖北襄樊人。二十。有。

有身份证就行。不过先说好，外地的只能算临时工。

临时工和正式工啥区别？

电话里说不清，要不你先来面试。算你运气好，我们这片区年前有人刚跳槽，正缺人手。

那人语速极快地让他明早九点去亚运村附近一个大厦地下一层面试。说完挂断，没再给他问长问短的机会。

南山万没想到这一撞，竟然就此撞出一份工来。虽然还没十拿九稳，可听那人语气，多半有戏。这样想来，去宾馆住一夜也不是完全不可以。然而最终他还是舍不得花这冤枉钱：再次的宾馆也得一两百，疯啦？思来想去，还是打了个电话给李刚。

李刚在电话里笑道：快递员？南山娃儿前卫嘛。

他在话筒里嘿嘿几声。李刚上班的快捷酒店在鼓楼那边，他照他教的转了几趟公交车，路上又问人，终于趸摸过去。和正站岗的李刚闲聊几句，拿了钥匙回他宿舍洗澡。那宿舍也是快捷酒店的统一式样，只是在地下室。一间两人，正巧同屋刚回乡，留了个褥子。李刚还有一床多余的薄被，凑合一夜不成问题。

快捷酒店所有房间的墙都漆成了橙黄色，明亮，干净，让人有沐浴在阳光中的错觉。南山没提昨晚睡地下通道的事。其实昨天也可以过来的——但心情一定完全不一样。

昨天世界还对南山紧闭大门。

中午李刚回来，给他打了盒饭：南山，你以后住哪？我听人说快递员不比保安，不安排宿舍。——开口实际，大概怕他从二宝那里出来，就此讹上自己。

南山还有做梦的恍惚感：去了再说。去了再想办法。他到现在还不相信自己真有否极泰来的好运气。

李刚出去值夜班了，房间里有个小电视机，南山洗完澡，舒舒服服半躺在床上。湖南台是快乐大本营，他以前在村里最爱看的，此刻却无论如何看不进去。他发现自己满脑子还在想快递的事。到底该怎么送？就是把东西递到顾客的手里？和邮局一样，也是别人投到某处，再一一分送？想来似乎简单，可是看那小伙子神情声口，又让南山觉得有神圣庄严复杂不可解的地方。如此胡思乱想，他不免辗转半夜。

第二天六点半李刚还在沉睡，南山已经走在了去面试的路上。

公司在大厦的地下一层，刚进门还有个前台，要登记访客名。几十平方米的大厅摆了十几台电脑，都坐着人。几个人急匆匆地从玻璃门走出走进，压根没人注意南山已经站在那里多时。

他鼓了半天勇气，才怯怯地对前台穿黑套装的短发姑娘说：我……来应聘。

登记一下身份证，填张表。是北京人吗？短发姑娘问。

不是，湖北襄樊的。

我们这儿不是北京人可不行。外地人不识北京的路。

昨天我电话里说了……是你们叫我过来的。南山急了。

是这样的，我们这里原则上只招北京人。熟悉道路，也没语言障碍。

我会说普通话，也会看地图！他脸一下子涨得通红，声音发颤，又补一句：我方向感好，去别的村从来没迷过路。

那姑娘笑起来：先别整那些没用的。回头让你见见咱们片区的主管，成不？我说了可不好使。

她把"别"念成四声，"好使"念成"好死"。这一长串话不慎暴露来处：跑不出黑吉辽。她原来也不是北京人。

谢谢谢谢。南山说，姑娘你叫啥？

拜托别叫我姑娘了，成不？虎了吧唧的——大名张晓燕，拂晓的晓，燕子的燕。你叫我燕子就成。蔡主管上午也出去送快递了，先等等，你。

一先等，就等了整整一上午。进出的人其实并不多，只是步履匆匆，平添几分紧张。客厅空地大大小小的包裹分成几堆，每个快递员进来就直奔属于自己的那一小堆，用个黑糊糊的机器把未送包裹一个个扫过去，像超市收银员扫条形码，扫完就走。有些人走了就不见回来，也有人十点多钟就回了。他问燕子：怎么有人早回有人晚回？

回不来的路远——北京城大。燕子坐在柜台里，闲答。她单眼皮，长脸，鼻梁略微有几点雀斑。她站起来上厕所时南山发现她其实个不高，坐在那里显高。

南山壮起胆子问：为啥都得用那黑匣子扫包裹？安检？

是扫码。回头客户在网上就能查自己发的货到底送出去没有，到啥地方了，全程记录。现在和你说也不懂，干几天就全明白了。

好。他憨憨地摸着后脑勺。

不过瞧你那傻样儿，也难说！燕子笑话似的撇撇嘴。

4

果然一帆风顺地就上了岗。安排他跑健翔桥、306医院一带，正好是以前二宝他们工地附近。南山暗呼庆幸——别的地方他更一抹黑。蔡主管原来是个比他大不了几岁的小伙，不到一米七五的敦实个头，也是东北人，说话爱拖长声调：你——有电三轮不？

啥叫电三轮？

电三轮都不知道！你在马路上没见人骑过？

三轮车还能充电？

蔡主管懒得和他掰扯了，一直把他领到门外去，指着一辆前面和三轮摩托差不多，后面装一人多高大铁皮箱的车：喏，就这玩意儿。

这不是拉人的吗？

真没法和你们农村人解释个啥，费老劲。蔡主管说话间忘了自己也刚进城没几年：你回头自个儿琢磨吧。现在暂时没电三轮也行，至少搞辆电两轮。实在不行就自行车。一开头不计件，分派你活少，自行车也能对付两天。

老半天了南山头一次如释重负地笑起来：好，自行车我会骑。

蔡主管用鼻子笑一声：送快递靠脚蹬——就是找死。

谈好了工资：底薪三千，试用期一个月，算上岗培训，不计件。一个月后，送一次件六毛，收件按行规，按邮费的百分之八提成。计件金额超过五千就封顶，除非当上小组长。听张晓燕说普通快递员最高能拿到六七千。

南山听得瞠目结舌。六七千？比二宝他们工地高了差不多一倍。就算底薪三千，也比二宝他们起薪高。没准比李刚工资还高。

李刚没估计错。快递公司就管发一个免费手机，公司买的集体号。包吃，不包住。所谓包吃，就是晚上送完快递可以回来吃个盒饭。晌午饭不包。住的话，可以和公司同事合租附近一个小区的房子，每人每月三百。不到六十平方米的一室一厅住六个人，上下床——正巧之前那个人走了，空出一张床位。不管怎样，比二宝他们的工棚还是强得多，南山入住时感激涕零。北京原来也是能活人的——只要运气好。

他想立刻打电话把这一切都告诉二宝、小铁，按捺了半天才忍住，得先去买自行车。

燕子说北沙滩有个旧车市场，很多二手车，可以去看看。别买新车，容易丢，而且早晚得换电三轮，不划算。他言听计从地去了，找了半天却找不到那个市场。等终于找着了，天都黑了。那市场早关了门。

南山这才发现快递不是那么好干的。头一步就难。想起那年去县上高考，都说要带计算器，可他家根本没有，上课都靠心算，实在不行就和同桌借，临考一下就傻了眼。他问县里的监考老师能向旁边桌子的人借不，老师一瞪眼：想作弊啊？

他一直就觉得落榜和没有计算器不无关系。而今这巧妇无米的难题又来了。天已黑透，明天就要开工了。

回到宿舍里南山半天闷声不响。还是一个叫老张的四川人主动问起：买车了吗？老张大名张跃进，年纪是宿舍最大的，四十出头，黑脸膛上褶子密布，像庄稼汉。南山既感激且羞惭：还没买到。

那你明天咋办？宿舍里另一个叫苏小军的湖南人搭了腔：别以为送快递轻省。有电三轮都不一定管用。光靠两条腿，明天就是找死。

他不好意思说他去了北沙滩可没找到地方。一刹那所有农村人娇弱的自尊心、自卑自怜全来了。南山低头避开他们询问的脸。

小军嘎声笑起来：别和我说你找不到地儿。这样吧，我前几个月刚买了电三轮，两轮还没卖，先借你。不过先声明我那电机不大好使——有时管用，有时得靠蹬。

他和李刚一样也当过兵。南山不知道是不是当过兵都爱笑，而且笑声粗豪，倒都热心。

喏，钥匙。小军从钥匙圈里解下来两把钥匙：前后都有锁，凑合着骑。有时间去修修电机，我告诉你地方。

南山接过钥匙，嗫嚅半天，并没道谢。自打离开村，他头一次感受到陌生的好意。宿舍共俩湖南人，除了小军，另一个叫黄志忠，外加俩河南人。老一点的大家都叫他老甫，三十六七，浓眉大眼的很精神。小的叫郑强，二十出头，小个子。所有人皮肤都不白，南山就没想到城里还有脸比农民还黑的群体。

小军捉住他的眼神，和老张相视一笑：快递这活没你想象中轻省！

264

5

快递苦，第一是要早起。公司七点不到就开始分装了，得赶七点以前到公司打卡，按片区领件。领到的每个件都要扫描了再装包。南山第一天不知利害，一心给领导留个好印象，拼命把件往电单车上堆，堆不下了还用编织带捆好固定住，继续往高里放。还是小军走过来制止了他：少拿点儿，一开始又不计件！

没事，拿得动。

拿得动？小军从鼻子里哼了一声：你能把现在装的这些送完就了不得。

等开始送南山才知小军所言不虚，这压根就不是卖把子力气争表现的事儿。又不是搬家，当心点把东西囫囵送到就成。快递是零敲碎打，一个一个送到不同客户手里才算完。那些地址又都是旮旯拐角，什么大厦小区的，压根儿不知在哪条路。第一天送货，他绕来绕去又骑到了睡过一晚的地下通道附近，进去张望一眼，老头并不在。通道门口的地铁站原来叫安慧桥东，站口一个大妈正扯脖吆喝：2012年版最新北京交通图便宜卖！三块钱一张！

南山买了一张。这是他此刻唯一的救星。但很快他就发现无数条路纵横交错，地图密密麻麻像针脚织坏了的布。他半天没找到自己身在何处。等终于找到安慧桥东，时间已经差不多九点半，还一单都没送出去。

第一单就是中国音乐学院。前路漫漫，他下意识掏出手机，电视知识竞赛一到这时就可以"场外求助"。打电话问客户？接通了他也问不清楚。向燕子求助？她要嘴快把他不认路的事报告主管，这活就彻底黄了。

都说鼻子下面有条路。清晨地铁站附近的路人行色匆匆，被拦住了却满脸不耐：不知道。借过借过。问了半个小时，他也没问出这中国音乐学院到底在哪。南山沿着北四环一路向东，春天干燥冰凉的太阳渐渐有了热度。他抬手一抹汗，脸上一层灰土，渍得生疼。他开始恨自己往后面放太多包裹了。活像全北京的陌生冷酷不友善都搁在后头，一个都打发不出去。谁让他撒谎吹牛，说自己能干快递的活儿？

一直到中午12点，也不知道辗转问了多少人，才一点一点趸摸到科学院南里。原来就在健翔桥北，过了306医院路口往北，左转就到。这小区门口就能看见刚骑过去的鸟巢。从这个角度看，庞大壮观得更不可想象。但他一时间没认出来旁边用旧了的蓝塑料匣子就是电视里通体透亮的水立方。也没电视里那么大。

他走到了一个火炬一样的楼下面。门口的招牌写着：盘古七星。后来老甫告诉他里头有个什么日料自助，连矿泉水都是日本空运的，人均至少三千。盘古通往音乐学院的长街就叫安翔路。右边的小区叫长空院，斜对过的老小区叫丝竹园。后来他才知道那是中国音乐学院的教工宿舍。

南山吃力地辨认着地图上那些蚊脚。第一天他连三十多个包裹的一半都没送完。他根本不可能送完。

十天之后，蚊脚才一点点在南山心底立体起来。同时他也神奇地掌握了北方人爱说的东南西北，居然会靠太阳来辨认方向了。

头几日，每天都是一次崭新的冒险。一次次灭顶之灾又绝处逢生。如果南山懂得人是一种选择性记忆的动物，他就会明白后来每每想起最初，为何都只能留下一些模糊漫漶的片段，比如说他只记得在长空院里的那家成都小吃吃过酸辣粉，却无论如何也想不起来自己往长空院12栋送过几次包裹。光觉得电话号码眼熟，送货上门时开门的却永远是陌生脸孔，他记得上次在这扇门后面看到的是个年轻姑娘，结果门一开，在防盗铁门后只见一个四十出头的女人戒备的眼神。每天要送的货太多了。每天要见的人也太多。他只记得他们都不太愿意下楼，有时又压根不接电话。更糟糕的时候，电话不通，带出来的包裹还得原路带回去。包裹里，数猫砂和书最沉，衣服最多。偶尔也会有盒装花和点心，包装严实放在匣子里，外面会贴上特别注意的标志。他有时候会使劲闻闻那匣子，光闻见香，也猜不出来里面到底是怎样的一束花，或者什么口味的小蛋糕。

燕子说电话费能报销，可得到月底。南山欠着房租，充了一百电话卡，用得飞快。快到月底那几天，只剩下最后五十块钱，每天除了盒饭，只能吃一个灌饼——还是在安翔路上，有家叫老胡的鸡蛋灌饼，好吃不贵，分量还大，吃两个能顶一顿正餐。这就是方圆三公里最价廉物美的土快餐了，堪称快递员与的哥最爱。南山从此明白了为什么每天中午十一点到一点中国音乐学院门口都一堆快递员。一是中午学生下课集中取件，二是安翔路上吃饭的地儿多。特别是那家灌饼店，不光快递师傅爱去，音乐学院的学生也常来。

南山每次和学生一起排队都有种说不出的感觉：他想象自己是冰块里的种子，正一点一点地融化在北京坚硬的土地里，全融了之后，要从那湿漉漉的土壤里长出一棵苗来：他张南山要想方设法，在这儿扎根。

在北京城扎根。

6

一个月之后，南山脸上晒脱了一层皮，屁股同样磨脱一层。他借钱修好了小军电二轮的电机，还修了四回车链子。他一天天对自己分管的片区熟悉起来，每天能送出去的货越来越多。第一个月一结算，居然只扣了三百基本工资。燕子说这对新人来说是奇迹：能耐不小啊，一开始你准不识路！我第一次见就知道你没说真话。你厉害，居然混过来了。本来照道理新人至少要扣五百，蔡主管说少扣你两百。还给你多报销了五十块电话费。

她邀功似的把一沓钱向南山一扬，又塞进信封里。

南山捏过钱，先拐到仓库背后的男厕所里，才迫不及待地把信封里的钱掏出来。大部分都是新的，少数几张有点旧。先花旧票，存新钱。他想。他整个人都有点抖，背靠厕所肮脏的墙壁才能勉强止住浑身的筛糠。来北京这么久，这是头一次赚到钱，还是这么大一笔。比二宝、小铁都多，也许比李刚第一个月的工资都多。

他又从头数了一遍，还是两千七百五。除掉那张五十，其余都是一百的，高中毕业后就没拿到过这么多张伟人头，有十六张旧的，十一张新的。他不禁遗憾地想，要是旧的只有两张就好了。这样就可以把新崭崭的两千五存个整，或者全寄回家——他靠在污迹斑斑的墙壁上咧嘴无声地笑了，想象爹妈得多吃惊：第一个月，就能寄回去两千五！差不多是之前一年从地里挣的三分之一。

这多好。北京城多好。

如果可以，现在南山最想感谢的人就是那个撞了他一下的快递小伙。他全忘了这一个月怎样铁鞋踏破地找那些收件人的。他也忘了站在楼底打电话时遭遇的占线、关机、空号，还有一次次重拨的绝望，更忘了头一个月为了打电话差点没钱吃饭。门缝里冷漠的眼睛渐次隐退，那些不管包裹多重，有无电梯，都坚持让他送货到门口的人也都从世上如露珠般消失。自动遗忘机制再次启动，一切倏尔归零，眼前只有钱是真的。紧紧攥着的信封粘上了手汗，他陡然间想起什么，拿到鼻子跟前深深嗅闻一下：好香。钱有一种油墨味儿，微微发酸，比红烧肉、东坡肘子和烤羊腿加起来都香。很快它们就要付房租、吃饭，以及从邮局长脚回家了。此刻不闻，来不及了。

第二个月南山比第一个月多挣了六百——现在他一个月能拿三千三了。除掉房租吃用，他往家寄了一千。剩下的钱他请小军、老张下了一次馆子，也就是成都小吃。不贵，两个菜，三瓶啤酒，总共七十八。

也是他们请过他两次，再不回请实在不好意思。

第三个月开头很顺，头三天都超额完成任务。没想到第四天骑车经过北四环辅路到安翔路的岔口时被地上的石头卡了一下，一下子连人带车摔到地上。他在地上坐了半天才起来，第一件事不是看自己摔着了没有，是看包裹有没有事。他挨个摇了摇，没听到他最害怕的玻璃碎裂声。一个个放回去，撩起裤腿才发现膝盖一片血肉模糊。这下他蹬不了车了——伤口最深处几乎见骨。本来不会摔那么重的，是箱子里的包裹太多，惯性大，整个箱子一下子全压在腿上。

更糟糕的是，那天才是第三个月的第四天，还有整整漫长的二十六天等着他。

那些天，实在疼得骑不了车的时候，南山会在尘土飞扬的马路牙子上坐一会，看着铁箱里的包裹发呆。这是他命中注定的大山，他跑不掉。——如果南山学过哲学，他也许会想起西绪福斯每天周而复始的滚石，但他此刻只头疼怎样才能把这个月送完而不扣工资。也就是那个月，他才知道为什么所有人都要买电三轮——三轮毕竟稳当，再重也不会一下子翻倒。好几次，他坐在路边倒吸冷气地揉膝盖，看见骑着电三轮过去的人都想抢车，清醒过来就一身汗：自己是真疯了。

伤口结痂了又挣开，挣开又结痂。有时候出来的液体是红的，有时白，更多时候则是一种淡淡的黄，很稠，凝结了像蜜蜡，足够多了，捉一只虫子放进去，也许就凝成了琥珀——白天晚上，上午下午，真不知道时间怎么熬过去的，居然也就慢慢好了。到了月底，南山发现当月被扣了九百五。不管怎么样，到手还有两千出头。他捏着钱一直无声地笑，笑到后来才发现泪流到了下巴上。——还好没摔死摔残，还能干下去。

那个月他没寄钱回家。经过这次以后，他决心要买辆电三轮了。走在路上，谁没个三长两短？三轮总比两轮安全。但南山数了数身边剩下的钱，发现哪怕下个月不吃不喝，手边也就只有两千二。他问小军：一辆电三轮多少钱？

小军说：两三千吧。

到底两千三千？

差点儿的两千多就有。好点儿的基本都要三千出头。依我说，还是买好的，也省得老修。

南山等着小军再次善解人意，说钱不够要不要借你点，但人家没吭气，他也就开不了口。向李刚借又觉得不好意思。头两个月不该寄那么多钱回家的，就挣那么仨瓜俩枣，全寄走了。

买辆孬的就买辆孬的吧。他呆立半日总算下定决心，再摔一次，膝盖多半要废。问明了小军在什么地方挑，说是安定门六铺炕那边车铺多。

也就是那天，他第一次在中国音乐学院遇到了谢玲珑。

不知怎的，那天件特别多，下午七点半才送完最后一单。因为那天遇到这个姑娘太像小菊，南山要了俩老胡灌饼，又在京客隆超市买了两瓶啤酒，坐在马路牙子上一个人开喝，喝晕乎了才发现已经九点了。

九点了还买什么电三轮？正好再攒一个月钱。他把空酒瓶哐当一下扔进垃圾桶，晃晃荡荡上了车，独自一人骑在北京初秋的街道上。电机又发动不起来了，前面老有个幻影，他想去追，追不上。

他又使劲蹬了两下，忽地哎哟一声。

伤口裂了。

7

过了十月，银杏叶一夜间全黄了。差不多小半年，小军和老张一直劝他去买车，南山老拖着，老觉得钱没攒够。一入秋，大家都开始戴口罩，系护膝，穿厚袜子。他还骑电两轮，电机坏了时常得蹬出一身汗，只好笑着和工友自嘲：也算锻炼身体。两轮拉风。

他后来一次又一次回想见到谢玲珑的那天。是初夏的中午，北京的天气不能再好，流云舒卷，灿阳如金。他乍眼望去悚然一惊，还以为是小菊——但小菊没穿过这么高的高跟鞋，不会穿玻璃丝袜，更不会穿裙摆那么大的蓬蓬纱黑裙。

自那以后，南山常常见到她。谢玲珑的件特别多，不光是网通送，也有中通、速尔、顺丰的。他甚至怀疑她除了取件和上课，基本窝在宿舍里不出门，所以脸才捂得那么白——小菊在村里也算白的了，但和这些女生一比仍然是黑里俏。

谢玲珑偶尔也寄件。南山主动招呼过一次，给她少算了两块钱。之后她就一直在他家寄件。这样南山和她打交道的机会更多。她看见他也会点头招呼。小菊也是这样的，待人和善——南山强行制止了自己往这个方向想。一想起小菊，南山就老了十年。

归根结底你还是个老鳖衣。有一次李刚过来看他，笑话他。挣恁多钱有啥用？在手里多捏一天是一天，对不？

南山赧然一笑，不辩，也不岔开话。

照我说，磨刀不误砍柴工。

南山嗯一声。

你攒再多钱还能找个城里女子？钱该花就花。不花钱没得哪个女的喜欢。老话讲得好，今朝有酒今朝醉，明日愁来明日愁。

南山想起小铁说李刚最近好像在追他们酒店的服务员。怪不得买了好几件新衣？也许是为了反抗，南山说：那也不一定。

呵。李刚撇撇嘴，吹牛皮不打草稿。我擦亮眼睛等着看！他撂下话就走。南山拉住他：不是说好一起吃饭？

不吃了，一会儿还轮岗。李刚似笑非笑地回过头。我们保安和快递员是不好比，不自由不说，挣得也少。

其实李刚不揶揄他，南山也发现同来的几个老乡在疏远他，包括收留他那么久的二宝，知道他一个月挣四五千，眼珠子都凸出来了：这么好的活路！

南山既得意也为难。公司最近竞争对手多了，规模紧缩，不缺人。他也怕几个老乡吃不下这苦。他把头几个月的苦头掰碎揉细讲给他们听，他们都不信，以为他是不肯帮人。他只好把裤腿卷起来，给他们看还没好的伤疤。

二宝说：这算啥子？我从三层楼脚手架上绊下来，比这个绊得狠。

小铁也说：我不怕。南山哥你带我去送快递，我不怕吃苦。

他们全体殷切地望着他，指望他像个包工头一样带着他们混新门路，新行当，新生计。南山被逼不过，只好麻着胆子去问蔡主管缺不缺人手。蔡主管一句话就顶回来：再来几个像你这样不识路的乡巴佬？你当网通是开福利院？

原封不动告诉老乡就是得罪人。他们在背后都说南山自己发财了，不管乡里乡亲死活。连南山爹都打电话来口诛笔伐：听说我娃子有本事了，不认朋友了？

南山说，哪有？我去公司问了，真不缺人。我这个工作也是自己打电话找的。他们咋不自己去应聘？

爹骂道：你个鬼娃儿，他们说你发财了眼睛长在头顶上，看来是真哩。他们还说你要娶个城里女子回来，光宗耀祖。我洗干净眼睛等着看！

娶城里女子这话也不知道是咋传出去的。后来南山想，大概还是李刚。自打上次抬杠，李刚好久都不来找他了。刚开始小铁让李刚带他去干保安，李刚说完"我们那儿不缺人"，小铁在背后也说坏话。乡下出来的就这样，一个略微混好些，就有把一帮人带出去的义务。不带就是不肯帮

271

忙，没义气，忘本，不是东西。

夜里他觉得分外孤独，却鬼使神差想起父亲说的那句话。有本事娶个城里女子回来，光宗耀祖。他咬牙想：你们不要看不起人！

和老乡们有一阵不往来了，过了两个月实在无聊，周末还是约在一起玩。大家这次都不提让南山介绍工作的事了，他席间提了几次，都没人接话。二宝小铁们都摆手说没得事。李刚笑笑，说，现在南山是我们里头最知道北京城东南西北的人。

南山赶紧说：主要是靠地图。

小铁夸张道：南山哥你会看地图？

二宝笑道：南山读过高中，和我们初中就出来打工的不一样。

那天他们几个之外，还有一个镇上考来北京读大学的老乡，叫刘为杰，个子不高，戴眼镜，样子看上去斯斯文文。李刚介绍说，刘为杰和南山一样都是文化人，也都是"有大出息"的。

南山还没来得及谦虚，刘为杰就矜持一笑：哪里哪里。我可不会看地图。

他一笑，南山就知他没看上自己，不肯都算"文化人"。多了一个生客，二宝、小铁在席上都不大开口，也不知这高材生怎么认识李刚的。那顿点的也都是家常菜，鱼香肉丝、青椒炒肉、番茄鸡蛋汤，最好的菜是水煮鱼。叫了五瓶啤酒，李刚一个人干掉两瓶，又不停地让刘为杰，刘喝了一瓶就捂杯沿：我还有点事，不喝了不喝了。

大家留不住，纷纷起身相送。刘为杰急匆匆走了。走了半天大家才发现他没出份子钱——老乡聚餐，照规矩都是AA制。钱是不多，可平白被占了便宜，众人还是有些不舒气，看向李刚。李刚忙道：是他自己要来哩！我跟他也不熟。

二宝心直口快：这活宝你从哪捡的？还大学生哩。和我们不是一路人。

李刚说，我在酒店当保安，他在门口卖安利。

南山说：安利我听过的，是不是外国牌子？

就是美国的，美国安利。这人老在我们酒店大堂约客户，天天来。我过去赶他才发现是老乡。他又求了我好久。我让他以后约人注意点时间，我们老板一般傍晚过来，上下午都不在。总算有个老乡是大学生，我也不晓得他这般小气。以后不喊他了。

二宝说，靠卖安利挣学费是不容易。这样的话，我也就不怨他逃单了。

李刚松口气：就说嘛！弟兄几个不至于这小气。

那次聚会之后又被李刚夹枪带棒笑话几句，南山总算下定决心买电三轮，让小军陪他去，小军直摆手。老张悄悄给他使个眼色，背地里告诉他小军爹住院了，手术费没攒够，没心思陪他。

南山说：小军不是银行里攒了十万？

说是晚期肺癌，十万早打水漂了，还差两万缺口。老张说。问他要不要兄弟伙一起凑点钱，他说反正也凑不齐，算了。

过一会老张看南山不语，又说：反正我和老甫都给了八百。你看着给。

南山枕头下那张还差几百就攒够一万的银行卡陡然间成了个有生命的东西蠢蠢欲动起来。好几次他都想对小军说：我有钱。小军免费借他电两轮，他欠他情。可给个三五百的又实在杯水车薪。南山心底每时每刻天人交战，拼命压住给钱的冲动。梦醒后一身汗，赶紧摸向枕头底下：硬硬的钱包还在。什么叫作给？给就是永远不还了。南山妈身体也不好，给了小军救爹，以后妈有个三长两短咋办？他还没买电三轮呢。

他在公司进进出出都躲着小军。河南人郑强出了个时髦主意：现在到处都在搞微博募捐，写惨一点，放个账号到网上，就有钱。

小军苦笑道：我没微博账号，也不会写那些个煽情的话。

你去网吧注册个账号，认真搞一下。我们有账号的回头都给你转。

那些人又不认识我，凭啥捐钱？以后还都没地方还。

小军没说出口的下半句硬生生吞进去：连认识的人都不肯借钱。

到后来实在凑不够，小军终于改口说借。可一开始老张、老甫豪爽的"给"已经把大家都吓破了胆。快递业流动性太大，萍踪聚散，就算真借，又怎么还？

南山最终决定给小军一千——就算向他买了那辆旧电两轮。他忍不住习惯性地算：一千块钱，就是送五百个件。收件不好说，提成的，有多有少，但起码也得二三百单。一算数手就揣在兜里迟迟伸不出来，心想，明天吧，明天见面一定给。第二天早上一犹豫，又和小军擦肩而过。

到头来小军也没筹够钱。但他笑脸向人惯了，进出依然挂着一点勉强恍惚的笑，以及两个大大的黑眼圈。这些南山都看在眼里。第三天他一大早就把一千块钱数好，在手心里捏得汗湿——大不了再晚一个月买电三轮。在客厅分件时没找见小军，他特意扫描得磨磨蹭蹭，等打卡时间过了仍没见着。他问燕子，燕子说：你们一屋住，不知道小军昨天就办了辞职？

南山一惊。他辞职了？去哪？

说是回老家去给他爹筹钱。下个月就要最后一次手术了，死马权当活马医，卖血也要给他爹把钱凑上。

南山呆呆地说：我还没把电两轮还他呢。

电两轮才值几个钱？燕子撇撇嘴，其实差得也不多了，听说就差八千。就这么八千，死活筹不上。一文钱愁死英雄汉啊。

那一整天南山送件都恍恍惚惚，跨在小军留下的电两轮上，云里雾里一样落不到实处。打小军电话，每次都是统一的"你好，网通送件……"号码是公司给的，一辞职公司就收回了。过两天再分配给一个新来的，谁知道给张三李四？

南山也问过燕子还有没有小军别的联系方式。燕子说：倒是留了身份证号，要不然你亲自去他们当地公安局问问？

南山连自己都不知道自己非要找到小军做什么，但就是几宿几宿地睡不着。老甫听他夜里一直翻身，轻声问他是不是得了胃病。这一行风里来雨里去，最容易得这病。老甫人最好。他有个在这边读留守小学的小孩，老婆又没工作。家累那么重都给了小军一千块钱。南山想起这心就发紧，低声道：胃没有事。

肯定是胃痛。你等等，我给你找点胃药。老甫边说边开了台灯，窸窸窣窣从枕头边摸出一小板药，我胃早就溃疡了，说不好哪天就穿孔。你还年轻。

南山一边道谢，心底一边生出胡思乱想：万一老甫向他借钱，他借不借？

还是得趁早把钱花出去。不花钱，就得发疯。小军说过，次的电三轮两千出头就有，好点的得三千出头。好赖全看电机质量，因为送快递费电，得天天充，一般的电瓶没两年就报废了；买太次，万一老充不满，半年就玩完。这样算还是买好一点的划算。

想到这是小军的话，南山心底又难受一下。

前几天正好去中国音乐学院送件，又有谢玲珑的。这回她手里捏着电话，表情严肃。他把件递过去时，她用尖下巴颏抵住电话，在快递单子上飞快签完字，边走边说。他就听清楚两句：分配进院团要送钱。还差不少。

不知对面说了什么，谢玲珑清脆地笑起来：得了吧，你哪有钱借我？你还不是穷光蛋一个？

钱钱钱钱钱。连谢玲珑这样的姑娘都缺钱。南山想，这就是北京城。

每晚送件到晚八点，北沙滩车市早关门了。这一天南山特意下班早了俩小时。他知道六铺炕那边有一家关门最晚。从北辰到六铺炕，再从健翔桥过祁家豁子，走德外大街——这条路线他早烂熟于心，因为在心里实在走过太多次。

南山出奇顺利地找到了车铺。夜色里老板娘很热情：要关门了你才来！家用还是送货？

南山说：送货。一边留神看老板娘瞧不瞧得起他只是个送快递的。

送货得载重量大的，你看看爱玛这个新款，后车厢特结实，不是铝合金的，是纯钢。

他并不懂材质。不过能载重当然好。老板娘开价三千五，他吭哧了半晌，还道：两千八。

两千八？你去全北京城转转，三千能买来这款，我从此雇你进货！老板娘的调门说高就高。

那你说多少？

至少三千四。大晚上的，就没和你开价。

三千。他坚持道，凑个整。

小兄弟你走吧。

南山实在犹豫怕了，好不容易下定决心：那三千二？

三千二，也就当给你带了次货。烫呼话还没落地就被老板娘身手敏捷地接着了，开不开票？公司给报吗？

南山立刻后悔了。老板娘答应这么干脆还肯开票，肯定是亏了。他顿时想起小军的诸般好处来。要不是他爹病了，他肯定会陪他来买车的——叫老张来也成啊，怎么就没想起叫人陪自己？被宰一百，就是五十个件。宰两百，就是一百个件。他现在算一切账，都用件数来结算。

老板娘半天没得回话，不耐烦道：还买不买？

再便宜点儿。三千。

全天下没这么讲价的！你自己报的三千二！

老板娘是北方人，说话脆亮，压得他更期期艾艾：我没带够钱。

嗬！讲好了的当放屁，你们农村都这么做买卖？

南山咬紧下唇：最多三千一。

来寻开心的还是找呲儿的？昏暗中一个男人走过来。店里此前一直没开灯，也许是停电，也许就是为了唬人方便。这男的虎背熊腰，穿一件白背心，看上去就像直接从地狱里走上来的。

老板娘往地上一呸：这小伙计讲好了价又不算数。

兄弟，到底买不买？虎背熊腰问。

南山听见自己的声音发颤：三千一就买。

开玩笑。虎背熊腰用力踢了那车一脚，这么好的车，三千一你给我弄一辆去。我给你打工！的确是两口子，和顾客抬杠的句式都一样。

那就再便宜五十。三千一百五。

怕了你们这些农村人了。拿去！

南山一边交钱，一边觉得三千一百五肯定还是买贵了。但有车的喜悦终于大过了被宰的沮丧。能省则省。五十块也得二十五个件，送小半天呢。他打算用三轮车把电两轮运回去，却发现没法把两轮车放进车厢。刚和那两口子掰扯了那么久，他不愿意让他们发现他不会骑电三轮。他最终决定把电两轮先留在这边，慢慢地推着电三轮往回走。

夜色已深。九月底的北京已经很凉了。德外关厢两边路灯亮着，汽车尾灯就像他第一次从二宝的工地走出去，无数流星倏忽而过。最好看的还是德胜门的鼓楼，飞檐挑着一角月亮，像古时候的梦。相较之下路边的店铺全体黯然失色。他紧紧地攥着电三轮的把。终于也是有车的人了。新的，纯钢后座，进口电瓶，红色车身，样式比街上任何一辆电三轮都好看。

经过牡丹园时，他忍不住跨上他的新坐骑。也不算难，上手两圈差不多就掌握了诀窍——不料一个控制不稳，他刹不住车重重摔倒在地。电三轮就着惯性往前冲，压过了他的脚面。摔倒前时速差不多有二十，加之还有老伤，南山跌坐在地半天没动——越怕什么越来什么。新车还是在马路牙子上蹭了漆。他一阵肉痛。

正好是在一个酒店门口摔倒的，一些腿在夜色中从他身边过去。男的，女的，长的，短的，穿裤子的，穿袜子的。最多的是黑色丝袜，里面包裹的小腿有美有丑。有双小腿的形状特别好看，笔直纤细，南山看着看着就忍不住抬头看腿主人的脸，看时却愣住了。

是谢玲珑。

她心不在焉地瞥了一眼地上的人。他第一反应是赶紧低头。

哎。在这。

还是被她认出来了。南山一身冷汗：太丢人了。他正准备闭上眼来个死不相认，等了半天并没有下文，只好又睁开眼，却只见谢玲珑和一个男人急匆匆地过去了。原来她招呼的不是自己。那人背影粗豪，和纤细的她走在一起说不出的不合适。但是谢玲珑照旧一路亲热地笑着。聊到兴起，男人从后面轻搂了一下她的腰，她依旧花枝乱颤，轻盈地一让，到底是避开了，像电视里的探戈。

两人的背影消失在前面的牡丹宾馆里。南山心里一紧，扶起车子站起来，痛得倒抽几口凉气。还好，他们一转身进了宾馆隔壁的辽参馆。

他也说不清楚为什么自己一直没有走。差不多一直等到十一点，南山才看到谢玲珑和那个男人从饭馆走出来。那个男人明显喝了点酒，手很自然地搭在她肩上。她这次没躲，夜色下的路灯照出一脸倦容。他们又在路灯下聊了一会儿。南山远远看得真切，谢玲珑轻轻地把他的手从自己肩上拿下来时，笑容依然很甜净。那男人又在说什么，她还是摇头。那男人转身拉她，她笑着一躲。他就走了。走好半天了，她还在向着他的背影挥手。半晌才收笑转身。

南山想过去搭句话，但不敢。他推着车，远远近近地跟着她。她走了没多久就开始打电话。——他知道她的号码，早存下来了，但从没打过。

她大概是在和闺蜜说话：你猜怎么着，那王八蛋。不就是个小破歌舞团的副总吗？妈的，第一次见面就想拉人上床。姐可没那么贱。不知道那边说了什么，谢玲珑哭起来：没辙，还是没辙。大不了这事黄了。……送钱不行。……送钱还差好多呢。

南山慢慢跟在后面，保持一个刚好能听到又不至于被她发现的距离。她果然并没有留意，哭得认认真真，伤心惨意。

两人一前一后地慢慢走，就好像两个认识的吵了架的男女。好半天还没走过德胜门外大街。德胜门和几百年前一样，继续冷冰冰地站在原地，门洞大开，檐角挑着冰凉的月亮，照着城里城外，穷人富人，他和她。

南山听见自己喃喃地说，别哭了。别哭了。你还差多少钱？他知道自己并没真的说出口，至少她没听见。

那声音很陌生，不太像自己的。他从来没借钱给过别人。

谢玲珑还在前面边走边哭。声音断断续续地被吹散在大风里，支离破碎。他想走到她面前去一把搂住她，和她说，我给你钱，莫哭了，莫哭了。

谢玲珑突然立定，把南山吓了一大跳，还以为自己被发现了，后来才发现谢玲珑是站在路边招手叫车。很快一辆的士就来了，她拉开车门上了车。南山怅然地望着那车远去。明天中午十二点在中国音乐学院门口，他还会见到她的。他知道。

他知道。

8

南山没想到刘为杰会单独来找他。刘为杰也许是和李刚要的电话号码，说是上次认识，有缘。南山还为鄙视过人家不买单羞愧了一下。

这次吃的还是安翔路附近的馆子，刘为杰点的是麻辣香锅，要了不少鹌鹑蛋毛肚豆皮，南山无功受禄，不免局促，请客的倒是落落大方：吃啊。你不吃辣?

吃辣。南山赶紧说。

都是保康县出来的,再没有共同语言也有共同方言,说着说着就都亲亲热热讲起了家乡话。大学生素质的确高,好多用词南山都闻所未闻,什么发展愿景啦,职业规划蓝图啦。南山崇拜地听了半日,才听明白刘为杰是在问他将来想干吗。

送快递呗,还能干吗?好不容易把这一行当摸熟了,也刚识路。

胸无大志。刘为杰笑道,我是看你文化程度还行,脑子也比较活络,才这么问。李刚讲你的话我根本不信。

李刚讲我什么了?

说了你可别生气。他说你就是个老鳖衣,能送上快递就心满意足,还说你目光短浅,一辈子都是农民。我看他才是老鳖衣,保安哪上得了台面?——话说回来,快递员你干也有点屈才。现在有个真正发财的好机会,南山你要不要?

什么?

刘为杰先不答,要他顺自己手指的方向抬头看。吃饭是在安翔路上长空院的渝州家厨——也不过就是家门脸稍微好点的成都小吃——从卡座看出去,正好能看见安翔路尽头的盘古七星。

看见了吗?

看见了,盘古七星,豪华大酒店。

再仔细看看?

南山丈二金刚摸不着头脑:那大楼像个火炬。

刘为杰急了:我让你看那大屏幕!

看到了,真的好大,顶好几十个电视机吧?

不是让你看大小!你看现在在放什么广告?

南山这才反应过来:你代理的安利?

没错。刘为杰整张脸这才豁然亮堂,你看,我们安利在这么高级的七星级饭店一天到晚做广告,阔不阔气?

阔气是阔气,怪不得那么贵?南山艳羡道,我没用过。

安利的纽崔莱你听过没?

279

是沐浴露？

哎哟，和你说话费劲。纽崔莱是国际营养专家认证的全天然无污染营养品，现在都市里的人都亚健康……先不扯远。我刚说的发财机会，就这个。

噢，纽什么莱？

纽崔莱。我们也卖洗头水、沐浴露，但主要卖纽崔莱，卖特别好。我们销售机制是这样的，你先以六折最低价买产品，正式加入我们的团队，我再免费给你上几堂销售培训课，告诉你怎样赚第一桶金……毫不夸张地告诉你，现在我们团队里除我之外，还有一个清华学生，发展了清华很多业务。名牌大学生用脑过度，大多处于亚健康状态，特别有必要服用我们的产品……我们是老乡，给你的准入门槛低一点。先买满一千产品就成。

我没钱。南山被"销售机制""准入门槛"这些大词儿搞得晕头转向，总算听懂了最后一句，就攒了几千块，上个月刚买了电三轮。

剩下的钱呢？都寄回家了？

嗯。

你回头给家里寄五万五十万的多好？区区几千块，要我是你，都不好意思跑趟邮局。刘为杰一拍大腿痛心疾首，你知道吗？如果你留下这些钱会怎么样？好比你留六千块，全用来买产品，我给你六折，你再八折九折卖给客户，第一个月就能挣小一万！你傻啊！

南山像听天方夜谭，嘴巴一直没合拢过：挣小一万？这账他有点算不过来。

就这还算少的！我们有个哈佛回来的教授，也加入团队了，听说他下面有十几条线，每个月能拿到至少五万！五万是什么概念？你天天没事出国玩都花不完！

南山没法想象一个月五万是什么概念。但他不想也不敢和哈佛教授比挣钱，这听上去像是外星球的事。他张着嘴呆呆地听着。

所以才攒几千就迫不及待地寄回去，李刚说得真没错，目光短浅！刘为杰总结道，你来北京做什么？就为了干个最底层的快递，寄几千回家？

和你们大学生是不能比。南山说，我也不会搞销售。

谁一开始就会？教教就会了——我看好你，形象好，又有文化，将来肯定还能带别的人。我们安利的传统就是传、帮、带。我也是觉得有缘，能帮你一把就帮你一把——你见过老师还反过来请学生的吗？

这句撮着牙花子的话南山听懂了。正好饭也吃得差不多了，他叫来服务员，买了单。这顿饭比他想象中要贵，九十多。小一万没挣着，小一百先出去了。他一边肉痛一边摸出钱包，刘为杰还在对面悠闲地剔着牙：你这个徒弟可以，我带了。

谢谢刘老师。南山说，不过我天天送快递，可能没时间。你不也要上学吗？

那破学早不上了——刘为杰往空中呸了下，干这行，上课管屁用。有时客户需求量大，单都跑不过来。上次没好意思和你们说，我读到大三就退学了，当时也是遇到了一个有缘人。

南山差点把钱包掉地上：没读了？你知道从我们村考一个到北京的大学生有多难？

刘为杰不耐烦道：上工程物理没卵用。读完本科至少还要读研，读完研最好读博，读到头了才最多能进一个鬼研究院，月工资四千多到头，猴年马月能在北京买起房？我爹妈都在广东打工，我不想他们打一辈子工，就得赶紧发财。

那你现在一个月挣多少？南山问，不比哈佛教授的五万，至少也得两三万吧？

刘为杰犹豫了一下：收入你就别打听了。城里人都不兴问这个——总之不少。

南山的目光不由自主滑到了他脏兮兮的西装上，不过他很快又给刘为杰找到了财不露富的新理由：肯定是怕数量太大，吓到他。他不禁对这位前大学生现销售员的衣锦夜行心生敬意。富人看来也不好当，一分一厘都得省——刘为杰这顿又没掏钱。平时也不知道吃些什么，可能业务太忙顾不上吃饭，那么黑那么瘦，不合身的西装挂在他身上晃荡，活像小孩穿大人衣。

发现南山在看他，刘为杰一瞬间露出极不自在的表情来，旋即又恢复了正常：你看什么？

你这西装怎么这么大？

客户送的——我也不是没衣服，就是不好意思拒绝人家一番好意。干这一行，第一就得活络，礼貌，会做人。

南山直点头。

那你现在手头到底还剩多少？

他算了一下：交完房租，剩八九百吧。

刘为杰竭力掩饰自己的满脸失望：反正你们快递工资高，过几个月又攒出来了。到时候你千万别再寄回去了，记得给我打电话。记住，我六折供货。你买够一千，就算正式加盟我们团队。

他刚才还说快递员是这个城市的最底层，一转眼快递员工资又算高了。南山还没想明白，刘为杰就接了个电话：好的好的，我马上来，您等我！

他对南山点一下头，就来回晃荡着过于肥大的袖子和前后襟急匆匆地走了。

南山回到音乐学院门口，继续分包裹，发信息，打电话。已经好几天没看到她了。他刚才没和刘为杰说实话：钱不是寄回家了，是打算全给谢玲珑。上月底新发的工资也都一起。总共九千七，差不多就一万了。

他当然知道刘为杰是骗他的。报纸上说了，做直销的都是骗子。他又不是从来不看电视，不上网。要骗，他宁愿只被他骗顿饭。如果没算错，谢玲珑大概还要过半个小时才出现。这段时间够他等出几身欣喜若狂的大汗，又慢慢地重新风干的。

他每次送快递给谢玲珑，都会猜测包裹里是什么。她最喜欢买衣服，偶尔也买鞋子、化妆品。老乱花钱，难怪攒不下钱。他情不自禁温柔地想。自己要是有钱了，也乐意让自己喜欢的姑娘一直花钱。

那天晚上那个什么歌舞团副总搂着她的腰的场景还历历在目。那一刻如五雷轰顶，南山才真正弄清楚自己的心意。一天到晚老见面，早不知不觉动了情。他至少给她送过上百次快递，没有谁比他更了解她的物质生活需要，她的日常吃穿用度。有时候下午送快递送得晚，他还会看见她夜里踩着高跟鞋打车出去，也许是表演，也许是上课。每个音乐学院的学生都忙，她不算接私活多的。他不知道她要找门路到底要塞多少钱。他想帮她，就像那个武汉卖电脑的男的帮小菊。

眼下南山已经跌入他最美的一个梦里了。梦中人马上就要从学校出来了。他习惯了蹲在地上分发邮件，也习惯了仰起脸看她高不可攀又美艳不可方物地站在音乐学院门口，小脚牛仔裤，衬衣，高跟鞋，要么就是民乐旗袍，开叉直到大腿。最好看的是登台演出的天蓝塔夫绸大摆裙，裙摆露出的脚趾头洁白圆润。没有比这些时刻更不像小菊的谢玲珑了，但是他偏偏就想起了小菊。这个姑娘看上去和他一点关系都没有，就像整个北京城和李家湾没有关系一样。但是他知道她眼下缺钱，而他正好能借给她钱。他一直不知道怎么和城里姑娘做朋友。朋友就是互相帮助，他主动解她燃眉之急，这样至少也能当朋友了吧。她穿的每一件衣服他都觉得好看，他也爱看她每次拿过快递客客气气说谢谢的礼貌样子。他更乐意的，是总算和北京城产生了一点点切身切肤的关联，一点点两相亏欠还不完的恩情。

她出来了。今天穿的是连衣裙，黑白格子，式样很大方。他本来蹲在地上分拣包，远远看见她，赶忙站起来，用两只手轮番拍打裤子，不好意思地冲她笑。她身边还站着一个女伴，比她还先看见他，好像指了一下他给她看。两个女孩子远远地，叽叽咕咕地笑起来。

南山害羞地低下脸，过一会再抬头鼓足勇气笑回去。他知道她认得他，她找他寄了好几个月的件，但她一直只叫他师傅。但很快她就会记得他叫张南山了，他要借钱给她。哪怕是"给"呢，"给"也可以，永远不还了也可以。只要他能帮上她忙。

她离他越来越近。她对他微笑了，好像是认出他来了。

他开朗地笑着，大大方方迎上去。

9

南山回到村里的那一天，正巧立梅。没回来过年，妈说冬天不冷。三九欠东风，黄梅无大雨。这就意味着这一年的梅雨季雨水不会太多，水稻欠水，也长得不会太好。爹说家里的那口井都打不出水来了，还得去河里引水。南山注意到爹没有提小菊家里的地到底咋样。他们肯定是没有帮她种。

他一路上趁着黄昏的微光察看村里人的地。大部分没有荒，稀稀拉拉的水稻和棉花间插着种在田里，但看得出来缺水。他家稻谷田也裂开了一道道口子，梅雨早该下而还没下。村里面剩下的尽是老弱妇孺，没几个有力气去河里打水。瞎了眼的李二婆坐在村头大槐树的根上吱吱呀呀摇扇子。几个穿着花花绿绿的小孩子从李二婆跟前飞奔过去，一个女孩子被另一条伸出去的树根绊了一跤。李二婆循着哭声过去把她扯起来：莫哭！哭啥子！李二婆已经瞎了十几年。壮劳力都出去打工了，村里面的小娃子都没人管。有个瞎眼太婆负责照顾着就算好的。

村里人早从李刚那里风闻南山干快递员发了大财。每个月一万多，还要找个城里姑娘当女朋友。就是一点不好，不肯借老乡钱，也不肯给老乡介绍工作。小铁在工地上干了几个月，被脚手架上面掉下来的铁架子砸破了头，现在还躺在城里的医院里。之前小铁要南山带他去送快递，南山死活不肯——大概怕小铁抢他饭碗？现在小铁父母恨死南山，扬言说再见他就要扇他几巴掌。

这些南山都不知道。

和来时一样，他还是坐硬座到襄樊。用五百多块钱买了一个拉杆箱，给爹买了一瓶赖茅，又给妈买了一身贵人鸟，现金也就不剩多少了。到了襄樊第一件事，就是感觉火车站变小了。人倒是和记忆中一样多，推板车的，打地铺的，背着蛇皮袋牛仔包靠坐在候车室柱子上等车的。他没出车站，也不知道襄樊是不是和北京一样繁华热闹，一碗正宗地道的牛杂面又要多少钱。但他唯一晓得襄樊也有送快递的，他们公司在这里也有分部。

从襄樊坐了两个小时大巴才到他们村，下车的时候已经六点半，再走天就全黑了。南山想起第一次到北京去，进了隧道，又出隧道，进进出出好几次，整列车就开到彻底的黑暗里去了。刚才大巴车厢里没开灯，下车后车厢里外也是一样深沉疏朗的黑色。村里没路灯，也没月亮，夜间田垄上起了一层蓝汪汪的薄雾。南山新买的拉杆箱轮子不停陷在深一脚浅一脚的泥里，根本拉不动。他索性把它提起来，却碰着了右脚膝盖那个旧伤疤。

　　那还是送快递第三个月摔的。但这也没什么。二宝说过，从脚手架摔下去，比他这个绊得狠。他张南山还算是运气好的。

　　南山在朦朦胧胧的雾气里又看见一个熟悉的身影。是谢玲珑！他简直不相信自己的眼睛。她怎么会到他们村里来？

　　他后来一直在音乐学院门口解释，她总不理睬。大概还是他那天太直接了些，吓着了她。他没想到她死活不肯借他的钱，还吃了好大惊吓。她的女伴比她厉害，大声问他是不是耍流氓。他急得要哭：我借钱给她，怎么是耍流氓？

　　女伴说：你怎么知道她缺钱？

　　谢玲珑只说：我不认识他。我不认识他。

　　他急得立起了眼睛：你认识的，你每个星期都给我打电话，找我发快递。你每星期都收几十个件，我每天中午都看得见你。你打电话说要找工作缺钱，我可以借给你。

　　女伴更凶了：你是不是跟踪她了？你一个送快递的一直跟踪我们音乐学院的女生？

　　南山说：我没有。我就是老在这门口看见她。

　　谢玲珑脸色先是煞白，又涨得通红，垂着眼不敢看他。张南山见过她那么多次，还从来没有见过她这样子。她好像马上就要哭出来了。还是那个女伴不依不饶接的腔：你要借钱给她，你知道她缺多少？

　　南山说：我有差不多一万。都可以先借给她，还不上也没事。

　　女伴哈哈地笑起来：玲珑，这个活雷锋主动要求借你一、万、块、钱。把钱数咬得很重。紧接着又转向他：雷锋，你知道我们每个月出去当家教接演出能挣多少吗？你以为光你们快递工资高？我告诉你，她差十万，你借得起吗？

　　十万，比小军爸爸做手术还贵。南山吓了一跳。

　　她们仨在学校门口推搡拉扯，好多学生都渐渐停下来站在门口围观。几家送快递的也嘻嘻哈哈地围过来。中通的说：大哥你有钱不如借给我，我房子首付还差两万。顺丰的笑道：你才有一万，人家差十万，这缺口有点大。

谢玲珑又羞又恼，终于和那天晚上一样哭出声来：神经病！走开！我怎么会借你一个送快递的钱？她带着哭腔不待说完，就拉着女伴匆匆走远。

南山没追上去。准备给她的银行卡还好好揣在兜里，这也是和电视上学的：不要直接送钱，送卡。密码最好是姑娘的生日，如果不知道姑娘的生日，那么设置自己的生日也行。他就设置成了自己的生日。卡没机会拿出去，密码更无从说起。他本来都想好了台词：密码是我生日，930516。我是金牛座，你呢？城里姑娘都喜欢说星座。他知道的。

后来南山再去音乐学院门口，就再也没有见过谢玲珑。她好像整个人从学校里人间蒸发了，也不知道是毕业了还是躲着他。他不知道后来她借到十万了没有，那十万又有没有帮她找到工作。其实他要知道她差那么多，就不会自作多情了。南山压根不是想骚扰她。他只是以为他可以帮她。

他回来过完年还是要回北京的。继续跑几年快递，等钱攒多了，也许就能开个快递公司，这样就能把李刚、二宝、小铁都招进来了。小铁在医院还不知道怎样。工地不给钱，医院老说要拔管子。他和李刚去看过一次，和医生大吵一架。等有钱就好了，有钱他张南山管张小铁一辈子。南山还仔细考虑了一下到时候要不要招刘为杰进来。他人滑头些，但总归是老乡——如果肯来就还是要吧。至少刘为杰读过大学，会看手机导航。

南山后来经常痴痴地盘算未来，一个人的时候。等那女子近了，近了，他还在自顾自地微笑，满脸都是憧憬的喜色。但他陡然间注意到那不是谢玲珑常穿的黑白灰，是大红，在雾气里艳丽非常。再近一点就发现原来是小菊——怎么会是小菊？她不是交了一个武汉男朋友吗？他震惊地发现他早已经忘记她了。要不了多久，他大概也会忘记谢玲珑。

小菊在黑暗里就像一朵盛放的红色太阳菊，颤悠悠地走过来了，满脸羞涩，但是笑着的。

南山哥。

他呆呆地看着她。

是我，南山哥。

小菊完全变了。在暗夜里她皮肤看上去和城里姑娘差不多白，头发也烫了大波浪——可再洋气些，也只有更让他想起城里姑娘谢玲珑。她们其实没有那么像，就是轮廓有点像。他刚才糊涂了，竟没有认出来。

小菊走过来，犹豫片刻，轻轻拉住了他的两根手指：我和那个男的分手了。

这是个新鲜动作，也是城里学来的。她犹豫，大概是怕南山想起什么。

其实南山早就忘记了，和好多其他事情一起，干净彻底地忘记了。再见小菊，依然还是亲，可就只剩下亲了，像家里头的一个小姐姐，一个老妹妹。这个老妹妹的眼角已经出现了鱼尾纹，才二十岁，青春就已经过早地被城市消耗殆尽了。她的肉体变成了一具过度包装的皮囊，笑容看上去廉价且职业：南山哥，早听说你在城里发了财，咋比在村里晒得还黑？

其实他也一样，被城市消费，损耗，使用殆尽。他的肠胃被常年不规律的作息和有一顿没一顿的饮食摧毁，肝肺胸臆灌满了城市成分复杂的尾气，一到秋天就和其他快递员一起定期发作过敏性鼻炎和咽喉炎。一年内他去过不计其数的高低中档小区，却不是这城中任何一个小区的正式居民。他能把包裹准确无误地送到每一个人手里，说出他送的每一个人的名字，电话，家庭住址，但那些人没有一个人知道他的名字，电话，从哪个省哪个市哪个镇哪个村来。他们不知道张南山是"采菊东篱下，悠然见南山"的南山。就像小菊那些客户，也不知道她是"采菊东篱下，悠然见南山"里的菊。

立梅这一天，雨水迟迟没有下来。

而这两个曾经海誓山盟过的年轻人终于在田垄上相遇。田垄两侧是干涸的、咧开嘴的、没人理会的水稻田。而南山的眼泪却滔滔汩汩，汹涌地，不可自控地淌下，流到了田垄、稻田、土地破碎的心脏深处。小菊在那一刹那面有惭色：哥，我们结婚后去镇上开个饭馆行不行？你爹说你每个月一万多，出去这么久，至少攒了十多万，足够开饭馆了。

南山根本没来得及回答她。黑暗的最深处，那只神秘莫测的公鸡长久以来保持了最大限度的缄默，在根本不该打鸣的时刻，突然以无法想象的音量嘶叫起来，好像全村里就剩它一个活物，有恃无恐，并不怕有人过来一刀把鸡脖割断。而他居然有点喜悦地听到了自己的哭声，和鸡叫声一起，越来越响亮地回荡在村庄上方。小菊还以为他在哭她。也许他就在哭她。

注： ①蜜丝佛陀：美国一种彩妆的品牌，以睫毛膏著称。②蜘蛛人：一般指那些攀爬在城市高楼外墙上进行清洁工作的工人，利用各种安全设备及自身平衡能力待在高楼的侧面，远看状若蜘蛛，故被称为蜘蛛人。

《十月》2016年第1期

评鉴与感悟

无名者，或我们这个时代的骆驼祥子

随着电商文化和全民网购的兴起，在城市里随处可见的快递员，成为了流动的劳动新风景。但在大多数城市居民的眼里，他们模糊的风尘仆仆的身影，就如同那些千篇一律的灰色乙烯包装袋一样，拆后即扔，过目即忘——二十岁的张南山，就是其中的一个。这自然是高度分工化的资本社会的产物。快递员们几乎天然地隐去了具体的面孔和姓名，归约成一种职业符号，或仅仅是具有运输功能的媒介。这座城市里有多少"透明"的劳碌和营生，我们又何曾留意过这些来去匆匆的快递小哥呢？

小说《张南山》的新颖之处，首先在于作者文珍的"看见"——看见这群因为被城市过快地接纳，继而过早地被视而不见的新的"透明人"。看见他们从乡村到城市的辗转求生，更看见他们的爱与怕，内心从不曾被人探测的激流与幻灭。底层书写的最朴素的动机与意义之一，正在于"看见"对"视而不见"的超越。文珍倾注在张南山和他的伙伴身上的，既有为其"发声"的同情与悲悯，更有一个长期进行城市写作的人所独有的敏感的问题意识。而当作者用虚构之笔将看不见的壁垒击碎，一个隐藏的尖锐疑问渐渐浮出水面，促使每个读者反

躬自省：被贴以"收入很高"的光鲜标签的快递群体，是"闷声发大财"的新都市神话，还是底层残酷物语的另一种讲法？

离开了黄土地的张南山，是我们这个时代无数进城闯荡的底层青年中的一个。他的朴素天真，能吃苦的年轻体魄，甚至农村人娇弱的自尊和自卑，都一再地令人想起老舍笔下的骆驼祥子。祥子进城谋生的悲剧，仿佛又在张南山的身上幽灵般地重现。相似的年轻农民的单纯，对金钱发自肺腑的热爱，相似的身体、资本与机器的三角寓言，甚至相似的"卖命–存钱–买车"的故事——只不过黄包车换成了电三轮，拉人变成了送货。在近百年后的今天，无数的祥子仍在同一座北京城里奔突与沉沦。文珍笔下的张南山的幻灭，看似来自不切实际的爱情，但更值得深省的，是令爱情蒙尘的金钱法则，身份区隔，以及底层生而为"人"的尊严的被践踏。其不动声色的严酷程度，甚至甚于祥子身处的"吃人"时代。

一个快递小哥对音乐学院的女学生暗生情愫，甚至要拿出自己辛苦攒下的万元血汗钱，为女学生艰难的求职之路"疏通关系"。这一不切实际的浪漫举动，乍听之下，荒唐如社会版面上的标题新闻，却被文珍演绎出了理想主义毁灭的酸楚。在金钱铺路的丛林北京里，同乡仰望着张南山，张南山仰望着谢玲珑，谢玲珑仰望着剧团，一重重的堵死的阶梯，暴露的是社会结构造成的大悲哀。张南山在谢玲珑的眼中终究只是一个"送快递的"，没有名字，更没有生命关联。

小说的结尾，张南山撕心裂肺的哭声在故乡的上空回荡。文珍终于让他发出了自己的声音，虽然他不知道哭的是谁，前路也仍旧晦暗不明。但正如米兰·昆德拉说的，小说家虚构故事，就是为了在故事里询问世界。"人的愚蠢就在于有问必答。小说的智慧则在于对一切提出问题。"这或许是文珍为什么要选择用张南山的名字为小说命名：为无名者立传，或许是在向我们的城市发出质问，也代替这个时代发出轻轻的自嘲。（刘欣玥）

天　蝎

/南飞雁

1

竺方平其实很后悔。迈出民政局之际，他应该对杜筱葳笑上一笑，以示心中无鬼；或者不必笑，平静一瞥也就足够，甚至笑也不用笑，瞥也不用瞥，转身走掉也行，但他看着姹紫嫣红开遍的前妻，偏偏忍不住问了句，你去哪儿？前妻当然冷笑不答，身子一拧便走开，留下一地湿漉漉的鄙夷。他那时道行尚浅，脸皮不厚，以为鄙夷就是鄙夷，不屑只是不屑，其实事后细细想过，杜筱葳完全是虚张声势。一个35岁的离婚女人，中人之姿，好勇斗狠，既无恒业也无恒产，全部底气来自她姐夫。说到杜姐夫，竺方平倒心头一凛。眼下既已离婚，姐夫之说自然扯淡；不过仅是扯淡也就算了，就怕他不依不饶，有理无理都要替小姨子出头。杜姐夫是五厅三处处长，五厅和七厅业务上有些来往，而如今竺方平的副处级正悬空待定，此诚季节交替疾病多发之秋也，是进亦忧退亦忧，不容他不介怀。

七厅八处里最先知道竺方平离婚的，是处长老冯。老冯五十有五，也离过婚。冯妻老杨是厅工会计生专干，专干计生凡三十年，主管全厅避孕器具发放和避孕知识普及。前几年厅里集资建房，冯杨夫妇想多要一套，痛痛快快离了婚。老冯是正处，分一套三室两厅，老杨是正科，不过年头长，分一套两室两厅。两套房子到手，也都装了修，老冯却羞答答不提复婚。老冯不提复婚是他心术不正，而老杨竟也不提，每天早上跳《为了谁》，晚上跳《小苹果》，菜也不买饭也不做，百忙中拨冗来跟前夫吃个饭，手机还响个不停，全是舞伴们声声呼唤。舞伴中有个机关党委老楚，多年前曾是老冯下属，两人还拍桌子对骂过。这老楚居然也踏香而来，来了便不肯走，而且只跟她老杨跳，从慢三慢四跳到恰恰伦巴，跳了也就跳了，还不算完，还在朋友圈大发两人自拍照，惹得全厅议论纷纷，这分明就是刻意报复。是可忍孰不可忍。久而久之，老冯再受不住摧残，可婚已离过，不能再离一次；有心提复婚又自觉丢人，落得个心乱如麻。不过即便心乱如麻，老冯也没影响工作，见竺方平一脸萧瑟地回来，便问他，离了？

不等竺方平苦笑声落，老冯又正色道，也不早了，开个会。

八处编制一共六人，原本有一个副处长小侯，因为年富力强，借调去了省政府，不料有去无回，要留在那里，处里就只剩五个人；而助理调研员老郭行伍出身，一向桀骜，又临近退休，根本不把老冯放在眼里，常年病假优游在家。人是少了，工作却依旧。以老冯处长之尊，当然不便事无巨细，其他诸老又不堪重用，于是竺方平不顾有实无名，主动勇挑重担，组织协调，撰写材料，兢兢业业替老冯分忧。无奈老杨舞场实在得意，老楚之流如同蚁聚，老冯之忧与时俱进。竺方平左分右分，直分得黔驴技穷，把自家老婆也分走了。老冯实在过意不去，一再上书请求加人，厅里见八处着实人少为患，特同意增加两个人手，老冯命竺方平召集开会，主题就是迎接新人。

新人一男一女，男小梅女小丁。其实小丁算不得小，也30出头了。老冯端杯子进了会议室，见人已齐整，便笑眯眯落座道，小竺，人都齐了吧？齐了就开会。竺方平忙道，刚给老郭打了电话，他脚上鸡眼又发炎了，来不了。老冯就冷笑道，毛病多，数老郭，昨天脱发今天鸡眼，能活到现在简直是奇迹。于是老汤、老孙都笑了，竺方平也笑起来。对面的小丁也笑，笑得很婀娜，举着文件夹轻轻遮了下唇。

会毕各散，竺方平推门进屋，赫然见老郭正在屋中昂首踏步，喊着一二一。老郭见他进来，笑道，会开完了？竺方平忙掩了门，关切道，你不是鸡眼发炎了吗？老郭正色道，那是骗老冯那个王八蛋的，你怎么也信？

老子每天不折不扣要走一万步，朋友圈里排在前几，怎么会长鸡眼？要长也是他老冯长，不但脚上长，浑身都长。言罢两人大笑。今天周一，又是月初，七厅各处发鸡蛋票，老郭是来领票的。竺方平把票给他，笑道，处里来了新人，往后这事找小丁。老郭皱眉想想说，小丁、小丁，丁婧蓉吗？竺方平点头称是。老郭一拍大腿，笑道，传闻好久，果然是她！丁副厅长，大老丁，五处的，还记得不？

竺方平进七厅那年，丁副厅长还是五处的副处调。五处管人事教育，竺方平入职培训的带队老师就是老丁。后来老丁升迁副厅长，调去了五厅，就再没见过，按岁数差不多该退休了。原来此小丁就是彼老丁的女儿。竺方平正要感慨，忽听老郭又道，我小舅子的老婆跟她一个单位，听说她刚离婚，前夫也真泼妇，一个男人，居然总去前妻的单位闹——竺方平此刻最听不得的就是"离婚"二字，恍惚间就像被抓嫖时的无助，他脸色才刚泛白，只听门口两声鞋动，有人敲门道，竺老师在吗？

进来的还真是丁婧蓉。很久以后的某个夜晚，两人云雨已毕，竺方平揽她在怀，闲聊中问她，是否听到老郭讲八卦？她狡黠地笑，摇头说没有，又追问到底是何八卦。其实他事后回忆，那两声响动并非由远及近，更像是原地打转，分明是在提醒。不过当时的竺方平根本顾不上想这些了，因为丁婧蓉抱着一摞文件，已经推门进来。他只好抢着道，小丁啊，有事吗？对了，这是咱们郭处。

其实老郭的无助不亚于竺方平的被抓嫖，一脸讪笑写满坦荡的狼狈为奸。丁婧蓉落落大方地冲他点头，说，是郭叔叔吧，我记得您。

老郭到底也是久经场面之人，三言两语讲了些关于老丁家的回忆，便一笑间起身溜了。竺方平翻着她放下的文件，笑道，想不到你和老郭还有渊源呢。

不料丁婧蓉笑容宛在，笑意却瞬间全无，冷冷道，是我爸跟他有渊源，我才没有。

这句话有点硬邦邦的，幸好不是针对他。丁婧蓉站在他一侧，居高临下地砸下来，让他一时不知怎么回，只好脸上带着笑继续看文件。丁婧蓉见他沉默，便继续道，不过呢，我跟竺老师倒是有点渊源呢。说罢，丁婧蓉自己拉椅子坐在对面，对着他嫣然一乐。

这分明是要过招的意思了。以前在婚姻内，跟人过招多有不便，如今枷锁已去，暧昧一下无非是生活调剂。再说他其实也算高手，本能地明白人家出了招，再装聋作哑就不大好，便抬头愕然道，是吗？

丁婧蓉咯咯一笑，说，竺老师好健忘哦，那年母校中文系新老校友联欢，您是嘉宾，我是学生会的，给您打过电话。

其实丁婧蓉刚说及母校二字，竺方平就想起来确有此事，不过嘉宾不是他，是七厅高副厅长。那年中文系50周年，搞了个新老校友联欢会，老高堂堂副厅长，自然是杰出校友，竺方平一介普通校友，负责给杰出校友拎包。他下意识"啊"了一下，眼前丁婧蓉不再是丁婧蓉，而是漆黑中一簇花火轰然铺开，铺出了高副厅长——真是该死，这么多年在七厅霜催雪打，受尽委屈，真他妈的算白混了，连钻营都没学会，怎么能忘了校友这档子事？当年的高副厅长，现已贵为高巡视员，级别比副厅长都高。即便白云苍狗已过，贵人或许忘了拎包之谊，不过这也不怕，记性不好的才是贵人，主任科员记性再好有屁用；而就算高巡视员真不记得了，还可以去提醒他，这就得讲艺术，要委婉，懂策略，一旦迂回地提醒一次未果，不妨直接再提醒一次，只要他不是故意不记得就行——

竺老师？

嗯。

竺方平眼前的高巡视员猝然绽放成花火，这花火聚敛成团，明明又成了丁婧蓉——他微微笑起来，仿佛刚才的沉默不是沉默，而是关于那次聚会的沉思；沉思大雪纷飞，落地化为感慨：好多年了，真是好多年了——你还好吧？

竺方平当然不会白混。七厅多年，钻营修炼不精也就罢了，见风使舵还算基本功的，不然何以是高手。丁婧蓉显然被他某处的柔软打动，或者她自己柔软的某处被他打动，语感也轻了下去，说，是啊，好多年了。

竺方平见她并不直接回答"好"或"不好"，便猜出老郭所说并无虚言。一个三十出头的离婚女人，前夫一直纠缠，当然说不上好；不好又不肯直说，那就只有两个原因，要么是不想说，要么是想说又不打算明说，在等人来问——那么问还是不问呢？竺方平的笑意从心底浮起，氤氲到脸上却成了肃然的唏嘘：也是，都不容易。

"好多年"和"都不容易"，一般不会是正比。不过对两个离了婚的人来讲，此时心绪林林总总，仅是"不容易"三字又怎能概括，何况还有个"都"。两人一下子近在咫尺，却又沉默起来。丁婧蓉就坐在旁边，竺方平手里拿了文件，看上几眼，思路瞬间又被带走，便又抬头看看她——这里是十一楼，巡视员老高的办公室在十五楼，距离不远，可惜他并不分管八处。分管八处的是新来的副厅长老余。既然老高不分管，贸然去汇报什么就没有来由。而来由是一定要找的，不然就——

丁婧蓉忽然道，竺老师您什么星座？

竺方平想了想，说，大概是射手座吧。

丁婧蓉就笑道，这怎么还有大概的？

竺方平耸了耸肩膀，说，星座这东西，一般都按公历算吧？

丁婧蓉一边笑，一边执意问了他生日，而后肯定地点头道，当然是射手座了，我比你早一些，天蝎。

竺方平满脑子都是老高。眼前的丁婧蓉固然有几丝妩媚，但远不及脑海中老高的慈祥。竺方平脸上微笑还在，眼光却分明游散开来，场面也一时沉默。丁婧蓉便站起一笑，说，竺老师忙得很，我先走了。走了几步，她又回身道，对了，周末校友有个聚会，您也来吧？

竺方平压抑着喉头忽然进起来的抽搐，想了想，平静道，好多年不参加这样的聚会了，有什么熟人吗？

丁婧蓉此刻已经站在门口，侧身侧脸，菩萨般地看着他，笑了一下，说，有啊，好多呢，还有，高厅长算不算熟人呢？

下了班，晚上有局。酒水未过三巡，大家不及入港，老冯眼中忽然凶光毕露。竺方平偷偷摸摸刷下朋友圈，果然有老楚新发的自拍。照片上老杨看着镜头，而老楚则看着她，两人容光奕奕，双手紧扣，郎情妾意溢于言表。老冯看罢照片，仿佛看罢战书，自然心不宁静，心不宁静难免喝得就急，很快便有点过了。竺方平暗笑老冯有胆灌酒，却无胆动手，笑毕，又有些可怜他。话说彼此都是离婚，算是同病相怜了，但自己与往事干了杯，落得个清静，老冯同样离婚，却是麻烦的开始。

熬到酒尽人散，竺方平和老冯一道回家，老冯路上咬牙切齿，还在路边出了出酒。竺方平放心不下，送他进了电梯才告辞。晚上十点多钟，家属院里人很少，竺方平索性坐在长椅上，点了支烟，抬头看天。天空晦暗不明，星辰无迹，他忽然想起丁婧蓉问他什么星座。真是可笑，老子又不是马王堆里刚刨出来的，怎么会不懂星座？人何其复杂，人心何其多变，星座要是能解释一切，世界倒太平了。怪力乱神而已，子不屑语也。当初杜筱葳耽迷星座，曾买了不少书看。一般看这种书，有人是好奇，有人当消遣，有人瞎琢磨，杜筱葳则是虔诚。大概她实在糊涂该是什么样的秉性，所以需要靠人指点。而自从她顿悟自己除了属羊，还属天蝎，离婚或许就不可逆转了。竺方平想，其实羊也分好多种，绵羊固然是羊，斗羊也是，你杜筱葳本来就是斗羊，两角威风凛凛，又新添一支毒刺，老子又不是大力水手，既然斗你不过分开也好。可惜丁婧蓉了，居然也是个天蝎。从今天的情况看，纯属巧合的可能性不大，反之，丁婧蓉显然是有备而来。原来她才是高手。起初示弱，继而诱惑，最后亮出底牌，看来他故作玄虚的那点小心眼，几乎都在她算计之中。不愧是老丁的女儿，自小耳濡目染，起点高他许多。他现在需要什么，问谁去拿，怎么拿到，她全都清楚。也正因为清楚，底气也就很足。丁婧蓉是天蝎，又有这样的出身，难免一出手便如此霸气，刀刀扎在他的痒处，正如主人在宾客面前逗狗，表演一次就有一次好处，当然狗也可以不表演，但愿意表演的狗何其多，慷慨的主人又何其少？就他而言，硕士毕业浪迹七厅十几年，眼看临近不惑，官场无所成，情场无所就，就像鸬鹚捕鱼，吞到嘴里的又常得吐出，循环播放十几年矣，到头来一无所有。人最宝贵的是生命。生命属于人只有一次。人的一生不应当这样度过。

　　竺方平又吸口烟，忽然一念闪来，其实也不全是自作多情。老子年富力强身体健康，正经八百的硕士毕业，离过婚却正好懂得珍惜，又没有孩子拖累，政策放开了想生几个都没问题；虽说眼下仕途有些不景气，但换个说法就是进步空间很大，如果丁婧蓉真肯帮忙，未必就打动不了校友老高。周末聚会是一定要去的，厅党组会上有老高一票，投别人是投，投校友不也是投吗？副处级调研员而已，又不是副处长。至于以后，一时还拿不定主意。丁婧蓉再天蝎，也只是个女人，还是个离婚女人。婚姻对她来讲是刚需，对他则是可有可无，可早可晚。再过10年，老子依旧谈得动恋爱，搞得动女人，她就难免力不从心了。思绪及此，竺方平忍不住酸酸地笑了，扔掉烟头，踏脚一拧，起身朝家走去。他一边走，一边想。周末，老高，副处级，什么时候才能到来呢？有了副处级，既可以遮羞，又足以自慰，说不定还能再搞搞暧昧，多好。

一夜无话。第二天一早，竺方平特意换了身衣服，忽然又觉不妥。不是他要暧昧，是丁婧蓉主动跟他暧昧；尽管有求于人，但毕竟是她主动，那么他就要含蓄一些，刻意了就不大好。高手都不这样的。于是重换了昨天那身，周身检查无误，方才郑重出门。班车将开，老冯匆匆上了车，衣服也未换，一身隔夜酒气。老冯坐在他身边，喘息着低声道，娘的不能再喝了，昨晚在家门口掏钥匙，掏半天没掏出来，靠墙睡着了，到后半夜才醒。竺方平担心道，没感冒吧？老冯苦笑着打个呵欠，说，老子现在是单身，火力旺着呢，睡雪地里都感不了冒，娘的。竺方平只好一路苦忍，直到办公室才笑出了声。

八处在七厅算是业务处室，上午有个厅长办公会，研究一项本省条例细则，厅办前几天就通知八处派人参加。照惯例，这种会要老冯亲自参加，但老冯昨夜大醉，也未洗浴休整，状态实在不堪参会，便软绵绵打电话过来，要他替会。竺方平心思一动，说，这事归口小丁，让她也去吧，学习一下。老冯声音黏得像浓鼻涕，浓重地嗯一声，挂了电话。九点半的会，两人早早到了十三楼厅会议室，并排靠墙坐下。丁婧蓉昨天才报到，今天就参会，表现得有点紧张，手里文件翻来翻去，像是风吹树叶沙啦啦作响。竺方平轻轻一笑，忙掩饰地咳了一声。丁婧蓉显然明白了什么，低声羞道，竺老师，您别笑我呀。

竺方平扭头看去，她只给了他侧脸。丁婧蓉嘴唇淡薄，眼并不大，脸颊上还有一两点雀斑，眼角也微微有了褶皱，一切都像正常的30多岁的女人，只有脖子很年轻；他的目光停留在她年轻的脖子上，随着呼吸默默地在上面摩挲。他知道这一瞥不能太久，便正过头去，朝她那里侧了侧，也低声说，别紧张，一会儿我来讲。

丁婧蓉抬起头，学着他的样子，也是两眼看着前边，头朝他歪了歪，说，我知道，我听汤老师说了，文件其实都是你写的，是吗，竺老师？

八处老汤是个女同志，女儿去年经竺方平力荐，得以拜在同一导师门下；老汤家条件不好，竺方平又帮着申请了助学金。一来二去，他便成了

296

汤家人；老汤给自家人贴贴金，当然理所应该。竺方平一笑，没来得及谦虚，厅办的人早一拥而入，摆座签茶杯，放文件铅笔，之后会议室门开，厅党组成员们各自落座。今天议题很多，八处的汇报排在中段。报告本就是他写的，又不是第一次参会，汇报阐述起来行云流水，不多时利利索索结束。会后回到办公室，竺方平倒了杯茶，点上支烟，陷在椅子上回想。可惜了，表现只能说是一般，或者是表现得不错，但结果不乐观。方才汇报结束之际，他特意瞥了一眼领导，分管副厅长老余面无表情，巡视员老高戴着花镜看材料，头也没抬，好像还蹙着眉，不知在想什么，是跟老婆吵架了？跟儿子置气了？还是痔疮又犯了？还是他汇报得不好？可是细细回忆，整个过程并无差错，领导随口问的几个数据，他也是一一道出，毫无露怯，若不是天天干业务做基层的，怎有这个底子？但即便表现如此，也未能引来些许关注，甚至一干领导连个把微笑都未舍得赏下。看来即便业务再好，水平再高，在七厅这种鬼地方也算个屁。不过明知想了也没用，而不想又根本做不到。临近40岁的男人了，已然付出许多，就像便秘的人想一咬牙提裤站起来，又不甘心蹲了许久却一无所拉。对不起观众，对不起自己。

中午吃饭，食堂里碰见老汤。老汤带了自制辣椒酱，非要拉竺方平一起吃。老汤喜欢做辣椒酱，也喜欢做媒人。两人刚坐下，她就神秘道，你发现了吗？小丁对你有意思嘞。

老汤的声音有点大，或者并不大，但竺方平听来却宛若黄钟大吕，忙左右看罢低声说，汤老师，您小点儿声啊。

老汤得意地朝他盘子里拨辣椒，说，你们俩是校友吧？年纪也差不多，情况也差不多，挺般配的。我可是把你夸成一朵花了。

竺方平笑起来，由衷地说，是吗？那刚才应该刷我的饭卡啊！

老汤也笑，两人就有一搭没一搭地边吃边聊。老汤看来是诚心撮合，情报工作做得很扎实，归纳之后有三条：首先，丁婧蓉结过婚，离了，现在单身，没有男朋友；其次，丁婧蓉家里条件好，父母年纪大了，催着她尽快再找；再次，丁婧蓉结婚八年没孩子，但不是她不能生——老汤说到这里，声音低下去，郑重道，不关小丁的事，是她前夫的问题。竺方平差点噎着，尴尬道，汤老师，您可真能打听，这都知道啊！

老汤得意一笑，说，我当然得打听了，孩子是大事，做媒人也得负责嘛！

午饭后，竺方平有近两个小时午休时间。跟他同室的老郭常年鸡眼发炎在家，办公室的沙发只服务于他。沙发有些短，腿无法全伸，身子也就放不平，只能侧卧半蜷，像是涮过的鱿鱼片。竺方平半蜷着身子，却睡不着；或者也不是睡不着，而是睡不安稳，老想吼几嗓子。正如春季一到，大狗要叫，小狗也要叫，大家都是有所求罢了，只不过大狗小狗叫在明处，竺方平叫在心里。老汤归纳的那三条，其实跟他已经掌握的差距不大，惊喜之处是第三条。既然没孩子罪在前夫，那是他茶壶不管用呢，还是茶壶嘴不管用，还是都不管用呢？这点估计老汤也不知道，只能问当事人去。其实丁当事人此刻距离他不过10米，就在斜对面，跟老汤同室，可惜老汤中午也不回家，休息起来没他方便。就算只有10米，也总不能即刻就去敲门，请她解答有关茶壶和茶壶嘴的疑惑。想到这里，竺方平莞尔一笑，伸了伸腿。沙发在门口靠墙，墙外就是走廊，各色鞋跟停停凿凿一路旖旎，动静很清晰。有人敲门，笃笃三下，接着是把手转动。竺方平闭着眼叫道，来了，等会儿。门开处，却是丁婧蓉。她胸前抱了份文件，文件挡住的是一盒茶，她径直走到竺方平桌边，放下茶盒，说，知道竺老师喜欢茶，尝尝这个水仙怎么样。

道具选得不错，竺方平心说，果然高手。换作他大概也会如此。男女之间并非陌生，也不够熟悉，送礼物重不得轻不得，贵不得贱不得，既要有空间可解读，又不能空间太大，解读过分。一盒茶，介乎雅俗之间，彼此都不感唐突；一盒茶而已，也算不上什么深意，可以不必联想过多，足以进退两便。竺方平一手平托茶盒，一手食指微屈，轻轻地在桌面敲啄，抬头看着丁婧蓉，含笑说，怎么谢谢你呢，得好好想想了。

丁婧蓉也含笑，说，那您就好好想想吧！

竺方平听出点总结的意思，但她应该不会就此告辞。果然，丁婧蓉说完并未离开，而是轻轻拿起乱纷纷的文件，翻整，归类；又自然地抽出纸巾，蘸了水，抹掉落在桌面的烟灰，抹得很轻很细，柔顺道，烟还是少抽的好，我爸戒烟的时候，全家都兵荒马乱的。

那丁厅长戒成了吗？

丁婧蓉看着他，少女般点头傲娇道，少多了，偷偷抽一两支，我知道，我妈不知道。

竺方平忍不住笑起来。丁婧蓉认真道，您不信吗？他的烟我拿着呢，表现好的话，散步的时候才给他发一支。她下意识地掏口袋，又脸红道，在包里呢，不信我去拿给您看。

竺方平忙摆摆手，说，我信，我信，我要是有个女儿也为她戒了。

丁婧蓉笑道，为什么只为女儿，不能为老婆呢？

也想过，竺方平苦笑，没机会了。

丁婧蓉当然明白这是在说离婚。竺方平本以为她会犹豫片刻，斟酌一下语句，不料她轻哼了一声，很快就回应道，我前夫倒是不抽烟。

这话说得很狡猾，信息量也大，竺方平能听出三点来。第一，老娘离过婚，并不觉得离婚有什么丢脸，竺老师你也别瞧不起人；第二，抽烟与否，不是老娘对男人的研判标尺，老娘看的是别处；第三，老娘觉得竺老师你还有点意思，你是不是主动点？

气氛顿时变得饶有趣味起来。杜甫诗云"花径不曾缘客扫，蓬门今始为君开"。一个离婚女人，亲口对一个离婚男人说了这三点，略等于小径已扫，蓬门半开，前客已然送走，但等君来。两人交往至此，算是正式确认了对方婚姻状态。本来都是心知肚明的事，比如都离过婚，都没有孩子，别人介绍一千遍，也不如当事人亲口承认有用。都离过婚，谁也不要嫌弃谁，都没有孩子正好，生一个不就得了？

竺方平不觉踌躇了一下，把烟头摁灭，说，其实也就这点嗜好了，要不然还能干吗呢？你说是不是？还有，往后别叫我老师了，叫师兄吧，显得我也年轻点。

丁婧蓉一乐。两人便有一搭没一搭地聊着，桌面上很快就井井有条，正如刚剃过胡子的脸。丁婧蓉拿起几份文件，飞快一翻，说，这几个时间太久了，放柜子里吧，分类放好，再找起来也容易。她一边说，一边走到柜子旁，打开玻璃门放了进去。竺方平一直没吭声，看着她的后背。丁婧蓉穿着一件薄薄的羊毛衫，密密地贴合着身子，俯身之际露出一线腰，直了身子又下意识地拉上，不给他再见。等她关上了柜门，转过来的时候，竺方平猛地说了句，好。

丁婧蓉仿佛吓了一跳，惊讶地微睁了眼，忽而明白了什么，连声笑起来，说，竺师兄反应够快的嘛。文件柜就在门口，她便走到门口，微微打开了门，回头道，师兄还可以休息半个小时，不打扰了。言罢朝他一笑，关门离去。竺方平早已口干舌燥，下意识伸手摸出烟盒，抽出一支，正要点上，门又开了。丁婧蓉探头进来，看着他得意一笑，轻声说，还抽！还抽！说完略略一顿，这才关上了门。人是走了，音容宛在。

竺方平深深地吸了口气，有点犯傻。丁婧蓉刚刚的林林总总，应该没有准备剧本，就算进门前有剧本，送茶叶有剧本，进门后的一切也全靠临场发挥；但即便是随手拈来，他也只有招架之功，可见丁天蝎气场之猛。天蝎座的女人，好歹经历过一遭了，难道再来一次？头一回算是上了当，现在已然懂了厉害，再一次便是飞蛾扑火，智者不能为也。而他转念一想，其实蛾也就蛾了，扑也就扑了，关键在扑过之后有无所获。他侧面打听过周末的聚会，获邀参加的校友不多，一个三局的副处长同学居然没被邀请，他能感觉到电话那头的声音立刻变了，冷了，慌张了，像是撤退时落了单的伤兵。当然聚会与否，并不是提拔的必需，但至少是一块砝码，一丝希望。不过丁婧蓉一手的好牌，明明可以再强势一些，嚣张一些，却表现得很低调，而这种刻意的低调，又显然是给他看的，给他咂摸的。这就是她比杜筱葳高明之处。相较之下，姓杜的甚至糟蹋了天蝎这个名词。

竺方平点着烟，却不去吸，放在烟灰缸沿上，看着它越来越短，直到枯败成了一截灰。丁婧蓉和她的暧昧宛如正弥漫的烟味，看不见触不到，却笼着他，罩着他，告诉他天蝎的气场无处不在，防不胜防。他身子忽地一抖，忙按住桌子，可胳膊还是抖得要掉在地上。原来玻璃板下居然还是跟杜筱葳的合影，合影也就合了，偏又是结婚那年在什么天涯海角。想到刚刚丁婧蓉在，还细细地擦了桌子，肯定是看到了。一个男人将前妻合影公示于众，难免惹人遐思。一般女人自然会变脸离去，但丁婧蓉到底是天蝎，她才不会，不但不走，还装得若无其事，丝毫不影响发挥。竺方平赶忙撬起玻璃板，正要去拿照片，忽然又停下。不可不可，既然人家都若无其事，自己这么做就显得贼人胆虚了，反而授之以柄。他脸上浮出一丝笑，慢慢放下玻璃板，心想，说不定这还是一招妙手呢！

几天后就是周末。竺方平跟丁婧蓉约好一起去酒店。那天下小雨，淫雨霏霏，杨柳依依，诗情画意都有，但车却不好打，总不能披了雨衣骑电动车去，还是丁婧蓉善解人意来接的他。他想起离婚时架不住杜家姐妹忽悠逼仄，车也给了杜筱葳，当时觉得很悲壮，现在觉得很悲情。他妈的快40岁的男人了，硕士研究生，公务员身份，却连四个轮子都没有，约个会还得女的来接，这么谈恋爱太滑稽了。不得已坐在她车里，竺方平像被绑架了一般，想起离婚，想要暧昧，想到升迁，想来想去，委屈得直想哭。

十点开始的活动，下午三点多钟方才结束。送走各与会杰出校友，他和丁婧蓉留下来扫尾打杂。他抱着剩下的一箱烟酒，跟着她朝外走，边走边思忖，留下来或许也是她的设计，因为可留的、愿留的人很多，为何偏偏是他。一顿饭过去，雨不见大也不见小，倒添了几分寒气。停车场挺远，两人坐到车里的时候，衣服都濡湿了。丁婧蓉开了暖风，吹在身上又稠又黏，一粘上就不肯掉。竺方平当然喝了不少，耳后一阵阵燠热。丁婧蓉推了推他，笑道，困了吗？给。说着竟递给他一支烟。

因为她在，竺方平今天控制得很好，觥筹交错之间一支都没抽，熬得也蛮辛苦。他见她递烟过来，诧异地看着她。丁婧蓉还是笑着，声音妩媚了许多，说，忍得难受吧？表现不错，允许抽一支，我爸喝多的时候，我都给他发一支。

车里气息如兰，应该没人抽过烟，可竺方平再拒绝就真的有点见外了，只好接过去；没等烟塞进嘴唇，但闻水晶般"叮"的一声脆响，丁婧蓉已经把打火机凑了过去。竺方平凑近点着，吸了一口，烟草嗞嗞声丝丝缕缕。两人一时无话。竺方平本想说，打火机不错。话到唇边又硬压了回去。打火机当然不错，像是都彭的，要一万多块钱。但识货未必就要说，人家也未必就爱听，以她的段位，当然不至于想炫耀什么，说出来反倒小瞧了她。他不说话，她也不说话。两人就这么默契地坐着。车里很安静，竺方平耳朵里却一派军歌嘹亮。丁婧蓉不知何时打开了音乐，应该是王菲：

你在我旁边
只打了个照面
五月的晴天，闪了电
有生之年，狭路相逢

终不能幸免

手心忽然长出纠缠的曲线

竺方平听着音乐，忍不住开了一缝车窗，马上有更细小的雨点钻入，密密地打在手背，凉意顷刻间侵入皮肤。丁婧蓉虽然没看他，却也转手抽了张纸巾，递给他。

竺方平浑身发抖。太可怕了。太可怕了。他的所思所感，几乎寸缕不挂，全在丁婧蓉眼里。倦了，给你烟抽，湿了，给你纸巾，桌子乱了，给你整理干净，想要进步，给你创造机会，没了女人，主动送上门来。这种由表及里的侵略何其霸道，就是要让你习惯，让你舒坦，让你离不开，又无法轻易得到。同是天蝎，控制欲都强，杜天蝎就只会声色俱厉。竺方平把烟头丢出去，看着雨丝争先恐后地噙住它，把一点红热变成一点灰黑，而体内酒精的热力却灼灼燃烧起来。那一瞬间他打定了主意，他要猛地转过身去，左手抬起，穿过她年轻的脖子，把她拉过来，亲上去，动作要狠，咬出血也不怕，想来她也不会反抗。她又怎么会反抗呢？他知道，这是扭转局面的一次逆袭，这是志在必得的一次逆袭，他默然微微地攒了攒力道，吸了口气——

哎呀。

竺方平悚然一惊。丁婧蓉又羞赧又懊恼地捶了一下方向盘，脸颊的红带着油润，像是黄纸袋被糖炒栗子洇出的透明。

怎么了？

喝酒不能开车呀，怎么办？

竺方平刚才暗暗积攒的气息瞬间放空，只好关切道，你着急有事吗？

丁婧蓉还是看着前方，语气却分明对着他，说，我当然没什么急事——说着话，她的下颌微微垂下，却还是不看他，继续说，我是担心你有。

竺方平茫然想想，他刚才的确有点急事要办，可还未来得及扑过去，就被一句"哎呀"活生生扼杀了。眼下一鼓作气已不复有，酒精轰燃之后也片迹皆无，他只好衰竭地靠上座椅，眼皮再也撑不住，羞恨交加道，我也没有。

丁婧蓉继续看着前边，雨刮慢吞吞摇摆不定，视线时而模糊时而清楚。但竺方平分明听见她体贴地说，不然的话，先找个地方歇歇吧。

云收雨住。丁婧蓉去拧了条热毛巾，给竺方平细细擦过。到底是有过前夫的女人。他恍惚记得上次有女人这样服侍，还是小学时彻夜高烧，他妈给他擦身子降温。如此算来，30年中都是空白。窗帘厚重垂地，缝隙中有霓虹灯的明昧的光。原来不知不觉天都黑了。两人相拥靠在床头，谁也不提离开，现在说再见会不会太早。男女关系的迅速庸俗化，往往是另一形态关系的开始，正如鲜红的羊肉翻滚在锅里，很快变得灰白。其实羊肉还是羊肉，两人也依然故我，只不过此时隆然高炕，大被同眠，可以彼此依托上片刻。又是一声水晶般的"叮"响，丁婧蓉给他点上烟。竺方平噙着烟，要过烟盒，摸出一支反递给她，丁婧蓉似笑非笑地接过去，也给自己点上，缓缓地吞进又吐出，有些不好意思道，其实我偶尔也抽一支，特别是——这种时候。

竺方平当然明白她的所指，却不说话，呼吸着她的身体和烟杂糅后的腥甜干燥的气息。他终于想明白了，和她在一起，一旦不知道说什么，或者想说什么又不便说出口，最好沉默。她是天蝎，她当然知道该怎么办。

果然，短暂的安静之后，丁婧蓉开口道，你今天表现不错。

这个我知道。竺方平脑子里又浮现出茶壶，茶壶嘴，却一脸老实地看着丁婧蓉，说，这方面我还是有自信的。

丁婧蓉倒是一愣，随即又气又急地笑起来，直了身子，说，你怎么这么流氓啊！我是说中午，聚会的时候。

丁婧蓉的乳房扎实精致，暴露在空气里，被窗帘缝隙的光线渲染得很缤纷。竺方平并未被这突如其来的暴露骇住，静静地看着她，说，聚会上人那么多，只是敬酒的时候跟老高聊了几句，他好像还没忘给他拎过包。说完，竺方平笑了笑，目光还是打在她胸前。丁婧蓉倒也没遮掩，坦然地任他目光逡巡往复，继续问他道，那老高都说了什么？

竺方平有个习惯，每次跟领导接触都当作大战一场，而每次大战之后，都要回想下，略作总结，以期惩前毖后治病救己。其实老高也真没有说太多。但言简意赅，春秋笔法，往往都是领导的基本功。事后分析检讨，老高话虽少，却也可以探究出五层意思：

一、你早就该来找老子，现在再找他妈的晚八秋了；

二、虽然是晚八秋，但毕竟来找了，老子念在他妈的同校之谊，也不会不管；

三、不过还是晚八秋了，厅里人事上早有考虑，老子他妈的总不能搞一手遮天；

四、其实真他妈的搞一次一手遮天，也不是什么大问题，以前又不是没搞过，但要有个前提；

五、这个前提就是，你他妈的总得是老子这边的人吧。

这些意思是给老高敬酒时，老高微言大义说给他的，竺方平听罢，当然立刻表态老子他妈的就是您这边的人，真他妈的是，真是。

现在竺方平遇到的问题是，不能光表态，还要有行动。老高宦海漂泊半生，野兽丛林都过了，竺方平这样单细胞浮游动物见得太多，仅靠同校之谊远远不够，校友那么多，帮也帮不过来。何况仗义多为屠狗辈，负心总是读书人，知识分子小官僚历来最没有信用可言。但在以前这是问题，眼下应该不是了，即便眼下还是问题，今晚过后也应该不是了。这一切全因他睡了丁婧蓉。睡过她，等于纳下投名状，进而勇敢一跃上了贼船。据厅办小吕讲，厅务会很快就要开了，专题讨论人事任命，这个节点上不容犯错，错过一次不知再等多少年。

丁婧蓉听他重复完老高的话，没有说什么，而是把刚吸了几口的烟掐掉，两手朝后撑住身子，下巴微微扬起，一头短发垂在黑暗中，眼睛倒没有闭上，凝神看着天花板。竺方平一时无语。她显然想要说什么，却没有说，与之前的欲擒故纵如出一辙。她总能精准判断出竺方平的底线，不断地侵蚀和突破，逼得他一再退却，而每次退却之后，又总能及时地给他甜头，让他感觉退有所值。竺方平心想，老子又不是提裤翻脸，难道刚刚睡过，现在就得求婚？这也实在滑稽了，就跟他找不到女人，她找不到男人似的。可除了求婚，效忠，发誓，他又委实想不出其他套路。房间里很安静，丁婧蓉还保持着刚才的姿态，胸口顺着呼吸微微起伏。可能有些凉了，暴露在空气中的皮肤微微泛起皱褶，涟漪般一圈圈荡开。平静之中的对峙最惊心动魄。他忽然记起星座书讲的射手座，什么自由啊，冲动啊，激情啊，统统都是扯淡。在七厅厮混到这把年纪，别说是射手座，就是杀手座，张弓搭箭的力比多也早没了，所图的就是个现世安稳。同理可循，

304

书上讲的天蝎座也未必都神秘啊，多疑啊，控制欲强啊，像丁婧蓉这样的女人，强势也强势了30多年，前头一个男人都让她强势没了，未尝不想稳定下来。天蝎也好，射手也好，就算是星座之论有些道理，在七厅这个不靠谱的鬼地方，也难以自圆其说，除非十二星座里再加上一个新的，叫"七厅"。

尽管竺方平脑子里烟花灿烂，表情却一直定格在方才的沉默。其实丁婧蓉也未必就心若止水。她缓缓变个姿势，坐直了，静静地看着他。她的乳房又回到霓虹灯的缤纷笼罩下，两只眼睛忽亮忽暗。她分明在看他，目光里带着点难以名状的揶揄，也像是冷静，是自嘲。他只听见她微微叹了口气，慢悠悠说，师兄啊，我俩这样，算不算是好了呢？

竺方平一时不明白她的意思了。难道现在还不算"好了"吗？倘若这都不算，那究竟什么才是？结婚？娶她？她明知主动权根本不在他，又何出此言？难道还是不放心？难道真不懂他选无可选又遁无可遁？眼前这局面，难道不是她一步步牵狼入室？他恍然意识到原来她既然身为天蝎，要的便是完胜，连劝降都不肯，逼他自己主动纳降书递顺表，做个归化的良民。一念至此，竺方平心头苦笑一声，决定彻底认输，或者也不能叫认输，向真理低头其实是一件无比幸福的事情；而他的真理很简单，就是把副处级弄到手，越早越好，那样幸福也就随之而来，何况还有个不算难看，也不算太老的女人做陪嫁。天蝎也就天蝎罢。真理自然是赤裸裸的，正如眼前这对乳房，这头短发，这张脸庞。

竺方平如梦初醒地看着丁婧蓉，说，你是天蝎座，对吧？

丁婧蓉讶异地眨了眨眼，点头。

射手座和天蝎座很配的，竺方平忍住笑，认真道，你相信我，这是书上说的。

丁婧蓉皱眉想了想，摇头正色道，才不是，我看过那么多星座的书，都说这两个星座根本不搭的。

竺方平本能地伸出手，一根指头抵住她的下唇，轻轻按了按，而后手掌慢慢下滑，覆盖了她的胸口，一点凸起凉凉的硬硬的，顶在他的手心，而她依然端庄地坐在那里，看着他。一派肃穆之中，竺方平觉得自己是在亵渎神明。不错，丁天蝎当然就是他的神明。他继续认真道，那是他们都不懂，不管他们，你相信就好。丁婧蓉终于也笑起来，抬腕遮住他的手，指尖冰凉，掌心却是温热，说，这点霸道，倒像是个射手座了。丁婧蓉说着，继续抓着胸前的手，不许他离开，又稳稳地躺在他怀里。离开被子已久，她的身子已经很凉了，刺激得竺方平不由一个战栗，一瞬间恍恍惚惚，不知自己身在何处。

2

七厅八处有读报的传统，每周四下午政治学习，主题就是读报。政治学习是试金石，谁先进谁落后，谁老实谁耍滑，一到学习便真相大白。为防止落后分子们打瞌睡，老冯便让大家轮流读报，读社论，读大块文章。老冯爱读报，不代表处里人人爱读。副处调老郭就挺反感，说老冯的便秘就是马桶上读报读出来的，他一个人便秘还不行，还非要大家读报，而且一读一下午，这不是要把大家的痔疮也读出来吗？老子打过仗杀过人，什么样的阴谋诡计没见过，才不会上老冯的当。于是轮到老郭读报，他偏要站着读，不但站着读，还加上许多技巧，手眼身法步五艺俱全，像是五四青年在街头演活报剧。老冯哭笑不得，却也毫无办法。如今老郭常年鸡眼发炎不来上班，无人再来戳穿老冯的阴谋诡计，可他的便秘却不见好转。他原就有这个毛病，马桶上做大事一般从头版开始，到本地要闻结束；这几天尤甚，一泡万年屎能消磨掉一整份晚报。他便秘有老郭等若干历史遗留问题，更多的是当下原因。上个周末，老冯终于鼓足勇气，跟老杨摊牌商量复婚，老杨居然未置可否，而且不但未置可否，还倒打一耙，要他在商量复婚之前，先好好想想这些年来有没有珍惜过她。真是可笑。爱复不复，不复拉倒，犯不着因她便秘。老冯便秘是因为上火，上火缘于生气，老冯本来并不太生气，他很生气是因为老杨找的偏偏是老楚。老楚比老冯大两岁，两人同年进七厅，同年提正科，那时关系尚好；后来两人交恶，老冯一路稳步前进，老楚则因生活作风问题匍匐迂回，浪迹多个处室部门，最后落草在七厅机关党委——老冯越想越生气，你老楚心理找平衡，他妈的应该去找组织，怎么找到老子头上了？老子是跟老杨离婚了，可七厅上下谁不知道那是假的？往一般里说，老楚这叫寻衅滋事，往严重里说，就是第三者插足。杀父之仇夺妻之恨，是可忍孰不可忍？老子焉能不便秘？至于前妻老杨，自然是从此恩断义绝，再不提复婚了，你他妈的爱找谁跳舞就找去，就是跳脱衣舞老子都不会再管。

老冯上火便秘，按道理说是不会传染的，可偏偏竺方平最近也有些上火，居然也便秘起来。厅里风言风语刮得震天响，谁见了他都是高深莫测地笑，仿佛这还悬在半空的副处调是骗来的，抢来的，或是做了女婿换来的。而说好的厅务会迟迟不见动静，就像剃头时洗也洗过了，围巾也扎上了，剃刀也磨亮了，剃头匠却不知何往。迟则生变，夜长梦多，怎能不心焦？心都焦了，又怎会不便秘？丁婧蓉知道他心里发急，当她面又不便说，除了安慰之外也似乎没太多办法。以至于竺方平这天上厕所，方才蹲下，却听得旁边隔断里有人进来，翻动报纸，哼哼哈兮，一听就知道是老冯。等他事毕走人，竺方平还是两眼圆睁在运气。他一边运气，一边惭愧，居然连老冯都不如了，真是堕落啊；转念一想，自己便秘是因前途未卜，老冯便秘是因老婆被抢，所以自己严重些也属正常。回到办公室，刚进门就见丁婧蓉在等，小鸡叼米般说，你去哪儿了？快点，高厅长要见你。

老高是巡视员，巡视员是正厅局级，所以全厅都称他高厅长，而不是高巡视员。或许刚才蹲过了头，竺方平进了老高办公室，两条腿还是微微颤抖。老高正打电话，朝他俩一笑，指尖点了一点沙发。两人落座，竺方平四下看了看，对面墙上有一联，米芾体写着"万修万人去，一念一如来"，落款却是怀素体，隐约认得出"三岳"二字。竺方平忽然记起老丁大名就叫"丁三岳"，见到老丁的字，宛如见到老丁的脸，只觉老丁就在旁边，心里便坦然了好多。高厅长这时挂了电话，对丁婧蓉道，小丁你先忙吧，我跟小竺聊几句。

丁婧蓉忙站起，笑盈盈说，那我先下去了。说罢转身走到门口，推门出去，小心翼翼地合上门。竺方平坐直身子，老高给自己点了支烟，又指了指他面前的茶几，说，记得你抽烟，自便吧。竺方平后悔刚才未能冲过去给老高点火，心里懊恼不迭，强迫自己镇定地点了支烟，抽上一口，慢慢平复下来。刚才上楼，两人走的是步梯，为的是匆匆忙忙说上几句。原来老丁耐不住妻女夹击，昨晚给老高打了个电话，多少提到了竺方平的事，没想到老高这般雷厉风行，今天便传旨召见了。看出竺方平有些紧张，她又安慰说，没事，好好表个态。

竺方平当然知道要表态，可也得有个由头，寻个机会。上次校友聚会算是个机会，但是时间太短，杂人太多，谈恋爱还需找个僻静处，何况跟领导表态远比向恋人表白微妙。失了恋还可以再找，失了宠这辈子就没啥指望了。

老高看着竺方平，一时无话，把竺方平看得惴惴发慌。忽然，老高笑道，小竺，在厅里时间也不短了吧？

这个头开得不错。竺方平忙说，也不长，十来年了。

老高的话变得不着边际，信马由缰忽南忽北，还不时会笑上几声。竺方平的心在笑声中越来越凉，最后几乎凝固。眼看一支烟将尽，一句瓷实话都没说。竺方平一再让自己冷静，冷静，但他能感觉到表情已然不能由自己控制，应该是似笑非笑，似哭非哭，活脱脱一个无常鬼，难看得要命。这时有人敲门，老高不慌不忙道，请进。竺方平下意识抬头看，进来的却是五处处长老路，忙站起道，路处好。五处管全厅人事教育，归口老高分管，老路手捧一份文件，对他客气一笑，把文件放在老高面前，说，高厅长，这是您要的文件。老高说了声辛苦，老路便又朝竺方平客气一笑，推门出去了。老路幽灵般飘进飘出，不过十几秒钟，却把竺方平完全弄蒙。老高低头翻文件，他便只好傻站在原地，走也不是坐也不是，但觉所在之处并非人间，连拔腿就跑的心思都有了。

老高点着文件，从老花镜的上沿看过来，笑道，小竺的论文发了不少嘛——坐，坐。

竺方平这才明白文件是自己的简历。这才一两分钟时间，他的嗓子竟哑了，忙干巴巴道，都是母校老师们照顾，学报那儿也有几个同门的师兄弟帮忙。

老高摘下老花镜，点头道，年轻人，又是高学历，专业可不能丢，像我，天天忙在事务堆里，大办事员一个，想看本书都没时间。

竺方平挺直腰，慢慢地似乎找到些感觉，应声说，领导太谦虚了，上次您做国家课题，我几回都想毛遂自荐，就是担心学养不够，没敢。

老高笑起来，说，有什么敢不敢的，下次带上你。

那可得提前谢谢领导了，竺方平顿了顿，欲言又止地看着老高。他知道早晚会经历这次见面，也原本准备了好多套说辞，可事到临头，所有预案全都忘掉。明明有满腹心事要说给老高，却不知如何吐露，初夜都没这么紧张。直接表个态？可老高不提，这个态该怎么表？会不会被看作跑官要官？但如果不表态，继续这么兜圈子拉关系，说着没有营养的废话，老高不烦自己都烦了。丁家人在哪里啊？如果在该多好，老丁叫一声高老弟，小丁叫一声高叔叔，什么问题都解决了。他从未如此思念丁婧蓉，思念一个天蝎座的女人。

沉默的时间大约有几秒钟。老高慈悲地一笑，替他做了了断，总结说，年轻人嘛，好好工作，心无旁骛。竺方平下意识地站起，看着老高道，您放心高厅长，我一定好好工作。

老高脸上依旧是慈悲的笑，说，该干吗干吗，别的事，领导会有考虑。

竺方平明白身为下级，能跟领导聊到这般田地，已是不易了，见好就收才是正经，切不可画蛇添足。不过这话不能下级说。想来就来，想走就走，那是公共厕所；在上级这里，想求见要承蒙召唤，想滚蛋须得到批准。老高让他该干吗干吗去，这就是批准了。竺方平本能地哈腰一躬，告辞离去。

从老高那里出来，竺方平知道丁婧蓉会在办公室等他，便直奔厕所。一来是老高此番召见，显然是老丁的面子，而他身为男人，不想让小丁太有成就感；二来是腹中遽然翻涌，大有喷薄欲出的苗头。危坐马桶之上，竺方平两手扶膝，开始回想。刚才的表现尚可，老高所言除了废话，大体上还算清晰，领导能讲这些掖掖藏藏的话，已属难能可贵了，这可不是一粒定心丸，而是一把。看来睡过丁婧蓉，纳下投名状，真真的大不一样。照此说来，天蝎就天蝎罢，不能因为一个杜天蝎，就把丁天蝎也否定了。天蝎里老鼠屎自然不止一颗，害群马也不止一匹，能遇到丁天蝎算是否极泰来，老天有眼。想起当初闹离婚，杜天蝎嫌他窝囊，总结为"三不"：仕途不顺、钱途不景、房事不久。杜姐夫两口子也毫无遮拦地瞧不起，说，干了十九年，还是个主任科员大头兵，连个"长"都混不上，羞也羞死了，干吗还占着筱葳不撒手？当时竺方平气得要吐血。据说杜天蝎离婚后很快有了男朋友，年轻有为，有自己的产业，还是个二级运动员。竺方平不禁冷笑一声，打个哆嗦，顿觉腹中畅快不少。什么仕途不顺，现在不就要顺了？钱途跟仕途，好歹落了一头。至于房事的问题，那得看对象。天蝎也有好多种，有暴戾的，有柔情的，老子不是二级运动员，也睡了厅长家的千金，人家千金也没说不满意。一个省二线队退役打篮球的，街头开了个体育用品店，卖些假李宁假安踏，居然也成了产业，居然看上了杜天蝎，也算是茫茫人海，终于找到了前世的仇家。一时间腹中块垒出尽，竺方平精神抖擞地提裤起身，忽然意识到，是该见见老丁了。

老丁爱钓鱼。丁婧蓉想来想去，把地点安排在南郊一个渔场。路上，竺方平问她买什么礼物合适，丁婧蓉便一笑，拿出一个纸袋，里面是一副墨镜，说，等你想起来孝敬老丁同志，小丁同志早成别人的了，拿好，就说是从国外带的。竺方平已经习惯了这样的无微不至，坦然笑着接过，想说什么又觉得太虚伪，索性凑过去亲了亲她的脖子。丁婧蓉笑着推开他，说老流氓。竺方平有些羞涩道，就不害怕我真是流氓啊？丁婧蓉便扑哧一笑，说，我是害怕你不够流氓——好好开你的车罢。

渔场不大，由一片野湖改造而成，不像人工渔场那么整齐，一条栈桥从岸边枝丫蜿蜒，直到野湖中央。栈桥尽头一顶伞下，老丁正在上饵，认真得像是在小楷抄经。丁婧蓉拉着竺方平过去，笑着说，爸，这是竺方平。老丁从容甩出钓钩，支好鱼竿，站起对着他们一点头，朝竺方平伸出手，笑道，不用介绍，小竺嘛，我带过的研究生。

您记性真好，刚进七厅的时候，您是入职培训的班主任。

老丁拍拍竺方平的肩膀，说，坐，坐，一块儿玩一会儿——蓉蓉你去找你妈，她在人家厨房忙活呢，我跟小竺聊聊。

那天的见面很融洽。午饭时，老丁兴致很高，跟竺方平分了一瓶白酒，丁婧蓉破例给他们各发了一支烟。直到很多日子过去，很多事情发生之后，他才意识到选择在渔场见面，不会是丁婧蓉的意思，多半是老丁的想法。毕竟是曾经的上下级，在家里见面多少会有拘束；而渔场本就是消遣之所，容易放松下来，也方便两个男人单独说些什么。丁婧蓉问过他那天的事，竺方平认真回忆，发现其实除了家常话，还真没聊别的，无非是小竺真诚表态，老丁一番嘱托，话题都围绕着丁婧蓉。不管怎样，算是未来女婿拜过了岳父，帮会新人跪过了大哥，程序是走过了。至于在厅里，花边新闻小道消息，从来没有消停过，只不过两人都是单身未婚，再加上老汤等亲友团圆场，让一心看热闹的有些失望。连老楚老杨那里都比这边精彩。前一阵子，老楚夫人自国外带孙子回家，发现根据地战事吃紧，西风压倒了东风，便果断出手，跑到七厅来找组织；她来找组织帮忙，却又不听组织的劝，不肯好好说话，哭来闹去，唯恐天下不乱，大有炸平七厅，停止地球运转之势。七厅群众工作归口厅机关党委，恰好老杨、老楚也归口厅机关党委，专职副书记老辛责无旁贷，辛辛苦苦做了一下午工作，直到老楚书面承诺再不下舞场，老杨口头承诺不再跟老楚工作之外有联系，一番争执这才算抹平。经此一场风波，老楚当仁不让做了缩头乌龟，老杨就独力难支了。不过老冯也打定了主意，绝不再提复婚，非但他不提，老杨提了也绝不能同意——老冯慷慨激昂地表完态，给对面的竺方平递过一支烟，满脸忧国忧民道，其实小竺你跟小丁的事，我是有保留意见的，男人离了婚，正好可以反思一下，冷静一下，梳理一下，实在不必着急再婚。你年纪又不大，才30多岁，着急做什么？大丈夫何患无妻！老兄我年长你快20岁，说是老叔都可以了，同事这么多年，这点掏心窝的话，还望你好好体会——当然，这话跟小丁要保密啊！

竺方平自然连连答应替他保密。说笑间有人敲门，老冯正在兴头上，便叫了声请进。门开处，赫然站着要保密的"小丁"。老冯脸上跟打翻了酱油瓶一般，立刻黑里透红。丁婧蓉眼瞅老冯，咯咯一笑道，冯处好，还忙着呢？

老冯被抓了现行，深感为老不尊，羞愤夹杂，恨不能一把掐死自己，只得讪讪笑道，有什么好忙的？本想跟小竺喝点小酒，既然小两口都在，我就不碍眼了，你们去，你们去。

两人笑着告辞。刚出门进了电梯，丁婧蓉脸色蓦地耷拉下来，恨道，呸，自己过得不好，还不许别人好。竺方平早知道刚才老冯的话一字不落，肯定全被她听了去，忙示意她小声。丁婧蓉乜眼瞅着他，说，你还真听他的吗？还反思一下，冷静一下，梳理一下，是写学习体会吗？写思想汇报吗？满脑子大一二三小一二三，首先其次再次，特此报告妥否请批示，除了这个还会干吗？活该他戴绿帽子。竺方平深知言多必失，不敢再多言，只是一路陪着小心。等到了停车场，来到车边，丁天蝎脸色才稍稍恢复，没好气说，本来要去你家，给你做顿饭，现在心情不好不做了，你请客吧。竺方平如蒙大赦，忙连连点头。这时有几个加班的同事结伴也来取车，见他俩在，远远地打招呼。竺方平有些赧颜之色，丁婧蓉倒坦坦荡荡，跟人招手寒暄。一个大姐亲热地拉着丁婧蓉聊了几句，不时瞟他一眼，低声说句什么，像是屠夫打量生猪，盘算从什么部位动手。商量了一阵，两个女人便一起摇曳生姿地笑起来，直到进了车，丁婧蓉脸上还挂着笑。竺方平小心翼翼问去哪儿，丁婧蓉一边系安全带，一边随口说，你定吧，我听你的。

这么久相处下来，竺方平总算搞清楚了丁天蝎的所谓民主，是彻头彻尾的假民主。她表面上从谏如流，什么都让竺方平做决定，但他每一个决定都会被她否决掉，理由实实在在，不容辩驳，既证明了她的一贯正确，又强调了他的目光短浅，还夹杂着些许的恨铁不成钢。上了几次当，他这才醒悟过来，智商不及爱因斯坦的男人在天蝎女人面前，是不配拥有民主权利的；而且丁天蝎的霸气笼罩下，想保持沉默也不可以，民主权利必须行使，哪怕这民主是假的。竺方平想，真独裁也就罢了，真独裁下的假民主才最可怕，过场戏也不可忽略，而且要投入地演好。想到这里，竺方平就入戏道，只要你喜欢就好，我都行。

竺方平见她的脸上露出微笑，知道她也入戏了，原来独裁者更喜欢溜须拍马，便马上乘胜追拍道，其实到了我这个年纪，吃什么都无所谓，只要跟你在一起。

晚饭时丁婧蓉心情极佳，还主动要了红酒，几杯饮下，脸色愈发妖娆。一刹那间竺方平有些想入非非了。坐在车里，握着方向盘，竺方平几次想打一把方向开回家——反正又不是第一次去，渔场聊过之后，老丁大概也会对此不闻不问吧。至于丁婧蓉，自然还是一如往昔的善解人意，娇懒地靠着椅背，一会儿看着前面，一会儿侧脸看他，眼里秋波荡漾不敛，帮他酝酿气氛。电台也善解人意，应景地传来王菲雾锁莲池的歌声：

　　有生之年，狭路相逢
　　终不能幸免
　　手心忽然长出纠缠的曲线
　　懂事之前，情动以后

长不过一天

留不住，算不出，流年

竺方平认真地开着车，丁婧蓉的眼神，王菲的声音，无处不在的暧昧，似乎都无法让他迷离。他想，还是不大好。两人毕竟尚未结婚，她又是跟父母住，夜不归宿的次数太多总归不美。按理说，作为男人，此刻毫无情动有些不礼貌，但他毕竟一介书生，谦谦君子，堂堂公务员，幻化成禽兽的速度不宜太快。送到楼下，分别之际见她幽然一瞥，他到底有些不忍，长吻嬉闹良久，两人这才分开。丁婧蓉让他开车回，竺方平一笑婉拒，车不算是他的，即便结了婚，他也不愿多开，面子上挂不太住。好歹是个男人，又不是专业吃软饭，事业靠人照顾已属无奈，生活还是自立一些罢。吃人嘴软，所以才需要偶尔嘴硬一下。正如老冯老杨这对活宝，老冯口口声声说不会考虑复婚，焉知他不是戴了绿帽子，兀自嘴硬而已。

时至夜深，竺方平走在大街上，人很少，灯很亮，心很乱。他突然又有些踌躇。难道就这么定了吗？距离上一次结婚，恍然已经十年过去了，十年间艳阳高照也有过，血雨腥风也有过，蠢蠢欲动也有过，百般遗憾中有幸离婚，正如电脑死了机重启一次，一切可以刷新再来。而离了婚匆匆再结，一般有两种情况。要么是离婚之前就筹备已毕，旧人既去，单等新人过门；要么是鬼迷了心窍，死里逃生还不知悔改。他又算哪一种？其实，现如今他好比进了火锅店，坐也坐下来了，蒿子秆也端上来了，羊上脑也端上来了，就是锅一直不开。锅不开，菜就没法涮；副处级不来，脂粉再多也只能搽在膝盖上。也罢也罢，无非是结个婚，娶个老婆，又不是绑着上刑场，索性就跟着丁天蝎走吧。夜深人静，清风徐来，一念及此，他便怅然一笑，再无所谓得失之惑，挥手打车回家。

此后又近月余，厅务会却一直难产。其实七厅的厅务会历来高效，原因在于事先通气得好。开会之前领导们已有共识，开会就是个形式。这次难产因为气始终不通，不通的原因是突然冒出来个五处老蔺。那天周四，厅直各处室政治学习。学完文件，轮流发言，谈体会心得，开展批评与自我批评。轮到老蔺时，他手捧文件却不说话，脸憋得紫红。学了文件有触

313

动，红红脸出出汗当然好，但学出人命来可就糟了，处长老路怕他是心脏的毛病，便忙问道，老蔺，哪儿不舒服吗？

老蔺看向老路，毫无征兆，忽然哽咽；而且这哽咽不同常人，嘴唇紧闭，喉头鼻口嗡嗡响，像是打不着火的车。老蔺哭，老路只好劝，但越劝越哽咽，最后放声大哭。一时间四面八方全是撕心裂肺的声响，五处同仁们便都傻了眼。老路技穷，只得先让众人散去，单独留下老蔺；好烟好茶奉上，苦口婆心商量，这才明白缘由竟是失恋。老蔺老伴去世多年，眼下对象姓沈，老沈刚满五十，二老相处数月，情洽意投。老沈是省城郊县人氏，做保姆出身，挺会照顾人，应老蔺要求打算长期照顾下去。某晚，老蔺受过照顾，异常放松，警惕性就低了，老沈冷不丁问他什么级别，老蔺脱口而出主任科员。他寻思老沈一介农妇，寻常保姆，见识应该不高；但她做保姆却是在一个副省级领导家，耳濡目染多年，闻听老未婚夫是个60岁的主任科员，立刻把脸一抹，血红着眼睛哭闹一番，径自扬长而去。老蔺看着老路，捶胸道，她走就走了，还把我手机拿了去，把我钱包拿了去，买了新手机好不容易找到她，破口大骂我是个骗子，窝囊废，几十年了还是个科员——路处你说，我屈不屈？

老路焦头烂额，只好说，这个，这个也不能这么说——

老蔺勃然昂首道，所以说路处，退休之前，我一定要解决个副处级。厅里不正研究名单吗？厅务会不是快开了吗？这个副处调，路处你一定得给我！

老蔺说完目光炯炯，直直看向老路。他是不哭了，想哭的变成老路。五处是大处，一正两副早已配齐，老蔺退休在即，此前又从未铺垫，时间也来不及了；就算时间来得及，他这样一折腾，影响太坏。一旦真给他解决了，七厅里人人效仿，老少皆宜，哭谁他妈不会？到时候主任科员提副处，找处长哭；副处提正处，找厅长哭；正处提副厅，难道还要去组织部哭？老路啼笑皆非，跟老蔺恳谈一个小时，说他想办法往上反映，让老蔺注意形象，老同志了要做表率云云。好话说尽，老蔺这才离去。老路闷头抽了几支烟，脑子里把老蔺强奸了八百回；还没理出头绪，老高的电话就过来了，让他立刻上去。老路两脚生风到了老高处，老蔺正在抹泪。老高脸色很难看，让老路先把人领回去，提拔的事慢慢研究；又安慰老蔺道，有什么要求，不要有顾虑，都提出来，厅里会综合考虑，不过还是要正常渠道反映；又批评老路道，自己部门的老同志，平常是怎么关心的？平时关心不够，现在有问题就上交，还要你处长干什么？五处管全厅的人事，你就这么个管法？回去好好反思。

老蔺惊世一哭，顿时传遍七厅，成为美谈。竺方平当时就听说了，一时还没意识到严重性，跟着众人哈哈一笑，也就一笔带过；带过之后，猛醒到坏了，阳光道上正走着，冷不防老蔺发一声喊跳出来亮剑，这跟拦路打劫有什么区别？眼下厅务会正要研究提拔名单，是不闻不问照常进行呢，还是把老蔺也加上呢？老蔺有此一哭，看来已然无所畏惧，反正领导再恼火，总不能把主任科员再给撸了，民不畏撸，奈何以撸惧之？仔细想来，领导们还真不好办。思虑及此，竺方平不由一身冷汗，前后心都湿透，赶紧打电话叫来丁婧蓉，两人彼此安慰一番，都明白除了苦等，再无良策。下了班，丁婧蓉有意留在竺方平家，极尽柔情缱绻，而竺方平却放不下，努力一阵毫无效果，轰然倒在她身边，又焦躁又羞赧地一声叹息。

又是半月，厅务会依旧一步之遥，却越发遥不可及。时间一拖，各种说法也就多了。最可气的说法，是老蔺一天一小哭，两天一大哭，厅领导被哭得没脾气，索性该提的也不提，单等他数月后自然退休，再说提拔的事。同在人选名单上的二处老侯，七处小韦，厅属研究院老赵，闻言都来找竺方平，都拍案大骂老蔺不是东西，不得好死。可骂过之后，老蔺毫发未损，依旧能哭，依旧两天一次找领导汇报思想，表达诉求。而名单上四人中，竺方平的实力公认最弱：老侯老赵资历比他老得多，小韦虽年轻，但是个博士，又是女同志，综合起来倒是最有优势，骂起老蔺也更彻底，"不得好死"就出自小韦之口。再者，二老一小已是副处调，这次要提副处长，竺方平和老蔺则同为大头兵科员，照此分析下来，一旦领导真扛不住，危险最大的就是他。七厅虽大，副处级岗位却是稀缺资源，五处是没有了，八处倒正好空了一个。有鉴于此，也保不齐领导找他做工作，说什么老蔺就快退了，先到八处做几个月副处调，等他退了再把你小竺推上去，小竺你还年轻，有的是机会嘛——虽然可能性不大，但毕竟是有——万一老高真就找了他，真就这么谈了，他是答应还是不答应？

周末，丁婧蓉让竺方平去她家吃饭，竺方平心乱如麻，如何吃得下？

心里乱，态度就有些敷衍。丁婧蓉本想由老丁出面开导一下，让他不要太伤情，却并不见他响应，只觉一番好心肠不被认可，虽然语气还是软如柔荑，脸色就有些不悦了，说什么事情急不得，老丁有经验，让他帮忙分析一二，都是为你好。竺方平看着丁天蝎又是一副欲擒故纵的妆容，不知怎的火往上撞，竟结结实实地回过去，说，既然如此，早让老高把厅务会开了，还有这些麻烦？你爸和老高他们隔三差五就聚会，还不是一句话的事！

老丁老高他们有个圈子，也还真是隔三差五聚个会，艾个灸。老丁一旦喝多，还是竺方平开车拉着丁婧蓉去接人。有次老丁喝得多，老高也不少，赤红着脸前前后后张罗送人，根本没注意到竺方平。老丁上了车直喘粗气，小丁一旁服侍，竺方平便老老实实开车，边开边想，喝酒之际，话肯定很多，只是不知二老推杯换盏之间，到底说没说过提拔的事；又想老高已是正厅级了，还跟喽啰似的前后张罗，也不知其他人都是何方神仙。正想间，老丁突然打起电话，大约是问对方是否到家了，还说嫂夫人是新司机，没事要多练练手。老丁说罢笑了两声，挂了电话，打了个酒嗝，又问丁婧蓉要烟。打火机叮咚脆响之后，车里顿时瘴气撩人，正如竺方平乱麻一团的心思。

不过这时已经不允许他多想，因为刚刚话一出口，竺方平就后悔。须知冲动是魔鬼，而丁天蝎比魔鬼还魔鬼。果然，丁婧蓉一脸惊讶地看着他，喃喃道，这是真的吗？你在凶我吗？为了跟你聊聊，我爸连聚会都推了，你还凶我。

竺方平一下面条般软了。他能上名单上会，全仗丁家人帮衬；人家不帮衬是正常，帮衬了是施舍，哪有要饭的嫌食材不新鲜，还去跟主家闹呢？要饭的不讲究，丁婧蓉却并未动怒。该冷静之际冷静，该冲动之际还是冷静，一切尽在掌心，这才是天蝎。竺方平见丁婧蓉静静坐着，并不看过来，后悔得血洒前襟，只好哑着嗓说，婧蓉，都怪我，是我口不择言了，我错了。

自从有了丁婧蓉，竺方平认错的机会就多了。这也是他最近迅速成长的原因。其实每个人为求心安，总得有一个认错的去处，菩萨也好，佛爷也好，大罗神仙也好，她就是他的去处。认了错，菩萨就不能怪罪了，菩萨不会小肚鸡肠。竺方平乖乖地随菩萨回家，在菩萨家吃了晚饭，跟推掉聚会的老菩萨平分了一瓶白酒，老老实实听了他一番教诲，而后刷了碗，拖了地，再起身告辞。拖地的时候不小心踩到了猫的尾巴，因为是边退边拖，这一脚踩得挺结实。丁家猫姓丁名大花，丁大花一声凄厉，吓得丁母摔了水果盘子，歪瓜裂枣滚落一地。竺方平又老老实实跪在地上，撅起屁股，用膝盖挪动，在各类缝隙处找。找啊找。一切都就位了，连丁大花都入窝就寝了，竺方平方才得以告退。丁婧蓉大约还对他的敷衍不满，便只是在出门之际，朝他同样敷衍地笑了笑，没有一句话。竺方平只感到两人的关系迅速地变冷了，疏远了，他也幽暗了，慌张了，一切仿佛都回到了两人初见的光景；不，还不如初见的时候，起码那时他还不像是一条丧家犬。

竺方平不知是怎么来到马路上的。五厅家属院在城西，七厅家属院在城东，步行要两个小时，打车则是十五分钟，慢行快走，都能到达。但竺方平等不及了，他得快点到，再快一点。但走着走着，他就走不动了，扶了树想出酒，可那半瓶酒冷却在肚里，像是变成固体，硬邦邦的一大团，怎么吐也吐不出来。这就是命吧。底线早没了，能做的都做了，就差没往脸上写"上门女婿"，就差身份证上没改叫"丁竺氏"了，但还是不行。怎么就这么难呢？原来七厅这个鬼地方，真的是没道理可讲。你跟它讲实力，它跟你讲年头，你跟它讲年头，它又跟你讲关系，终于能跟它讲上关系了，它又跟你讲未来讲理想，提醒你还年轻，安慰你有的是机会，好好干着，领导心里有数。十几年了，翻来覆去都是这些话，年轮滚滚不停循环。继续干吧，看不见希望，不干了吧，又不甘心。若是没有丁婧蓉也就算了，眼下明明有丁家人在撑腰，却还是提拔不了，且不说别人会怎么看，自己羞也羞死了。谁都觉得他离婚是因为仕途窘困，为了提拔连离过婚的女人都当成宝，死皮赖脸贴上去了，还是提拔不了。本来，男人能这么不要脸，就算尊严扫地；脸都不要了，却还是得不到，那就是该死了，这才是彻头彻尾的失败者。

竺方平把手指伸进喉咙，转着，抠着，剜着，胃里一团酒架不住折腾，总算喷涌而出，酒气辛辣刺鼻，让他差点站不稳。他喘息着平静下来，抬头看，感觉四下里很熟悉，以前肯定来过此处，还不止一次，不然何以懵懂间摸到这里，或许也不是懵懂，是本能。其实还是有办法的。一个知识分子，一个公务员，一个硕士研究生，怎么能连个鱼死网破的办法都没有？这办法以前没用，是火候不到，勇气不足。现在被逼到这等田地，便再没有忌惮。反正也想不到还能失去什么。马路对面万点灯火，车来车往，车灯拖曳成一道光线。竺方平扶树而立，身子摇摆，强迫自己眼睛聚焦，盯着来来往往的车牌。直到夜不早了，车也少了，像是火锅吃到最后，拿漏勺也捞不出什么结果——不，今晚一定要有个结果。终于，对面停车场上聚了一些人，有人前后张罗着送行。一辆黑黑的车开出来，开到街上。他便嘿嘿笑，大步朝前走去。他忽然感觉眼前白光夺目闪过，又有一声刺耳的摩擦骤起，继而似乎黑蓝色的天空中有人朝他招手，慢悠悠便飞翔起来。

3

醒来的时候，竺方平但觉满眼皆白，身边一个人都没有。床很硬，硌得他肩头酸楚，他感觉自己像是晒在窗台的萝卜条，生命的水分剧烈地蒸发着，从丰沛到枯萎。他缓缓地抬了头，还好，脖子还能活动，他想看看身上各部件是否还在。要是少了就麻烦了。丁婧蓉要的男人至少得是健全的吧？不能是一个累赘。都结过婚，都明白婚后的琐屑是多么要命。久病床前，似乎也只有爹妈而已，刚认识不久的女人根本指望不住的。何况趋利避害，本就是人的天性，而且她本就是个天蝎。竺方平感觉右臂还有些力气，便勉强支撑着坐起来，迷茫地看向四周，视线所到之处都是灼目的白，真白啊，还会动，原来周遭爬满了白胖的蠕动的虫子。冷不防听见"嚓"一声响，他下意识地看着右臂，这才发现右臂赫然掉在了床上，原来被油炸过了，炸得酥黄焦脆，淅淅沥沥滴着油，冒着烟，蜇得虫子们纷纷躲避。他额头上也冒着油汪，顺着脸滑下来热辣滚烫，灼得皮肤刺啦啦响。他顾不上再看折断的胳膊，左手伸出来要去掀起被子，左手倒没有炸过，却像是干枯的树叶，也是又薄又脆，一用力就有两根手指剥落下来。被子下的身子，腿脚，也都是一半油炸过的黄焦，一半火烧后的黑枯，根本没法动，一动就噗噗啦啦地爆裂，折断，满床油腻腻的碎片。他又害怕又木然地看着，却感不到一丝的疼痛。渐渐地，脖子也活动了，跟肩膀的连接处悄悄翘起来，露出粉艳鲜嫩的肌肉，最终干脆地掉下，在床上滚着，眼睛倒还睁开，只觉得一切都飞快地转，像是不停歇的陀螺——竺方平忽然明白这是个梦。梦不可怕，可怕的是不知梦何时能醒。他想挣扎，想指挥着干枯的左手把头捧起来，安到肩上的大窟窿里去，但他又仿佛被牢牢固定着，动也动不得，只好虚弱地叫出声，听上去却像是绵软的一个呻吟。很快，病床尾部有人探过身，竟然是丁婧蓉。对，是丁婧蓉。

竺方平看着她，忽然感觉到四肢百骸都在，只是头还有些眩晕。周遭那些白胖的蠕动的虫子全不见了，酥黄焦脆的胳膊也好端端的，头也还在肩膀上——大约是梦醒了。梦醒了，丁婧蓉就在眼前，倏忽间眼泪已经爬满她整个脸庞。看见了她，竺方平隐约知道可能并无大碍，真要是少了点什么，想必日夜守在身边的也不会是她。想到这里，他心里酸酸一动，不由得也落下泪来，说不清是难过还是庆幸；又觉得即便在已谈婚论嫁的女友面前，自己也像只蚂蚁般无足轻重，因为他也实在不能确定，如果出事的是丁婧蓉，他将如何自处。

据丁婧蓉说，那天晚上的事，司机是全责。司机是个女同志，六十岁出头，开车是个新手，素质还挺高，撞了人也没跑路，还及时把竺方平送了医院。碰巧这个女司机丁婧蓉还认识，平常都叫她张阿姨，简称张姨，跟老丁老高他们一个圈子的。竺方平接老丁时说不定还见过，当然，张姨是记不得竺方平的。得知他醒了，张姨特意派了秘书来看望，或者不能说是张姨的秘书，是张姨丈夫的秘书；秘书还送来一束鲜花，一个果篮，又嘘寒问暖好半天，整得竺方平和丁婧蓉都有点不好意思。等秘书走后，丁婧蓉还在果篮里发现一个信封，里面不多不少两万块钱，两人就更不好意思了，只恨他不是壁虎，断了尾巴很快就能长出来，好不让张姨夫妇牵挂。到底是丁婧蓉心思细，跟竺方平商议，等他出了院，一起到张姨家表示感谢，不然显得不懂规矩，情商太低。其实竺方平皮糙肉厚，飞出去七八米，只是落地晕倒之际摔坏了左臂，过几天又是一条好汉。两人说完正事，丁婧蓉柔声问他感觉怎么样，竺方平说饿了。丁婧蓉又问想吃点什么，他就真的想了想，说想吃烩面。

病房里又剩下竺方平一人。房间很宽敞，也没有一般病房惯常的污气。硕高的龟背竹立在落地窗边，郁郁葱葱，宛如一大盆怒放的渴望。竺方平调了一轮电视节目，摁得手指起热发红，便扔了遥控器，闭上眼睛。腾飞的那个瞬间，失忆的那个瞬间，乍然又浮起在脑海。其实这样也很好。跟丁婧蓉在一起本来就不平等，他只得步步留心，时时在意，不肯轻易多说一句话，多行一步路，唯恐被耻笑了去。如今撞也撞了，晕也晕了，胳膊也断了，只因撞他的是张姨，倒像被上师佛爷们摩了顶加过持，一下子强大起来，可以平起平坐了。正所谓手中有粮，心中不慌，脚踏实地，喜气洋洋。反倒觉得太轻易就许了丁婧蓉，有点太欠考虑，太饥不择食。明明可以有更好的。竺方平翻了个身，有些不好意思地想，虽然是奔40去的人，不过十几年办公室坐下来，捂得白白净净，自觉还不算太显老，找个小上十岁一轮的，也不是接不住。好不容易有了洗底重来的便当，何必非她不娶？之前是靠她争副处级，现在如愿被张姨撞了，副处级想必也就探囊可获，本以为是自己占便宜，殊不知到头来占便宜的竟是她丁天蝎。两人相处，她本来就有执政的合法性；照顾完病号，她又占了道德的制高点，再加上早已洞悉的天蝎秉性，将来还能有他的好？多情却被无情恼，吃亏总是不读书。早知要遇到她，就该多读点星座的书。看来本月一定是天蝎运势好，气场强，她的好事是她的，别人的好事也是她的。只可惜匆匆就把关系定了，离婚时勾画的各种桃花艳遇，诸多悱恻风情，看来全然是泡影，再无法企及了。只叹一片相思谁赋予，当时只道是寻常。

不多时丁婧蓉提饭盒回来，端着碗喂他烩面。毕竟已是深秋，碗盖边缘凝结出一层浅浅的油花，微亮泛黄，房间里很快弥漫着羊肉和麦香交错的气息。竺方平老老实实吃完烩面，忽然有点想不老实了。他左胳膊不能动，并不妨碍其余部位的功能正常蠢动。不过这里并不是家，也不是宾馆，不老实起来多有不便。刚想到该怎么张口，却见丁婧蓉早收拾好餐具，送到卫生间里，进来关上房门，轻轻扣了锁，还把门上小窗的布帘挂上，转身对他脉脉一笑。又来了，又来了。竺方平吓得差点不举。她怎么就这么霸道呢？霸道的星座不只有天蝎，但天蝎的霸道在于有鉴别，有判断，有方法。别说是一肚子鬼主意，哪怕一丁点不老实的念头都逃不过她；其实要命的还不是逃不过，要命的是她知道他的不老实是否能满足，如何去满足。正如现在，丁婧蓉就朝他走过来，脸上俏意盈盈，遮掩了些许憔悴，胸前绒衫上两朵毛茸茸暗红的花，像是晚秋凉风吹来的蝴蝶，颤巍巍停在竺方平身前。他脸上一定满是不安和忐忑，甚至不知羞地笑了一声，说，这个，这个。

云雨已毕。丁婧蓉依旧拧了条热毛巾，贴心地清拭妥当，问他累不累。竺方平说累倒不怎么累，就是那碗烩面用完了。丁婧蓉姑娘般扑哧一笑，说，我要是大夫，今天就放你出院。不久，小护士例行检查，可能发现了什么，笑意透过口罩滴下来，满目含春道，领导恢复得挺快，基础好。他只得装作很单纯地道谢，并安慰自己是做贼心虚了。一周后竺方平出院，左胳膊吊着，像是胸口挂着一条绶带，显得很光荣。认识的人见了他，都老远地一脸笑，说不清是关心，是羡慕，还是别的什么。因为有伤在身，老冯死活不让他上班，说，你一只手不能用，打不成字写不成材料，来上班做什么？不但如此，还让丁婧蓉没事多去照顾。老冯找机会单独留下他，诚恳道，上回说的话，仔细想想也不是很全面，有道是患难见真情，小丁对你还是有情有义，既然都有此意，就不要再拖了，早点吃你们俩喜糖才好；还有，厅里规矩是夫妻不得在同一个处，如今二处老康表态，小丁可以调到二处去，手续已经在办了，五处老路也表态要小丁，可惜他白搭管人事了，倒是晚了一步，二处管计划财务，五处管人事教育，都是厅里要害部门，还是小丁人缘好啊。竺方平谨慎地一笑，说，冯处您别这么讲，就跟咱们八处不是要害似的，我还打算为七厅八处奋斗终生呢。老冯笑起来，连声说，那是那是，二五八处，都是要害，都是要害。

此后某天下午，竺方平和丁婧蓉在超市买菜，她挑来拣去地搜罗，他便在一旁看着，心想，这就是未来若干年的生活吧？两人相处至今，时间并不算长，却也是你来我往过招已久，对手自然是最熟悉的。和她在一起像下棋，下棋就要讲对弈的规矩，你一招我一手，不能由着一方出手不停，那就成拳击了。不过下棋也可以长考，蹲茅房还允许便秘，毕竟是婚姻大事，他决定再等等。让丁天蝎急一回也好，以前全是他迫切焦灼，这次总算被张姨撞了，起码可以跟丁天蝎平等对话。竺方平忍不住暗中发笑，正好丁婧蓉推车过来，兴致勃勃说，买了棒骨，请人砸开了，晚上给你熬汤——你笑什么？

竺方平便悄声问，这个壮阳吗？

丁婧蓉一愣，说，这个是给你补钙养伤的，哪儿来的壮阳？竺方平笑道，也对，在下的阳不用壮，你懂的。丁婧蓉闻言便是一脸的嫣然。

晚上喝过了棒骨山药汤，丁婧蓉收拾妥当就要告辞。竺方平当然要挽留一二，她却婉拒说最近这事太频，对他身体不好。临走时安慰性质地又吻了好久，把他搞得氢气球似的不上不下，悬在半空。门关上了，人走了，竺方平有点不高兴。天蝎毕竟是天蝎，他不主动，她自有让他主动来求的手段，可哪有这么整人的？什么这事太频，都一周没动静了，老子一点都不频，你频是跟谁频去了？不但不给动静，还整天山药泥鳅生蚝地补，老子又不肾亏，整得一到晚上就想惹是生非，你他妈存心的吗？竺方平皱眉端坐半天，气鼓鼓拿了份报纸到厕所，刚看到文娱新闻，就听见客厅里手机叮当作响，知道是丁婧蓉，故意不去接。手机不知疲惫地响了三五回，整份报纸也翻完了，竺方平这才提裤子出来，慢悠悠打开手机看去，不由得一愣，居然是杜筱葳。

是杜筱葳。

这个倒要细细考量一番。离婚之后这么久，她还是第一次打电话。自忖在离婚时让她占尽了便宜，财产上应该不会有纠纷。那又会是何故？可能是听说跟丁婧蓉好了，也可能是听说被张姨撞了，反正圈子就这么大，瞒也瞒不住。以杜天蝎一贯强悍而不着调的性格，破口大哭一阵，自我阐述悔意；或是破口大骂一阵，发泄完就走，她都做得出来。毕竟无论是年龄、家庭，还是身份、长相，外在也好内在也罢，丁婧蓉都比她强许多。冷不丁发现前夫跟这样的女人好了，杜筱葳迫不及待地来后悔或者来寻仇，皆属正常。那么，眼下究竟理不理她呢？竺方平躁起来了，忽然想起前两年想要孩子，和杜筱葳扎扎实实奋战半年，那段时间倒是需要山药泥鳅之类。如今老战友重逢，却不能再携手奋战了。离婚前奋战是受法律保护的，离了婚再要奋战，虽然法律管不了，但舆论管着，即便舆论不管，丁婧蓉还管着呢。当下又是提拔的关键时刻，真是和杜筱葳暗中奋战一番，被姓杜的抓了把柄要求复婚，丁婧蓉肯定是得罪死了，老丁自然也不用说，张姨夫妇也不会向着他，如此算来大势去矣。古往今来多少英雄难过美人关，自己虽不是英雄，她杜筱葳离美人差得更远。不值得，风险太大，成本也太高。

纷乱思绪中，手机再响，却是一条信息，还是杜筱葳的，说她就在楼下，见家里的灯亮着，不知现在方不方便，能否上去说说话。看这个语气，倒不是杜天蝎的性格。竺方平盯着手机，狰狞笑了片刻，回复说，不太方便，我下去。回复完了，他又故意磨蹭一会儿才出门，给杜筱葳一点咬牙切齿的空间。她果然在楼下，身边还有那辆原本姓竺，现在姓杜的车。远远地看他一身睡衣走过来，杜筱葳勉强一个笑容，说，麻烦你了，大冷天还跑下来一趟。

刚才电梯里，竺方平打定主意绝不多说话，便一笑而已。杜筱葳见他并不热情，想必也是有所预料，便继续勉强笑道，听说你受伤了——没事吧。

还好。

杜筱葳显然不知该怎么继续对话了，无助地回头看看车里。此时从车里下来两个人。竺方平都认识，一个是杜姐，一个是杜姐夫。竺方平心里冷笑，亲友团都上了，也不看看这是哪儿，堂堂七厅家属院，你们五厅的还敢来砸场子吗？

杜姐夫短促地看了看老婆，杜姐便朝竺方平一笑，也不说话，拉了杜筱葳上车。杜姐夫一脸笑地看着竺方平，说，小杜不懂事，以前是委屈你了。

原来这才是今晚的主将。竺方平抖擞精神，淡淡道，那也是以前了。

杜姐夫依然是笑，点头说，是啊，一日夫妻百日恩嘛，总不会说没就没了。

这就是典型的官僚主义。不管你说什么，他都先肯定你，而后从反面再来全部否定。老子混在七厅十几载，见得多了。什么一日夫妻百日恩，狗屁，老子恩没见着，全是怨，都给你们老杜家攒着呢！竺方平也不正面回答，扭头看了看自家窗户，坦然一笑道，老兄，有什么事您就说吧，我家里——

杜姐夫僵硬的笑容悄然龟裂，微微蹙眉道，明白，明白。我想打听个事情，我们五厅的丁厅长，跟你是不是很熟？

竺方平差点说跟他不熟，跟他女儿挺熟；好不容易憋住，慢吞吞说，还行吧。

杜姐夫字斟句酌道，如果方便的话，能否跟丁厅长说一下，我们做下属的考虑问题不全面，不到位，难免出岔子，如果能当面汇报一下，表一下态，就更好了。他的笑容几乎荡然不复了，看得出是由衷地恳求。竺方平只好也诚恳道，我不太了解情况，不过老兄跟领导汇报工作，似乎也不用这么麻烦吧？

竺方平这就是故意的了。事情再清楚不过，办公室汇报已经无法解决问题，杜姐夫分明是想私下见老丁，而老丁不想私下接见而已，可见对他成见之深。而竺方平明知故问，等于在他脸上又来了一个耳刮子。果然，杜姐夫尴尬一笑，也不解释，只是说，还得麻烦兄弟了。

竺方平更加诚恳道，老兄是这么回事，我现在不知道您是什么情况，也不便了解太多，您的意思我倒是能转达，但效果怎样，实在不敢说。

这就好，这就好。杜姐夫苍白的脸上依然缺乏血色，像是洗得白生生的水萝卜。他艰难地看着竺方平，上前一小步，声音低下去道，方平，我知道丁厅长的女儿就在楼上，我能见见她吗？有些话我想当面——

不行。竺方平还是一脸诚恳地截住他，断然说，这不方便，你懂的。

是，是不方便，不方便。杜姐夫显然积攒了一卡车的话要讲，但竺方平一句不咸不淡的话，把前后的路都堵死了，进不得退也不得，盘桓在杜姐夫嗓子眼处打转。竺方平油然想起离婚之际，杜家姐妹逼他就范的咄咄面目，这就是报应吧。这还不够。

杜姐夫回身招招手，杜家姐妹忙下车，杜姐递来一个黑塑料袋，杜姐夫转呈上来，说，没什么别的意思，知道方平抽烟——

戒了。竺方平摇头淡淡一笑，说，一直想要个孩子。他一边说，一边瞟了眼杜筱葳，一边又抬头看看窗口，抱歉道，要是没别的事，我先上去了，你们慢走啊。

竺方平说着便要转身，连告别的话都不准他说，想留给呆若木鸡的他们一个背影。但杜姐夫出人意料地箭步上来，拉住了他，另一只手攥出一个东西，塞进他兜里，并不容置疑地低声道，这个麻烦转给丁厅长，拜托了兄弟。

竺方平勉强一笑，点点头，转身就走。他强迫自己走得稳一些，不要太兴奋。他脚步凌散走进电梯，忽然觉得再难以自持，又怕被人看见，便紧咬牙关忍着，直到进了家，才背靠了门蹲下，捂着脸哼哼地低声叫着，痛哭起来。这个夜晚是他们该得的，也是他该得的。受杜天蝎欺负那么多年，或许为的就是如此美好的夜晚，也不承想翻身的快感来得如此猛烈，如此销魂。从此后跟杜家再无瓜葛，算是两清了吧。可他越这么想，以往受的痛苦、磨难，乃至于屈辱，一股脑全都历历在目，就像沸腾的水咕咕叫着溢出水壶，跟火苗撞在一处，噼噼啪啪乱响。哭罢良久，竺方平起身，这才意识到兜里还有东西，拿出看，是个信封，并未封口，里面一张折好的纸，隐约写满了字。字是写给老丁的，一共三段。第一段回忆，感激老丁的知遇之恩，提拔之谊；第二段表功，列举为老丁鞍前马后做的林林总总；第三段就微妙了许多。原来巡视组到了五厅，检举杜姐夫的材料不少，他恳求老丁帮忙，如帮不了或不肯帮，或再这么避而不见，电话不接信息不回，即便有前两段所述的交情，杜姐夫却也顾不得了。文字至此戛然而止，杜姐夫没有署名，也没说要如何"顾不得"，以及真的"顾不得"之后，会有何种结果。

信封没有封口。既然没有封口，杜姐夫就应该不怕他看；甚至是担心他不看，意识不到其重要。其实看至第三段末"顾不得"，竺方平滚烫的身子便遽然冷汗一片，再也站不住。意外来得这么快。他急走了两步，想给丁婧蓉打电话，这已成了他的习惯。但指尖刚触及手机，却又停下。打还是不打呢？以前这根本无需犹疑，因为老丁要是倒了，他跟丁婧蓉好还有何意义？他的委曲求全，她的苦心算计，全都付诸一梦而已。不过现在情势又是一变。被张姨撞了，算是他否极泰来，副处级在张姨那里也就一声呵呵罢了，况且就是轮也该轮到他了。那么这副处级说到底，其实跟丁婧蓉关联不大，也就跟老丁关联不大。这笔功劳究竟是靠老丁呢，还是靠张姨？靠老丁就是靠丁婧蓉，靠张姨就是靠自己。然而被撞只能是个意外，刀架脖子也只能说是个意外。那就只好归功于丁家人，而一旦是靠了丁家，今后的日子也就可想而知。杜天蝎前车之鉴不远，何况丁天蝎比杜天蝎高明得多。书上说射手爱自由，天蝎爱控制，他想跟她下棋，有来有往，至少是平等；她却跟他在拳击，而且不许他还手，无疑是殴打。那他得有多大勇气，才能接受这看不到终点的被虐呢？虽然理由千千万，可话说回来，即便小丁再天蝎，老丁又不是，因为怕小丁而坐视慈眉善目的老丁危难，这或许又太过绝情——

然而有人却不许他再这么漫无边际地思考。手边的电话忽然亮了，这次真的是丁婧蓉。竺方平一瞬间喉头红肿，结结巴巴道，这么晚了，还没睡？

睡不着，想你了。

竺方平忍不住又看了看那张纸，又看了看那句触目惊情的"顾不得"。不行，他还是要说。大街上见陌生人有了危险，还会上去提醒一二；老丁至少还跟他平分过几瓶白酒，显然比陌生人要亲近，又是人命关天的事，为何不能说？一旦多少帮了老丁，是不是就可以挽回一些卑微？如此一来，他就是丁家的恩人，丁婧蓉或许多少会有些改变。他不敢奢望居高临下，举案齐眉总可以吧？他鼓足勇气刚要说，偏偏这时，他却听见电话那头柔柔道：

我爸今天组了个局，张姨一家来了，说了你的事，老高也在，应该没什么问题了。

按常理讲，他本来就要和盘托出，再加上老丁又着实帮了忙，他没有道理再隐瞒。可这是按常理。丁婧蓉那里是不能按常理的。在和丁天蝎的周旋中，竺射手其实也在成长。以她刚才讲话的气定神闲，分明是告诉他，他的这一切包括张姨夫妇，全都是老丁的丰功伟绩，当然也是她的。两人相处，他本来就弱势，他倒是能够隐忍一辈子，但丁婧蓉能善解人意一辈子吗？她前夫条件并不差，除了茶壶或茶壶嘴的问题，甚至比他要强得多，丁婧蓉不也决然离了婚？已经是半路夫妻了，难道又是因为受不了天蝎老婆的强势，再离一次？竺方平知道不能长久地沉默，而电话那头已经等不及了，嗔怪道，你想什么呢？

竺方平深深地吸了口气，说，那太好了，替我谢谢丁叔，救命之恩小生无以为报，就只好以身相许，娶了丁小姐你吧。

果然，丁婧蓉咯咯笑起来，说，你最近怎么这么油嘴滑舌的，是真心的吗？

当然是真心，竺方平正色道，丁叔要是现在有空，我这就上门求亲去。

两人卿卿我我聊了一阵，竺方平甚至忘了杜姐夫的信。挂了电话，竺方平静静坐了一会儿，这才把信放在烟灰缸里，点着了，看着信纸痛苦地在火焰中佝偻了腰，昂起了头，哔哔地叫着，最后变成一小撮灰卷。竺方平一叹，有些惭愧，有些慌乱。原来知识分子小官僚最不靠谱，性格有严重缺陷，谨慎有余而果敢不足，凡事有退路就很难下定决心，不到山穷水尽不知道豁出去，不被扔在绝境不懂破釜沉舟。而一旦豁了出去，砸了锅沉了船，却又瞻前顾后谁也不想得罪，但求皆大欢喜。他本来不做坏事，但见了做尽坏事的人快活，便恨自己没有做坏事的勇气；终于做了坏事，又害怕遭报应，意识到头顶三尺有神明，于是惶惶不可终日。不过身边人，身边事，做了坏事而快活的人还是较多，做了坏事遭报应的倒是很少。狗屁的这星座那星座，那是对一般人而言，搁在七厅这个鬼地方，什么星座都扯淡，大家只有一个性格，趋利避害而已。以前的"利"在于老丁不倒，现在物是"利"非罢了。就算老丁真出了事，根本原因也不在他竺方平，就算非要给他划一点责任，就算他自己非要忏悔，那他将来好好对待丁婧蓉也就是了。想到这里，夜已深，城已静，竺方平在半醒半寐中觉得手脚冰冷，心里却活泛过来。原来缘分的辗转，仕途的跌宕，杜姐夫的慌张，生命的纠结和戏谑，和窗外偶尔夜归车辆的轰轰声一样不足介怀。竺方平便放松地躺在沙发上，打了个疲怠的大呵欠。

4

民主测评那天下大雨，老冯召集全处开会，安排配合组织考察。处里人来得比较齐，连鸡眼发炎的老郭，省政府帮忙的小侯都来了，显得比考察自己都开心，一见竺方平就都说，恭喜恭喜，请客请客，别说下大雨，就是下刀子也得来给竺处长投票。而竺方平也没想到有此惊喜。人事考察通知上写得明白，拟任职务是七厅八处调研员，不是助理调研员。主任科员到副处调，就是提拔了，副处调又成了正处调，当然更是连升两级的提拔。好比订了房如花美眷，迎亲之际，得知老丈人一时糊涂，居然把更如花似玉的小姨子也一并送上贼船。

会是老冯主持，五处老路作为人事部门代表，来监察列席。老冯说要讲三点，第一点是提高认识，第二点是端正态度，第三点是公平公正。刚讲到第二点，老郭忍不住打断他说，不用讲了，我看就一句话，给小竺投票画钩呗。于是满座皆笑，老路也是笑着摇头，老冯不觉莞尔，点头说，那就搞民主，听大家的，不说了，投票吧。

会后处里同事纷纷来找竺方平道喜，嚷嚷着要他请客，他笑着一一答应。应付完众人，他被老冯拉到办公室，两人落座后相识一笑，各自点了烟。老冯轻敲着桌子，说，也奇怪，不觉得有多高兴，倒是觉得对不住你，八处对不住你。竺方平一愣，说，老兄这是什么话？

老冯摆摆手不让他再说，喟然道，老弟啊，我也在八处干不久了，研究院院长老朱要退，我跟厅里表了态，愿意去。事业单位也就事业单位吧，好歹是副厅级。老了，厅里也没劲再干了，事业单位退休也要不了命。你老弟早该提了，这么多年是我扣着你没日没夜地干，无非是想八处能出点成绩，老哥我也好再进一步，实事总得有人干，却也耽误你了。要是早交流到别的处，说不定早他妈的提了。

竺方平隐隐地也有些动情，说，老兄这么讲，我倒不安了。

没啥不安的。老冯一笑，说，大喜的日子，讲这些干吗？我跟厅里说了，我一走，最好是你来主持工作，或者换个临退休的来过渡两年。这都是后话了，看命吧。前天单位体检，老楚拍了片子，当场被留下来复查，我就在边上，眼看着他就那么瘫了，还好没事——

老冯又续了一支烟，片刻后才道，扯淡，那点事都是扯淡。你老弟算人到中年，老哥我都五十大几了。在这个年纪，身体健康，略有积蓄，孩子听话，老婆还在，事业上不至于丢人，也就足够了。至于升官发财，多它不多少它不少，仔细想想也就他妈的那回事。

当天找竺方平道贺的，除了老冯众人，还有老蔺。公示上并无老蔺，所以当他推门进来时，竺方平心里还微微一沉，下意识要找动手的家伙。不料老蔺神清气爽坐在他对面，抱拳说，小竺，对不住，对不住，前些日子老哥我折腾一番，让兄弟作了难。竺方平拳头暗松，确信他不是来踢馆，忙给他沏茶上烟。老蔺道，早就知道提拔不了，能提拔才出了鬼，不过老子虽没提拔，儿子的事业编倒是给解决啦，小竺，你知道这叫什么？竺方平赶紧谦虚摇头。

老蔺手一挥，说，昨天大踏步地前进，是为了今天小踏步地后退，进退之间，孩子的事就有谱了，如果一味站在原地，任你哭倒了长城都没用。老弟你想想，我年近60岁，一个主任科员，再不剑走偏锋，能解决孩子的事吗？竺老弟，在七厅混，脸皮薄是没用的。只可惜下周老子就办退休了，在七厅干了四十年，临了才算悟了道，惭愧惭愧。不如你，不如你啊。说罢老蔺哈哈一笑，起身告辞。可究竟怎么个不如法，老蔺却没提。竺方平倒是认真想了想，说的是丁婧蓉？还是说张姨？想来想去，不由得自失地一笑，还是老冯说得对，扯淡啊，那点事都是扯淡。

测评之后就是公示。七厅公示文件一般贴在一楼大厅布告栏。刚贴出来的时候，很多人围观点评，后来偶尔会有人驻足看看，再后来就跟其他通知一样，少人问津了。毕竟事不关己高高挂起，管他提拔的是哪个王八蛋。已经到了二处的丁婧蓉拍了张照片发给他，还加了个调皮的笑脸，要老板发红包。竺方平想了想，回复说，晚上去哪儿吃饭？丁婧蓉的回复一如既往，你定吧，我都听你的。

竺方平便把晚饭定在了丁家。丁母自然已经得了消息，亲自下厨做了几个菜，老丁也特意推掉了一个聚会，回家跟准女婿见面。今天是公示最后一天，入了夜，就算是大功告成。在丁家吃晚饭，于丁婧蓉是居功，于他是感谢。竺方平和老丁照例平分一瓶白酒，老丁先代表一家人祝贺，又难免一阵嘱咐。老丁讲话之际，竺方平一直跑神，不知老丁是否接见了杜姐夫，也不知杜姐夫是否已经"顾不得"老丁。老丁依旧慈眉善目，平易近人，而老丁越如此，他就越慌张，越像只惊弓之鸟。那种扎扎实实的忐忑笼罩着他，只觉浑身灼热又灼痒，这里也想挠挠，那里也想挠挠。他在新疆见过烤羊，馕坑里看不到烟，也正如老丁看不出异样，但火在不冒烟时才最有力道。他现在就像在馕坑里，暗无天日，烤羊还是宰杀过的，他却是活生生被烤，亲耳听见皮肉焦烈滴油。胆怯，羞愧，不安，惶恐，一滴滴地脱离他的身体，却又有更多的从他身体里滋长。但眼前却是多么和谐的气氛啊，老丁和他在谈心，丁婧蓉母女在厨房笑语不绝，不用他洗碗，也不用他拖地，连丁大花都主动跳上他膝头，喵喵叫着试探，见他并未皱眉，又得寸进尺去舔他的手背，最后满足地蜷缩了睡去。他看着老丁，恨不能此刻就是世界末日，一切就在此终结，其实也没什么不好。

正式求婚那天是周五。因为是周末，七厅各处没几个情愿坚持到下班的，早早就找借口溜了。竺方平还没上任，不过总要提前进入角色，便让处里众人先散伙，独自坐在办公室里抽烟，看电影，熬下班。求婚总要正式一点，他早定了一家日料店的包间，玫瑰花和巧克力已经送到店里了，打算晚上给丁天蝎一个惊喜。说来也有趣，仇人约架叫摊牌，情人约会叫表白，却都得抱着义无反顾的决心，寻死觅活的准备。他不觉一笑，轻松地打开小盒子，里面的戒指神采奕奕。好不容易熬到下班，手机响了，一看是信息，他便一边站起一边浏览，还没走到衣架处，脚步猛地扎住了，但觉浑身的血瞬间全拥挤在头顶，忽突突热浪翻涌。信息是省直各厅局订阅群发的，内容很简单，发件人是一个叫"清风廉政"的公共号：本省五厅巡视员丁三岳因涉嫌严重违纪，正在接受组织调查。

来到二处门外，竺方平志忐着是否进去。他知道丁婧蓉没走。两人约好了下班一起吃饭。毕竟家里出了这样的事，她又是独生女，一时间世态炎凉如泰山崩于眼前，即便是强如天蝎的丁婧蓉，也未必能绷得住。已是下过班了，周末的七厅大楼安静无比，他甚至可以听见门里丁婧蓉的心跳。他推门进去，她果然在。烟灰缸里上香似的摆了一支烟，大概点着后就没有抽，静静地由红变灰，一缕烟亭亭玉立，半空里摇曳起伏。丁婧蓉手里拿着那个打火机，拨动，熄灭，反复轮回，叮咚声响宛如一渠泉水。丁婧蓉并没有看他，只是看着手里的打火机。她又给了他侧脸，不大的眼睛，一两粒雀斑，年轻的脖子，甚至连羊毛衫都是初见的那件。竺方平关上门，走过去，站在她身边。她还是没有抬头。

竺方平的手搭在她肩上，说，乖，你不是做了那个以后才抽烟吗？

又过片刻，丁婧蓉终于抬起头，她眼里含着一层水，较之以往却更显得晶亮，说，我也没有抽啊！

竺方平坐下，把烟摁灭在烟灰缸里，不满道，还是你告诉我的，要孩子之前得戒烟，最少三个月，你自己倒忘了。

丁婧蓉辨析着他的语气，终于不由得一笑，眼泪却扑簌簌掉下来。原来天蝎座的女人也是会哭的，哭起来还如此迷离动人。他想了好多种措辞，比如"别害怕，万事有我"，比如"咱们回家吧"，甚至是"婚礼什么时候办"，但想来想去，都觉得不好，只有暂时沉默起来。丁婧蓉止住泪，转过脸看着他，平静道，跟你说实话吧，我爸就是放心不下我，所以我想无论如何，也要在他出事之前能让你娶我，我故意接近你，给你创造机会见高叔叔——

晚上想吃点什么？

让我爸催着高叔叔赶紧办——

晚上想吃点什么？

他似乎忘了她毕竟是天蝎，天蝎的话不是能够被轻易打断的，她自顾自地继续说，其实你现在完全可以——

日料怎么样？

丁婧蓉深深浅浅地呼吸着，没有再说什么，而是看着竺方平，仿佛书家写罢长卷，画家作完大画，退后了几步，凝神观赏一下自己的作品，目光里有大功告成，有爽然若失，也有万般不舍。

那就日料了？

他看着她。她咬了咬嘴唇，终于说，你来定吧，我都听你的。

领证之后不久，竺方平的任命下来了。按丁婧蓉的意思，两人把办公室打扫了一遍，换了个新气象。丁天蝎理直气壮地掀开玻璃板，把有杜天蝎的那张照片拿出来，折了两折，又折了两折，直到再折不动了，才抛进垃圾桶。这一切竺方平装作没看见，心中暗暗好笑。其实离婚和再婚，也原本不像想象中那么可怕。就像这次五厅出事，杜姐夫未能幸免，他一直担心杜筱葳姐妹会来报复，但出事也就出事了，人家姐妹愁绪万端，又怎会想到找他出气。如今丁婧蓉固然依旧强势，也未必就是坏事，两口子搭伙过日子而已，又何必非分出强弱高低，何况谁拿主意谁担责任，领导有领导的不易，下属也有下属的轻松。不多时整理完毕，气象为之一新，两人便有说有笑结伴离开。还是丁婧蓉的意思，两人婚后就住七厅家属院，上下班有班车，方便得多。不过丁母搬来同住后，房子又显得太小，再加上丁婧蓉已经怀了孕，得为孩子早做准备。两人商量一番，打算把两处家属院的房子出手，在七厅周边再买一套商品房，面积要大一些，当然这仍是丁婧蓉的意思——如今只要是家里需要做决定的事，都由她来定；凡她定下的事，竺方平绝无反对，因为反对也无效，到头来还是她做主。看过房子，已是黄昏了，丁母打电话说晚饭已经做好，等他们回来吃，又说房子是大事，也不是一天两天就定的，别误了饭点。两人到了楼下，丁婧蓉忽然说想吃菠萝，竺方平便让她先回家，他去买。丁婧蓉执意跟他一起。于是两人又结伴去水果店。穿过小广场时，两人赫然看见老冯和老杨在跳舞，还是拉丁舞。老冯虽然气喘如牛，舞姿稍逊，但有老杨带着，倒也能看出些激情澎湃。旁边观众们鼓掌喝彩。两人看了一阵子，丁婧蓉问他知不知道老冯和老杨是什么星座，竺方平笑道，我怎么会知道？我只知道咱们儿子可能是射手，跟我一样，不然就是天蝎，跟你一样。丁婧蓉便笑着挽了他胳膊，继续朝前走去。舞曲声不绝于耳，丁婧蓉越贴越紧。竺方平幸福地边走边想，如果真是儿子，等他长大了一定告诉他，找老婆要找个天蝎座的女人，就像你妈。

《人民文学》2016年第9期

评鉴与感悟

官场小说的俗中求真

南飞雁近年来的小说功力日渐成熟，笔力稳健有余，锋芒若隐若现，让读者能够充分分享受文字流畅的快感和比喻里插科打诨的谐趣。《天蝎》即是一例。自《红酒》开始的官场世界犹如长幅轴画一样徐徐展开，"七厅八处"的官场百态揭至《天蝎》，离婚后的官场男女在奇异的空间里互相试探捉摸，似机关算尽步步惊心，却又天雷地火郎情妾意。2009年的《红酒》和《暧昧》所展现的男女之情尤有机巧之感，红酒就是情场机关，暧昧便是不败法宝。情之所起皆有官场心机相伴，这里面真情与假意冷热交替，无论男女老少皆有成王败寇之感。现在《天蝎》出世，控制欲极强的天蝎女最终却"败"给了离异公务员竺方平，究竟是她的步步为营以退为进，还是他的顺水推舟以静制动？

小说若停在这男女权谋的层面，便依旧是一出官场"美人计"或官场"现形记"。南飞雁这几年的阅历又岂会止步于此？小说里两次出现王菲《流年》的歌词，"有生之年，狭路相逢/终不能幸免"，丁婧蓉和竺方平在官场狭路上，各自以"不能幸免"的姿态落入对方的怀抱，大俗大恶的权力场成就了两人婚恋。小说中阴谋阳谋各路鬼怪连番上场，随着"计中计""连环套"次第亮相，天蝎女和射手男的感情却升温结果，读至最后，竟让人生起可怜同情之心，大有终成眷属的欣慰之感。南飞雁在这篇小说里布下的种种圈套和阴谋莫非是一桩俗世因缘？此中深意若在，便不得不让人感叹，当年的天才少年终于懂得"俗中求真"矣。

官场小说的重要价值，便在于讽刺和谴责之力，虽然当年鲁迅似乎不满于讽刺与谴责，但他也对《官场现形记》《老残游记》之类有不低的评价。当然，而今网络上常以"黑幕""秘闻"夺人耳目，露以男女床事为作料，硬是把谴责和讽刺变成窥视和笑谈，鲁迅先生当年的忧虑早已成为现实。这些也变成当代作家写官场时最大的障碍。南飞雁的官场系列，正是要以真情假意的翻来倒去破解这些障碍，《天蝎》中情爱描写似珠玉点缀在大的格局之中，例如，病房"丁天蝎"硬上竺方平的一笔犹如旧戏里的"洞房花烛"，都是为复杂难辨之结局加柴添火。

《天蝎》结尾郎情妾意愈演愈烈，未点破的身后事却是丁婧蓉预见家道中落，联合老丁在他落马前把前途压在竺方平身上。如此来看，两人在干部提拔前的试探、暧昧、相恋和干柴烈火却是互相利用又假戏真做了。然而南飞雁运笔之时讽刺之力却不在男女主人公身上，干部提拔风云中的众生相在表情形态上如此真实，在情感和信念上却又飘浮虚幻，小说中一切尖锐、细碎和嘈杂的声音却都成了竺方平和丁婧蓉心事重重的爱情故事的背景乐。《天蝎》在俗中求真，模糊了"真"与俗的界限，不因真情假意难辨而损伤讽刺批判的力度。相反，世俗之人"狭路相逢""终不能幸免"的心事和情事变得越发珍贵可怜，而背后众生相中的笑和泪还是毫不留情地说出那些不能免俗又实在可恶的官场（人生）苟且。（李屹）

大鱼的模样

/浦歌

床

莲姨这次没敢去扶他，她站在病床前看着他，脸上已经显现出为他焦急的迹象。为何她的架势总流露出一副蠢相？小卫每次都害怕她做出什么夸张的动作。莲姨站在那里，个子高大，额顶一道道横纹，她慢慢皱起眉头，稍稍移动了一下身子，头几乎要挨住墙上的壁挂式电视了。电视里正播动物世界，狼群在袭击一群奔跑在非洲大陆上的野马，一只狼纵身跃起，紧紧咬住一匹马的脖子，身体吊在马脖子上，马的四蹄和狼的两条后腿在莲姨的头上晃来晃去。

但是，小卫马上要走过来的时候，莲姨像是发现了什么秘密似的，你这样走就不疼啊，你看我……

小卫不耐烦地看看她，你省省吧。

这样一来，病房里的几个人都开始注意小卫，东北人夫妇原先坐在床上低头商量什么，现在也站起来，笑眯眯地看他，像是遇到了多么可乐的事情。三号病床上的老人居然也不呻吟了，正侧过头来瞅他，眼神浑浊。老人请的女护工小安也微笑着看他们。他为此鄙夷地瞥了一眼莲姨，他能做的也就仅此而已。

高大的莲姨已经走了过来，她比不少男人都高，颧骨和四肢的骨骼结实宽大。这个莲姨，她了解他差不多所有的家庭生活，甚至知道他用哪种牙膏，穿哪种袜子、哪种裤头，还知道他有哪些恶习，有一次她差点看到他在盆浴。她知道他怎样跟他母亲斗嘴，曾经怎样刻薄地侮辱他母亲，他母亲怎样喋喋不休地数落他父亲。莲姨像游动的判官一样出现在他家里，为他们做饭，在他母亲跟前不断表现出对他的关心，还不停地把他家的私事讲给小区里散步的人，哪怕是一个刚刚遇见的陌生人，只要她搭上话，很快她就会把话题引到他们家来。

莲姨现在迫切要把她的行为付诸实施，也许为的是让旁观者看到她终于尽了陪侍的职责。她前倾着木板似的干巴平坦的上身，撅着屁股，两脚慢慢地蹭着走，两条胳膊像猴子那样摆动着，为的是脚底擦着地面时保持平衡。

你瞧，你瞧……

小卫没有理她，依旧跟刚才一样慢慢走动，隐忍着不发出呻吟声。现在他双手扶在病床上，他的整个臀部以及双腿都意识到，他的伤口随时会撕裂般疼痛，让病床变得巨大而难以攀越。他尝试着抬起一条腿，很快又放了下来，嘴里发出咝咝的声音，龇牙咧嘴的，哎哟，真疼！

你别那样上床，那会很疼的！我告你小卫，你应这样……

莲姨紧挨着他给他示范，将男人似的身体慢慢放倒，匍匐在床上，然后小心翼翼地抬起一条腿，再抬起另一条腿。

小卫额头上沁出的汗滴慢慢流到眼角，他有些焦急和羞愧，自己只是要躺到床上去，居然也如此无能为力。之前，他居高临下地俯视其他病床的病人，比如那个东北人，患的是胃癌，已进入晚期；比如三号病床的老人，做了结肠手术好多天了，仍不敢下地走动。而他只是因为长了一个痔疮，而且已经不在屁眼里，已被医生切除掉了。他现在只是需要忍受切除后的疼痛，过不了几天他就会活蹦乱跳的。

此时三号病床上的老人转过脸去，又哼哼了两声，长长地叹了口气，移了移头顶上的帽子。那帽子是蓝色的，原先他并没有戴的。要上洗手间的时候，他到处寻找什么，护工小安问他找什么，他说帽子。你要戴帽子？他没有回答，一边哼哼唧唧，一边用眼继续寻找。戴上帽子从洗手间出来，他就再也不愿意摘掉了，觉得戴上帽子更舒服一些。

你按我的试试，你试一试呀。

行了行了，小卫终于有些怒了，您好好坐在那里行不？小卫双手按在床上，像是弯下腰去做起跑准备的运动员一样，不过看上去他很虚弱，有气无力的。他因为陡然生气脸色发白，但莲姨还在不依不饶地唠叨，我说你总是不听，看你前天晚上做完手术回来疼得都哭了，我知道那有多疼！

又提到了这件事。小卫的脸刷地红了，他狠狠地"切"了一声，突然间做出决定，双手一用力撑起下身，跪在了床沿上，然后一边呲呲叫着，一边往前爬了几下，慢慢地将身体侧放在病床上。在这个过程中，伤口疼到可怕的程度，像是要亲自呼喊。他干脆用被子将头蒙起来，这样就拒绝了其他人的审视。被子里隐隐升腾起热意，他张开眼睛，头顶因为没有蒙严实，微微有些亮光，那里传递进外面的声音，其中一个笑得窃窃的，一定是莲姨做了什么愚蠢的鬼脸。他可以想象出来，她的鬼脸做得吓人。

这时，被子里开始愈来愈浓地弥漫着伤口上呛人的药味，这是他没有想到的。他越来越沮丧，觉得原先的生活突然划开一道口子，使他深陷在病床上，已经完全无法像他预料的那样进行了……

旧楼

小卫是因为到S医院看望一位上司，才欣然决定治疗他的痔疮的。

确认患了痔疮的那天，他拿着几盒中药和需要自己涂抹的药剂，有点不敢相信自己也会加入到痔疮病人的行列。他下意识地将塑料袋里的药品掩藏在各种收据之间，觉得身上慢慢洋溢出一个新的身份，而这个新的身份多少有些污秽和隐私的成分在内。医生建议他可以手术治疗，他当时并没有答应。他从网上查到一些细节，发现痔疮手术其实简单得像削坏苹果一样，将削去他屁眼里的一块烂肉。

他的商务活动范围很广，他带着这点烂肉去过香港、台湾、东南亚，也出没于内地的许多城市。在泰国的时候，他出于好奇看了人妖表演，展现在他眼前的性活动让他大为惊讶。刺激欣喜的同时，他隐隐感到恶心。他的生活节奏紧迫，常常跟陌生人打交道，他在办公室展现出公务的一面，在酒桌上又试图展现出江湖朋友的魄力。他投入其中，谁都能看到虚假的部分，因为他们中的大多数人，分手后就没有再次见面的机会。有时候在奔忙了一天之后，他不得不在外地的宾馆里为自己上药，趴在床上的怪异姿势和药剂的味道提醒他，让他不得不重视身体里多余出来的腐烂部分。

患上痔疮之后，他走过很多陌生的地方，遇见身边随机出现的美景和美女，赞赏之余都会有点或隐或现的痛。痛就像是一种背景音乐，没有痛也会有痛的空白，那是特意为马上到来的痛留下的位置。置身于美景中的痛感使他不得不收敛了欲望，为他的感情世界蒙上一层奇怪的阴影。他难以无视这一身体上的变化，有时他正心猿意马地想某个姑娘，比如想小琪的时候，突然会有一丝针刺般的痛警告他，显得异常恶毒。他干脆换了一种应对痔疮的方式，那就是跟他的同事一起戏谑调侃它。慢慢地他发现自己的隐私变成了笑料，患病之前与患病之后已无所区别，他只是依靠本能和智慧来应对它带来的伤害。

半年以后，他的上司住院，去看望上司那天，他做出了手术的决定。他自豪地跟同事们说，自己要去S医院医治痔疮，他的话引起阵阵笑声。

这是全国最好的一家医院，是看肺癌、胃癌、宫颈癌、胰腺癌、脑癌、肝癌等癌症，以及肾炎、肺心病、心脏病等大病的地方，其中以癌症患者为最多。而他却是去看一个区区的痔疮。他所期望的是S医院那种优雅的服务和设施，最重要的是病房的环境。去看望上司那天，他第一次发现，住院楼居然可以建造得如此艺术。大厅占了几层楼高的空间，处处雕琢的建筑艺术让你误以为这是国家大剧院。大厅延伸了上百米长，两侧对称地矗立着至少有三层楼高的热带植物。巨大的枝形吊灯晶莹剔透，营造出华丽高雅的氛围。在他看来，它差不多有一节车厢那么大，每一个坠子般的晶亮的珠子比篮球还大。他走在光洁干净，有奇妙花纹的大理石地板上，上面可以照出人影来。空气清新极了，有一种淡淡的像是已被洁净过的气息。由于保安整天守在门口，禁止无关人员出入，医院内显得空阔、安静，有一种优雅的对称格局。墙壁和地板处处都散发着大理石深沉、凉爽的光。在楼上几乎空无一人的两侧走廊里，包着深紫色皮革的几排长凳正对着壁挂式大彩电，电视无声地播放着节目。站在那里，小卫有一种在消了音的天堂里的感觉。落地窗跟前，还有特设的圆桌和对称的椅子，比他去过的咖啡馆的设置还要精美。病区安安静静的，护士们轻声细语，所有的仪器看上去锃亮闪耀。病床可以用遥控器调控出各种姿势和高度，这跟他见过的集市般的住院楼根本不同。他觉得，在这里治病养病简直就是一种美妙的享受。

到医院那天他兴致勃勃，希望重新体会一下那种雅致的感觉。但出乎意外的是，他却被打发到了旧楼里面——一栋已经在风雨中挺立了三十来年的旧楼，旧楼当然也属于S医院，这让他始料未及。他当时已经做好各种安排，提前两三个月就在网上预约挂了号，跟单位请了假。他母亲也特意请假出来，陪同他高高兴兴办了住院手续，压根儿没想到会是这样的结果。

楼是旧了点儿，但医生还是一样的好医生。他母亲安慰他。

小卫沮丧地走进旧楼，他的沮丧随着他对旧楼的实地观望一步步加深，像置身于过时的迷宫一样，眼中的一切杂乱而又破旧，除了乙醇的味道，还能隐隐嗅到古怪的潮味。八十年代的绿色旧电梯慢慢悠悠地上升，像不堪重负似的吱吱作响。在楼上，他看到一条一丈宽的走廊，如果沿着走廊不停地走下去，结果你又会绕回来。原来这是一个呈锐三角形的走廊，可以转圈儿。更让他惊奇的是，不少穿条纹病服的病人在这里走动，他们也不是要去哪里，只是在绕圈儿锻炼，有的推着悬挂液体的架子，骨碌骨碌地滚动，有的自己用手高举着液体，两脚嚓啦嚓啦地散步。有的精力充沛，简直有些兴高采烈；有的面色苍白，眼窝环环地发青；有的肥胖，有的精瘦得可怕，脸上只剩下一双黑沉沉的颧骨。像误入疯人院一样，他满是沮丧和惊讶，几乎都忘了自己来这里干什么，觉得自己来这里治痔疮实在是搞笑和荒唐。

那天他跟着护士一进病房，就一眼从窗玻璃里看到那个他心仪的住院楼。它就在旧楼的不远处，远远看去，这幢庞大建筑在清晨的阳光下生铁般幽幽发光，两侧微微向前，有一个艺术的弧面，像一个银灰色的巨大怀抱，充满了关怀。只是没有朝着小卫，它朝着另一个方向。

废弃的楼层

住院的第二天，小卫无意中看到了太平间的入口，那个入口悄悄地附着在一栋旧门诊楼的旁边，这让他心有余悸，产生了一丝不祥的预感。那时大约是上午的十一点，它恰好处在旧门诊楼的阴影里，像一个普普通通的小侧门，只是因为楼的主体过于庞大，才显得格外狭小、隐蔽。它有一个突出来的小小的水泥檐阁，灰突突的，没有特征。下面是一个门洞，水泥门额上写着隶书风格的三个小字："太平间"。一定是它的样子太奇怪了，才引起他们的注意。"他们"指的是他和来看望他的小琪，直到他们疑疑惑惑地看清上面的字，才非常忌讳地绕开了。他的准女友小琪来医院看他，他带着她到楼下去散步，没想到就这么撞见了医院太平间的入口。到楼下去散步，是因为小琪站在病房门口不肯进病房，她把买来的康乃馨递给他后，只是匆匆扫了一眼病房里的情形，从她的位置，恰好能看到老人身上凌乱的插管。他只好带着她下楼去转悠。他记得他们看到"太平间"三个字后，小琪脸上出现一种奇妙的表情，就像遇到一个阿飞打口哨骚扰，赶忙收起笑容绷紧了眉头，变得严肃自闭起来。

那天下午，与他关系暧昧的同事小欢也来看他，她原本可以跟其他同事一起来的，但她找了个借口提前来了一小时。她居然送来一束玫瑰。他下意识地想要掩饰他们之间的暧昧关系，但她已经径直走进病房，跟病房里的人打声招呼，就一屁股坐到他床上。他刻意将带她出来，绕着病房外的三角形走廊走了一圈儿，在散步的病人之间谈话。之后，他突然生出一个奇妙的想法，他带她去了已经废弃的十五六层楼上，那里不会有任何人再看到他们。

楼上原有的心脏病科等都搬到新楼里去了，现在完全废置，整个空阔的楼层里只有他们两个人，到处传递出他们说话的回音。小欢甚至有些害怕，起初几根手指只是触碰一下他的胳膊，慢慢地就紧紧攀附住了。

在往日，他们的暧昧除了言语，也有肢体上的，他发现只要他向她走近，她就从不躲避。听他说话的时候，她常常紧紧挨住他，他已经十分紧张了，她似乎还要挨得更紧一些。有时他们的脸面近得能看到她脸上的汗毛，她依然貌似神态自如地说话。而在他未来的远景里，他一直只是将小琪列入他的女友名单，小欢并不在其中。但他居然也享受这样私密的氛围，他知道这样做很危险，稍有不慎，就会坠入无法预见的情感漩涡。他所做的似乎只能是等待，就像空中挥舞着一把手术刀，会自动切除他体内多余和腐烂的部分，混乱的感情并不需要他过多操心。

这里的格局跟楼上一样，大厅的五个电梯间不时响起嘎吱的声音，有时会"咚"的一响。走廊地板上荡了一层灰尘，空空的办公室门外依然贴着呼吸科监护室、医生办公室等字样，楼道不同位置贴着一病区、二病区，墙上描绘的一幅路线图上，依旧插着并不引人注意的广告卡片，上面写着："传授扑克麻将牌九技巧。"

他们沿着走廊往前走，几个黑体大字贴在侧面的墙上："心脏超声往前走十米，左手边！"他们为此相视一笑，一直走进无人再走过的地方，走廊里只留下他们的脚印。从玻璃窗里，他们看到房间里散落的一个个柜子，地上到处是凌乱的废纸。他一直用可笑而无聊的话逗小欢，小欢也非常配合地笑出声来。再往前走，几个红字出现在墙上："禁止在此说话！"

他们再次相视而笑，但是笑的内容起了变化，也许是她紧抓着他胳膊的原因，他在她的眼波里看到了什么。她的脸倏地红了，稍稍低下了头，但是更加靠近了他。他心里"噔"的一响，她好像是听到了，突然抬起头来，鼻子几乎触着了他的下巴，他不由自主地将嘴唇迎了上去……

儿子

现在，小卫慢慢把头伸了出来，也许是想起这一幕，不知不觉他的头发已经汗湿了。因为两三天没洗了，再加上常常出汗，头发变得黏湿沉重，一绺一绺的。这在以前是不可思议的，每天早上，他都要将头发洗得干干净净。这个正躺在这里的自己，变得让他有点认不出来了。莲姨早已坐下来，坐在挂壁式电视下面，无聊地望着门外的走廊。

东北人的妻子不知为何出去了，只剩下东北人。他又像前两天独自呆着时一样，蹲在床边，像小学生似的规规矩矩地翻着一本封面发暗的旧杂志——一本几年前的《家庭》杂志。他用一支旧钢笔敲着侧页，不时俯下身去，在侧页最靠上的空白处写字。三号病床上的老人也睡着了，护工小安趁老人睡觉的时候一定是又去串门了，她有几个同样是做护工的老乡。小卫看了看老人挂在高处的液体，袋子里只剩下袋底亮亮的一线，不知道小安会不会在液体滴完前回来。他想找到一件可以吸引他注意力的事情，便于打发时间，但他周围的任何事情都枯燥乏味，甚至令他厌恶，尤其是伴随着屁眼里的疼痛。那疼痛并没有减弱，像脉搏似的一下一下，像有一个活物蛰伏在那里。他有一种深入泥沼的感觉，病房里的生活实在是有些污秽。

在病房里看过许多个来回之后，他又看了看软管中部那个小管里缓慢的滴液，滴液慢慢地凝聚成一滴，然后晃晃悠悠地滴下来。最后，他的目光又落到老人那里，再次审视老人脖子上那个插管，老人脖子下面伸出一个预先设置好的接口，只要将液体软管拧上去即可。只有在目前这样的时刻，他才可以肆无忌惮地盯住老人看，以满足他的好奇心。他仔细观看旁边那个写着日文的特制输液仪器，一条流着豆浆颜色液体的细细的管子，蜿蜒地经过老人的咽喉，从那里直插到预先设置好的接头上。老人戴的帽子被顶歪了，下巴上花白的胡子看上去根根坚硬，占据了很大一块面积，显得老人黑瘦的脸更小了，越发增添了老人愁苦的睡相，就像是老人的遗容。

小卫已经习惯了老人摆在外面的那些私人物品，比如盖在老人被子上的劣质皮衣，肘部和袖口已露出褐色的斑驳的皮子。放在枕头边的皮马甲，边缘的毛已经油腻发黄。床头柜上盖着蓝色小盖子的廉价塑料杯，被茶垢锈得深紫发黑。老人的物品散发出一股羊膻气和火车上的怪味，更加重了病房里已经难闻的空气。但是他都已经习惯了，不再像刚来的时候，不断皱起眉头吮吸鼻子，瞪着一双眼扫视一切引起他反感的地方。

他又扭过头去看那个东北人。他增加了动作的幅度，希望引起东北人的注意，但东北人并没有注意他。东北人到来的第一天，就俯下身在那本破杂志上面写字。他出于好奇，趁东北人不在的时候，悄悄偷看了东北人抄写下的一行字："为自己找到生活的目标为自己目标目标找到找到……"

东北人第一次出现在病房的时候，小卫并没有意识到他是一个病人，只见他喜气洋洋地走进来，眼角布满笑纹。小卫以为这人只是个病人家属，一定是忘记拿柜子里的什么东西，才进了病房。他正要扭头去听小安说话，东北人笑容满面地开口了，打问他们来自何处，又问他们自己是不是不像个病人。东北人还特意看了看老人，直到引起老人的注意。

一点儿也不像。他和小安回答。

东北人解释说，他到现在也不觉得自己是病人。他本来是陪姐夫来，给他姐夫看肝腹水的，当时他因为闲得无聊，觉得自己胃里不舒服，就去做了个胃镜。

这一查，你们知道咋啦？查出我是胃癌三期。这下好了，我倒成了病人。

东北人拿到护士给他的条纹病服后，在他们眼前利索地穿上，换下身上的棕色休闲夹克，然后认真地叠好放到柜子里。一转眼，就在他们眼前变成一个穿条纹病服的病人，但看上去依然健康爽朗。直到那天中午，他的老娘、妻子、三个妹妹和一个姐姐，随着他老娘的一声大喊出现在病房，我的儿啊……

她们是得到消息后乘了一路火车从东北赶来的，是她们一大群人真正把胃癌带给了东北人。东北人的老娘一进病房，刚看到东北人的笑脸，就大声号啕起来。在他老娘哭声的带动下，其余的人也都哭起来，东北人刚开始还坚持笑着，好了好了，让她们停止哭泣，并且告诉她们没什么，但很快自己也眼圈红红地哭起来。

东北人一直没有抬头，小卫觉得东北人一定发现了他的举动，因为他还清了清嗓子。东北人坐在那里，大概仅仅凭感觉，就知道小卫一直在仔细打量他。他并没有回应，在书上面照着写了"家庭"两个字，然后下意识地端详起来，好像这两个字跟以前有什么不同。他能看出来，在他跟前，他的妻子努力表现得跟以前一模一样。但有时候，恰恰是这样的表现让他难过和惶惑，似乎他面前已经竖起死亡的路标，再也回不到过去的生活轨道了。刚开始他还努力装得毫不在意，但亲人们的号啕大哭使他无法再装下去了。他有时仔细观察妻子的举止，有时小心翼翼躲避妻子一些做给他看的细微动作，包括像往常一样赞许地看着他，希望像往常一样得到他的回应。就在那一瞬间，让他记起二三十年前的某个情景，但两个情景的内涵已变得完全不同，让他不寒而栗。

现在病房里非常安静，东北人又毫无意义地写下一排字，他尽量把字写得整整齐齐，每一个字脚都站在虚拟的一条横线上。他放下笔，用眼角的余光觑着病床上的小卫，第一眼看到小卫的时候，就因为小卫是他儿子的同龄人而怀有好感，也就容忍了小卫那种都市人的轻浮自私、冷漠矫情的毛病。他的儿子二十岁出头，但是一直体弱多病，躺在病床上的形象保持了好多年。有时恍惚间，他会将小卫当成过去他躺在床上的儿子，他不知道儿子听说他患病以后会怎么想，有时他像眼前一样偷偷看着小卫，下意识地生出一腔爱怜，嘴角不由自主地流露出微笑……

滴液

小卫记挂着老人快要滴完的液体，于是扭头继续看那袋子里的滴液，袋子里已经看不到那剩下的亮亮的一线了，但软管里还是满满的。他耐心地盯着袋子的端口，直到端口微微一晃，随之出现一个亮晶晶的小点，这才看到正在缓慢下行的液体。他扫视一眼莲姨，发现她并不是瞅着门外，而是将头靠在墙上睡着了，半张的嘴角流着哈喇子。他又去看电视，调成静音的电视里一个主持人正在说话，接着是一个熙熙攘攘的广场，簇拥着成千上万的阿拉伯人，闹哄哄地，只能看到人头，好像要到哪里去朝拜。

小卫又看看窗外，看到那幢新楼微微弯曲的顶端，在清晨金色的阳光下正变得炽热通红。病房的窗户是铝合金的，但已经陈旧松动，推拉起来晃晃荡荡，从缝隙里磕打出雾状的尘土。从窗户望出去，除了那个新楼的顶端，其余地方都空空的，连原先的淡蓝色也没有了，只有雾状的白色。他觉得这是一个特殊的时刻，在他的生命里从没有出现过这样的时刻，这样暧昧和离奇。也就在突然之间，他决定不告诉任何人，希望看到老人即将变空的滴液袋子会造成某种后果。他抬起头已看不到滴液，小管上部的软管里已经空了，不再有一粒滴液滴进中间的小管里。

小卫有些紧张地回过头来，看是否还有别人也在注意。这时东北人不再抄写，正抬头朝他微笑着。他出于谨慎没有回应，因为他无法判断他笑容的含义，觉得他的笑容跟往常有所区别，就像是装出来的。难道是东北人意识到了他的恶意？于是他躺下来，装出一副对周围毫不在意的样子，只用眼睛的余角偷偷瞅着那软管。他隐隐觉得，正有一只看不见的命运之手在搞乱他的生活，而他偏要跟看不见的这只手对着干。他屏住呼吸，仔细盯着中间越来越空的小管，非常执拗地想知道事情最后的结局。

量体温！

这时，一个小护士用网兜提着温度计盒走进病房，是那个动作干净利索的小姑娘，长着一张漂亮的脸蛋，走起路来旋风般摩擦着腿部，发出沙沙的声音。东北人已经拿到体温计。护士经过莲姨身边时，莲姨依然靠在那里睡觉，但现在她明显是在装睡，因为嘴角的哈喇子不见了，而且头也改变了位置。其实这样也好,小卫讨厌她像弹跳一样从凳子上站起来,表现出过分的细心和关怀。小护士带着一阵清凉的风走到他跟前,递给他体温计,他特意看了看起始温度,三十五度一。然后小护士又去叫老人:

大爷,你醒醒,测体温了。

说着揭开老人的被子,帮老人把温度计夹在腋下。

大爷夹好了,别掉了啊。

给老人重新盖好被子后,小护士的手突然出现在软管上,轻轻地抓住软管,迅速拧紧下部的滚球。她什么都没有说,非常利索地重新换上挂液,就噔噔噔地走了。

小卫简直无法理解,恰好在这个时刻,哪怕落后几秒钟也不行,小护士却出现了,使他的恶意没有得逞⋯⋯

玫瑰

小卫非常沮丧,他下意识地抬起胳膊要做出什么动作时,一个东西从腋下掉了下来,是体温计。他拿起来看了看,三十七度六!

他开始不安起来,觉得这是一种诡异的报复。这居然是他的体温!他似乎早已料到会有这样的变故,生活正时时处处跟他作对。两年来,他一次都没有超过三十六度五。每个人的日常体温不一定都是三十六度五,他的一位同事是三十五度九,他母亲是三十六度四,等等,但他从来是最正常的那个。他有些惶惑无端地气恼起来,好像是害怕别人知道他的体温不正常。他做贼似的甩了甩体温计,又重新掖到腋下。

这时,小卫看到小安出现在门外,一边走一边跟某个人聊天,接着兴冲冲地从门外进来,脸上洋溢着笑容,先看了看老人的挂液——咦,换液了?也许因为自己体温的升高,小卫有些厌恶起小安来,尤其是看到她那张笑脸。他从没有这么期待老人能狠狠地训斥小安一顿,在此之前他总是站在小安的立场上看待老人。

老人已经醒来,但还保持着睡觉时的姿势,目光像磨光的石头泛着的光一样深沉,让人无法猜透。小卫甚至觉得,这是个精明的老头,等他和老人的目光相遇时,他感到一丝微微的蔑视。

此时老人盯着小安,目光追随着小安的走动,在老人的盯视中,小安的笑容渐渐不再那么丰富。小卫非常希望老人开口训斥小安，他一直暗暗期待着，只见小安将矮墩墩的身体放到床的一角，黝黑的脸上窝着一双贼亮的小眼。她转过脸来偷着乐似的看了小卫一眼，似乎希望得到他的回应。小卫却不想回应，他从腋下取出体温计，装模作样地看起体温来，看到红线所指的刻度，三十七度六！而且仅仅测量了不到两分钟，就上升到这样的高度。

这至少意味着，他的伤口有了炎症。

小卫不再去操心别人，他重新躺下，把头扭向另一边。东北人的妻子回来了，带着几个焦黄的馅饼，病房里重新变得热闹起来。莲姨也站起来，格外热情地跟东北人的妻子搭话。小安说着什么，不断称赞那里的馅饼好，说她老早以前去那里买过。她们似乎终于找到了表演的机会，一个个满口的溢美之词。小卫决定无视她们努力营造的虚假气氛，将头稍稍往上一抬，便遇见插在瓶子里的一束玫瑰。那玫瑰开得正好，有一瓣玫瑰俏皮地抽身出来，卷曲着身子。而另一旁的康乃馨垂头丧气，有几朵花还长出溃疡似的黄斑。小卫为小琪的康乃馨感到沮丧，这一切似乎在向他暗示什么。这时，他看到一只粗糙的手伸过来，一把拿住敞口花瓶：

我给换点水吧。

小安胖墩墩的身体已经走到小卫面前，她也许不理解小卫为何有些冷落她，所以先做了个试探性的举动。其实他们的关系一直可以，一开始小安就把小卫当作下一个需要陪侍的人，不断找机会跟他搭话，帮他做些事情。但老人延迟了出院时间，她只好继续去陪侍老人，而小卫不得不另找保姆莲姨过来帮忙。

花瓶又重新放回到小卫的床头柜上，现在只剩下了玫瑰。玫瑰花瓣上洒了水滴，色彩像是受到了滋养，变得肥厚而神秘，绿色的叶子探着身子，向原先康乃馨的位置伸展，占据了花瓶的所有空间。

康乃馨蔫儿了，我给扔掉了。你看你对象的这玫瑰花，开得多好。小安向小卫殷勤地说。小卫没有回应，他觉得她的举动像是为他做了某种抉择……

墙上的手掌

体温计！

那个小护士再次走进病房，胃癌病人赶紧从床头柜上拿起体温计，用纯正的东北话笑着说，三十六度五，老好啦！

小卫支撑起上身，把体温计递过去。他没有吭气，只希望护士悄悄填写在单子上。但是小护士没有，有些惊讶地问小卫，你发烧啊？三十七度八！好像这样的发烧是不应该的，纯属失误。这使小卫感到委屈和羞愧。

东北人夫妇带着饶有兴味的表情看着他，似乎要说什么，但他迫切希望他们放过他。莲姨虽然侧身对着他，他也知道她心里是得意的。一时间，他觉得房间里怎么到处站立着人，使他无法将目光停留在某一个空处。他只好抬起目光，盯着电视机，然后继续往上抬，看着电视机上方的墙壁，在那里他看到一个手掌的印记。

是的，那确实是一个人的手掌印记！墙上一定布满了浮尘，即使不是三十年没有清扫，至少也有很长一段时间没有清扫了，不然不会留下那手掌的印记。孤零零地停留在那么高的地方，至少有三米高吧，一般人跳起来也够不到。那个手掌印记，就像CT里看到的那种，能看到一截一截的指关节。它是什么时候留下来的呢？为何会留在那里？为何又只有一只？他越来越感到有趣，想象着手掌印记背后的秘密。很快，他就觉得自己来这里看病是老天跟他开了一个恶意的玩笑，而那墙上的手掌印记，或许就是老天对他刻意的提醒。

想到这里，小卫反倒平静下来，接受了这样的安排。他重新看着小护士，小护士已经走到老人跟前，大爷，您的体温计呢？老人正焦躁地在腋窝里寻找，可体温计显然已不在腋窝里了。我帮您找吧，小安过去，把手伸进老人的被窝里。这正好是个训斥的机会，但是老人没有，只是用责备的目光盯着小安，小安笑眯眯地看着小护士，一只手在老人的腹侧摸索了半天，把体温计摸了出来。

三十五度九。小护士说。

这时，一个熟悉的身影闪进病房，小卫看到那是他母亲。那一刻，他马上找到了往日被娇宠的感觉，满心的委屈脱口而出，他对经过身边的小护士说，我怀疑是你们医院的原因！我越想越觉得不对劲，你们动手术时没有给我换刀具，只是用水洗了洗。

小卫觉得他的话，在病房里一定会引起轩然大波，但是一点儿也没有，都没有什么反应，甚至连他的母亲。他们显然并不相信他的话，S医院可是全国最好的医院啊。

您可以向医院反映反映，我觉得不会的。小护士微笑着说。

你觉得不会就不会？万一传染上什么病就麻烦了。小卫说。

水

有那么一刻，他们同时都听到三号病床上的老人在喊什么，似乎已经喊了很久，因为老人看上去十分恼怒。他已无法像往常那样大吼了，那会震裂他的伤口。他只能压低嗓门儿，有些乞求似的发出沙哑的声音，只有看到他黑沉沉的表情，才知道他发怒了。清瘦的脸涨得又黑又红，一双怒目正对着小安的后背，而小安正关切地看着小卫，试图安慰他。直到东北人夫妇提醒小安，小安才转过身去。

老人叫道，水，水，喝水！

这下小安听清了，她不慌不忙地向窗台走去，去给老人倒水。病房里的人都盯着小安，觉得这是老人嫌小安过多地去关心别人的事情，而忽略了自己。他们想看看小安究竟怎样应付老人的严厉，但小安很是从容不迫，往一个小杯里倒了点开水，然后像给婴儿冲奶一样，捧在手心轻轻地摇动几下。那动作让人觉得，她是那么体贴入微，老头要是再不满意的话，简直就是无理取闹。小安笑容可掬地走到老人床边，完全无视老人阴沉沉的面孔，她用臂弯扶起老人来，把老人的帽檐拉正，然后将小水杯递给老人。

我以为你还是不敢喝呢？

老人没有理会小安，像饮酒似的抿了一口，接着木然地瞪着眼睛，又抿了那么一小口。喝完一小口之后，老人就痛苦地呻吟起来。他一直感到憋胀，憋得腹部像铁块一样，容不下任何一点东西。之前，他常常要医生停止输营养液，动完手术三天以后，医生要他到病房外面散步，免得肠道粘连，他却说啥也不敢出去，只是用手扶着床稍稍站一会儿就又躺下了。而且就那么一会儿，他已经冒出一身冷汗，剧烈的疼痛像要马上夺走他的老命。再往后，他也一直没有出去散步，动完手术都第九天了，连主治医生都有些着急了，但他顶多是到病房的卫生间去撒泡尿。谁劝说都不行，他不敢喝水，更不出去散步。可今天，他居然主动要水喝，而且喝了两口。

这次老人没有像以前那样，一喝完就躺下，而是披着衣服坐在那里，似乎怀着侥幸的心理，希望肚子里不再有所反应。可是很快，他的眉头又皱了起来，嘴唇也开始绷紧了，两小口水正像杀手一样在他肚子里冲杀。好他妈狗日的，他又痛苦地呻吟起来……

大剪刀

小安又走了过来。

小卫的母亲正看着他，一边用手指抚摸着玫瑰，为玫瑰暗自感到宽慰和欣喜。儿子给她说过几次小琪，她也看过小琪的照片，此刻的触摸让她又记起照片中那个清丽的姑娘。但出于儿子目前的状况，她并没有用眼神向儿子暗示什么。小卫却显然生气了，他把头埋进胳膊，不再搭理他们。他母亲已经见惯了他这种撒娇和无理取闹，但是每次又心疼不已，忍不住要劝慰几句。慢慢地，她似乎也相信了儿子的话：

你好好回忆回忆，你见到的，或许是别人用完的没收拾。

用不着回忆，我亲眼看到的啊，如果不是亲眼看到，我也不会相信的。

别瞎说，那是你紧张得过头了，你一紧张就发烧！莲姨说，我寻思这么大的医院，不会给你用使用过的手术刀具。

就是你让他们用，估计他们也不敢，你以为这是乡下的小门诊？东北人插嘴道。

好好放你的心吧，一定不会有事！东北人看着小卫的母亲说，小卫的母亲也非常信任地看着他。他又扭过头去看小卫，小卫却丝毫没有反应，似乎对一切劝慰已厌烦至极，似乎他随时会"切"地一声，让他们的劝慰统统见鬼去。

东北人突然觉得是时候了，他有时也会讲到那把大剪刀的故事，但从没有用在如此恰当的时刻。他带着一种莫名的兴奋，或许他觉得，之所以发生那样的事，完全是为了今天他可以讲出一个事情来。他清清嗓子说，我那孩子啊，看花我多少钱了，差点就没命了，就是因为一把剪刀。他表述得并不清楚，但他妻子知道他说什么，含情脉脉地看着他，像在鼓励他讲下去。

他看了看周围的人，莲姨又向他走近一点，脸上自视甚高的表情没有了，眼里闪烁着同情而急切的目光。除了莲姨，其他人也对他怀有某种期待，他接着说：

那年头生孩子都是找接生婆，用咱们家里的大剪刀剪脐带。完事以后，我那孩子生下才两天就发高烧，我们抱到镇医院去看，可根本就查不到病因，我们只好又抱了回去。

他记得清清楚楚，他们把体重只有五六斤的孩子搂在怀里，由于发高烧，孩子的嘴不停地微微抽搐，他看着一张娃娃脸的妻子，不知道该怎么办才好。他们那里习惯于早婚，当时他们只有十七八岁，实在是好好照顾不了孩子。屋外正刮着腊月的寒风，他妻子坐在炕上，不停地盯着孩子看，看着看着眼泪就掉下来了。两天之后，他们再次抱上孩子去了镇医院，可是医院仍然不接收孩子，说孩子连血都抽不出来了。最后他们只好又离开医院，医院外面有一堆垃圾，上面能看到冰冻在雪中的废弃针头，他们就站在垃圾堆旁边，一时间像失掉魂一样。他们几乎同时冒出一个可怕的念头，是不是应该听从医生的话扔掉孩子？也就在那一刻，他的妻子说，咱们还是再去县医院试试吧，或许县医院能救了咱孩子。县医院在八十里之外，刚下过一场小雪，路上已凝结成冰。他们往东南方向看了看，远处是白茫茫的天际线。他心里升起一阵奇怪的饥渴似的感觉，想都没想就和妻子一步一滑地走去。他们差不多走了一白天，赶黄昏的时候到了县医院。一进县医院，他们就不由自主地奔跑起来，都忘了看看孩子是否还活着，等医生打开孩子的包裹时，或许是孩子睡着了，或许是孩子昏迷了，总之是他没有看到孩子任何活着的迹象。医生把孩子迅速抱进急救室，他们坐在外面的凳子上等着，好像不是在等孩子救活的惊喜，而是在等孩子死亡的消息。他们不停地哆嗦着，这时才发现自己快冻僵了，双脚好半天才有了痛痒的感觉。

而今，同样是在医院里，不过是在北京，在全中国最好的医院里。东北人回过头去，看到妻子通红的眼睛里溢满眼泪。

是败血症！医生后来对他们说，是那把大剪刀剪脐带时惹下的祸，养这孩子老费钱了！

可不是嘛，妻子接住说，前些年孩子才脱离危险。因为孩子体弱，我们舍不得让孩子干活，你看把老头子累得落下个胃癌。得病前还天天开车，吃饭有上顿没下顿的。

你看看，都是一把大剪刀害的。

伤口

很长时间，他们都没有听到三号病床上老人的呻吟了，原来老人也在扭头看着他们，像是一直在仔细听着。现在，几乎所有的人都回头去看小卫，小卫也注意到了这一点，他希望能了解这些人有多少幸灾乐祸的成分。他们像是刚刚从东北一个小医院里观看了一个惊心动魄、寒惨凄切的场面，就立刻回到了这个病房，又来赶着看第二场。他甚至看到了那把黑铁做的大剪刀，剪刀上面还沾着血迹，让他浑身起了一层鸡皮疙瘩，让他惶恐地想起盘子里那些肛瘘手术用具。但令他惊奇的是，他又似乎很乐意享受这样的氛围，因为他母亲站在那里，不管他们心里有多幸灾乐祸，脸上也都是一副同情的表情。他看到莲姨的眉头重新皱得紧紧的，表现出她惯于悲天悯人的神情。但是就在这时，两个小护士推着护理用品车走进病房，破坏了病房里形成的氛围。两个小护士径直走到老人的病床前为老人换药，东北人夫妇、小安、莲姨好像为了躲避尴尬，也抻长目光去看护士为老人换药。这让他有些沮丧，只有母亲关切地看了他一眼。但之后，她也转过头去。他们就这么轻易放弃了对他的关注，让他实在是有些愤怒。

他们无声地看着另一场戏，甚至连老人也垂目看着小护士的动作，只见一下揭起他的被子，露出布满腹部的重重纱布，一条很长的白布贯穿腰部缠绕着伤口，防止他的伤口绷裂。

小护士的手指像触摸鼓面一样摸了摸厚厚的纱布，又往外拉了拉被子。病房里的其他人差不多都看到老人被刮干净阴毛的软塌塌的生殖器耷拉在两腿间，小卫以为他母亲和莲姨会有所回避的，至少会显得有些难为情，但是半点儿也没有，似乎像小护士一样司空见惯了。莲姨甚至走到病床跟前，为了看得更仔细一些。

两个小护士解下那条白布，又小心翼翼地揭开纱布，一道歪歪扭扭的伤口横在肚子上，粗粗的线依然缝在上面，留在伤口尾部的线头翘着头。老人一副预防着忍受疼痛的表情，白白的肚皮一起一伏，上面的伤口也一起一伏。护士上了药水，重新把新纱布敷在伤口上，然后取出一条长长的白布，再紧紧地裹在纱布上，像捆扎东西一样，一直缠绕了两层。每次因为收紧裹布摇晃一下，没有阴毛掩盖的生殖器也跟着晃动一下，简直像新生儿的一样。老人感到腿间冷飕飕的，生殖器第一次暴露在这么多女人面前，除了羞耻之外，他又感到一点点说不清的快意。他任由两个小护士折腾，体会到一种被照料的感觉，护士给他盖上被子以后，一滴汗珠从他额头滚到鬓角，又从鬓角滚落到枕头上。

因为疼痛和紧张，他已经大汗淋漓。

血

现在，两个小护士离开了病房，病房里人的目光也跟着离开了老人，每个人脸上并没有显出刚看过什么的表情。

小卫越来越觉得这病房里就像一片目光严密的丛林，被人打量也打量着别人，充满奇怪的意味。也许是他们的沉默激起了老人的兴趣，老人偷偷地瞥过来一眼，恰好与小卫的目光相遇，这次老人没有那种轻蔑的感觉，而仅仅是因为好奇，多多少少还有点刚刚做过什么的羞怯。他俩是真正遭遇过手术刀的病人，然后两个人扭过头去，回到各自的世界。

小卫又积累起对母亲的怨怒，她竟然抛开自己去看老人的伤口。这时母亲关切地走过来，坐在他跟前，像往日那样把手放在他脖子上试试温度，让他感觉好受些了。每次他生病了，母亲都会神经质地焦虑，他以为听了给他动手术用旧刀具的话，母亲一定会心急如焚，却没想到母亲出乎意料地淡定。小卫故意躲开母亲的目光，生气地侧躺下来。

他的举动终于影响到了母亲，母亲又像过去一样焦虑起来：

小卫，你要确定了，我就去找他们医生，这么大的医院，咱们花了那么多钱，他们还要节省一副手术刀具。真要是出了什么问题，我跟他们没完。

小卫这才抬起身子，语气仍旧坚定地说，妈你别说，他们还真有可能用了洗过的手术刀！我亲眼看到护士从满是血迹的器械里挑出给我使用的手术刀。

那也可能是拿去清洗的，并不一定就给你用。小安走过来说。

我亲眼看到护士手里拿着我的手术单子，一边念单子上的使用器具，一边在各种手术刀里挑挑拣拣。上面清清楚楚写着"肛瘘手术使用器具"，刀子上还往下滴血呢。

哎呀，你不是看错了，就是你记错了。莲姨也过来说。

小卫最反感她的腔调。

我给你去问问，小卫母亲接住说，隔壁35号病房，有一个也做了肛瘘手术，我一定要搞清这是怎么回事！

小安带着小卫母亲走出病房。在敦实的小安身后，小卫的母亲显得清瘦而孤单，小安黄色的烫发束在头后面，半露出细瘦的脖颈，穿着摩登的宽大的裤子，裤脚几乎埋没了她的高跟鞋，高跟鞋只能凭借嘎嘎的声音，显示自己不甘于埋没的存在。

小卫记得，动手术的那一层楼几乎全是手术室，手术室外面像过道一样，一些病人的家属走来走去。他和他母亲那天就看到那个做完肛瘘手术的胖女人从他们面前走过去，妈呀妈呀地叫着，浑身在不停哆嗦，几乎无法走路了。但是没有医生搭手扶她一下，她差点摔倒在他们跟前。

他进去的时候，手术室还没有清理，地上有两摊血，手术台的垫子上满是血，手术刀盘里也是血，护士正当着他的面收拾。

看到那些血，他就有些不知所措，希望眼前的一切都不是真的。而且，这栋旧楼的陈旧设施和压抑灰暗的手术楼层，让他有一种做梦的感觉。那手术室已经做过三十多年的手术，有很多病人或许就死在手术台上。

大鱼

胖女人在输液，一输完就过来。小卫的母亲说。她回到病房里重新坐在小卫床边，摸了摸小卫的头发。

周围的人现在开始慢慢转变他们的观点，开始朝着小卫所希望的方向发展，他们似乎相信了小卫的话，认为这家全国最好的医院也一样缺德，为了节省费用省去了医疗器械包。他们只等胖女人输完液，来印证他们的观点。这时，东北人下床去了病房的卫生间，他妻子掉转脸看着小卫，看着看着眼睛里就沁出泪花来了。小卫很是吃惊，以为她把自己当成了她患上败血症的儿子，他甚至忘记了他们正在讨论的问题。

俺老头子，东北人的妻子悄声对周围的人说，看上去老好的，其实坐在那里心里也琢磨事哩，他也挺难过的。说着，朝门口卫生间的位置看了一眼，用手擦了擦眼泪，听见卫生间响起水声后，赶忙向大家使个眼色，用袖子又擦了擦眼睛。要不的话，俺老头子现在早捕鱼去了。见男人从卫生间出来，她笑吟吟地对大家说。

东北人出来的时候，发现周围的人都用特别的眼神看他，感觉到有点怪异，似乎预料到了什么。听见他妻子在说捕鱼，他便清楚了她的用意，那是他最喜欢谈的一个话题啊。他接住妻子的话说，俺们那旮旯，不是有个乌苏里江吗？说着说着，就兴奋起来了：

每年有两个月可以捕鱼，五月和十月，其他时间禁渔。我的妈呀，要是每年能捕到一条大鱼，那就赚大了。

打鱼主要是他和他姐夫、妹夫三个人。打鱼期到了，他们就停下手头的其他工作，一起去江上捕鱼。他们要捕捞的，除了普普通通的鱼，还有几百斤重的大鱼。他妹夫开着个小杂货铺，平日沉默寡言，只在许多杂物和小零碎上捏捏弄弄。但在捕鱼的时候，最是沉着机智，洞悉水里的各种秘密，还发明了许多机巧的小设计。他姐夫是个狂热而迷信的捕鱼者，收集了大鱼的各种信息，然后预言今年大鱼会在哪里出现，讲如何能够抓到它。他姐夫和妹夫经常为了捕鱼地点发生争执，都认为自己预料得对。他姐夫跟他一样，也是一个卡车司机，为别人运货跑长途，很是能说会道，喜欢吹嘘和神侃，也喜欢恭维陌生人，朋友和哥们多的是。他姐夫在江上捕鱼的时候，有时会疯癫癫地走来走去，一双戏谑的笑眼不停地在江面上滴溜，每隔五分钟就冒出个可笑的主意，让他们乐一乐。他姐夫用木头刻了一条一尺长的鱼，钉在船头上，每天早晨都会站到船头上，对着木鱼神神叨叨几句。

你只穿个大裤衩在那里拜，太不讲究了！有一次他调侃他姐夫。

你不懂，鱼天生啥都不穿，它才不管你穿不穿衣服。他姐夫说。

差不多每次捕鱼期都有一艘船中彩，捕到一条几百斤重的大鱼，可以卖出天价来。在过去十年里，他们只捕到过一次大鱼，不过也算是很幸运的了，更多的人一辈子都没同大鱼沾过边。最重要的是，他们捕到的是乌苏里江有史以来最大的一条鱼，差不多有一千斤重吧。那天，他们三个大喊大叫，躺在大鱼身边让人给他们照相，据说那照片后来还上了报纸。也就是从那时起，他一直深信自己是老天最眷顾的人。

哇，一千斤重，那有多大呀？小安问。

多大？从这一头到那一头，至少有这么大。东北人比划了病房的整个宽度。

有那么一瞬间，好像大鱼就在他眼前，就平躺在病房里，浑圆的身子笨重地压着地板，一只鱼鳍在轻轻摆动。

若是在我们那旮旯打问俺老头子，只要问捕到大鱼的那个姓王的汉子，我们旮旯的人就知道你找的是谁了。东北人的妻子似乎在证明她男人过去绝不是现在的样子……

竹竿

病房里的人看到东北人妻子的笑眼里再次闪现出泪花，就都把目光移开了。就在这个时候，三号病床上的老人喊叫道，小安，小安……

老爷子要咋？小便呀？小安走过来。

老人指指门外，他还从没有出去过，现在准备试着出去散散步。二十岁出头的小卫，因为痔疮手术窘态百出，使他备受鼓舞，觉得他还是幸运的。他只是疼痛，并没有发烧。他的疼痛有时让他觉得自己似乎挺不过去了，甚至连一点点水都不敢喝，但是到现在他还好好活着。上午他又试着喝了两口，也没有引起他担心的严重后果，把肠道一塌糊涂地给胀破，他甚至有精力耐心地听完了东北人捕鱼的故事，中途没有哼哼一声。

老人慢慢把腿放到一侧，把钩住被单的别针解下来，别针上拴着肠道插管和插管上的袋子，管子里是一段一段的血。如果袋子里除了血还有其他东西，那就意味着手术失败了，前几天就有个胃癌病人因此重新上了手术台。他再次觉得自己是幸运的，仅仅是切除了个息肉，只是他年老的原因，才让他难以承受。小安从头顶拿下巨大的乳黄色营养液袋子，放到有轮子的输液架子上，架子中间是个日本进口的方形控制器，能准确地按量输送肠道营养液。老人坐在床沿上，觉得自己就像要出远门似的，小安给他披上厚厚的黑色呢绒外套，扶正了帽子。老人尝试着站在地上，慢慢佝偻起身子，一只手把衣服下摆收拢住，捧着下腹，一只手扶住架子，害怕架子走得快时，会把各种管子牵扯住。疼痛立刻加剧了，他几乎难以忍受，全身开始燥热冒汗。但他坚持迈开小步，小安用酱紫色的短粗右手握住架子，慢慢地往前推移，因为中间压着那个铁一样沉的日本器械，架子的轱辘发出格外沉重的声音。莲姨赶紧让开路，其他人也都看着低头磨蹭的老人。这是老人第一次出去遛弯，伸着脖子，半弯了腰，脖子和肠道的插管，以及盘绕的各种管子，一起形成一个令人畏惧的"架势"。老人慢慢地走出病房，给病房留下一种凝重的气氛。

他们目送老人走出门走，临出门之前，小安朝他们眨了眨眼，之后，骨碌碌的声音便在走廊上响起来。

昨天主治医生跟主任医生在办公室议论，我才知道老人得的也是癌症——结肠癌，只是家属隐瞒得好，老人到现在也不知道，只说自己长了个息肉。东北人的妻子压低声音说，医生说老人的肠子截了有一尺长，在手术室就差点不行了。如果刀口一直长不住，一直不敢吃饭，那就玩完了。

老人试着往起直直上身，原本他是不敢这么往起直的，因为肚子下面一直在疼痛，现在他只是想感觉一下刚才喝了两口水，肚子是否更胀更难受。他感到整个下腹凝成了一团，团得快把肚皮撑破了。肚皮被绷带紧紧缠绕着，他其实根本感觉不到肚皮，只是神经质地揣想肚皮不适。疼痛让他一阵阵出汗，甚至禁不住想哼哼几声，但是他咬紧牙关忍着，只有忍无可忍时才哼一声。

老人前面，也有亲自推着输液架子行走的病人，穿着蓝白相间的旧病服，跟他身上的病服一样蓝色都洗淡了。离他最近的是一个因化疗脱光头发的中年妇女，一看就是个癌症患者，脸白得要命。她慢慢地挪动着，这时候站住了，回头看了老人一眼，似乎要歇息一下。老人正好直起腰来，看到她的眼睛巨大，有一个青黑的深窝，空洞而没有任何表情。老人又侥幸地想，幸亏自己仅仅是长了个息肉，如果是癌症的话，那就玩完了。老人心中感叹的时候，一个头发脱光的中年男人又从他身侧走过，而且居然是倒着走路，手里用一截竹竿挑着液体，液体用细绳拴着。竹竿随着中年男人后退的步幅，在老人眼前一晃一晃。中年男人脸面精瘦清白，但是精神状态很好，这非常鼓舞老人，相比之下他就有点过于矫情了。他试图加快点步子，可是依然不行，腹部的剧痛在强烈警告他。

终于，老人站在了锐角三角形走廊的另一个锐角里，他已经是第十五次走走歇歇了，额上的汗珠噗噗落在地上。他只能弯腰保持着奇怪的姿势，甚至连蹲下都不敢，那样腹部会更疼。不管从哪个方向走，他都需要一大截距离才能回到房间，他觉得自己陷在那里，若仅凭自己的能力，是无论如何也回不到病房去的……

大鱼的模样

同样做过肛瘘手术的胖女人走了，她知道的并不比小卫多，但胖女人走路时稳重的步伐，使她看上去已不像一个病人。这让小卫吃惊不小，觉得胖女人很快就会从容自如地行走在大街上，而他连上床都困难，并且还在发烧。

小卫侧身躺在床上，刻意对床前的莲姨视而不见，她总想在他母亲跟前表现得殷勤。小卫母亲上班走后，莲姨就把谈话的目标转向东北人，不断看着东北人，想安慰点儿什么。但东北人坐在床上，正背对着她，她只好转向东北人的妻子。

这病，莲姨对东北人的妻子说，关键是心态呀！

对对对，东北人猛地回过头来，和妻子一起附和道。

莲姨看到自己的话引起反响，就更加兴致盎然。她说，这病就是个这，只要心态好就行，心态一差就玩完了。真的，一定要保持好心态！

东北人的妻子脸上保持着笑容，突然一下子没有忍住，红红的眼眶里就溢出泪水。东北人侧过脸看着妻子，看到妻子没来得及躲闪开的泪眼时，低头把手搭在妻子肩膀上，从床上探下两只脚来，把脚伸进鞋子里。妻子默默地陪着他，一起走出了病房……

小卫下意识地把被子往上拉了拉，一直拉到脖子那里，他只希望莲姨不再打扰他。

现在东北人的床空出来了，枕头边扔着一本旧杂志。小卫把目光投放在那白色的病床上，避开莲姨在床脚游荡的高大的身影。他的目光再往起稍稍一抬，便看到那束含苞欲放的玫瑰，让他又不由得想起小欢来，想起他们在废弃楼层里的吻。他还记得"此处禁止说话"那几个黑体大字，那似乎并不是警示别人的，而是很多年来一直在等待他们的到来。他目不转睛地看着玫瑰，一个花瓣正要掉落，从颤颤掉落的花瓣的颜色，他又想起手术室里到处的血迹。他记得刚进去的时候，手术室还没有清理干净，地上留下的两摊血映照出头顶的灯影。等护士有条不紊地收拾好以后，他就被安排到手术床上，看到医生在清点手术器械盘里滴血的手术刀。按照肛瘘手术的清单，这个情景始终盘桓在他脑际，接着他们把盘子端走了，他们是否还用那些器具，是否重新拆了新包？他就一概无从知晓了。当时他仅仅是恐惧，放展身体躺下的时候，直觉得上下牙齿打颤。

　　他的身体一阵阵发冷和哆嗦，但是一想到东北人捕获一千斤重的大鱼，他就又镇定了许多。他努力推想东北人当时捕获大鱼的情景，在中国地图那个公鸡的头顶最东边，乌苏里江该是一条怎样的河流？它的水面有多宽广？东北人的船怎样在水面上游动？随后他的脑中便出现了那条大鱼，只见水面下一个黑沉沉的阴影，在缓慢、神秘、沉静地游动。它的眼睛圆而慈祥，靠近肚腹的鳞片金黄，再往下是一片银白，而背部和背鳍是黑青色的。东北人的小船，虽然捕捞的渔具一应俱全，但它是一只破旧的木船，船后面安装着突起的引擎。他实在无法想象，这样一条船咋会捕获那么大的一条鱼？于是，他只好绕过这个百思不得其解的细节。现在是一条巨大的鱼躺在湿淋淋的船板上，巨扇一样的尾巴在疯狂摆动。

　　之后，他的注意力又回到水中，期待遇见其他的大鱼，而且真的遇见了一条，它正在那里不知危险逼近地嬉戏，笨重的身躯表现出一种憨态。那憨态让他越来越平静，越来越感到欣慰，到后来竟发现自己就是那条大鱼，在水中怡然自得地优游。这时，前面另一条非常熟悉的大鱼朝自己游过来，并用头触动他，说：

　　瞧你额头烫得……

　　他仔细一看，这是一条长得跟莲姨很像的大鱼，正愚蠢而着急地看着他：

　　……瞧，小卫啊，你保准更烧了。

病房里的浮世绘

《大鱼的模样》是一幅描画病房的浮世绘。这座病房位于"一栋已经在风雨中挺立了三十来年的旧楼里",里头住着老中青三代病号,分别是得了结肠癌的老人、胃癌三期的中年东北人和刚割了痔疮的青年小卫,《大鱼的模样》讲的是三个病号的故事。

青年小卫有着"都市人的轻浮自私、冷漠矫情的毛病(在东北人看来,同时也写东北人)",医院的一切都不能让他满意,"他有一种深入泥沼的感觉,觉得病房里的生活实在是有些污秽"。他嫌保姆莲姨粗笨、愚蠢,好打探传播小道消息,"像游动的判官一样出现在他家里";感情生活上,准女友小琪和与他关系暧昧的同事小欢先后来访,让他游走在情感漩涡的边缘;原本因为S医院的富丽堂皇才下定决心要割痔疮的他,结果被分派进了旧楼,被各式各样的穿条纹病服的病人包围,"像误入了疯人院一样",觉得自己既荒唐又可笑;而痔疮也赋予了他一种尴尬的新身份,"这个新身份多少有些污秽和隐私的成分在内"("疾病的隐喻"),更像一个无法说出来的笑话——虽然他能和同事不断地戏谑和调侃它,却常常感受到那恶毒的尖刺般的刺痛。加上他还是一个公司职员,业务繁忙,走南闯北,多有不便。

东北人"到现在也不觉得自己是病人",他陪姐夫上医院,闲得无聊,觉得胃里不舒服,就去做了胃镜,得知自己是胃癌三期(在这个意义上,医院常常被人们戏称为"小西天")。老娘、妻子、三个妹妹和一个姐姐呼天喊地的出现,才让他觉得自己成了一个病人(再一次证明了先有疾病的说法,才有病人)。他是一个司机,有一个得了败血症的孩子,为了生活奔波,天天开车,吃了上顿没下顿,落下了胃病。他最喜欢谈论的话题是捕鱼,他曾捕到过一条"乌苏里江有史以来最大的一条鱼"。这件事让他远近闻名,被人叫作"捕到大鱼的王姓汉子"。相比于小卫,他的生活像是突然被打断的。因为,在这之前,"他一直深信自己是老天最眷顾的人"。现在的他找不到生活的目标,虽然没有闷闷不乐,用他的妻子话说,却"心里老琢磨着事"。

三号病床上的老人是这三个人中最像病人的人,不仅在外形上,他的身上插满了令人生畏的"凌乱的插管"。他吃不下东西,也不能喝水,更无法下床散步。他得的是结肠癌,家人瞒着他说只是长了个息肉。他几乎不说话，"目光像磨光的石头泛着的光一样深沉，让人无法猜透"。他和东北中年男人正好构成一组对照，他有重病在身却始终被蒙在鼓里，始终心存侥幸，尽管乐不起来。老人尽管着墨不多，但他身上的死亡气息一直挥之不去，笼罩着全篇。

结尾出现的大鱼是小说中最难说明白的部分，它是东北汉子生命中的"小不朽（昆德拉语）"，它也可能是无法捉摸的命运，或者是处于生活迷局之中优游的你我。（沈建阳）

声　明

　　本套《北岳年选系列丛书》，收录了本年度众多优秀文学作品及文化时评类文章。在编选过程中，我们及各选本主编已尽力与大多数作者取得了联系，但仍有部分作者因故未能取得联系。见此声明，烦请来电，以便奉送薄酬及样书。

　　联系人：王朝军

　　电　话：0351—5628691